U0054655

我與父親的戰爭

反右、文革時期心靈成長小說

王英　著

女性心靈的博弈

——序

中國小說學會會長
中國作家協會文藝批評家學會副會長
中國當代文學研究會副會長
雷達

作家王英和我在一次筆會上有一面之緣，當時只覺她氣質文靜清爽，又知道她是中國作協會員，已有多種著述，例如《一代名人張元濟》、《三毛之父——平民畫家張樂平》，以及抒情散文集《情真》等等，此後卻少有聯繫。最近，她寄來了長篇處女作《我與父親的戰爭》的書稿，讀後引人深思，這部小說使我對王英的印象也發生了極大變化——她在這部作品中對於女主人公的成長的心靈揭示堪稱波瀾起伏，驚心動魄，一個極具叛逆性的女子的成長心史躍然紙上。這是她以前的創作中所不曾有的。她由一個客觀的觀察者，變為一個勇於進入她的人物的心靈世界剖示者。

《我與父親的戰爭》文字樸實有力，讀起來是很吸引人的。多年來，我雖然對現實主義傾向的作品較為關注，而以人物主觀化的心靈成長史為特色的作品，同樣令我著迷。王英這部作品的獨特之處即在於對主人公「小小」的心靈之戰的多層次揭示。

小說一開始，就將我們帶入一個讓人心驚的家庭暴力現場。小小作為家中唯一的女兒，原本應該集家人的寵愛於一身。因為在她之前家裡已經有個哥哥，全家人都盼著一個女兒的降臨。事實卻截然相反，她的到來不但沒有帶來喜悅，反而成了父親對母親隨時隨意動輒打罵的導火索。只因小小一出生臉上就長著一塊很大的粉紅色胎記，這讓父親深覺難堪，甚至無地自容。在十歲時，小小在勸解暴打母親的父親時被父親狠狠地扔了出去，母親只好帶著小小離家出走，開始了艱難的流浪生涯，而這些生命記憶中最重要的體驗則是一個女性成長過程中心靈的博弈。

心靈博弈首先表現為對父親的逃離和反叛，換言之，就是與男性的博弈。在文學作品中，對於父親的反叛和逃離並不罕見，然而這樣的人物要麼是通過對父親的反抗來反抗社會和時代（也包括祖父，意義是相同的），諸如「五四」時期的問題小說和其後的一些作品；要麼就是在某種程度上有著戀母弒父情結的男性。然而，王英的這部作品中，小小對於父親的逃離和反叛的情節設計卻是匠心獨具的，這種生命體驗的第一層蘊義就是作為女性的小小對男性的一種天然的疏離和反抗。小小從內心裡對男性有一種恐懼和逃離，她首先恐懼的是男性的力量，小小心中的男性首先是父親對母親實施的暴力，於是，她對男性開始了刻意的逃避，對父親如此，對深愛著她的班主任如此，對她的丈夫「大師兄」也是如此。在她前半生的人生經歷中，男性幾乎是缺失的。沒有父親，沒有兄弟，甚至男同學也都極少出現。

需要指出的是班主任這個形象。表面看來，他對小小的感情是一種至深至純的男女之愛，但實際上這個人物的寓意相當複雜，從本質上來說，他和小小的父親是同一個父親形象的不同側面，一方面，是他的一再付出和堅持，讓小小有了接受教育的機會，也讓小小有了做人的勇氣和信心；另一方面，他一直給小小精神的滋養，這表現在無論小小走到哪裡，都能收到班主任寄來的書，在一個狂熱的紅色時代，能夠讀到好書的人不多，正是因為他，小小才能在政治歷史漩渦中摸到一個做人的方向。而小小對他的感情同樣複雜。這樣的一個人離開人世後，小小才明白他對自己的重要性。在這一層面上，小小的心靈博弈就是另一面——對於男性的依戀的擺脫。

在整部作品中，中國曾經最大的政治運動和運動中的人心變遷是作者著力表現的一個內容。然而，在政治運動中露出醜惡嘴臉的也幾乎是清一色的男性，很少有像例如《芙蓉鎮》中李國香那樣的負面女性形象出現。但是，在一個殘缺不全的時代中，人的身心似乎很難健康地發展，小小的身體發育是遲緩的，直到上班後好久才變成「大人」，有了女性的生理性徵；儘管小小勇於堅持自我，為人正直，心理上卻是頗為封閉的，所有對她有好感的男性都被她無一例外地拒絕了，喜歡她的「大師兄」找她時，她覺得好像有話要說，但是她卻被一種無可言狀的心態所左右，以冷漠的態度埋下頭去，不打算理他。當她最終接受了這樁婚姻之後，對自己的丈夫一開始仍然是滿懷恐懼心理。至此，小小的心靈的博弈對象已經不是外界和他人，而是一種自我內心的搏鬥了。

王英在她的作品中還介入了一定程度的神秘性因素，這是近幾年一些中國作家創作中不同程度表現的一種特徵，比如馬原新出版的《牛鬼蛇神》、李佩甫的《生命冊》、賈平凹的《秦腔》等作品中都有神秘性因素。《我與父親的戰爭》中的神秘性因素也比較多，王英在這裡展現了一種神秘的不可言說的力和命運的不可捉摸。首先，還要說到小小臉上的胎記，這似乎就是造化弄人，一個原本很漂亮的女孩就因此遭到了父親的厭惡和毒打，更令眾人不解的是，小小長成這樣，聲音卻出奇地好聽，班主任讓她擔任全班領唱，她的聲音打動了每一個在場的人；不僅如此，她還有出色的舞蹈天賦，於是，眾人便更為小小深覺惋惜。這種惋惜並沒有維持很長時間，因為她在緊張和焦慮之中找到弟弟時，胎記在剎那之間突然消失了，代之而起的是另一種缺陷——原來美妙的聲音卻離開了她，她的嗓音變得沙啞，一唱歌就像老狼重新得到小狼時那種悲喜交加的沙啞。讀到此處，我不由想起了史鐵生的《命若琴弦》，有一些人的缺陷是顯而易見的，有一些人的缺陷則是隱藏起來的，從本質上來說，每一個人都是不完美的，都有缺陷。

神秘因素在這部作品中隨處可見，再比如鎮上年年開花的桂花樹，「文革」中樹上吊了人後就再也沒有開過花，文革結束，吊過的人平了反，滿樹的桂花競相開放，於是小小說：「這讓我不得不相信世界上很多事隱藏著不可解釋的神秘和機緣」；比如解放前在上海灘混過的修鞋匠對小小和「大師兄」的婚姻、對自己死亡的神秘的預言；還比如小小在法雨寺大殿中看見的他人無法看見的沖天火光，與其後對創作的執著……這一切，共同構成了一個女性對於世界的認識和判斷，它們是小小內心博弈的不可言說的一部分，同時，似乎也是作者王英精神體驗的重要部分。

我一直以為，好的小說中主人公身上總有作者心靈的影子，像郁達夫的《沉淪》、巴金的《家》、賈平凹的《秦腔》等等，《我與父親的戰爭》雖然不能達到這些作品的水準，但在刻畫人物心靈的層面上卻給我留下了難以磨滅的印象，作品中的小小與作者的心靈重合之處應該不少。「我既不信佛，也不相信任何形式的教，但我的心中始終有一個永遠不變的信仰，它是什麼，我並不清楚，可是我不會放棄在這冥冥之中引導我的力量，直到有一天我離開塵世，返歸永恆的地方。」小小之口說的這段話在我看來無疑就是王英認定的人生姿態。我希望在文學的道路上，外表文靜的王英能將信仰與鋒芒深藏於內心，而如小小一樣堅定地走下去。

二〇一二年十月

第一章

1

父親，通常在孩子眼裡就像是一棵穿天大樹，值得依賴，也值得讚美。但是我卻從不主動與人提起父親，甚至於對親人、對最好的朋友。先是有意忘記，後來就真的忘記了。十歲之前，是沒有人忘記我的父親，十歲之後，是我不願提起我的父親。

沒錯，就在我將滿十歲那年，一個除夕的前夜。

雪下得很不尋常，漫舞著猶如磨粉般灑下來。透過脫落的牡蠣殼木格窗洞隙，我眺望著天空中毫無秩序的雪，欣喜地想：明天又可以與鄰家的孩子打雪仗了。像我這樣的幼童，對於雪，總是很神往，別的事我不想，對它卻饒有興趣，也許孩子與大人的區別，就在於大人專想正經事，孩子專想不著邊際的事。

「妹妹，你在發什麼呆，趕快脫衣睡覺吧！」與我對鋪的哥哥關切地催促著我。他比我年長三歲，比小弟長七歲。他倆早在一個被窩裡熱乎著，一條印著黃底白花的棉被蓋在身上。

我們仨這間房不算大，約有十七平方米。我的床搭在靠街臨窗，他倆的床靠北倚牆，兩床中間擺放著一張紅木寫字桌，一把椅子擱在旁邊。椅子的靠背上隨意地搭著幾件衣裳。寫字桌上方的牆壁上懸掛著毛主席和朱德的畫像。東面有一道木板將父母的臥室間隔開。側面有一扇小門，門一打開，可以隨意進出。

我沒答理他，沒來由的只顧用手漫不經心地挖著鑲嵌在窗戶上的牡蠣殼，「啪答」，一塊牡蠣殼掉落在地，哥哥見了，沒好氣地說：「你看你，莫名其妙地將窗戶捅破，豈不更加凍人?!」

我的好奇心，總讓我做出一些令人啼笑皆非的事，也不管別人怎麼想。我懶洋洋地將目光從漫舞著雪花的天空中收回，不太情願地走到自己的床前，邊脫衣服，邊對著與我一床之隔的哥哥說：「雪下得太大，恐怕會壓壞屋頂。」

「怎麼可能呢。」哥哥安慰著說。

「姐姐瞎講，雪怎麼會壓壞屋頂呢。」弟弟原本躺著，一說話，就「咕嚕」坐起，口齒不清地反駁我。

在我眼裡，大哥對我不錯，小弟卻對我充滿嫉妒，這種嫉意，在我看來，主要來自於他所處的位置和性別。大哥是老大，在父母眼裡是寶貝，接下來又生個女兒，應該更加欣喜，然而，我的誕生並沒有給他們帶來喜悅，相反有點失落，因為令他們難堪的是，我一生下來，左臉頰上就長著一塊胎記，胎記很大，差不多遮住了小半張臉，色呈粉紅，非常醒目，本來也沒什麼，可那天母親抱著我坐在門檻上餵奶，我一轉臉，鄰家的狗嚇得調頭就跑，父親說：「像她這種長相，連狗也嫌。」

父親讀過私塾，也念過洋學堂，他對男孩女孩的理解，也是中西結合：兒子是用來光耀祖宗傳宗接代的，面子好看，女兒卻可以用來出出氣，搭配一下性別的色彩，就像人們通常所說的棉毛衫，外表不好看，但貼心貼肉。哥哥比我大四歲。我比弟弟大三歲。性別不同，在他倆眼裡，我倒成了家中的稀罕之物。弟弟曾說：「姐姐是爸媽的寶貝。」可我並不這樣認為。在父親看來，兒女齊全，旁人瞧著繁榮，自己自然也光彩。這下倒好，女兒長成這等模樣，讓他感到無地自容。

好在國家提倡誰多生孩子誰光榮。我的父母親也不甘心落後，一來撈個光彩的面子，二來想再生個女孩，取代我這個醜陋的女兒，不想生下來又是個兒子，也就作罷。

「滾，你給我滾！給我滾！」父親又在隔壁房間對母親吼。據說我一生下來，他倆在深更半夜就像仇人似地吵。我們兄妹的臥房與他們的房間僅隔著一層薄薄的木板，你不想聽也得聽，而且你越不想聽，似乎吵架聲也就越大，經常把我們搞得心驚肉跳。

我轉眼瞅瞅躺在對面床上的哥哥和弟弟，他倆就像一對兔子，睡在被窩兩頭，面對面豎起耳朵傾聽。

古話說：「久病成醫。」時間久了，我能辨別出每場吵架的激烈程度，在我的潛意識裡，今夜有點非同尋常，就像窗外天空中漫舞的雪，要將整個世界湮沒。我的左眼皮時不時「別別」地亂跳。俗話說：「右眼跳，有肉吃。左眼跳，禍事臨。」如果讓人猜對了，就會消災滅難，想到這，我轉頭指著自己的眼睛，讓兄弟倆猜。

大哥見狀面露難色，想必出於心中良好的意願，他指了指我的右眼，小弟則毫不猶豫地猜左邊。他們的說法，弄得模稜兩可，仍無法解釋我心頭的疑惑，我「滋溜」一下床，踮著腳，跑到與父母臥室間隔的木板縫隙中窺視。

只見父親正暴跳如雷，臉呈豬肝，站在床邊梳妝臺前，對著站在床前只穿一件薄內衣的母親在劈頭蓋臉地抽打，嘴裡不停地吼道：「我打死你，打死你！」

父親又喝醉酒了？還是借著酒瘋發洩自己心中的不滿？抑或對母親的不滿？望著被父親毒打而泣不成聲的母親，憤怒如潮水般從我胸中湧起，臉上一陣陣地痙攣。

離我不遠的兄弟倆許是看出了我不同尋常的表情，他倆不約而同地跳下床，「噗噗噗」，赤腳跑到我的身邊，屏氣凝神地也偷窺著父母的行為。

「啪！」母親又挨了父親一記響亮的耳光，疼痛的她一下用手捂住挨揍的臉。跌退著，一屁股坐在床沿上。

我以為這下父親總可以放過母親，誰知，父親比方才更加激動，他緊逼母親幾步，連眼都沒多眨一下，就將母親從床沿上扯起，而後將她隨手往左側一推，母親一下被推倒在地，父親又抬起一隻腳狠踩她的頭，一隻手緊扯她的頭髮，母親的半邊臉被壓得緊貼地上，痛得她直哭爹喊娘，她試圖掙扎，無奈又掙脫不了，想放棄反抗，又力不從心，左右不是，動彈不得，哭聲由此變得更加痛苦而壓抑。

看著母親被打得慘狀和父親如瘋魔般兇狠的臉，氣得我連想都沒想，一把推開房門竄了進去，用我細如麻杆的手，使盡吃奶的力氣企圖拉開父親死攥母親頭髮的手。

我的出現，顯然讓正打得興頭上的父親感到意外，他揮舞的手停在半空中，趁他猶豫之際，我死勁拉他的手臂。他對我訓斥道：「你走開，這兒輪不到你，回你自己房裡去！」

「你把媽媽放了，我就回去。」我對父親說。

他一聽就火了：「你是誰，輪得上你跟老子談條件。」

我沒敢吭聲。

「你教育出來的『好女兒』，敢對抗我。」父親一手抓住母親的頭髮，一手指著我，怒氣衝衝地說。

「小小，快回房間去。」母親流著眼淚，用顫顫巍巍的聲音對我說。

「不！」我不停地拉扯父親緊攥頭髮的手。

我的固執顯然更加劇了父親的憤怒，只見他不由分說地掄起另一隻胳膊，在我稚嫩的臉上，揮手就是一巴掌。

我愣住了，茫然地望了望父親，感到臉上一陣發麻，伴隨著臉部的痛疼，我一下清醒過來，狠狠地對著緊攥母親頭髮的那條胳膊，猛然咬了下去。

「哇！」只聽父親一聲慘叫，像被黃蜂螫了一口似的迅速鬆開抓頭髮的手，對著我的後腦勺，狠命打了一下，我的腦袋一陣疼痛，鬆開了嘴。他捂著被我咬痛的胳膊，臉由白轉青，由青轉紫，沒等我回過神，就鬆開攥住母親的手，轉身像老鷹抓小雞似地朝我撲來，兩隻手一下緊攥住我的腰，將我高高舉過頭頂。

母親起初一愣，停止了哭聲，突然又像明白了什麼似的，哭著喊著迅速從地上爬起，衝了過來，緊緊抱住父親的腰，仰頭哀求著對他說：「你放下她，她還小，不懂事。」

此時的父親早已失去了理智，他對母親的苦苦哀求毫不理會，繼續對著我罵道：「今天我要讓你看看，究竟是你硬，還是我硬。」

「媽媽，媽媽！」我似乎感到了自己潛在的危險，不顧一切地在父親的頭頂上空驚惶失措地求救。

「叫什麼叫，我要讓你知道，你在我眼裡根本就不如一棵草。」父親竭盡所能地罵道：「草倒是可以餵兔餵羊，你還不如一隻牲口。養你有什麼用。」

「噗嗵！」母親跪下了，她的神情因焦急而變得極度恍惚，嘴裡不停地說：「是我不好，我向你陪不是，你放了她，你不是不知道她有先天性心臟病。求你放了她！」

「求什麼求，我今天就是要殺隻雞給猴看，看看以後誰還敢頂我的嘴。」父親絲毫沒有因為母親的下跪求情而有所動心。

「爸爸，你饒了小小吧，我們誰也不敢了。」兄弟倆先前一定是被嚇壞了，此刻，他們也衝進來與母親一起並排跪在父親的面前。

「誰求情都沒有用，大丈夫一言既出，駟馬難追。」他的話斬釘截鐵，絲毫沒有商量的餘地。

「你們娘倆給我滾，滾出我家的門，我再也不想看到你們！」

他的話，讓我的心像一下跌進了冰窟，變得似乎什麼也不在乎：

「媽媽，你不要向他下跪，你沒有錯。」

「乖，不要說什麼，他是你爸。」母親勸說著我，竭力糾正我已被他的冷酷弄得極不正常的思維。

「好啊，你反了是不是，你這個小雜種，今天就讓你明白，說這番話需要承擔什麼後果。」他變得語無倫次，突然把我像扔皮球似地狠狠扔了出去。

瞬間，好似什麼都變得無可更改，連恐懼都來不及，我被拋出並重重地一頭撞在牆上。

「小妹，小妹。」好一陣雜亂，聽見哥哥、媽媽在喚我，其間挾雜著弟弟的哭喊聲。

我躺在地，頭痛得厲害，尋思著想從地上爬起。

「怎麼，你還想硬？」父親仍不依不饒地對我吼。

「小小，都是媽不好，連累了你。」母親哭喊著衝到我面前，使勁拉我的手，試圖將我抱在懷裡。

「你以為裝死我會饒過你？」父親惡狠狠地衝著我說。

「你整天不幹活，還要媽媽掙錢養活你。」我仍不肯示弱，小聲嘟噥著。

「好啊，你還敢這麼對我說話。好，我就讓你說個夠！」

說罷，他一把將我從母親懷裡奪了過去，對著我就是一陣暴風驟雨般的拳頭：「你給我滾，你們給我滾，滾出老子的家，我再也不想看到你們娘倆。」

「你要打死她了，你要打死她了。」母親邊喊邊撲了過來，興許她知道自己的丈夫已經變成了一個可怕的暴徒，女兒傾刻間就會毀在他的手上：「這日子沒辦法過了，沒法過下去了。」她聲嘶力竭地喊叫著。此刻，父親的抽打聲和母親、哥哥、弟弟的哭喊聲，在這寒冬雪夜，交織成一首淒涼的變奏曲，迴盪在風雪交加的整條小街。

一陣暈眩，我什麼也不知道了。

醒來時，發現自己躺在床上，頭痛得像要裂開來一樣，伸手一摸，額頭用布紮著，於是腦海裡浮現出自己被父親摔出去的一幕。一定是摔暈了，要不，怎麼會躺著？我努力睜開眼睛，眼前的一切顯得模模糊糊。我用手拭拭眼睛，又痛又腫。模糊中，我看見母親正兩眼失神地坐在對面的床沿上，默默地凝視著熟睡中的弟兄倆，淚，成串成串地跌落下來，嘴裡喃喃地說道：「媽媽對不起你們，我只能帶小小走，你們要好好照顧自己。」一邊說，一邊還用手摸摸弟弟的額頭。

望著母親，聽著她不斷重複的話，我懵懵懂懂地感覺到些什麼，「咕碌」翻身下床，赤著腳跑過去，跪著緊緊抱住她的腿，仰頭凝視著她。

母親俯下身，在我耳邊輕輕說：「快去穿上衣服，我們走。」語氣堅定而有力。

我踮腳跑到床邊，拿起衣服，褲子、襪子，以最快的速度穿上，彷彿覺得母親馬上要帶我去做一件驚天動地的事，至於什麼我朦朦朧朧。

果然，她走到我的身邊，輕輕拉起我的手，在耳旁悄悄叮嚀：「千萬不要發出聲響，跟著我走。」

我乖巧地點點頭，忐忑不安地跟著母親摸索著走下樓梯，經過客廳，跨出門檻時，我忍不住抬頭望了望樓上，在雪的覆蓋下顯得格外安靜。方才走過哥哥和弟弟的睡床時，他們正酣然入睡，根本不知道正在發生的一切，他們明天一覺醒來，會怎樣想，又會出現怎樣的情景？我和母親一走，帶給他們的將是什麼，我們的明天又將是怎樣的呢？

雪，紛紛揚揚地飄灑下來，母親攜著我的手，在沒踝的雪地上踉踉蹌蹌地走著，遠處零星傳來幾聲爆竹聲，她說：「新的一年開始了。」

我仰頭望望母親的臉，憂傷中夾雜著一種茫然，似傷感，似無奈，似悲憤，似憧憬，無人說得清。但是，我卻感到自己此時此刻有一種說不出來的輕鬆和興奮。從此以後我不必生活在一種壓抑的環境裡，也不必忍受父親對我的毒打，更重要的是，母親不必再這樣忍受日復一日，年復一年的折磨。人，這一生中，也許會有某個目光註定要與你過不去，但我並不在乎，本來我長得醜，平時連願意瞧我一眼的人也不多，對此，我完全可以裝著不在乎。只要不見到父親那張令人恐怖的臉，我什麼都樂意去做。

一陣寒風吹來，我打了個寒顫，趕緊用手拉起衣領。

回首望去，厚厚的雪地裡兩雙大小不一的腳印，深深淺淺地印在雪地上，一陣風雪捲來，又將遠處的腳印覆蓋。雪啊雪，你能覆蓋大地上凹凸不平的一切，但你能覆蓋住我內心的憂傷和痛苦嗎？風越來越緊，雪越下越大，倆個相偎而行的身影伴著悲淒和孤寂在風雪漫舞中蠕動，那條狹窄的青石板路的牽引著我們，走過一幢幢陳舊的鬼怪似的樓房，一直向前，向前，前方一片白雪茫茫……

我不知道母親將帶我去往哪兒，更不知道哪裡才有我的安身之所，我不敢深入地去想，那年開始，我的世界撲朔迷離，有許許多多的事糾纏在一起，串連成一個個結子，就像我行走過過的街道旁的殘柳，在昏暗的路燈映襯下，被雪覆蓋著的像鬼怪的毛髮一般，猙獰地披掛下來。

2

我的家在錢塘江北岸。

北岸一片平原，偶爾有幾座山，在我看來也只是幾座小丘陵而已。這裡素稱魚米之鄉，以盛產絲綢、棉花、糧食為主，出行得靠船，水網縱橫。讓人稱奇的，除了河，還有海，大海在這裡永遠奔騰不息。水是這裡的魂，然而每年一發大水，整個縣城就會有一半的地方被淹在水裡，因為以小巷串連成一個鎮，有些地方，進出的人們就只能劃著木桶、小船往返於各個巷與巷之間。我家所幸在上岸，因此，不像住在靠下岸的人家，一遇大水，整座房子就被浸在水裡，水淹至膝。上次最嚴重的一次，大水也僅淹至家門，淹到我的腳面，為此，我多少有點安慰。

我家在這個鎮的北邊，俗稱北廣。北廣隸屬於陵廣鎮，因為地域方位的關係，被稱謂西廣、北廣、東廣和南廣。陵廣建縣至今有一千多年的歷史，陵廣鎮是縣城所在地，歷史當屬十分的古老。從北廣到西廣大都步行，但也可以坐船。只要坐上二十多分鐘便可到達。一條大河貫通都市杭州、上海、北京等地，與大運河接壤。

站在家門口遠眺，可以看到渡口。渡口其實是個簡易的碼頭，每天上上下下將這裡的貨物運送到別處，又將別處的東西運到這兒，把個渡口弄得熱鬧非凡，而那些黑不溜秋的煤炭又把整個渡口弄得慘不忍睹。沿河岸，停靠著一艘艘貨船。船各種各樣，但都不是很大，有時領頭的船汽笛一響，後面跟著的幾十艘貨船的汽笛順音而響，把沿河兩岸的人家驚得都從窗戶探頭去看。只見齊唰唰地行進在河中央，長龍般的巍巍壯觀。站在渡口，隔著一條河，遙望對岸，是一望無垠的田野，幾幢民居聳立在遠處，各式各樣樓房，像大小不一的積木。遠處是奔騰不息的大海，拂曉，太陽從海那邊升起，金紅色的光映得河水波光粼粼；傍晚，夕陽西下，沉入在海的天際，折射出光的弧度。這時，河面河上，海面海上，燈火點點，如星星燎原似地跳躍起來，黑夜如緩緩流動的水漸漸包圍了整個城鎮，一聲汽笛傳來，猶如怨婦般長歎，這座被河水、海水包圍的城鎮，顯得更加變幻莫測，深邃而又淒涼。

從渡口上來，要經過一幢幢陳舊的樓房，這些房子經過歲月的洗禮，大都斑駁不已，當你走過這些樓時，很難辨識每一幢房子的年代，它們大都有七十年以上的歷史，而且結構風格也差不離。唯有我認出一幢黑瓦灰磚的房子，它似乎最不起眼，因為與整條街上的房子相比它顯得特別渺小，一個門面的平房，夾在兩層樓房的中間，一點也不起眼。屋的旁邊有棵老槐樹，槐樹根斜長，底下擱著許多破磚瓦塊，瓦塊間竟出奇不意地長出一叢驕豔的紅色玫瑰。它位於北廣街的中心區位，離繁忙的渡口僅十來步。這條街上的人，都稱它為「文化屋」。「文化屋」雖小，但加上文化這兩個字就顯得格外大，它的門開在左側，右側一推到底全是木板，歷經風雨的摧殘，變成清一色的灰褐色，就像是砂洗的西部牛仔，雖看似陳舊，但極富內涵。

這還不是我的家。我家在它的左側，順著青石板往前走，走過三幢房子，便到我家。我家房子和整條街上房子的格局幾乎一樣，黑瓦粉牆，灰暗的屋頂，兩層樓房，瓦上長著開黃花的瓦楞草。進屋子是客廳。客廳面積很大，有五十多平方米，現在父親將它作了書店。廳內右側靠牆擺放著一排木格書架，裡面擺滿了色彩斑斕的小人書，轉角而立的書架上則放滿了各類中外名著。一張寫字桌擺放在廳的中央，上面擱有一隻玻璃櫥，櫥中放著二十幾本樣書。桌子旁有一把紅木椅子，這是父親每天坐的地方。開店時，他就把門板拿下來，擱在門檻上當凳子用。很多時候，我會與前來看書的孩子一起坐這門板做成的凳子上，排排坐，吃果果似的埋頭翻閱著自己喜歡的小人書。講實話，儘管父親整天坐在那裡，但忙乎的時間卻很少。前來借書的人並不多，三三兩兩，有時一天也等不到一個。碰上假期會好些，那些放了假的學生便會結伴而來。其中一位花上兩分錢，借上一本小人書，同來的夥伴也會借光看，這樣一來，兩分錢的書有時就會看上三四個人。父親心情好時，也不計較，遇上心情不好，他就會從第二個孩子手中把書奪過來，說：「哪有這樣便宜的事。」有時，碰上一天沒有生意，他一分錢看二本書也借，還自嘲地說：「就當是白看，做好事了。」

走過客廳，過道右側是陰暗的樓梯間，樓梯下擱置著一隻馬桶，堆放著幾件不常用的物具。再走就是廚房。廚房面積很大，右側靠牆有一副灶頭，灶頭上畫有幾條鯉魚、荷花等極富當地民俗風情的色彩鮮豔的灶頭畫。一張陳舊的長桌緊靠右邊牆的一端，上面有條不紊地放著墩板、菜刀、剪刀、沙鍋等廚房用具，一把小蔥隨意地扔在長桌腳下，春意昂然地管自生長。屋子中間有一張紅木八仙桌，桌子四周整齊地擺放著八隻紅木太師椅。後牆中央懸掛著一幅據說是明清時期一位很有名畫家的畫。兩邊各懸掛著一副對聯。聯上的字龍飛鳳舞，很是好看，無奈我看不懂。我曾經問過父親這位畫家的名字和對聯上的字，父親說，你還小，就算告訴你，一轉眼，你准忘。他說得沒錯，直至今日，我仍記不起這畫家的名和對聯上的字。因為客廳擺書，這裡掛著名貴的畫，凡來過我家的人，都說我家充滿著一種淡淡的書卷味。

一扇後門，從這裡通往我家後院。院子很大，約有二百多平方米，院牆全用大小不一的磚塊壘成，地裡種著玉米、青菜等莊稼，四周散落著十幾棵苦楝樹、槐樹和香樟樹等。有一棵柿樹長得特別茂盛，寬大的葉子差不多遮住了二分子一的地，每逢柿子成熟季節，一顆顆紅透的柿子懸掛在樹枝就像過節點燈籠一樣喜慶，常常引得路人翻牆進院，偷著摘取幾個，偶爾讓我和哥哥看見，我們就大喊著「捉賊」，將偷柿子的人嚇得連滾帶爬的翻牆而逃，他驚慌失措的狼狽樣惹得我們哈哈大笑。母親嫌柿樹發的太大，遮住莊稼，曾經想請人鋸了它。但我和哥哥弟弟誰也不答應，鋸了它，我們拿什麼解饞？牆角開著常見的鳳仙花、雞冠花、牽牛花。牽牛花纖細的藤蔓從容地攀牆而上，畫龍點睛似地將整座院落點綴的很不一般。鎮上的人都說我家的地收拾得好看，我想，這全仰仗我母親平日裡辛勤勞動的結果。

樓上有三個房間。兩個向南，朝著街口，一個向北，靠著院落。整體建築面積算起來，上上下下有二百多平方米。

這幢房子是祖上傳下來的。仔細想來，我的祖輩都是非常勤勞的人，他們不僅會賺錢，也會聚財，打下這片「江山」給子孫住，好讓我坐這「江山」的同時，也會懷念他們的功德。不過，他們的想法過分幼稚，到現在我還不知道他們長得啥模樣。但這也不好怪我，為什麼他們就不留下一張畫像，弄得我想痛了腦袋，也想不出他們的模樣。

樓上的三間房，擠下了父母親和我們兄妹三個。外加一個寄宿在我家的遠房表姐，剛好分配完。父母親一間，我和哥哥、弟弟擠了一間，表姐住一間，哥哥曾經為分配不公與父親吵過。父親說，人總不會年長日久住在一起，總有人先走，那時再給你換也不遲。

想不到，這話說得還真靈，這會兒我與母親還真離開家了，不知哥哥怎麼想。

3

「誰呀，大清早就在敲我家的門？」樓上有個聲音傳來，語調中透出少許不滿。雖然我年齡尚小，卻仍能敏銳地感覺到一絲涼意落進我心裡。說實話，昨日到現在我一整天都沒進一粒米飯了，又冒著風雪嚴寒走了近半小時的路，又餓又冷又怕的我，幾乎快耗盡了自己體內所有的能量，眼看到達目的地，我在極度的疲憊中強打起了精神。到哪兒都比在家強，在這個強烈的信念主宰下，我滿懷希望地站在繼媽家的門口。

說是繼媽，其實是我母親的一個小姐妹。母親平日裡和她很要好，她是個很不錯的人，長得很胖，皮膚卻異常的白。母親曾經對我說，她有意想把舅舅介紹給她。舅舅在上海味精廠工作，長得文文氣氣，白白淨淨。這個事還在議論當中。繼媽在一所小學任教。過繼時，完全出於偶然，聽母親說我那時特別難管，一生下來就不停地生病，加上左面頰上那塊紅胎記，可真把她給急壞了，是兒子倒也罷，卻長在女兒臉上，讓人瞅著要多難受有多難受，這以後還怎麼嫁人呢？父親整日板著個臉，把原先得個女兒的歡喜，一下變成愁容滿面。據說我生下來的許多天裡，父親都不願再瞅我一眼。為此街坊鄰居對母親說，乾脆將我送人得了，免得夫妻倆感情也受影響。更讓人感到不可思議的是，一到深夜，我就哭個不停，將整條街的人哭得心煩意亂。鬧得對鄰年長的公公長期失眠，無奈之下，他每晚用手杖將自家的地板弄得「咚咚」響，以示對我的抗議和不滿。母親做夢也想不到，自己盼星星盼月亮，盼來的卻是長著一張讓人瞧著害怕的臉或一個常常因受歧視而易激動、充滿叛逆性格的我。

然而，誰生養誰心疼，母親憑著一份對我執著而堅定無比的母愛，在眾人的側目下將我帶大，並按照這兒的風俗將我過繼給了繼媽，說是可以避免許多的災難，讓我順利成長。這十年，我小小年紀便經歷了許多同齡人從未經歷過的歧視，我在父親的蔑視中成長，在眾人異樣的眼光中慢慢長大，我的心變得敏感，變得憂鬱，變得孤獨，甚至不願與人交往。我常常避開眾人的目光，在廣闊的田野裡奔跑，狂喊，與大自然為伴，更多的時候獨自一人默默地坐在自家的門檻上，望著尺寬的屋簷上方的天空發呆。

我討厭這裡的一切，但我知道無法改變自己的命運，就幻想著有一天能離開這兒，離開這讓我窒息的地方，去往遙遠的地方，去過自己想過的生活。這一天終於來了，此刻我就站在新生活開始的跑道上，等待著繼媽來接我。我就要有飯吃了，有床睡了。我充滿了期待。

咚咚咚！等了好久沒人下來，母親便又敲起了門。

「究竟是誰呀？」樓上有人問。

「是我，林玉。」母親答道。母親原本姓沈，自從嫁了父親後，便改隨了父姓葛。通常被人喚時，連姓帶名，今天她難得自己除了姓。

樓上一陣響動，地板上有「嗵嗵嗵」的聲音，終於有人下樓來了。

「吱呀！」一聲門開了。是繼媽。

「怎麼，是你們？」繼媽滿臉狐疑，我們的到來令她大感意外：「出了什麼事？」

「唉，一言難盡。」母親歎了口氣。

「繼媽。」我乖巧地叫一聲，羞怯地看著她。

她這才醒悟過來，趕緊側身讓我們進屋：「來，快進來，你看我，光顧說話，竟忘了讓你們先進來，外邊這麼冷。」

繼媽的家我來過，因此，我對這兒的一切並不陌生。進得大院門，有一個院落，院中有三樓三底，這兒住著三戶人家，全是繼媽自家族裡的人。繼媽姓孫，孫家祖上將擁有的這三樓三底分成三份，繼媽的祖父得了一份，她的母親我稱她為繼奶奶的是個非常能幹的農村婦女。因為其父母只生養她一個，故而她是招女婿上門。父母死後，這份家財自然留給了她。繼媽是她唯一所生的女孩，我不知道這跟遺傳有沒有關係。在我眼裡繼奶奶是個相當不一般的人，精明能幹，勤勞持家，因此把個家安排的井井有條，雖不富裕，但也溫飽有餘。當我讀過《紅樓夢》後，內心就暗自將她比喻為「王熙鳳」。

我和母親在堂屋的一張方桌前坐下。這是繼媽家用來吃飯的地方，屋內右側雜亂無章地放著一些的東西，麥秸柴、樹根、農具等等，一張破舊的四方桌緊挨著一排木格子長窗，窗戶上鑲嵌的牡蠣殼全脫落了，風從縫隙中吹進屋，將粘貼在屋內牆上的一張年畫掀起一隻角，「啪啪」作響。右側的樓梯旁，兩條長板凳上擱著一副樟木棺材靠牆而立，這棺材是繼奶奶的母親，也就是我稱她為繼太太的，它的年齡比我還大。早做棺材說是這地方的習俗，這樣可以沖沖霉氣，儘管我心裡覺得沒必要，但這是習俗，並不是你個人的好惡所能左右的。繼太太已是七十多歲高齡，但身體仍很健朗。她是個慈祥的老人，每次上她家，總留著我愛吃的糖果。

我就著忽暗忽明的煤油燈，聽母親對繼媽簡明扼要地訴說完這次的來意。

繼媽聽罷，並不馬上表態，只是拎起桌子上的熱水瓶，往碗裡倒了些水，遞給母親說：「你們先喝水，我上樓去去就來。」

繼媽在樓上的這段時間，我感到特別漫長，剛才還充滿希望的我，此刻變得有點忐忑不安。時間在一分一秒地過去，看得出來母親也有些心神不定，大約過了約莫半個小時左右，樓上響起腳步聲，「的篤的篤」地板上有兩個人的腳步聲，我想，一定是繼奶奶也下樓來了。

「剛才我還尋思著，今兒個哪門親戚這麼早就給我拜年，原來是你們娘倆啊！」人未近，聲先聞，幾秒種的功夫，她就站在我身旁，露著一臉的笑，又用手充滿慈愛的摸了摸我的頭。

原本我想叫聲「繼奶奶」，可不知怎麼，我的嘴張了張，愣是沒叫出聲來。

母親一臉的尷尬，勉強擠出一絲笑容說：「真不好意思，這種日子來打擾你們，實在是萬不得已，要不，我也不會走這步路。」

「走不走這一步路倒沒關係，問題是我們收留了你們母女，別人怎麼看我們。」她的說話很直率，以退為攻。

母親的臉一陣紅，一陣白，此刻，她一定想找個地洞鑽進去，哪怕只有一絲縫：「這跟你們沒關係，只要一找到住處，我們就搬走。」母親實在沒地方可去，只好忍氣吞聲，打落門牙往肚裡咽。

「媽媽，」繼奶奶的一番話，讓繼媽感到難堪，一時間，她插不上一句話，再說就算插了又有什麼用。看到我母親漲得紅一陣白一陣的臉，她斗膽地插了一句：「她們也累了，有話等天亮後再說，好嗎？」

「喔，有你這句話，我也就放心了，要不你丈夫怪罪下來，我們還真沒辦法。也請你理解我這番話的用意。」繼奶奶對母親說。

「我理解，我理解。」母親連聲應付著。

我的心有點隱痛，不明白平日裡看似好好的繼奶奶，今日怎麼會變得讓我不可思議？

「媽媽！」我茫然地喚了一聲，過度的疲憊和緊張已經將我搞得再沒有了來時的激動，而且感到繼奶奶有些話比父親更讓我可怕。

「你們也累了，這樣吧，還有幾個小時天才會亮，小囡跟你睡。」繼奶奶對繼媽說：「林玉跟我睡，天亮後，再給她們安排住處。」

就這樣，我被繼媽抱上樓，極度的困乏讓我無法再多想，我疲備不堪地枕著她的手臂沉沉地睡去。

等我醒來，發現整個房間裡只有我孤獨一人，一縷陽光透過木格窗的縫隙照射到我臉上，很刺眼，便翻個身躲開了它。我對任何一種細微的變化都很不適應，開始認真地打量著這兒的陳設：三張床錯落有致地安置在各自瞧著舒適的方位，我睡的床靠在窗口，繼奶奶的在我對面，而繼太太想必考慮她年齡的關係，她的床就安排在樓梯上來的門側。整個成四方形的房間，中間只擺放著一張陳舊的梳妝臺，旁邊擱著一疊樟木箱，一根褪了色的紅頭繩繫在箱子的銅拉環上，在光線的照射下依稀可以看出它的本色。傢俱不多，房間就已經顯得很狹窄。與隔壁緊鄰則用紙糊的蘆葦杆編成牆間隔，上面僅用舊報紙粘了一下，因此，誰家放個響屁，都會聽得清清楚楚。環顧四周後，我忽然感到有一種說不出來的陌生，心中突然升起一種不安全感，就直起喉嚨喊起來：「媽媽，媽媽！」

「喔，你醒啦。」一陣急促地腳步聲，繼奶奶如煙似地從樓下跑了上來。

「媽媽呢？」我邊穿衣服邊問。

「你媽媽找工作去了。」她說著，一把將我從床上抱起放到地上：「賺錢才有飯吃呀。」她認真地教導我，並攜著我的手下了樓。

她帶我去廚房洗漱。廚房在左鄰廚房的旁邊。我穿過鄰居家的客廳，進了廚房。廚房不大，擺有一口大水缸，一副灶頭，一張小桌子。桌子很陳舊，上面有幾個大小不一的洞。我拿起一隻用葫蘆做的水瓢，舀了一瓢水，喝一口，揚起臉，讓水在喉嚨「咕嚕嚕響」了幾下，然後吐在廚房外小天井的排水溝裡。接著，用瓢裡的水，倒在木盆裡洗臉。

當我做這些事時，繼奶奶站在旁邊盯著我，見我很自然，就說：「人長得難看，做起事還不算太難看。」並吩咐我用水要省，因為水要到離這裡較遠的河邊去挑。她家沒男人，繼爺爺去世已快十年了。這口缸的水全靠借宿在她家的一位遠房親戚挑。說起親戚，我想起剛剛下樓時，搭在樓梯口的一張小床。一定就是她說的那個親戚睡的。

飯桌上留著早餐，我一坐上去，就覺得自己餓得發慌。一瞧，有鹹菜、稀飯。不管它是什麼，在我看來，這個時候只要能吃的東西，就比山珍海味都好吃。一碗，一碗，又一碗……我都數不清自己究竟吃了幾碗，彷彿要把這兩天來欠的全給補上，直吃到繼奶奶在旁邊盯著我發呆。我這才抹了一下嘴，拍拍肚子，心滿意足地下了飯桌。然而，我不知道，真是我這頓早餐，讓我和母親成了在她家吃的「最後的晚餐」。

「你回來啦，工作找到沒有？」繼奶奶笑咪咪地與母親打著招呼。

「還算順利，只是遠了一點，離這兒有三里地。」母親興奮地答道。

「在哪兒，做什麼工作？」

「就在西廣鎮上，幹老本行，縫衣服。」媽媽說。

「這下好了，有個工作，就可以解決吃飯問題了。」繼奶奶用相當溫和的語氣說：「小囡媽，是這樣，有件事我想與你商量一下。」

「什麼呀，你說好了，還說商量，我都非常過意不去了。」母親說。

「本來，我們說好的你娘倆搭伙在我家，剛才我想想，實在有些不妥當，小囡人小，吃的少，我家幾個大人都是大食客，吃起來多。這對你們不公平，所以，我合計一下，還是你娘倆自開伙食，這樣對大家都合理。」

「不是說好的嗎？我每月交你多少錢，你負責給我們吃就行，大家有啥吃啥，不計較的。」母親想必沒領會她的真實意圖，依然客氣地說著。

「看你說的，我們怎麼能揩你油呢。就這樣定了。」

她的突然變卦，讓母親來不及思考究竟是怎麼回事，她先是愣了一會。接著只好說：「那好，那好，恭敬不如從命，既然繼奶奶這麼說，自有一定的道理，咱娘倆就自開伙食吧。」

到這時，我才心裡明白，是我剛才的那餐飯吃得嚇壞了繼奶奶，她才給我們下了最後的通牒。

就這樣，我們重新被安排自己開伙食，同時被安排在靠長窗的那張破桌上吃飯。因為事先沒有準備，那頓飯的米是向她借的，也就沒有一點下飯的菜。更因為沒有多餘的凳子，我們就在破桌旁站著吃。隔著過道望望繼媽家的桌上，發現她家的菜也很簡單：一盤炒青菜，一碗鹹菜豆腐湯。不過這對我每頓只吃白飯的人來說，已經夠奢侈了。站著吃飯讓我感到渾身上下不自在，想起家中那把我吃飯時坐的老式太師椅，感覺就像從天上掉到地下，有點像富家小姐淪落成丫環，寄人籬下的滋味讓我很不好受。

傍晚，繼奶奶將我和母親安頓在樓下的過道搭鋪睡覺。過道的右側靠牆是副棺材，左邊就是她家吃飯的桌子，僅留的過道搭一張床顯然不夠，於是，我們只好將床緊緊地挨著那副棺材。白天拆鋪，晚上搭起，天天如此。

那晚，我與母親並排躺在與棺材擺放得一樣高度的床上，任憑夜色將我們漸漸地籠罩在陰暗裡。冷颼颼的風從木格長窗的縫隙吹進來，凍得我們直打哆嗦，黑暗中，我們誰也不說一句話，又似乎感到什麼都說了。

過一會兒，我用手摸一下身旁的棺材，對母親說：「媽媽，我覺得自己就像躺在裡面，很悶。」又問死是不是就像現在我躺著的情景。

我的話，讓母親嚇一大跳，她捂住我的嘴，帶著埋怨的口氣說：「小孩子家，別亂說。」又告訴我生與死是絕對不一樣的，並嚴肅地告訴我，不管發生什麼，都不能想到死，她生我的目的就是讓我好好活，只有活下去才是她的乖孩子。

聽了她這番話，我似懂非懂地點點頭。

黑夜帶給我的感覺很噪雜，並且危機四伏。

「吱吱吱，吱吱吱！」是什麼聲響？我頭頂擺放著的一堆麥秸柴中有什麼在叫，這幢被黑暗籠罩的房子裡，所有明亮都已隱退，唯有無盡的黑色塗滿了我的心靈，黑暗就是代表恐怖，那是我童年與少年時代的體會。

「別怕，是老鼠的叫聲。」母親安慰著我，伸手將我一把摟進她的懷裡。

「噗嗵！」又一聲響，一陣腳步聲在我們床邊風也似的掠過。

「媽媽。」我害怕地朝母親懷裡拱了拱。

「是貓，牠在抓老鼠呢！」

不知是因為恐懼還是不習慣，離家出走後的第一晚，我與母親都難以入睡，我不知道她在想些什麼，我只知道自己的腦海裡不止一次地出現家裡那張被褥鋪墊的軟軟的床，床頭掛著哥哥給我做的相框，框裡夾著我梳著羊角辮，大拇指杵在嘴裡咬得起勁的相片。而我現在睡的床是用稻草鋪墊的，翻一個身，就會發出「瑟瑟索索」的聲響。伸手可摸的是副棺材。我的眼前老是晃動著哥哥和弟弟的身影。我彷彿聽到哥哥在急切地叫喊：「小小，小小！」一會兒，又聽見小弟在哭喊：「媽媽，媽媽！」我翻來覆去，似睡非睡，不知過了多少時間才昏昏沉沉地睡去。

4

出來幾個月後的一個傍晚，我正在家做作業，父親突然出現在我面前。他皮笑肉不笑地對我說：

「你這小人精，怎麼躲在這裡，讓我好找。」

一時，我緊張到無話可說，目瞪口呆地望著他，神情比見老虎還可怕。

「你媽呢？你快跟我回去吧。」父親說著，就用手試圖來拉我的手。

我下意識地擺了一下，將手藏到背後，兩眼直直地看他一眼，又將目光閃避到地面。

「走吧，隨我回家。」他邊說，邊過來拉住我的手：「住這兒總不是個辦法，再說要被人恥笑的。」

「不，我不回去。」本來我並不打算對他說什麼，況且現在這裡只有我一個人，勢單力薄，要是被他死活拉走，我怎麼辦？可一聽「讓人恥笑」這幾個字，我耳邊忽然響起好幾次繼媽家門口，幾個鄰居對我指指點點說些很難聽的話。一陣被壓抑的屈辱突然像被掀開似的一下爆發出來：「恥笑？我被人恥笑慣了，我已經變得不知道什麼叫恥笑了，我不怕別人恥笑。你回去吧！」我使勁拋開他的手。

事情原來遠沒我想像的那麼簡單，我以為逃出來了，就可以安安靜靜地過日子。想不到父親壓根就不放過我們。

這時母親下班回來了。

一見父親，她先是愣了愣，而後走過來，對著他戰戰兢兢地問：「你，你來幹什麼？」

「幹什麼？來看你丟人現眼，你把我的臉面都丟盡了。」

「說我丟人現眼，那你還來這兒幹啥？」母親顯然很生氣，說：「從今往後，你我井水不犯河水，自己吃自己碗裡的水，這行了吧。」

「你現在就跟我回去！」父親用命令式的口氣說：「嫁雞隨雞，嫁狗隨狗，你是我老婆，不管你走到哪兒都是我的人，孫悟空再厲害，也逃不出如來佛的手掌心。」

他一邊說，一邊走過去抓母親的手。

「我不會再回去！」母親這麼說：「再說你也不是如來佛。」說罷，一下他的手擋了回去。

「你回不回？」

「不回！」

此時正值中午時分，人們都從地裡幹活回家吃飯，看到這種狀況，便圍觀過來。

「你們大家評評理，她把兩個孩子扔在家裡，自己跑了出來，叫她回去，她死活不肯。」父親理直氣壯地對圍觀的人說。

聽說母親拋下自己的男人和兩個男孩不管，偷偷跑出來。人群裡就七嘴八舌說開了：「你也真是的，嫁雞隨雞，嫁狗隨狗，嫁了個男人也就只好認命，他讓你死，你就死，讓你活，你就活，那個女人不是這樣過來的。」

母親一聽，就委曲地哭訴道：「可他動不動就將我往死裡打，這日子怎麼過？」

有人說：「那怎麼讓人受得了，回去還不照樣挨打；可總是不回去，這年頭老待在別人家也不是個辦法。」眾說紛紜，臨了，就是勸說母親隨父親回家。

「怎麼啦，怎麼啦，」遠處傳來繼奶奶的大嗓門，想必是她看到自己家門口圍了那麼多人覺得奇怪：「看什麼呢？」

她擠進人群，才發現被眾人圍得水泄不通，看西洋鏡似的，原來是借住在自家的母女倆。馬上感到不妙，就拉起大嗓門說：「都給我走開，夫妻吵架有什麼好看的，哪家的夫妻不吵架，大驚小怪！她們母女倆到我家做幾天客，這有什麼，哪家沒個親戚朋友走動走動。」

「他要她回家去。」有人告訴繼奶奶。

「你也真是的，她們在我家做幾天客，用得著你這樣興師動眾嗎？再說夫妻吵架也是常事，怎麼可以打人呢？」繼奶奶對著父親嚷嚷，聽起來很在理。

「我只是讓她們回去，現在你留她們在你家住，她們也就順著竹杆往上爬，不知天高地厚。」父親毫不相讓，話裡透著埋怨。

「你這話說得像啥呀，難道說是我留得不好，再說，昨天我們還聊起他們娘倆回家的事呢。」繼奶奶以退為攻。

「是嗎？咋就不見娘倆回呢？大約是你想留她們不走了吧。」父親步步緊逼。

「你說的是什麼話，你如果對她們好，她們母女倆會在冰天雪地裡跑出來？在此之前，我還真以為是你妻子不好，今天見你，才明白原來你是這麼個無賴。」繼奶奶被他的話惹火了，毫不客氣地罵起父親來。

這可把父親氣壞了，礙於面子他不再跟繼奶奶吵，只見他轉身用手指著母親責備道：「就是你，才讓我在這兒受人罵，我不會放過你，咱們走著瞧。」說完，面紅耳赤地走了。

我望著父親遠去的背影坐在門檻上發呆，他的野蠻常常讓我猜測祖輩們的行為。

父親的祖上據說是從太原遷移至天臺的，這一支當屬書香門第。一直不知繁衍了多少代到我父親祖父的祖父那輩才移遷到葛雲縣。並且以經商為業。我的祖母是個頗為能幹的人，祖父去上海開醬園行，她就在自己的小鎮上開茶館。由於她的精明能幹，把個茶館開得遠近聞名，方圓幾十里的茶客不管風吹雨打，酷暑嚴寒，每天都會準時來。祖母那張嘴就像一隻會唱歌的黃鶯引得男男女女老老少少都圍著她團團轉。到我父輩這一代，祖父就把家業交給了我的大伯，也就是我父親的哥哥。父親的哥哥，為人忠厚，孝順父母，自從這一份家業託給他打理後，他就再很少回老家。難得回一次老家，也是特地來探望母親和自己的弟弟。

父親從小就被家人寵得嬌生慣養，成了個眼高手低的人。他風流成性，喜歡結交朋友。他曾經說：「我的興趣有點自相矛盾，讀的是理工科，卻喜好文學，迷戀京劇，喜歡民族樂器，也喜歡西洋樂。性子急，做事沒長性。」在我看來，他唯一的專長就是吹得一口好聽的長笛。吹時，總挑在風清月白之際，悠揚的笛聲帶著一種憂鬱在夜幕中迴盪，聽得整條街的人都有點發呆。他除了讀書外，其餘的時間都用來結交狐朋狗友，玩弄那些別人看來根本不務正業的事情。母親與父親是在十六歲時結的婚。二十一歲上生得孩子。父親比母親大五歲，父親屬兔，母親肖猴。哥哥出生之前，他在上海做事，出去時聽說為了怕他挨餓，祖母特地在他的棉衣夾層裡縫滿了鈔票。這下可好，需要時，他就從裡往外抽一張，連眼睛都不眨一下。好像他的棉襖就是一件專長鈔票的魔衣，弄得那幫狐朋狗友跟在他身後亂哄哄。可好景不長，不到兩年，他就被一心想成就一番大業的祖父趕回了家。祖父對祖母說：「這個小兒的個性，在十里洋場的上海灘發揮得淋漓盡致，惹出了旁人許多意想不到的事，歸納起來有八個字：做事不力，敗家有方。」想必是祖父怕他時間待久了，會做出更加出格的事情來。

祖父以為他回家後可以有所收斂，殊不知，他反倒變本加厲，更無法無天了。原因是，祖母對我父親的做法，不僅不反感，反而越加縱容。她對祖父說：「辦大事情的人就該如此。」她覺得小兒子天性聰明，長得風流倜儻。朋友越多越顯示出兒子的能耐，也說明自己教子有方，廣結人緣。於是，上上下下的人整天寵著他，讓他東遊西逛，整天做著不著邊際的夢。

祖母以自己經營茶館之道，管理著一個家庭，教育著自己的兒子。我想，興許正是在她的這種為人樂施的待人理念影響下，我祖輩的事業才發展得有聲有色，成為當地在上海發展較為成功的醬園業主之一。然而她卻偏偏沒意識到，她教育我父親的方式並沒有讓這個家得到好處，至少她沒有，我也沒有。

當晚，母親和我誰也吃不下飯，父親的行為讓母親傷透了心，我隱隱約約感到，父親的出現打破了我們正日趨平靜的生活，同時也覺察到，我和母親已經不可能再住這裡了。那天過後，我發覺得自己突然長大了許多。我變了，變得敏感，變得憂鬱，變得沉默寡言。我以為離開那個令我討厭的家就不會再去想它。離開那個讓我害怕的父親，就不會再見到他。然而，寄人籬下的生活又讓我不止一次地想我原來的家。不管怎麼說，自己家裡再窮，總是自家的窩。俗話說：「金窩銀窩不如自家的草窩。」有時想想，真不如不出來的好，我以為逃出來後，就能躲避父親的打罵。未曾想，父親仍不放過我們。而且社會上一種似乎比父親的暴力還要厲害的一股勢力正有意無意地向我們包圍過來，讓我喘不過氣，讓我和母親無所適從，讓我們覺得無處躲藏，究竟是什麼東西呢？我不得而知。但我卻真真切切地感受到，它從我與母親走出家門時就緊緊地跟隨著我，是我的年齡太小理不清，還是這世界上本身就存在著一種誰也說不清道不明的事，誰也無法左右無法實現或者放棄的事，我感到自己的內心被一種無形的東西緊緊攥住，綿綿又無期，痛苦而悠長。

夜裡，我躺在母親的身旁，聽著黑暗中發出的各種恐怖的聲響，再次用手撫摸著棺材，憂傷地對母親說：「媽媽，我真想躺在這裡面，或許就沒有煩惱和憂傷了。」

母親緊緊地摟著我，哭了。

第二章

1

幾天後，母親在離繼媽家不遠的地方找到一幢兩層樓的居所。屋子的主人以前是開香燭店的，去世已久，留下的遺孀為養活自己，進城裡給人家做保姆去了。「樹倒猢猻散」。他的多個子女也被送人的送人，嫁人的嫁人，做工的做工，只留下這座空房子。管鑰匙的人說，不收我們房租，反正房子閑著也是閑著，有人住比沒人住要好，每天打理，房子也不容易壞。母親借到這房子時，激動得差點哭出來，說好人有好報，日後有機會一定好好報答這戶人家。

搬出繼媽家時，繼媽的眼裡閃著淚光，她是個心腸很好的女人，我很喜歡她。走時，母親對繼奶奶千恩萬謝，還讓我向她叩頭表示感謝，我很聽話地照著做了，儘管我的淚水在眼眶裡不停地打轉。

屹立在河邊的新居讓我有了不同以往的感受。這兩樓兩底的房子其實我們只用了一樓一底。從家裡逃出來時，一雙筷子也沒拿，母親說，只要是我父親家的東西她一點也不感興趣。對她這種說法，我自有想法，她的這種說法不無道理，但我認為，還有一種原因是她根本不敢拿。她太清楚父親的脾氣，拿了恐怕這輩子都無法與他弄得清楚，搞不好還會說她偷竊什麼的，到時候不定弄出個什麼事情來。

母親將樓上臨街一房作了臥室。房間的格式大小與我家的差不多，靠街一排木窗，幾尺寬的街道，屋簷對著屋簷。晾衣服時，家家都把竹竿擱至對鄰的窗沿上，風一吹，就像幾十面彩旗招展。一張老式的雕花床，床很大，我和母親睡。床頭邊放著一張樟木寫字臺，一把椅子，一個大衣櫥靠牆而立。底樓有灶頭的一間作了廚房兼吃飯的地方。一張四方桌，四條長板凳，一隻斑竹碗廚，全派上了用場，這回我不用再站著吃飯，從繼媽家出來，我感到一種莫妙的快感，有種好像重新做人的感覺。

我的老家在河的上游，住的新居在下游，相距並不遠，大約十來分鐘左右。母親忙著清掃，我閒來無事就搬個凳子放在窗前，跪在上面，看著河中來來往往的船隻，一邊慢悠悠地將炒製的毛豆扔進嘴裡，然後細細地咀嚼，再扔一粒到嘴裡，再細細地咀嚼……。河水是清澈的，魚兒在歡快地游來游去。對岸有一大片竹林，風一吹，成片的竹林「嘩嘩」作響，我感到自己猶如那片林中的竹筍，滿懷著衝破酷冬喜迎春天的喜悅。

我對事物的認知來自於一種永遠處於朦朧狀態的感悟。那天，我放學後背著書包興沖沖往家趕，一般來說，我回家的時間很準時，絕對不會在路上耽擱。自從父親找過我們後，母親千叮嚀萬囑咐，要我放學後一定趕緊回家，爾後拴上門，誰來也不許開。因此，在任何情況下我都不會破例。

青石板在我的眼皮底下一塊塊地晃悠過去。走著走著，我忽然感到自己的身後有雙眼睛在窺視著我，但我仍不敢減慢步履。直至到家，打開門進屋，這雙眼睛才會在我背後消失。這種狀況，持續了很久，有時，我會突然停下腳步，猛一回頭，我以為我會看見那雙眼睛，但讓我感到失望的是，那個我感覺中的影子卻始終沒有出現過。但又時時感覺到它的存在。我沒有告訴母親，在我的潛意識裡，如果對她說了，她肯定會為我擔心，我不想這麼做，再說我不知道這個影子究竟是誰，到底真的存在還是不存在。我覺得自己應該為母親分擔一些什麼，不到萬不得已，絕對不能對她說。

一天，當我快到家門時，一個影子突然出現在我面前。他用整個身子堵住我，鐵青著臉說：「總算找到你了，現在跟我回去吧！」

是父親！我倒抽了一口冷氣。想必我一直感到自己背後有雙眼睛是他?!

「你快跟我走。」他又說。

我什麼也不答，企圖轉身就跑。但父親一把拖住我，並用力將我拉到他面前，兩眼死死地看著我說：「怎麼，又想跑？」

我急了，掙扎了一下，沒好氣地說：「你就不要再打我主意了，我真的煩透了。」

「你煩，我還煩呢，今天你就跟我回去。」他命令似地說。

「不可能，我不會回去的。」我說。

「那好，你就不要怪我對你不客氣。」說著，他一把攔腰抱住我，將我扛到他的肩上拔腿就跑。

就在這時，突然，一個身影擋住去路說：「你放下她。」

父親顯然被鎮住了，他扛著我，站在原地一時沒動，我在他背上，迅速朝那人瞟一眼，發現竟是我的班主任老師。只見他像電影中的俠客，路見不平「拔刀相助」，一副不容侵犯的樣子，理直氣壯地站在我們面前。他用自己魁梧的身體擋住父親的去路，神情顯得不容置疑。

父親顯然被鎮住了。愣在那裡一時不知說什麼好。

「有話可以慢慢說，你放下她。」班主任口氣軟中帶硬，絲毫沒有讓步的意思。

「要你管什麼！」父親顯然清醒了過來，對他說了一句，仍扛著我拔腿就朝前跑。邊跑邊嚷嚷：「你滾開，你還想幹什麼，你把我的家庭搞成這樣，你還有臉跟我說話。」父親怒氣沖沖地說。

什麼？班主任把我家搞成這樣？我不明白父親在說什麼，聽了很覺奇怪，也非解。

2

班主任也是我的語文老師。我上一年級起就認識。如果不是他，我恐怕還沒機會坐在課堂上讀書，因為當時我家窮，哥哥讀書後，家裡就再沒錢供我讀書。是他發現了一直躲在教室外聽課的我，才帶我去見我的父母，而後我才有了上學讀書的機會。在我眼裡，他是我的救星，我的啟蒙老師。他為人正直，善良，富有同情心，也有才華，寫得一手好文章，並且喜歡音樂，更為重要的一點，他長得非常英俊。一頭烏黑濃密的頭髮下，長著一張英氣勃發的臉，一副玳瑁眼鏡架在筆挺的鼻樑上，更顯出他的清秀和儒雅。給人一種活潑而不失穩健，聰明而不失謙遜的感覺。他就借居在那間「文化屋」裡。確切地說，因為他，那屋才有了這個涵蓋面大又極富詩意的名字。也因為離我家近，自從我在他班上念書後，他偶爾也上我家玩。

我的興趣是唱歌、跳舞。然而，自我懂事起父親就明確告訴我，唱歌、跳舞對我不合適，我明白他說的意思，是因為我臉上那塊胎記的緣故。他的話，讓我感到很自卑，此後我總是有意無意地躲避音樂舞蹈與我相聯繫的機會。然而當我上小學讀書的第五天，班主任就將我叫到他的辦公室，慎重其事地對我說：「每個人都有享受音樂和熱愛舞蹈的自由，你的嗓子很好聽，很有天賦，舞也跳得不錯，想唱就唱，想跳就跳，誰也不能剝奪你想唱歌跳舞的權力。」

「我，我不適合。」我臉漲得通紅，低頭絞著手指，自卑地說。

「誰說的，心裡想唱就要唱出來。」他還說：「人的美更多是來自於心靈，它和外表美不美沒有太大的關係，唯有心靈的美，才是最美的。」聽罷，我似懂非懂，從那一刻起，我眼前彷彿出現了一個有小鳥飛翔的天空。上音樂課時，我開始膽怯地舉起手，站在同學面前放歌。

不久，學校舉行「國慶學生聯歡會」，班裡組織排練大合唱，班主任竟破例邀我擔任全班的領唱，那首歌叫《聽媽媽講那過去的事情》。

知道要擔任領唱，我心裡又高興又害怕，因為臉的緣故，我從沒有真正在眾人面前抬起過頭，走路也從不敢正視別人，這回要我在全校師生面前「獻醜」，這種恐懼弄得我一整夜都沒睡好覺，我跑去辦公室找班主任，對他說：「我不能上臺領唱，你讓我排在隊伍裡參加大合唱。」

班主任看出了我的顧慮，他說：「你的嗓音最適合擔任這首歌的領唱，你會讓自己變得很漂亮，也讓大家感覺你很漂亮。」接著，又說了許多鼓勵我的話。

就這樣，我平生第一次走上舞臺。那一天，母親似乎比我還高興，她為了將我打扮得好看些，特地用白色的紗布條，在我的長辮子上紮了一對躍躍欲飛的蝴蝶結。一襲白色的連衣裙，一條鮮豔的紅領巾，一雙黑色的新布鞋。當我站在舞臺上用稚嫩而高吭的嗓音唱出第一句歌詞時，內心充滿了激動：「月亮在白蓮花般的雲朵裡穿行，晚風吹來一陣陣快樂的歌聲，我們坐在高高地穀堆旁邊，聽媽媽講那過去的事情……」

唱著唱著，我忽然感到天是那麼的藍，同學們是那麼的可愛，世界變得是那麼的美好。我彷彿看見班主任在臺下聚精會神望著我，當我演唱完走下舞臺時，他快速擠過紛亂的人群，一把將我拉到自己的面前，激動地連聲說：「好！唱得真好！」

這次演出，我們班居然奪得全校第一名。當我放學回家將喜訊告訴母親時，她的臉上露出了少有的欣慰說：「太好了。」

哥哥也誇獎說：「小妹的嗓音是全校最好的，她唱時，底下的同學和老師都這麼講。」

父親在旁悶頭喝著酒，聽著大家的議論，表情顯得很複雜。

不管父親怎麼想，我覺得自己第一次這麼高興。

夏天的夜晚，我所居住街上的人，都像擺龍門陣一樣地聚集在家門口納涼，人們穿著上白下黑兩種色彩單調的上衣和短褲，手裡搖著芭蕉扇，狹窄的青石板街上，散發著人們勞累一天後的疲憊和陣陣汗水的酸味。整條街猶如一個大雜燴，有人談論著東家長李家短的鎖事，也有人在講述著孤墳野鬼的故事，班主任身邊總是圍繞著許多小朋友，他先是給大家朗誦自己寫的詩歌，然後指揮大家在他美妙動聽的口琴聲下，合著旋律齊聲唱著歌。口琴這玩意兒很實用，帶著方便，吹起來也好聽。我一聽他吹口琴，就會完全置身於那種忘我的氣氛中，左手擊著右掌心，人站得筆直，昂首挺胸，引吭高歌，神情活像舞臺上的歌星。

慢慢地，我發現，只要我一唱歌，半條街的人都會停下在說或正在忙碌的事，凝神地聽我唱歌。完了，有人就說：「你說，這上帝也真是，這麼好的嗓音，怎麼就偏偏賜給她一張難看的臉呢？」

「這有什麼，俗話說，世上沒有十全十美的東西嘛。」

「唉，嗓子不好也就讓她死了這條心，你說，現在她唱得那麼好，明擺著不能去當歌星，怪可惜的。」眾人七嘴八舌。

聽到這些話，我先是難過，而後是淚光閃閃，我知道，他們說得都在理，可我卻不能沒有音樂，也不能沒有舞蹈。因為我的醜陋，誰也不願意跟我玩。我孤獨、寂寞，唯有音樂可以陪伴我，唯有舞蹈可以無須與人交往而渲泄出我內心壓抑的痛苦和對人生美好生活的嚮往。

「別聽他們的，每個人都有選擇自己的路走，再說你長大後興趣也許也不在這兒，如果還喜歡，自然可以繼續唱下去，跳下去。現在你怎麼高興就怎麼唱。」班主任手裡拿著口琴，對著眼淚汪汪的我說。

是同情，還是憐憫我？反正班主任上我家的次數漸漸多起來。很多時候，放學時，他會帶我一起回家。漸漸地，我從他與我母親的對話中瞭解到他個人的一些事。那天，他來我家，教我做功課。

「你多大了？」母親笑咪咪地問，手裡不停地搓著衣服。

「二十六歲。」他靦腆地坐在桌子旁，轉頭對著母親說。

「有沒結婚？」

「還沒有。」

「有女朋友嗎？」

「有！」

「在哪兒呢？」

「河南。」

「離這兒很遠吧？」

「有點。」

「什麼時候結婚？」

「還沒定。」

「像我們十七歲父母就包辦結婚，二十一歲生了孩子，你今年二十六歲，算是大齡了，趕緊辦掉，也好有個照顧。」母親關切地說。

「那倒也是，我也想把事情辦了。可工作才兩年，經濟上不寬裕，積蓄些錢再辦。」他說。

「你父母親呢，他們不幫你？」媽媽問。

「他們相繼去世了，只剩下我一個人了。」

母親驚異地望了他一眼，若有所思地說：「他們是怎麼死的呢？」

班主任聽她此話，眼朝我母親瞅了一下，像做了虧心事似的，一言不發，趕緊晃到別處去了。

我抬頭望望他，又瞅一眼母親，只見他眼睛裡透著一種不可言說的痛苦和無奈，而母親的眼睛露著驚訝和憐惜。不知怎麼，我的心似乎與他靠近了許多，甚至覺得他比我還可憐。

多一分瞭解，也就多一種默契，以後，他常常來我家，有時給我補習功課，有時陪我練習聲樂。父親對他的到來似乎也不反對，碰上吃飯時間，就會主動留他吃飯，而他興許為了上一頓的飯，下次來時，就會買上瓶好酒送給父親。母親自從知道他的身世後，對他似乎格外照顧，看他衣服破了，就讓他拿來洗後為他補，有一次他因為身體不好，整整兩個星期沒上我家，母親就會燒上稀飯讓我送去。父親也親自去他住宿探望。這種來來往往的友誼大約持續了一年，一天，班主任因父親之邀來我家喝酒。兩人喝著喝著，突然，喝得醉醺醺的父親，衝著班主任就破口大罵說：「你這個不要臉的人，經常上我家來怕是看中我家什麼了吧。告訴你，以後不允許你再上我家來。」罵完，又指著我說：「不許跟他再來往，要不，我打斷你的腿。」

我不知道父親為什麼要這樣罵他，更不知道班主任做錯了什麼，惹得父親不容許我與他交往，我膽戰心驚地半張著嘴巴不知所措地看看父親，又望望班主任。

在旁的母親一聽，臉色顯得很難看，她竭力拉著父親差不多要揮到班主任臉上的手，帶著一臉的羞愧和歉意對班主任說：「你可千萬不要介意，他爸是喝多了，才說些不著邊際的話，醒了恐怕連他自己都記不起說些什麼。」

「誰說我醉，我可沒醉，」父親兩眼醉意朦朧地瞧著母親：「我看是你醉了，而不是我醉，你以為我不知道，你對他那麼好圖得是什麼?!」

「真的對不起。」母親轉過頭，對著剛才還喝得興高采烈現在聽得莫名其妙的班主任不停地道著歉。班主任不知所措地望著他倆，顯然他還無法適應這突如其來的變故，不管怎麼講，他參加工作才兩年，十多年的讀書生涯給予他的恐怕只是書本上的東西，對社會這個大課堂上的這本雜書，他恐怕一時也難以讀得懂。

父親說班主任看中了我家什麼？我家有什麼讓他看得中的，還要打斷我的腿？還說母親對他怎麼好？與母親又有什麼相干？大人們的話真難懂。可我感到父親對班主任說這樣的話，讓我很沒面子，我忽然覺得自己應該挺身而出。儘管聽不懂父親說的話，但我從母親的神情中讀出了「不可以」這幾個字。於是，我朝父親理直氣壯地說：「爸爸，他是我老師，你不能這麼說他！」

「滾一邊去，什麼老師，他是隻老虎你懂不懂，要吃人你知不知道？」父親瞇著充血的眼睛，凝視著我：「以後再不許與他來往，聽明白沒有。」臨了，又轉過頭對班主任說：「今天我擺的是鴻門宴，以後不許再來我家。」

班主任是隻老虎，要吃人？他想要吃誰，我怎麼就不知道？我的臉色一定很難看，只見班主任俯下身，對我苦笑了一下說：「你不必害怕，我以後仍會來看你。」然後對我母親點了點頭：「我沒事，我不會因為這個而不上你家來。」並向母親表示愛吃她做的菜，就臉色難看的走了。

打那以後，班主任很長時間都沒來我家，但我隱約感到他對我的關切似乎比以往更多了。而父親表面上看去好像真的平靜了許多，也從不提起班主任。看似平靜的兩個人，越是將我的內心攪得像波濤洶湧的海浪一樣。

一天，班主任將我叫到辦公室，問我：「最近你好嗎？」

見我沉默不語，又說「是不是你父親又打你了？」這一問像是觸到我的痛處，心一酸，就像見了親人似地「哇」一眼淚如擰開了的水龍頭，嘩嘩地流下來。見我這般模樣，他彷佛明白了什麼，微笑著對我說：「放學後，我帶你一起回家。」

一路上，我的心情很複雜，和他在一起我感到自己很開心，然而一想到見父親後又會生出許多不安和恐懼來。我不知道，父親見到後是罵他，罵我，還是罵母親，這些對我這樣的年齡來說，無疑是個謎。

「你來了。」父親見我們進去，說了一句。此時，他正坐在書店的椅子上，無聊地抽著煙。

不知道他這句話是針對我說，還是對班主任說，我覺得他好像並不針對我，又好像也不針對他。我和班主任相互望望都從鼻孔裡冒出個：「嗯。」

父親真忘了以前說過的話？還是覺得他的到來讓自己感到有點自尊？我不得而知，但接下來的事更讓人匪夷所思。

「班主任，今晚你就在這兒吃飯吧，我們倆好久都沒聊天了。」說著，他徑直走到樓梯口，直起嗓子朝樓上大聲喊：「小小她媽，你趕快下來，燒兩個菜，班主任老師在我家吃晚飯。」

父親這麼說，真出乎意料，我的心中不免有點忐忑不安。

晚餐前一切都顯得很平和。父親請班主任在廚房的餐桌上入坐，又親自給他泡了一杯茶。母親在灶前忙碌，我一邊做作業，一邊警惕地偷聽著他倆的談話。

「最近課程安排的多不多？」父親問。

「老樣子，主要是班級裡雜七雜八的事，總忙不完似的。」班主任平靜的口氣，就像從來沒有領教過他對自己的侮辱。

「不像我，擺個小書攤賺不了多少錢，玩玩而已。」父親笑著說。

「那也不好這麼說，總是一份工作，再說，小朋友放學後有個好去處，也算是你的一大貢獻。」他安慰著父親，倒像自己是他的頂頭上司，給他適時的「獎勵」。

「我這人還能幹什麼，一樣本領也沒有。」

「開書店沒什麼不好，如果我不讀師範，大概也會開書店。」班主任這麼說著，端起酒杯「呷」了一口。

「知音哪，我就說，這鎮上數你我最談得來，其他人都不能算數，正是英雄所見略同啊。」父親興奮地有點誇誇其談。好似他倆從來沒有過不愉快，從來沒有臉紅過，有的只是友情和志同道合。

「來，來，來。」母親將一盤番茄炒雞蛋擺到桌子上，看得出來，她對他倆的重歸於好感到由衷的高興：「沒什麼好菜，將就點吃吧。」

父親對孩子的教育恐怕與人不同，我和哥哥、弟弟、包括母親，從不允許與他一起同桌吃飯，唯有等他吃完後，方可上桌吃。據說是祖上傳下來的規矩。但我不信，寧肯相信是我父親自己訂的狗屁規矩，是專門滿足他大男人的狹小的胸襟，或是對付我們的。

當他倆開始喝著母親沏好的茶時，我們方才上桌吃飯，母親又忙碌著伺候完老小，最後才輪到自己吃飯。完了，洗刷、送走客人，才又就著昏暗的油燈，忙碌著納鞋底、織毛衣、補衣服。難道這就是女人要匆匆走過的一生？女人的一生難道只能在丈夫、孩子和家庭之間選擇，就沒有另外一種生活方式？我望著母親埋頭幹活的側影，禁不住感歎起來。

班主任上我家後的一段日子，一切都恢復到像原先一樣。放學後，他常常會領著我回家，時不時地會拎上瓶好酒與父親對飲，有時喝著喝著兩人會猜起酒令，漸漸地，班主任也和父親一樣醉了。那天，他喝著喝著就哭起來，說是自己的女朋友與他分了手，理由是路程太遠，調動又有困難，想不到一場四年的馬拉松「戀愛」，竟是這麼個結局。並說：「從今以後我再也不想戀愛，也不想和誰結婚，感情這個東西真是虛無飄渺，說沒就沒了，什麼愛不愛的，都是扯蛋。」

瞧著他說這番話時痛不欲生的樣子，我很難過，我為他抱不平，我覺得他所說的愛情的確不是什麼好東西，我對他說：「你不要哭，也不要傷心，我會對你好的，我媽媽也會對你好的，我們全家都會對你好的。這兒就是你的家，以後你有什麼事，我們都會幫助你。」

「小小說的對，你以後就把這兒當成你的家，有什麼困難大家會幫襯著你的。」父親一番動人心弦的話，差一點讓我掉下眼淚。母親在旁卻一聲不吭若有所思地看著他。

從那日起，班主任幾乎隔三差五就來我家，與我父親對酒當歌，高談著人生幾何。有一次，喝著喝著，父親竟與他談起自己被打成「右派」的事。這事情母親從未對我說起過。他告訴班主任，一九五七年之前，他是鎮上一所中學的副校長，兼教數學。同年二月，上面號召「百花齊放，百家爭鳴」，要知識分子和群眾給政府和領導提意見「幫助共產黨整風」，並誠懇地表示「言者無罪」。這股風後來也吹到了學校，當時學校裡動員每個人都要向主政者講真話。起初，他認為自己不是黨員，不說也罷。可就是通不過，學校領導認為，平日裡像他這麼活躍的人，在這場運動中也不能落後，更要向組織靠攏。父親本來就是個心高氣傲的人，一聽領導這麼講，激動得血就冒到了頭頂上。在一次學校召開的全校教師大會上，他第一個跳上講臺，慷慨激昂地提了不少意見。講什麼「現在大搞全民煉鋼，這麼容易就能煉出來嗎？連我家的鍋都拿去煉，叫我們全家老小吃什麼喝什麼？」「大辦食堂，吃飯不要錢，那麼多人，這麼窮的國家，怎麼可能呢？到頭來還不是一場空？」「大家講點實話，做點可能辦到的事好不好？」這次帶頭發言，興奮得他一整夜都沒睡著，以為這下上頭會表揚他，殊不知，沒過多久，他就打成了「右派」，被送到靠海邊的農場去改造。那裡繁重的體力勞動和沒完沒了的批鬥、檢查，使他的身心被摧殘到了幾乎崩潰的地步。

說到這兒，他對班主任忿忿不平地說：「我想不通，自己響應號召講了真話，怎麼反倒成了『右派』，不但發配去農場改造，口糧也從每月二十四斤，削減到十五斤。」後來，他雖說走出了農場，但被處分，讓學校除了名。受到如此打擊，又沒有了工作，內心越來越不平衡，長期的憂鬱和苦悶使他的性格變得越來越暴躁，整天沉溺在自我埋怨，自我消沉的狀態中不能自拔。不敢明著再跟上頭「幹」，只好在家裡稱「好漢」。聽後，我覺得父親也太計較，肚量大一點不就行了。何必跟自己過不去，鬧得家裡雞犬不寧。

豈知班主任一聽，像是著了魔似的，從此對父親另眼相看，竟然幫著他說話，說他是個誠實的人，是個好人。他的這種說法，更讓父親有了知遇之感，興奮得差不多將酒當了水喝。許多年以後，我才知道，「反右」鬥爭，劃定了五十五萬名「右派分子」。二十七萬人失去公職。失去公職，沒了生活來源，牽涉到一家人的生與死，你說那個人的心情還能過得去？父親當時不僅管不了全家人的肚子，連他自己的命，也要依靠母親給人家納鞋底做針線活來養活。

他倆說這些時，母親在一旁埋頭做著手中的針線活。在這家裡她是沒有發言權的，有的只是默默地幹活，班主任和我父親可以拿酒來麻痹自己，以酒澆愁。而我母親則只能將愁怨一針一線地縫進布裡，衲進鞋底。

時間一長，母親發現班主任竟在借錢喝酒，而父親趁著他失戀後的痛苦縱容他喝。你喝，他也喝，喝不多久，班主任的工作也不正常起來，上課常常遲到，身體一天不如一天，漸漸地，也聽不到他聲情並茂的詩歌朗誦了。

一天放學後，班主任又提著兩瓶老酒上我家，與父親照例坐在桌上，翹起二郎腿，擺起酒攤，直喝得兩人醉眼矇矓，誰也認不出誰來。母親先是勸慰著父親，後又勸著班主任，後來看他倆越喝越不對勁，就乾脆將一瓶酒抓在手裡，大著膽子說：「今天你們就喝到這裡。」

這下可激怒了父親，他不認識她似的直視了一會，然後發恨地對母親吼道：「你給我滾，老子喝點酒要你管，不瞧瞧你是誰。」一說著，起身，一把奪過母親手中的酒瓶，另一隻手對著母親用力一推，她仰面倒地，頭「咚」一下撞到柱子上。這一下，剛才還發愣的班主任酒好像醒了一半，下意識地起立，快速跑上前去，將倒在地上的母親扶攙起來，嘴裡喃喃地說：「這怎麼可以，你將她撞壞了。」一邊說，一邊嚷嚷著要我找一條毛巾過去。

我將毛巾遞給了他。

他輕輕拭著母親還在淌血的額頭，用責備的口氣對父親說：「你怎麼可以這樣待她呢？」

他不瞭解我父親，從小被父母慣壞了的他，是決不允許別人在我母親面前數落他的。他是個心底狹窄、唯我獨尊和嫉妒性極強的男人，只見他的臉漲得通紅，瞪著眼珠，手指著班主任罵道：「你算老幾，我打自己的老婆，礙你什麼事，在這兒裝好人。」酒最容易在這種時候發揮出來。喝酒的人此時也從不會考慮自己說話的後果。

「你這樣做，是要出人命的。」班主任說。

「她死不了。」父親瞅了瞅正頭暈目眩的母親。

「我看是撞暈了。」

此時，母親睜了睜眼睛，朝班主任的晃了一眼。

看到母親睜開眼睛，班主任寬慰地歎了氣：「嚇死我了！」

我慌忙過去將母親扶到桌子邊上說：「你就在桌上趴一會。」然後，側過頭對父親說：「你倆就不要再喝了。」

班主任隨即點頭，對父親說：「要不，我去叫醫生？」

「不用，沒有什麼大不了的事。」說著，轉過頭用埋怨的口氣對母親說：「怪你自己，我們喝酒，關你什麼事，女人是禍水，你瞧你，一說話就出事，對不對。」

「是你自己推倒她的，怎麼還說她不好呢！」班主任打抱不平似地說。

父親盯了他一眼，氣不打一處來：「你怎麼老是幫她說話呢？在我家裡，女人絕對不可以說話，對也好錯也好，這是規矩。」

「我看你是不懷好意，以後不要再到我們家了。滾！」父親的酒勁上來了，話說得非常刺耳。

方才還趴在桌子上喘息的母親，聽罷此話，突然像被受侮辱後猛然覺醒的樣子猛地一下站起身，抓起擱在旁邊的一瓶酒，用牙齒咬開瓶蓋，頭向上一仰，就往嘴裡灌，「咕咚，咕咚、咕咚」一瓶烈性白酒，沒等旁人弄清楚，就一滴不拉地順著脖子全進了胃。只見她將酒瓶隨手一扔，憤怒地說：「喝，喝，我跟你們一起喝，喝死拉倒，也不用受罪了。」

空氣彷彿凝固了，平時反應靈敏的父親此刻竟望著母親發呆。班主任也是。說實話，我長這麼大從沒見過母親這般壯烈的舉動，在我的眼裡，她總是溫柔並且平和，小心翼翼地說著每一句話，伺候著全家的每一個人，和藹可親地接待著每個與我家相處的人。此刻，她的表現不亞於在我頭上扔了個定時炸彈，「轟」一下，炸得我思緒像彈片似地亂飛。父親又說班主任不懷好意？他怎麼不懷好意了？與母親又有什麼關係呢？她為什麼要採取以酒來對抗的過激行為呢？難道她不知道自己這樣做得後果？我覺得母親真是有點瘋了。

「你瘋了，你一定是瘋了。」父親瞬間酒醒了大半，想必是母親激烈反抗的行為激怒了他，只見他衝了過去，狠狠地抓住母親的一把頭髮朝前拖了幾步，然後就將她的頭往木柱上死命地撞，嘴裡不停地喊：「我讓你反，讓你反！」

在一旁看得發呆的班主任這才像潑了一瓢水似地清醒過來，他迅速撲過去，伸手抓住父親攥住母親頭髮的手，拚命的掰手，然而，父親卻像隻發了瘋的獅子，緊攥母親的頭髮，任你怎麼掰，也不鬆動。

他們仨人扭打在一起，借著酒性從西打到東，又從東打過西，我根本插不上手，只好站在那裡，望著三張被烈酒燒得通紅同時又被憤怒扭曲的臉，站在牆角瑟瑟發抖。此刻，他們彷彿變成三頭發瘋的野獸，在這場互相撕打中，彼此都不想輸給對方。

我站在一旁，不知該怎麼辦才好？其實在很多時候，當事者並不害怕，就像一位被處死的囚犯，死對他來說不可避免，但比死更可怕的是看著自己最心愛的人在你面前死去。我就是這樣的陪綁者，看得驚心動魄，哭也不是，叫也不是。我不明白事情怎麼會變成這樣，他們之間究竟發生了什麼？是父親錯？班主任錯？還是母親怎麼了？莫非母親是想以這種方式來證明自己些什麼？

母親被攥得嗷嗷亂叫，眼睛通紅，她的頭始終被父親的手強按於離地面大約四釐米的高度，而她則努力想將頭向上昂起，不甘心就此被擒，因此臉漲得通紅。班主任使出渾身力氣死扯父親的手，要知道，他越扯父親就攥得越緊，一個扯，一個攥，母親如同一架「噴氣式」飛機被挾持得半沉半浮，左右搖晃，哭又哭不出聲，喊又喊不出來，從內心深處發出一陣痛苦和絕望的呻吟。我清醒過來，不顧一切地衝上去，大哭著去拉父親的手，父親的手不知怎麼，一下放開了母親，突然，母親像失去控制似的，奮身一躍，一頭撞向柱子。

父親驚呆了，我也驚呆了，班主任也是。一切都像編排好的，母親唯有以死來拯救自己。誰也不可能救她，誰也救不了她。我突然看見母親的額頭像小河缺口一樣湧著血，心一急，就什麼也不知道了。

從那日起，班主任再沒有上我家。而父親和母親則三天一小吵，五天一大吵，吵著吵著父親就要母親滾出去，直至吵到母親帶我離家出走。

3

今天，眼看父親要強搶我回家，班主任出乎意料地站在我面前，說心裡話，對於他倆，我誰都怕，因為只要他倆碰一起，事情肯定沒好結果。儘管我還弄不清這是為什麼，但父親對他的反感和他對父親的反感，我發現慢慢地正在成正比。然而，我對父親的反感超過了對班主任的，對班主任只是怕父親跟他吵，別的都沒什麼。在這危急關頭，他的「從天而降」讓我像碰到救星，我不顧一切地哭喊道：「快救我，我不想回家，不回家！」

「回不回家，不是你想不想的事。」父親一邊說著，一邊仍扛著我向前跑。

「你放下她，你放不放下她！」班主任在後面邊追邊喊。

「救我呀，救我！」我在父親肩頭絕望地叫著。

想必單身跑與扛著人跑有著本質上的區別，班主任一下追過父親，將他攔住。並不由分說的使勁從我父親手中爭奪我。經過一番較量，毫無疑問是父親輸。我被班主任奪下來躲在他的身後。他一隻手擋著父親不時想衝過來的身體，另一隻手反護著身後的哭得上氣不接下氣的我，喘著粗氣對父親說：「你冷靜一下，帶她回去不是解決問題的辦法，這樣做事情會越來越糟糕，你們夫妻倆要平心靜氣地坐下來談才行。」

「有什麼好談的，事情明擺著，孩子她媽不想與我談。」父親理直氣壯地說：「我也納悶，她媽以前在我面前連鼻涕都不敢縮一下，自你上我家後，她現在就成了這個樣子。不是你，又是誰?!」

「你究竟是不是人，你怎麼可以隨便冤枉人呢？」班主任氣得臉色發白。

「是不是人自己心裡清楚，我還要問問你呢！」父親說。

「你血口噴人，怪不得小小媽要從家裡逃出來，像你這樣誰也沒法跟你過。」

「好啊，她不跟我過，你就高興啦，我就知道你不安好心。」

「你，認識你，我真瞎了眼。」

「我也是，從今往後，你我就是不共戴天的仇人。」父親咬牙切齒地說：「咱們走著瞧。」或許他認為自己執爭下去也沒有結果，於是氣鼓鼓地走了。

那天晚上，我將此事告訴了母親，只見她好久好久都沒開口。而我卻一直想著父親所說的話。就在次日，「四清」社教工作組的伯伯阿姨上我家來，母親才知道，父親將自己與母親的事，告訴了他們，要求他們出面調解，讓母親回家。母親聽了他們的話，起初什麼也沒說，過了片刻，才咬牙切齒吐出一句話：「真是惡人先告狀。」說罷，她拖著工作組的一位女同志，撩起背部的衣服給她看，當這位阿姨看到母親身上被煙頭燙得一個個醒目嚇人的疤痕時，她半張著嘴，久久說不出一句話來，她撫摸著母親的傷痕說：「你不要回家，解放十多年了，怎麼還可以這樣虐待打罵婦女呢？」她安慰母親，要她堅強的活下去，做自己新生活的主人。伯伯說要去好好教育我的父親：「舊社會遺留下來的一切陋習都得改。」

他們走後，我對高興地母親說：「我們不必再回家了，工作組的人會幫助我們的。」母親也有點抑制不住內心的激動說：「想不到有個說理的地方了，工作組給我撐腰，我就可以脫離苦海了。」

晚上，母親躺在床上，向我講述與父親結婚的經過。原來，我的母親是被父親強搶過來成的親。那情景就如同魯迅筆下的人物「祥林嫂」。

隨著她的敘述，我看到了二十年前的母親。

那天，她正在河邊洗衣服，一艘從上海開往葛雲的船正從她身邊駛過。她純樸的美和用棒棰在石階上拍打衣裳的倩影，令船上所有的人驚歎。這一瞬間過後不久，母親就被告知要遠離自己的家林浦，嫁到離自己家三十多里地的一個小鎮上。得知這一情況時，母親死活不樂意，雖說自己養父母家的生活條件並不好，但父母對她百般寵愛，視如珍寶。她活到十六歲，始終不知自己的親生父母到底是誰。在這家養父母未收養前，她就像一棵沒有名字的草，在田野裡任人踐踏地生長，直到前年才被這對好心的養父母領養。在她自己十六年的生涯中，不知轉賣過多少地方，也不知挨過多少人的打罵，只有林浦這戶人家，才讓她感到自己有了一個真正的家。如今，卻又要被迫嫁給這個從未謀面過的人。她想都來不及想自己未來的命運會是什麼樣，又無可奈何被人搶親了。

結婚那日，她含著淚，滿肚的委屈不知與誰說。養父母更是依依不捨，說；「不是我們要嫁你，實在是男方家來提親的人，容不得我們有一絲的辯解，好在對方是個讀書人，家境也不錯，再說，哪個女孩子不嫁人，早晚也是要出嫁的，嫁的晚，還不如嫁的巧，我們也就答應了。」

事後，母親才知道，父親早就有自己的心上人，只是祖母認為女方長得不好，八字也不配，因此沒有同意。祖母不同意，讓父親很抵觸，他整日情緒低落，與一些戲子鬼混。祖母看著，也很焦急，就請算命先生給他撥了一卦。算命先生說：「要想使他振作，就要在短期內找與其相配的女子結婚。」並且說，這個女子必須是東北方向的，偶遇的最佳。

祖母相信這種說法，於是，就雇人順著東北方向在三十里以內的一帶找，剛巧碰上了母親。講老實話，父親並沒答應，但婚姻大事，歷來是父母說了算。拜堂那天，父親縱然有一百個不願意，但礙著祖訓只好板著臉站在堂前，拜完天地，再拜高堂，當夫妻對拜的禮儀結束後，一雙新人進入洞房。

鬧洞房的人，挑逗著父親去撩開新娘的頭蓋，父親起先不情願，後來在眾人的再三縱容下，終於鼓起勇氣不情願地撩開了新娘的頭蓋。頭蓋被掀開了，不說父親，連在場的人都被新娘無法用言語形容的美貌給鎮住了。父親發了好一會呆才醒悟過來，在眾人興奮的喝彩聲中，露出了許久不見的笑容。是母親的美貌征服了父親？還是父親在上海從事醬園業暫短的離合使他倆產生了距離美，不得而知，反正在我出生之前，他倆還能勉強湊合著過這段偶然搶來的姻緣。

我問：「父親對你還算不錯吧?!」

母親說：「包辦的婚姻要好也好不到那裡去。」

原來我父親從小接受的傳統教育與西洋教育一樣多，他的骨子裡一邊流淌著傳統的血液，知道遵守家訓，必須循規蹈矩。但他吸收到的西洋教育，總時不時地在冒出來，活躍著他的思想，指導著他的行動。他不願過分拘泥於這種世俗，甚至認為無愛的婚姻是殘酷的，但又無法擺脫傳統思想對他的束縛。他的保守與開放，嚴峻與活潑，總是矛盾地揉合在一起，就像一桿秤，一邊東西放多了，那邊就翹起來。時時想平衡，但總也沒辦法平衡。」

「好歹你們也過了這些年。」我說。

「那是在舊社會，婦女沒有地位，家裡的一切全由他做主。」母親說。

「那祖父母呢？」

「他們在解放前夕先後去世。」

「他們的離世對你是好，還是壞呢？」我問。

「差。從那以後，你父親就沒有了任何一點約束，脾氣也壞了許多，動不動就給我臉色看。不過他那時還不至於對我動手。」

「是生我之後，才對你動手的嗎？」

「是的。」雖然黑暗，但我仍然可以感覺到母親在點頭。

「媽媽。」我沉思良久，心裡突然湧上一陣酸楚，我轉身抱住母親的身體，心裡充滿了內疚。

「你不要想很多，不是因為你。」母親見我這樣，摸了摸我，欲言又止，面露難色地歎口氣說：

「小孩子家，別問那麼多，說了不見得你能懂，明天你還要上學，轉過身去睡吧。」

聽罷母親的話，總覺的有些事母親瞞著我，是什麼呢？我在躺在黑暗中靜靜地想著。直到桌上的那臺不知走過多少年的臺鐘「噹噹噹」地敲過深夜十二點，我才迷迷糊糊地睡去。

次日，母親怕她不在家時父親會來干擾我，也唯恐我「寡不敵父」被劫持而去，她帶著我去她上班的地方。起初，班主任得悉後，認為大可不必，白天我可以上學，由他負責接送，他對母親說：「讀書的事大於所有的事，不能因為小小的父親而放棄孩子的學業。」

母親卻對他說：「我不能因為孩子的學業，作出有可能失去她的決定，只有我們在一起才是最重要的。」

班主任問我：「你想讀書還是想跟著母親？」

我猶豫著說：「想讀書也想跟著母親。」

我的這種回答讓他左右為難。為了滿足我的要求，母親決定讓我上學。但結果呢，在我放學時，父親就虎視眈眈地站在學校大門口，打算「劫持」我回家。好在班主任有警覺，帶我從學校的後門溜走，才免除一場爭鬥。這件事後，母親更堅定了她自己的想法，於是，我便白天黑夜地去了她上班的地方。

這種失去學校的生活，開始我覺得也挺快樂。我整天無所事事，白天遊來蕩去的逛街，傍晚才與母親一起回家。母親有時加班至凌晨一二點鐘，我就蜷縮在母親鋪在縫紉機前地上的麻袋上睡覺。下班後她才叫醒我一同回家。一天中最開心的事，就是回北廣，走過街道時，清晨的饅頭鋪剛好開張，熱氣騰騰的饅頭散發著誘人的香味，母親時常會往我手裡遞上一毛錢和糧票，我就快活得像小鹿似的往饅頭鋪竄，給：「買兩隻饅頭。」兩隻饅頭三分錢，當我接過饅頭時，往往等不到找零錢，就迫不及待地咬上一口，那神情就像一條餓過了頭的狗，好不容易找到一根肉骨頭似的快活。買東西必須用糧票，我們從家逃出來後，母親向父親要過，但父親說：「你就死了這條心吧！」沒糧票，母親只能偷偷與要好的同事用錢換。有一次，沒有糧票，我與售貨員商量了，她也給。沿著大路走，路旁淨是一個個墳堆，墓旁荒草萋萋，風一吹，每次走時總覺害怕。黑暗中螢火蟲發出的亮光似明似暗，像鬼點燈似地在我眼前晃悠。為了給自己壯膽，我就不顧一切地直起喉嚨唱歌。

母親很溫和，我很少見她發火，自從離開父親後，她神情雖然有點憂鬱，但在我看來，心情卻比待在家時要好得多。她說：「擺脫了你父親，生活雖然艱苦，但自由了。」

我覺得母親說得也是，不要說她，就算是我，自打離開父親，我從心裡感到了一種自由，至少不用擔心每天要看他的臉色過日子了。我寸步不離地跟著母親，而母親的眼光似乎總隨著我的腳步走。她開始教我鎖鈕扣縫褲腳做盤扣。母親的女同事說：「看來她能做女紅，乾脆讓她跟著學算了。」

母親聽罷，笑著問我：「你願不願意呢？」

我搖搖頭。

女同事問：「那你長大了想幹什麼呢？」

「我跳舞。」我脫口而出。

「什麼，當舞蹈演員？」她詫異的神情中露出些許嘲諷。

在場的人都停止了手上的活，像看怪物似地瞅著我。

我望一下母親，她臉通紅，我心裡清楚，只好僵持著。

「我就是想要當舞蹈演員，不管你們怎麼瞧。」我完全不顧懷疑與嘲笑的目光，但此時只要有人再說這樣的一句話，我的眼淚就會流下來。

「好，好！」阿姨顯然意識到了什麼，轉而說：「想跳舞，那就當舞蹈演員。」

我一聽不顧眾人的目光，將腿高高地擱在母親的縫紉機上，而後又在麻袋上劈叉，在靠河的窗框上使勁壓著腿，試圖想用行動來證明：我就是要成為一名出色的舞蹈演員。

漸漸地，我感到自己這種生活很無聊，於是對母親說：「我還是想回學校去，老師說得對，我可以什麼都沒有，但我不能放棄讀書的機會。」

母親對我的要求並不感到突然，過了一天，她問我：「你願不願意離開北廣，去往西廣讀書呢？」

「就是你現在工作的地方？」我問。

「對呀！」母親說。

「我願意。」我高興地說。

第三章

1

三天後，母親帶我搬離了生我養我的出生地，去往一無所知的西廣鎮。西廣，作為縣城所在地，大約有三萬多人口。從北廣到西廣必須沿著市河走，拐個彎，轉過一個涼亭再直走就到了。母親的單位在西廣的東街頂端，要穿過整條東街。母親先領我去了一幢位於塘棲街戴家弄的老屋。老屋位於西廣的南邊，它與東街隔河遙對。街道很像西廣，青石板的街道，兩旁清一色白牆黑瓦的江南民宅，街上的行人很多，男女老少忙著自己的事，孩子們玩耍的嬉鬧聲充滿了整條街，給老街增添了一股清新的活力。

老屋在上岸，大過我的年齡數十倍。屋子臨街正門大廳，早已不歸屋主所有，改做縣供銷社農具倉庫。弄堂的另一側是供銷社的竹行，它依靠河存活，前來買竹子和農藥的農民常年累月搖著船從四面八方趕來到這裡購農用產品。大大小小的船都停靠在河灘邊。有一隻竹筏伸向河中央，這裡的人家，淘米、洗菜、洗洗涮涮全蹲在這上頭。這裡長年供應氨水，這農藥味很濃，半條街都瀰漫著難嗅的農藥味。

我隨母親穿過一條狹窄而悠長的弄堂，在牆角處轉彎，發現路邊是莊稼地。如果不是特意走進這弄堂，根本不會知道這裡住有人家。母親叮囑說：「住這地方千萬不能對那『死鬼』說。」我知道她指得『死鬼』就是父親，她是怕父親又來吵，我懂事的點點頭。心想，這下可好，父親想要找，一時恐怕真難以找到。經過一堵圍牆，跨進一扇黑漆小院門。圍牆四周的上出乎意外地爬滿了常春藤，正值春天，風一吹，滿牆的葉子嘩啦啦響，似乎要將沉睡了百年的老屋喚個醒。

庭院內，一棵葡萄樹開滿白花；將整座院子渲染得楚楚動人，東牆角粉紅色的薔薇花含情脈脈，十分誘人；西牆邊的香椿樹吐出幽香的嫩芽，好像吸引你去親吻它；還有牆根邊毛茸茸的青苔、一絲絲鳳尾草、一棵棵誘人的虎兒草，把我原本憂鬱的心，一下開朗起來。

「喔，這就是小小嗎？」一位約莫六十多歲的老婆婆站在客廳的門檻裡與我們在打招呼。她身著一襲黑衣，斜襟布衫的搭扣上塞著潔白的手帕。臉很白淨，長得小巧玲瓏，後腦勺打著一髮髻，渾身上下收拾得乾淨俐落，

「房東婆婆，我們來了。」母親一邊招呼著領我走進客廳，一邊教導我：「快叫呀，叫婆婆。」

「婆婆。」我靦腆地喚了一聲，躲到母親身後。

「她就這樣，生下來就怕見生人。」母親抱歉地說。

「喔，讓婆婆瞧瞧。」她熱情地想拉我的手。

我害羞地將頭儘量往下沉，不想讓她瞧見我的臉。

「怕什麼，抬起頭來。」母親叮囑我，並使勁將我從她身後拉出來：「醜媳婦總要見公婆，過來，讓婆婆認識一下你這隻醜小鴨。」

我將眼皮抬了一下。

婆婆先是一愣，隨即露出一臉燦爛：「人不可能十全十美，沒有什麼好害羞的。不就是臉上這點胎記嗎，我看其他地方長得都挺好的。」她轉頭，對母親說：「你看看，眉心寬，額頭高，臉清秀，鼻樑直，眉宇間透著一股靈氣，我看她挺聰明的，長得也很俊秀。」

說實話，我長這麼大，還從來沒聽人對我有過這樣的評價，我知道自己長得很醜陋，醜到誰也不願意多瞧我一眼，醜到父親不願意要我。不管怎樣，人都喜歡聽好話，我也不例外。我有點喜歡上了這個像出土文物似的老婆婆。

「謝謝婆婆吉言。」母親看她說話和氣，人也很慈祥，便客氣地說：「以後你就是孩子的奶奶，她有什麼不對的地方，你儘管教訓就是。」

趁著她倆寒暄時，我趁機打量一下四周。只見大約二十平米的客廳內，靠窗擺著一張四方桌，三隻方凳。桌子的東側有一小門，想必是廚房。西牆擺有一張長桌，一把雕花椅。長桌上擱置著一隻深墨綠暗花青瓷花瓶，年代相當久遠，看上去很名貴。一張小小的八仙桌靠南牆一側，左右各置一把太師椅。

儘管有些陳舊，但看上去都很有質地。婆婆告訴我，所有傢俱都是用紅木製成的。

穿過客廳，邁上石階，往上是二樓。我以為房間是在二樓，不料，婆婆帶我和母親隨著她順著樓梯的平臺往下走，原來我們借住的是底樓的地下室。一間不到八平方米的房間陰暗潮濕，搭了兩張床。說是床，其實是用磚壘起的，上面安放上著兩張竹榻。靠我的床頭有一扇小窗，開得很高，很長的時間裡我伸手都碰不到。窗外有一個小天井，高高的圍牆，一邊是圍牆，兩邊是窗，婆婆說，就是樓上的東廂房和西廂房。我的房間只露出天井大的天。窗外放著一口缸，長年積著天落水，遇上黃梅天，水缸裡就長出許多細小孑孑，牆壁上像一位畫家隨心所欲的潑墨，塗滿了青黛黴斑。別的不說，令我心驚膽戰的是，進房間時必經過的一條狹窄的小弄堂，弄堂盡頭的角落裡擺放著兩隻長凳，上面竟豎立著一隻棺材。婆婆介紹說，這是她三十歲時就定制好的，算命先生說她最多只能活三十二歲，唯有做副壽材衝衝喜，才有可能活過這個數。不知這說法有無道理，她倒是活過一倍還在活著。照我看，整座房子瀰漫著一種陰森可怕的氣息，充滿著死一般地沉寂。也許是年齡的關係，我害怕棺材，也很害怕死亡。覺著很奇怪，心想，怎麼搞得，自從家中逃出來後常常會與之打交道，真有點怕鬼鬼來迷的味道，無奈只好提心吊膽的過日子了。

2

我去了天寧寺小學上學。校舍離我住的地方不遠。

在我的感覺裡，塘棲街很像北廣。狹窄的街道，青石板的路。從聖安橋開始，一直向北延伸。北廣與西廣相比，最大的不同，在於西廣比北廣繁榮的多，街也比北廣寬一點。整條街就像是這小鎮的碼頭，四面八方來的船都停靠在臨街的河灘邊。夏天，船一靠岸，船上的大人、孩子全光著腳，一個個活蹦亂跳地跳上岸，而那些後腦勺拖著一條紮著紅頭繩的大辮子，臉膛泛著黑紅色的姑娘，將街上的青石板踩得「嘰呱嘰呱」地響。她們發育得豐滿的乳房，隨著重重的腳步在藏青色斜布衫裡像小鹿似地亂跳。滿街的小店，因她們的到來而充滿生機。冒著熱氣的饅頭，炸得焦香的油條，大蒜味、蔥油味順著行人的鼻子一個兒地亂竄。直誘得路人停下腳步，伸出手來摸自己的口袋，想掏錢買來解解饞。

去學校時，每天要穿過聖安橋橫跨坡度下的橋洞。以洞劃分成塘棲街與芸街。如果往右拐是芸街。我徑直走過一座小柵橋，就是西大街，是鎮上最鬧猛的一條街。西大街東至離弄口的五步橋，西至寺弄口的桐安橋，全長不過數百米，寬不過五米，全是麻黃色花崗岩石板鋪成。街的兩旁鱗次櫛比地排列著數以百計磚木結構的兩層樓百年老屋，樓下開店，樓上住人。臨河的老屋後面，流淌著那條清澈的大河。清晨，天朦朦亮，每戶人家就像事先說好了的，不約而同地到河灘邊倒馬桶，手中的苕帚將馬桶洗得「唰唰」響，似乎不把沉睡中的人們弄醒就決不甘休。站在桐安橋上，自西向東眺望，你可以看到幾座年代久遠、造型各異的橋樑，大林橋、秀州橋、葉家橋等。街上的小店各有特色，這些鋪面大小不一、商品各異的商店和小攤小販，不僅為居民帶來了生活上的方便，而且為四方的農民提供了生活所需的各種日用品。

校舍由木結構，白牆、黑瓦構成，很有味道。三年級的課程並不難，難的是整個形勢好像在變。一天上課，老師告訴我們，說是「無產階級文化大革命」開始了。我並不知道它的到來對我有什麼影響。但我感到的確不同於往常。首先，我領到了一本「紅寶書」，很覺新奇。說來你不信，我對新鮮事物特別感興趣，開始用它來替代課本時覺得很興奮。我相信自己對其中內容的理解並不比其他人差。而且和所有人一樣把「老三篇」和林彪為《毛主席語錄》所寫的再版前言背得滾瓜爛熟。一半虔誠，一半逞強，還夾雜著幾分不得已。反正我這個註定每次運動都落後的（不說反動就是十分運氣）人。當知道決定國家和個人命運的「紅寶書」，將真的取代其他課本時，開始有點不知所措。確切地說，我並不喜歡讀它，也知道它的作用是別的課所不能取代的。但問題是，它能取代其他課程所給予我的知識嗎？更麻煩的是，我不想重複。每天千篇一律地誦讀，讓我苦不堪言。回家對母親說了，她叮囑我，不能隨便對人說，如果說了，我會吃官司的。吃官司究竟意味著什麼，我不清楚，因此對我來說，並不可怕。可怕的是，連不識字的母親也不放過我，像瘋了似地不適時機地找我教她。有時深更半夜，我睡得正香，她竟不顧一切地將我從夢中喚醒。我覺得自己快要被逼瘋了。

我開始逃課。

起初，我躲在學校旁邊的寺廟裡。整座寺院規模宏大，雄偉氣派，莊嚴肅穆。有四大金剛殿，千佛閣什麼的。就連我讀書的校舍據說早先也是供佛用的。千佛閣是整個佛教區天寧寺的核心，十分壯觀。閣西還有個水門汀，廳呈長方形，臺基高二尺許，屋頂飛簷發戧，四面立柱走廊，有落地長窗，很是敞亮。下課時，同學們都在那裡踢鍵子。廳東還有一座四合角亭，方亭石柱上刻有楹聯，亭中立有雲石大師碑一座。可惜我年齡尚小，雖然我常去，但總也讀不懂那些楹聯的涵義。

千佛閣是供佛的，樓上藏有經書。寺院裡有一高僧叫了空法師，據說解放前就在這兒主持。解放後不久，寺院裡的和尚多半被有關部門遷送回了老家。唯有他無處可去，又不願離開天寧寺，就借居在千佛閣後面河邊的一間小屋裡，以針灸行醫，苦度餘生。平日裡他總偷偷溜進千佛閣撣灰打掃，將閣內弄得一塵不染。

那日，見到他時，我並不覺得陌生，他見我時也一樣，拿著手中的雞毛撣子淡淡地對我說了聲：「你來了。」讓我感覺自己就像是他手下的一尼僧。

我說：「我想在你這兒待些天。」令我感到納悶的是，他竟首肯，卻不問我為什麼。

「怎麼就不問問我為什麼？」倒是我忍不住問。

「凡事都有它的原由，問與不問都是問，問便是不問，不問便是問。」他神情釋然地說。

「這兒有什麼可看的東西？」我問。

「有啊！」於是，他便領我參觀了寺院的上上下下，前前後後。

我望著早已沒有一尊佛像而顯得空蕩的千佛閣，差異地問：「怎麼就不見一尊佛像呢？」

「五十年代初就被砸毀了。」

「佛像也沒有了，你每天還來這兒幹什麼？」

「佛無處不在，佛法無邊。心中有佛，便是佛。」他說著，還讓我閉上眼睛，體會一下佛的廣大。

我凝神屏氣，閉眼肅立。果然，眼前彷彿出現一尊尊神態各異的佛像。一時竟弄不清是真是假。

「你覺得怎麼樣？」他問。

「我真得感覺到他們的存在。」

「這是佛的神威。」他說。

「他們怎麼樣？」這回輪到我問。

「很慈悲。」

「慈悲是什麼？」

「你想怎麼，他就會幫助你。」他告誡我。

我將信將疑。心想，不知他能否幫助我解決父母的問題？

他彷彿看出我心中所想，說：「你有什麼心願，可以在這裡悄悄許個願，很靈的。」

他這麼一說，我半信半疑，便暗暗在心裡許了個願：「祈求父親不要找到我。」

將近半年的時間，我都在廟裡。每天聽著高僧誦經，在庭院與廟宇之間竄進竄出。院裡的樹木很茂盛，長著許多梧桐樹，秋天時分，我就跟著高僧用竹杆猛抽樹上的梧桐籽，他打，我撿，然後，他再用樹籽去換錢。慢慢地，我知道高僧的生活來源等於零。找他看病的人寥寥無幾，常常見他吃了上頓沒下頓，有時僅靠街坊鄰居一點施捨度日。他的身體每況日下，漸漸地，無力再去廟裡照料。

我的情況比他還糟糕，學校老師三天二頭找不到我，便告狀到了我母親那兒。一天，我回家，進門就發現母親早回來了，見我進去，她抄起一把蘆花掃帚，不問原由地朝我夾頭夾腦一頓抽打，嘴裡還不停地說：「讓你逃課，你再逃課。你以為我供你上學讀書很容易嗎？」

我雙手捂住頭，左躲右閃，心想：又不是我的錯。誰讓老師每天顛來倒去讓我讀那幾篇語錄。

「你給我說，為什麼要逃課？」她見我不吭聲，似乎越加來氣：「你就不想想，我們每天才吃一二頓飯，而且喝的是稀粥，都沒下粥的菜，還不都是為省下錢來供你讀書嗎?!」

我這才覺得自己犯了一個嚴重錯誤。在母親眼裡，我讀書讀得好不好恐怕就是她以後過得好不好，我讀好了書，她老了以後跟著我也有個依靠。不是說，「書中自有黃金屋」嗎？而我也認為讀書是件最要緊的事，爭取讀書時，就被父親罵了一通，母親與他吵得不可開交。長這麼大，母親還沒有對我動這麼大干戈，凡事她總是護著我。想到這，任憑她怎麼抽打，我都不吱聲。

「說！」她似乎打累了，將掃帚一扔，一屁股坐在凳上，眼睛等著我回話。

「我不想一天到晚讀語錄。」我委屈地說。

母親聽了，好一陣呆。突然，她站起身，將我像老鷹捉小雞似地從客廳拖至房裡，急切地關上門，壓低嗓音對我罵道：「你找死啊，大家都在讀，你為什麼就不能讀?!」

「不是我不願讀，問題是翻來覆去的讀，讀了有啥用。」

「你無法無天了是不是？他老人家的話就是指路明燈，一句頂一萬句，句句是真理，要活學活用，你懂嗎？嗯。」母親直瞪著我。見我不吱聲，就氣急敗壞地問：「說呀，你到底想讀點啥？」

「我想讀原來老師教我的語文和算術，還有音樂和畫畫。」

「這些是你想讀就讀得了的嗎？」她高聲怒吼道。

「不是！」我老老實實地說。

「你是知道的嘛。」她的口氣似乎軟了一點說：「毛主席著作，一天不讀問題多，兩天不讀走下坡，三天不讀沒法活。你那麼多天都不讀，能不出事？你為什麼逃課。說，這半年時間究竟在哪裡？」她眼緊盯我。

「在天寧寺的廟裡。」我抬眼瞅瞅母親。

「在廟裡?!」她很覺吃驚。

「在那兒做什麼？」她又問，滿臉的狐疑。

「嗯。」

「跟老和尚念經書。」

母親腿一軟，「咚」一屁股坐在地上。

一時，兩人都愣住了，你瞅我，我瞅你，像見了陌生人一般。

「你，你，你真要氣死我了。」母親叨嘮著，努力想爬起來。無奈她氣昏了頭，嘗試幾次都沒成功。我走過去拉她的手，誰知她一把摔開我，也許是憤怒產生了力量，只見她一下站立起來，用手指著我說：「不幹正經事，簡直跟你父親一模一樣。」

本來我開始自責，想不到母親將我與父親相提並論，這讓我十分氣憤。我不明白她為什麼別的不比喻，偏偏將我與父親相比。母親見我不吱聲，就以為自己是講對了，於是扯起嗓子越罵越凶。而且罵得都與父親有關，這讓我忍無可忍。

我扯起嗓子說：「你還有完沒完。」

「你給我滾，滾你父親那邊去，我不想再看到你！」興許我頂了她的嘴，她哭著，喊著，情緒比方才還激動，好像全是因為我，才讓她活得這麼痛苦。

我終於控制不住自己，委屈地哭出聲來：「好，我滾，我恨我父親，也恨我自己。」說完，拎起書包以母親意想不到的速度，拉開門栓，衝出房門，抹著眼淚，走出了家。走過客廳時，房東婆婆正站在那裡，臉上露著詫異的神情，她似乎想對我說什麼，但我急匆匆地走了。

出門後，我才知道天已經黑了，並且無處可去。我站在聖安橋上望著對岸的天寧寺發呆。四周一片寂靜，河面上泛著月光。

我想到了空法師，他是我唯一信賴的人。今晚，我才發現連最親愛的母親也不理解我，說我跟我最痛恨的父親一模一樣，這讓我大受刺激。我怎麼會跟自己所痛恨的父親一樣呢？這話假如是別人說，我還可以忍受，偏偏是從我最親愛最信賴的母親嘴裡說出來，這讓我覺得不是忍受的問題，簡直是不可饒恕。我覺得自己快要瘋了，連我自己都無法再相信。我沿著彎彎曲曲的小路找到了空法師的家。站在他破舊的小屋前，我猶豫了，不知道他會不會收留我，更不知道他會怎樣來看待我。因為母親的一席話，令我對一切都產生懷疑。

「咚咚咚！」我鼓足勇氣敲響他的門。

「誰呀？」屋內有人在問，是法師。

「我，小小。」

「吱呀」，門開了。他站在我的面前，一臉的寧靜，絲毫沒有驚詫。

「哇……。」一見他，我像見到親人似地大哭起來。

他一邊側身讓我進去，一邊安頓我在椅子上坐下。然後，靜靜地站在一旁。等我稍稍平息下來後，才細聲輕氣地問：「你吃過沒有？」

我搖了搖頭。

他走到旁邊的灶頭旁，掀天鍋蓋，拿出了點什麼東西，走過來，放在我眼前的方桌上說：「趁熱，快吃了吧。」

我一看，是兩個紅薯，還真冒著熱氣呢。我這才感到自己早已是饑腸轆轆。我抬眼瞅了他一下，見他手裡不停地撚著脖子上懸掛著的那串佛珠，看我瞧他，微笑著點點頭。我抓起其中的一個，塞進嘴裡，狼吞虎咽地吃起來。趁我埋頭吃的時候，他又去灶邊的水缸裡勺了一碗水過來遞給我。我接過來喝了一口，又拿起放在桌上的第二隻紅薯。在我吃時，他一直默默地站在那兒念著佛珠。

直到我打著飽嗝，摸了一下胸口，他才問起我來：「出了什麼事？」

我一五一十地將事情的原委告訴他後，說：「我想出家。」

「出家？」他凝神地盯著我。

「是！」我說。

「阿彌陀佛，善哉，善哉。」他念叨著，兩眼微閉，不停地轉著那串佛珠。而我緊盯著他，期待他給我一個回答。

「今天就給我剃度，我要削髮為尼。」我迫不及待的求他，好像過了這個村就沒了那個店。

他沉默地繼續數著佛珠，似乎在找一個能說服我的理由。果然，他說：「出家之事，以後你千萬不可再提。你上有父母，有哥哥，親戚朋友，不是說出家就可出家。要成全此事仍非容易之事。何況時代變遷，出家之事更難以實現，你如有心向佛，何不心嚮往之。」

「我就想出家，我現在孤身一人，有家不能歸，母親也瞧不起我，唯有出家，我才可以有個家。」我口氣堅定的不容分說。

「你可知道我現在有家嗎？」他沉思著說：「現在廟被封了，佛像被毀了，你看這兒四壁空空，哪兒還有什麼家呀！」

我這才環視四周，發現屋裡除了一張破舊的方桌，一把椅子外，竟沒有第三樣東西，床，竟是一堆稻草鋪就而成，每晚他就像乞丐一樣地蜷縮在牆角？他告訴我，屋裡再也找不出第二用來盛飯的碗。看到這一切，我突然感到自己很冒失，其實每個人都在或多或少地承受命運給於自己的不幸。

他似乎看出了我的迷茫，便開導我說：「其實每個人都有生氣的時候，過去了，也就過去了，何必當真呢，就說你母親，現在她一定在為自己所說的話後悔，正焦急地到處找你呢。」

「不！她不會！」我一聽到他提及母親，馬上想到她說我像父親的話，斬釘截鐵地回答：「我不回去。」

「那好，我帶你去廟裡。」他想了想說。

他帶上門，領著我去廟裡。他的住處到寺廟，有一段莊稼地，我走著走著，忽然想起母親當年上完夜班與我從西廣到北廣時的路程，這一情景是如此的相像，那遠處時隱時現的磷火，此刻又重現，可惜時過遷境，母親竟把我與父親劃成同一類型的人，真令我做夢也想不到，讓我又可氣又可恨。

寺廟在月光的傾瀉下，顯得格外的莊嚴和神秘。當了空打開廟門時，我突然感到一種歸屬感，猶如到家一般地親切。

他領我跨進佛殿的大門，摸索著穿過佛堂，然後在殿後門過道中停下。他很熟練地摸到一支蠟燭，將它點燃，遞給我，我拿在手裡，給他照明。走入殿側邊的廚房，他抱起一大堆稻草，招呼我又重回到大殿後門的過道上。他將稻草鋪在地上，隨手拿起一隻蒲團，安放在一頭，說：「今晚你就在這兒安寢。」然後，鎖上廟門走了。

一切都是那麼寂靜。整座大殿就我一人。我好像遠離紅塵，歸於佛門。蠟燭忽暗忽明，在我眼前晃動。隨著昏暗的忽閃，大殿內的一切都變得不真實起來。

我躺在地鋪上，望著頭頂深不可測的天花板，一會兒想到母親，此刻她一定急得東走西找。一會兒又想到哥哥和弟弟，此刻他們是否早已安睡？一會兒又想到父親，假設他如果知道我在這寺廟裡像尼僧一般孤宿，會是怎麼樣？望著望著，昏暗的燭光中似乎晃動著無數個若隱若現的身影，這些黑影三頭六臂，神秘莫測，我心慌起來，趕緊吹滅蠟燭，一頭鑽進稻草堆裡。

黑夜，猶如無數雙恐怖的眼睛，正窺視著我，一切都顯得不可捉摸，所有細小的動靜都足以將我嚇得半死，我恐懼極了，不知怎麼辦才好。如果是母親，萬般無奈之下，她一定會背誦《毛主席語錄》，是高僧一定會誦經不已，而我什麼也不信，於是我只好咬緊牙根，硬著頭皮熬過這一晚。

次日清晨，了空打開廟門後，發現我抱著一堆稻草正睡得安穩。我將自己恐懼的心理告訴他，他竟說：「其實心中無鬼便無鬼，心中有鬼就有鬼，一切皆來自於內心，全看你自己造化了。」

法師將我送到母親單位，令他不解也讓我不解的是，母親說，她根本沒找過我。她的這一說法，讓我原本有思想準備的人，還是感到很吃驚，一直以來我以為母親非常疼愛我，沒有我她會活不下去，想不到我在她眼裡比一隻小貓或小狗還不如，倘如牠們丟了，東家還會找，而我的母親竟想都沒想過找我。這事發生後的很長一段時間裡，我對她都懷著一顆防範的心，我覺得，父親拋棄了我，現在母親也並不把我當回事。我發現自已真成了孤兒，不同的是，真正的孤兒有人同情，而我卻沒有。這種形同虛設的母女之情令我覺得很可怕。我的內心因此惶惶不安，唯恐自已哪天也會被母親徹底拋棄。

我害怕母親，只好去往學校讀「書」。我發現自己的情緒很低落，唯有「最新指示」發佈時，才會亢奮不已。高興的原因在於有一篇新的「課文」讀。「最新指示」的發佈時間通常在夜間，縣裡的廣播喇叭一通知，全鎮的人都像打了興奮劑一樣，深更半夜敲鑼打鼓舉著標語扭著秧歌喊著口號上街去遊行。每個人都很自覺，就像裝了定時發條，準時隨單位行動。母親往往回家比我晚，而後又興奮得睡不著覺，她揪住我的耳朵說：「你醒醒，醒醒。」

而我總是睡眼惺忪地說：「又要讓教語錄了，是不是。」

她根本不管我願不願意，也不管是深夜幾點，死揪著我不放：「你不教我，明天我上街背不出來，可怎麼辦？」

說得也是，那座她工作必經的小松橋，橋頭總站著幾個紅衛兵小將，戴著紅袖章，行人走過，必攔住你先要背誦一段「最新指示」，如背不上來，就不放行。難怪母親這麼著急，過不去又如何掙錢養活我呢？

好在「新課程」會給我動力。於是，母女兩人同坐在一個被窩裡，相對而讀。讀到興奮處，我就想問母親關於為什麼不找我的事，這事讓我如刺梗喉，難以下嚥。

「媽媽，那晚你為什麼不找我呢？」我突然問。

「不找你，哪天？」母親好像記不起來。

「就我出走的那晚。」我重申一下，試圖讓她回憶起來。

「喔，還記得我沒找你的事？」她輕描淡寫地說：「不是發佈『最新指示』嗎？差不多忙碌了一晝夜，還貼標語什麼的。」

怪不得，我說母親怎麼不著急？原來是有比我更著急的事。我獨居深廟怎知道外頭熱鬧而紛繁的世界？我似乎能原諒她了，更多的卻在寬慰自己，我始終不敢說出內心真實的想法：難道說「最高指示」真比你的女兒還重要？

就在我小學即將畢業前夕一個冬日的清晨。女同學嚴慧英急匆匆上我家來，一進門就對我嚷嚷：

「不好了，不好了，了空法師死了。」

我一聽，忙問：「怎麼會死呢？」

她冷著臉說：「投河死的。」

我背起書包，二話不說，以最快的速度跑步去了河邊。

河灘寒風呼嘯，圍著許多人。我擠進人群，只見了空法師仰面躺在臺階上，面色清臞萎黃，雙眼睜得老大，神情顯得有點哀怨，渾身濕漉漉的，一身灰色寬大的僧服裹住了他瘦弱的身軀，好像扯線木偶空蕩似的慘不忍睹。我蹲在他跟前，用手捂住臉抽泣著，心中湧起一種欲哭無淚的感覺。人群中有人說，法師身體患病有些時日了，加上受凍受餓，無錢治病，他才獨自步下這天寧寺的河灘，投河自盡。

我聽後，感到格外的悲涼，想到自己因為讀書而有些時日沒去寺廟，如果去，也許可以分擔他一些痛苦和悲傷，說不定，他還不致於走上這條不歸之路。

他的死，讓我很自責，我因此變得更加憂鬱，沉默寡言。很長一段時間，母親再不允許我去寺廟，我卻常常克制不住自己的情緒，放學後多次從寺院牆門的縫隙裡朝裡窺視，很多次，我彷彿看見了空法師素衣一角在蠟臺前一拂而過。他的死，我並不認為是因病或者經濟拮据，始終認為是與寺廟再度被毀有關。就在我沒去寺廟的那段時間裡，大雄寶殿僅存的幾尊佛像被造反派全部砸碎，同時焚燒了千佛閣的全部藏經，據說千佛閣還是了空以死抗爭，才得以保留下來，當時他口吐鮮血，從此一病不起，而後爬向河灘，投入冰冷的河水中。這場「文革」不僅革了中國文化的命，也革了中國傳統文化中的宗教文化的命。中國第一個佛教寺院是東漢初年在洛陽城外營建的被視為中國「釋源祖庭」的白馬寺，「破四舊」時也難逃洗劫，具有一千多年歷史的遼代泥塑的十八羅漢被毀，兩千年前一位印度高僧帶來的貝葉經被焚，稀世珍寶被砸爛。「破四舊」的烈火燒遍中華大地，寺院、道觀、佛像和名勝古蹟、字畫、古玩作為「封、資、修」的東西成為紅衛兵的主要破壞對象。千年古剎如此，全國如此，北京如此，自然連我所待的地處僻壤的縣城也不能倖免。

人生其實有時活著是一種放棄，死才是一種堅持，這是一種信仰，這種信仰讓了空法師選擇了死，放棄了生。他這樣義無反顧的選擇是何等悲壯，這是一種生死兩忘的境界。儘管那時我還不懂。

我懷著極度的困惑，走向我的青少年時代。

第四章

1

終於上中學了。上學前要填表格，上面有姓名、出生年月、父母名字，還有社會關係等。其中還有出身成分。我覺得自己的祖輩也該算是有產階級，可到父親時家境已經敗落，所以真不知該算什麼。問母親，她說，填貧民比較好，說我跟著她可算一窮二白，是徹頭徹尾的無產階級。我知道，她讓我這樣填，是不想再讓我的父親在我的生活中占主導地位。而我更想把他從我的生活裡抹去。這樣的填寫實在合我的意。這種填寫的好處馬上顯現出來，上學的第一天上午，我就被通知去審訊學校的「牛鬼蛇神」。我就讀的理英中學，離家僅需走十五分鐘。

我被一位周姓的女生叫去執行任務。說專政的對象就關在離學校五十米遠的儲藏室，比較偏僻。我跟著她，沿著一條雜草叢生的小路，拐進一座民宅小院落，見有三間一排的磚瓦平房。靠東面的一間，木格窗破舊不堪，上面佈滿了蜘蛛網，網上掛著無數隻蜘蛛，裡黑外亮，風一吹，晃晃悠悠地看了心裡直打鼓。

進得屋，見地上躺著一個男人，有氣無力，面容枯黃，形體瘦弱，一聲不吭，似乎在生病。周圍散落著幾個饅頭，上面長滿綠毛。九月初，天氣很熱，屋內瀰漫著一股難聞的氣味，讓我直想吐。

周女生打量一番後，隨即給我和早已等在那裡的兩名男生下了命令：「你作記錄，男生負責讓他開口。」她讓我在一張桌子旁坐下。又說，他姓鄭，是學校的頭號「反革命分子」，我們的任務就是讓他交代自己的罪狀。前些時候由剛畢業的班級負責審理，現在交給我們對他實行「無產階級專政」。

原來他是「反革命分子」，我心想。

周一聲喊：「現在審訊開始……」，話音未落，兩男生迅速衝過去，將他從地上像菜籃子一樣提起，呼一下，拖到她腳前。

「說，你為什麼要反革命？」周凶巴巴地問。

屋內一陣寂靜，沒有一點聲響。鄭的頭無力地搭拉在胸前，彷彿沒聽見問話。

「你裝死是不是？」身著黃軍裝，腰紮皮帶的身材高大男生吼了一下。

鄭這才掙扎一下，吃力地抬起頭，睜了一下紅腫的眼睛，望了望屋裡的人。當他的目光與我相遇時，我意外發現，那是一雙慈祥的眼睛，儘管他此刻顯得非常虛弱，但卻充滿了善良。

「你給我站直了，身子歪斜成什麼樣子！」另一名男生指責說。

他的吼聲，讓我嚇一大跳。說實話，我從沒幹過整人的事。鄭的臉「唰」一下紅了，雙膝微曲，朝前跨了一步。大家這才發現他的一條腿有殘疾。這讓在場的人多少感到有點意外，他們找到了一個整治他的藉口。周女生冷笑著說：「原來是跛腳，那我們來教他站直！」她要男生們解下各自腰間的皮帶，將他帶到學校的操場，說：「讓他在前面跑，你們在後面追打他！」

一聲皮帶響過，鄭開始繞著學校的操場奔跑。由於他的腳跛，一跑動，活像一條在大風浪中沉浮的船，左右沉浮的厲害，樣子極為難看，引得滿場的同學哄然大笑。

這是我萬萬沒有想到的。望著他一沉一浮的背影，我感到自己長胎記的那張半邊臉頰陣陣發燙，彷彿所有人都在嘲笑我，我扔下手中的紙筆，逃離了操場，任憑他們在後面不斷地呼喚我的名字，我始終沒有回頭。

下午，我心神不定地坐在教室裡。忽然一個熟悉的身影出現在講臺上：是鄭老師！他微笑地望著臺下坐著的學生，就像上午壓根兒沒發生過什麼事似的。我的心卻幾乎要跳出胸膛，怕他認出我。我趕緊低下頭，想找個地洞鑽進去。

「同學們，我先向大家介紹一下，我叫鄭玉泉。從今天起我擔任你們班的班主任，並兼教語文。」隨即轉過身開始在黑板上寫所上課的標題。

「哇……」，臺下發出一陣尖叫和噓聲，我凝神一看，原來他背部的衣服被抽成了條條，露出清晰可見血跡斑斑的傷痕。

我偷偷看一下坐在旁桌上的周女生，她若無其事地平淡著臉。我悄悄扭頭看坐我後邊的兩位男生，他們不耐煩地朝我喊：「看什麼看?!」

鄭老師一定認出了他們，只聽他誠懇地說：「不管你們怎麼對待我，在課堂上，我還是你們的老師。大家要好好念書，長大了做國家的有用之材。」

「什麼棟樑之材，知識越多越反動。」周女生站了起來：「讓我們學你嗎？」

「就是，你想讓我們也成為臭知識分子、反革命?!」坐我後排穿黃軍裝的同學跟著站了起來：「誰聽他的課，誰就是反革命。滾！你給我滾出教室，滾到你那間儲藏室去。」

「打倒反革命分子，敵人不投降就叫他滅亡！」不知誰帶頭喊起了口號。接著教室裡響起一陣口號聲，隨後就是「劈里啪啦」的桌椅撞擊聲。

「你們現在不念書，以後要後悔的，祖國的建設需要你們用知識來為它添磚加瓦。」鄭老師激動地用教鞭抽打著黑板，試圖用高亢的聲音來喚起大家的覺醒。

「革命無罪，造反有理！」情緒激動的學生們根本就不理會他說些什麼，還沒等他講完，他就被憤怒的學生架起手臂推出了教室。

方才還人聲鼎沸的教室，一下子清寂得空空蕩蕩。

我沮喪極了，一個人坐在課桌旁望著窗外寬大的梧桐葉發呆。看來讀書的希望又成了泡影，彷彿又陷入一種越發無助的迷茫之中。

聽說縣裡兩大派對立的群眾組織「紅色造反總司令部」和「紅色造反總指揮部」所屬各系統、各單位的戰鬥隊，不費吹灰之力，一天之內就你搶我爭地奪了權，把那些權力的象徵——大的小的，銅的木的圖章拿來一封存，就各自宣佈無產階級革命派奪權的勝利，然後分別召開慶祝大會，鑼鼓聲震天動地，鞭炮的灰白硝煙瀰漫了整個縣城的上空……

一切都處於無政府狀態。街道上擠得水泄不通，兩派人攪混在一起，唾沫星子亂飛，沒日沒夜地辯論，證明自己是革命者，對方是反革命。到處是講臺，到處都是唇槍舌戰。學校的老師靠邊站的越來越多，學生與老師，學生與學生，老師與老師全分成了兩派，對立鬥爭也越來越激烈。「捨得一身剮，敢把皇帝拉下馬！」連皇帝都敢拉的「紅衛兵」小將，拉個老師來鬥還不是區區小事。上課時常常兩個班合併聽一位老師上課，講到一半，任課老師就莫名其妙地被叫出教室，當再見到他時，他已被押著站在操場的批鬥會上了。每個學生都必須要有一個明確的態度，是「造反派」，還是「保皇派」。對於這點，很長時間裡我都無法弄清楚哪個對，哪個錯，因為各自論戰的雙方都在引經據典，馬、恩、列、斯、毛主席的話被整段整段地引用背誦；這些神聖而莊嚴的經典頃刻間又被淹沒在一片諷刺、挖苦和辱罵聲中。一旦嘴的力量不能占上風，就開始動拳頭，直打得鼻子、嘴裡淌血！真理和謬論混在一起，舌頭和拳頭交替著使用，經典的詞藻和罵娘的粗的話都能博得歡呼。誰也不服誰。革命到了「白熱化」的程度。

老師們幾乎都進了「牛棚」。我要讀書，鄭老師講的話我愛聽，憑良心說，他是個好人。把他弄成這樣，這對我來說又是個沉重打擊。思來想去，我決定繼續逃課。

為了避免再次與母親衝突，我每天準時背著書包從家裡出發去學校。校內有個圖書室，設在二樓。門終日鎖著，我從儲藏室搬來梯子，順著窗戶爬進去。搬梯子時，鄭老師好奇地看著我，不知怎麼，我對他說了真話：「我想爬進圖書室看書。」

鄭老師聽了我的話，眼睛似乎一亮，而後不吱聲地點點頭。

圖書室的藏書很豐富，只是裡面許久沒人進去，灰塵與蜘蛛網無拘無束地垂掛在各種色彩斑斕的圖書上。我迫不及待地端坐在牆的一角，如饑似渴地閱讀起來。從此，外面批鬥聲震天，我卻獨坐書壘「巍然不動」。

吃晚飯時，母親問我：「在學校讀什麼課？」

我臉不變色心不跳地答：「語文、數學、農業、地理和歷史。」

「你要好好讀，替我爭口氣。媽媽不識字，才讓你父親欺侮。」

母親說得對，就是為了與父親鬥我也得好好讀書。可惜她寄託在我身上的心願也要泡湯了。但我還是安慰她說：「你放心好了，我在認真讀書，昨天還考試了呢。」謊話說多了，撒謊就不用打草稿。

「發成績單了，讓我看看。」母親急切地說。

我心慌起來，原來牛皮吹得過分大，也會破的。我有些後悔，為了掩蓋窘境，我起身去打飯，心裡盤算著怎麼才能搪塞過去。等走回飯桌時，我撒謊說：「放在學校裡了。」

母親懷疑地望望我，叮囑說：「明天可別忘了給我看喔。」

我放下碗，鬆了一口氣，心想，明天的事，只有明天才知道，挨過今天就好。

2

母親跟我不一樣，她與所有人一樣瘋狂地跟著單位裡的造反派呼來擁去，奔走在鎮上不太寬闊的青石板路上，積極地參加「革命」，有時深更半夜才回來。每次「運動」回來，她總顯得很興奮。尤其是夏天，夜深人靜時，她就站在庭院的井邊，一邊用水從頭到腳沖著涼，一邊哼哼呀呀地哼著我不知名的小調，那種神情是我有生以來從未見過的。為此，我常想，是母親找到了樂趣，還是找到了一種讓自己可以渲泄情緒的方法？就連擦背的動作都顯得輕快無比。好幾次，我都偷偷爬起來，溜到客廳的牆根旁，從窗縫裡偷窺。

只見她迅速地用毛巾擦著身子，兩隻並不飽滿且雪白的乳房在她的胸前歡快地跳躍著。母親不像有些婦女，到了這般年紀或遇上窘境就不講衛生，弄得邋裡邋遢。她總是教導我，不管衣服多破舊，都要洗得乾乾淨淨，穿得整整齊齊。三十多歲的她，皮膚特別好，白裡透著紅，兩隻勻稱的乳房如膏脂般白淨細膩，兩粒乳頭如紅櫻桃般挺立著，母親的頭仰面向天，雙手在上面揉來搓去，嘴裡不時發出輕微的「喔喲」一聲，讓我想起半夜發情的貓。

許多次，望著她，我會忍不住去摸自己的胸脯。不摸還好，一摸卻讓自己傷心。乳房總是乾癟癟的，不僅沒有一點隆起的跡象，整個身體都是瘦弱不堪。十五虛歲該是個花季的年齡，同班不少女孩子都已胸部挺拔，臉上飛著花樣的紅暈。與她們相比，我就像是一根嫩豆芽，在生機勃然的花叢中顯得格外垂頭喪氣，我曾不知羞恥地問過母親：「我怎麼總也長不大？」

母親說：「是你的營養沒跟上造成的。」

五十年代中期出生的人，整個國家的還沒能從解放戰爭和抗美援朝戰爭中「甦醒」過來，六十年代初又遇上三年「自然災害」，每個人的口糧都是按定量分配，做重體力勞動的每人每月二十四斤，做輕體力勞動的二十斤。父親是「右派」，才十五斤，孩子的定量是七斤，這點糧食本來不夠填飽一家人的肚子，父親還瞞著母親將維持一家人性命的糧票換酒喝，加上寄宿在我家的表姐，這樣一來，一家人更加陷入一種饑不裹腹的地步。

從我記事那年起，全家人就喝著照得出人臉的稀粥，按照季節的變化，粥裡總是變換著各種不同季節生長的野菜、元寶草、馬齒莧等。到了冬天，則換上油菜籽餅，再有就是榆樹皮等。有好幾次，母親帶著我去扒樹皮，結果空手而歸，饑餓讓人們將地裡的榆樹都剝得露出白色枝幹，活像人被剝去了身上的衣服，露出赤裸的身軀。有時草、菜籽餅吃多了，就不停地拉肚子，一拉就是好多天，沒法子，連上學也不去，免得來不及往廁所跑，拉在褲襠裡。榆樹皮吃多了，肚子又脹又硬，大便乾得幾天都拉不出來。好幾次，母親只好硬著頭皮用手指給我、哥和弟弟輪流著將大便一點點地掏出來，掏得肛門都出血。我的身體最弱，家人儘量照顧我，吃飯時總將碗裡為數不多的米粒挑出來給我吃，儘管如此，我與同齡人相比，看上去個頭都要小，發育也跟不上。頭上紮著的辮子，又細又黃。或許正是我長得又小又弱的緣故，父親才給我取名叫「小小」。後來我才知道，我沒被餓死，扛著活下來已算命大，據有關資料記載，那三年的非正常死亡和減少出生人口以千萬計，是本世紀內世界最大的饑荒。因饑餓而死的人每天都有，離我家不遠的一個村莊，一家人老小十多口，活活餓死九口人。好些人走著走著就一頭倒在地上，再也起不來了。有些地方活著的人竟因饑餓而埋不動死去的人。

父親以糧票換酒喝的惡習開始並不為母親所知，等到她發覺時，事情過去快一年多了。他這種置全家性命於不顧的惡劣行為，嚴重傷害了母親的心，也傷害了我。這種傷害嚴重影響到我的發育，以致正處於妙齡少女的我，常常對著鏡子，撩起自己的衣裳，看著自己的乳房歎氣，除了兩粒綠豆般大小的乳頭毫無生氣地站立在那裡，該隆起的部位仍然癟塌塌的。我沮喪地問母親：「我該不會是個男兒身？」

母親一聽，憐憫地望著我說：「怎麼會呢？」並安慰我，她自己做大人也很遲，不必驚慌的。我心想，她講假話怎麼也不打草稿，自己十六歲就結婚了，不是大人，怎麼結婚生孩子呢？問急了，她說，也有女孩子一生不能長成女人的，因為不來月經，就成了「石頭人」。這種「石頭人」永遠都不會生孩子。

我並不著急生不生孩子，但很著急自己的乳房能不能長成像許多同學那樣。我很羨慕她們凹凸有致的身材，還有臉上洋溢著的那種唯有做大人後，才有的難以形容的光彩。

我看來很著急的事，在母親看來並不重要。她仍然白天幹活，晚上跟著去「造反」。也好，她越忙碌，就越顧不上問我的學業，讓我無意中感到很自由。自由地支配時間，自由地生活著自己的生活。我整天隱匿在學校二樓的圖書室，陶醉在豐富的藏書中。唯一知道我下落的就是關在儲藏室的鄭老師。

紙終究是包不住火的。有一天，我的「逃課」終於引起母親的注意。

同學嚴慧英的母親和我的母親在一個縫紉社工作。那天，她去母親單位時，無意中問我母親，說：「將近一年時間都不見小小，她在家裡幹什麼？」

她的話讓母親愣了半晌，當即扔下手頭的活，發瘋似地奔去學校找我。可憐的她，一進校門就被眼前的景象弄得不相信自己的眼睛：草場上，許多紅衛兵、造反派圍著一堆堆熊熊燃燒的課桌椅在歡呼雀躍。好多教室裡沒有一隻桌子和椅子，就算有，也是缺胳膊少腿的，根本沒人上課。她找到校長，校長有氣無力地對她說，他早被專政了，每天定時接受造反派和紅衛兵的批鬥。他根本無法知道我不去學校的原因和下落，他只在報名的時候見到過我，要不是我臉上有個標記，至今讓他想起來都有點困難。當母親告訴他，每天我會準時回家吃飯、睡覺時，校長如釋重負地說：「這樣已經很好，你不必再為她擔憂，不來學校恐怕比來更好。」然後歎一口氣安慰她，說我不會有事的。並叮囑她回家後不必罵我，也不要提到學校找過校長。

然而，母親並不死心，懷疑我瞞著她偷偷去了父親那裡。

當晚，母親邊吃飯，邊問我：「最近究竟在讀些什麼書。」

我全然不知她去過學校，便答：「語文和數學。」

「還唱不唱歌？」

「在學跳舞。」

「在跳舞，你還在撒謊。」她將手中的筷子朝桌子上一拍，說：「你以為我不知道你上那兒了？」

我看著她怔了怔，說：「你說我上那裡了，總不會懷疑我去他那兒吧！」

她緊逼著說：「你說不去那死鬼那兒，去了哪兒？」

我被逼急了說：「反正我沒去。」

「告訴你，如果瞞著我去他那裡，小心我打斷你的腿。」

「打斷腿，就打斷腿，反正我那裡都會去，就是不會去他那裡。」我擰著脖子理直氣壯說。心裡暗暗想道，我逃出來就是為避開父親，自己怎麼會再去自投入羅網。還說要打斷我的腿，就是給我多安裝條腿，我也不會去。

許是她認為我的確沒去，就點點頭說：「只要不去就好。」

什麼好不好，你們大人就是強權，只要孩子聽你們的，安照你們的思路做就好，否則就不好。真是有點強盜邏輯。我有點忿忿然。

「還有，你不要跟不三不四的男生在一起。」

我問：「為什麼？」

她說：「他們對你好，都是有目的的。」

我說：「沒有男生瞧得上我，如果有人陪我玩，我會很高興。」

她說：「女人要自重，千萬不能犯賤，如果自己犯賤，男人就有機可趁。」

有什麼好擔心的，倒是怕別人瞧不上我。我心裡暗自嘀咕。

「我是說不要讓男人接近你，碰你的身體，女孩子的身體要結了婚才能被自己的男人碰，要學會保護自己。如果不結婚被男人碰，那你一輩子都不會幸福的。況且有些人只是要了你的身，而不要你這人，那就更慘了。」母親仍在不厭其煩地開導我。

她的說法，我並不太理解，對於一個尚沒發育的我，我只想讓自己的乳房能快點飽滿起來，結婚對我來說，似乎太遙遠，對我來說有點鞭長莫及。再說，如果我的丈夫也像父親一樣，那麼結婚對我來說有什麼意義呢？我對母親說：「你放心，我不會結婚的。」她聽後，竟也沒反駁，只是苦笑一下。

次日下午，學校裡發生了一件事。那時，我剛剛踩進校門，嚴慧英跑過來神秘兮兮地告訴我：「你知道嗎，陳老師強姦了一位女同學，今天要開批鬥大會鬥爭他呢！」

「強姦？」我如墜霧中。

「你也真是的，連強姦都不懂，就是女同學不同意，陳老師就對她強行施暴。」她用埋怨地口氣對我說。

「那女同學是誰呀？」我好奇地問。

「據說是『紅蝴蝶』。」她看我還是想不起來的樣子，就補充說：「就是我班那個長著一雙烏溜溜眼睛，頭上戴著一對好看的紅蝴蝶的女孩子。」

是她！大眼睛，雙眼皮，瓜子臉，皮膚白淨，我眼前彷彿晃過她姣好的倩影。在我眼裡她是我們班的驕傲，她的美麗和高傲讓男生們都顯得低三下四，似乎與我一樣的自卑，好多男生對她十分好感，但她好像是個驕傲的公主，見誰都不理睬。原來她眼裡只有陳老師？

「不是的，是陳老師強姦她的。」嚴慧英再三對我強調，而我卻固執地認為他們是兩廂情願。

「是她碰他，還是他碰她？」對男女之間的事，我的想像和瞭解僅局限於這種程度。

「什麼叫碰，是因為她懷上了他的孩子，事情才『穿幫』的。她差不多要大呼小叫了。」

「怎麼會懷上孩子，他為什麼要碰她呢？」我開始為她抱不平。

「什麼，你說什麼？」她頓然捧腹：「你也太幼稚可笑了，碰碰會懷孩子？喔喲，喔喲，真笑死我了。」

望著她笑得直不起腰的樣子，我真不知道自己究竟錯在哪兒。

她笑了個夠，才拉著我的手說：「走，等會兒在操場上要批鬥他，去聽聽就明白了。」

果然，操場上已經人山人海，臺上低頭站著平日裡教體育的陳老師。在我眼裡，他平時對人不錯，面貌清秀，體格健壯，尤其是體形，一級棒。他的體育課同學們都愛上。究其原因有多種，而根本原因是只動身子，不動腦子。交白卷的張鐵生就是全中國學生的榜樣，因此像體育課、參加生產勞動是大家的首選。即可以當交白卷的英雄，又可以是一名光榮的勞動者。誰不想找簡單又快樂的好事做。

可惜我的體育成績一直不太好，做啥啥不像。跑步吧，倒數第一，扔鐵餅吧，差點兒掉在自己的腳趾上，有一次練習「跳馬」，我一次又一次地衝向「木馬」，可每一次總是以失敗告終。膝蓋撞出了許多紫青塊，惹得陳老師在旁乾著急。他一次又一次地給我指點、示範。一個學期下來，同學們都過了體育項目，我連「跳馬」這一關都沒過。或許因為這，陳老師記住了我。我以為，在學校兩種人會令老師記住，一種是特別聰明，一種是笨得出奇；一種是特別漂亮，一種是出奇的醜陋。我屬於後一種。此後，陳老師為我單獨開小灶，說要讓我畢業時拿到合格證書。這讓我興奮不已，我不是為合格證，簡單的說，是可以單獨與他在一起，儘管這其實僅限於在操場上，但我因此心滿意足。

批鬥會上，讓他交待罪行。陳老師開始怎麼也不肯說，但經不住再三拷打，他終於說：「我倆雙方情願。」

「狗屁，你有妻子，還與學生作愛，簡直無法無天。」主持會議的造反派頭頭破口大罵。

「我與妻子早已離婚了。」他分辯說。

「老師怎麼可以跟自己的學生做這種事，你觸犯法律，碰上了『高壓線』，你是強姦犯，強姦學生你該當何罪！」造反派頭頭踢了他一腳，舉起拳頭振臂高呼：「打倒強姦犯陳林祥。」

臺下暫態響起一陣口號聲：「不交代就叫他滅亡！」

一頓亂棍，一陣拳頭。終於，他經不住毒打，開始交代罪行。

「是我先勾引她的。」他說。

「說，你是怎麼對她施暴？」。

「我叫她先脫衣服，然後再脫褲子。」他戰戰兢兢地說：「她開始不肯，後來，在我的勸說下她願意了。」

「你胡說，是你強姦她，怎麼說她願意。」一陣亂棍。

「是，是她願意，不，是我強姦她，她哭著喊著推開我，但我強姦了她。」

「怎麼個強姦法？」

「這……」

「說，交代罪行！」一聲吼叫聲後，臺下鴉雀無聲。

「是我將身子壓在她的身上，然後將生殖器放進她的身體裡。」

「放進哪裡？」那個造反派頭頭是真不知還是故意這樣問，反正全場都似乎屏息靜氣。我的心像要跳出胸膛一般，我從不知道，也根本無從知道關於男人與女人性方面的知識。

「她的下身。」

「哇……」臺下的人一陣騷動，有人竟喊起來：「下流坯，流氓。」

「打倒流氓陳林祥！」臺下又一陣呼喊。接著幾個學生上臺將他押送去教室關起來。

這是我第一次聽到關於男女之間性愛的事，在此之前，我一直以為男女之間拉拉手就會有孩子。

一夜之間，學校牆上畫滿了陳老師與「紅蝴蝶」交媾時的動作，我一次次地走過這些牆，一遍遍地溫習著這些看似醜陋但實際上很吸引人的畫面，它讓我知道什麼叫做愛情，什麼叫做性，在很長的時間裡，我的腦海裡常常浮現出陳老師和「紅蝴蝶」交媾時的情景，心裡還暗自為她高興，她一定是喜歡才這樣做的，那該是多麼美好的事情。

母親得知這事後，對我的管教越發嚴厲，並且近乎有點變態。她說：「紅顏薄命，假若那女學生不漂亮就不會惹上這攤事。」

我對母親說：「我長得就醜，你可以放心了。」

她說：「醜也會惹人欺騙，男人得手後就會拋了你，更慘！」

我說她想得太多，瞎操心。

母親說：「如果有一天，有人說他要娶你，這個人才是真心對你。」她要我結婚之前守身如玉，唯有玉全才有人珍惜。還要我向她發誓，結婚前決不讓男人碰我。我迫於無奈答應了。

不久，陳老師被公安局叫了進去，說是要判刑。三天後，我在家洗碗，有同學來告訴我說：「說陳老師跳樓自殺了。」聽後，我大吃一驚，頭發蒙，急匆匆趕去那地方。只見他的腦袋撞到水泥地上，腦漿流了一地。不僅地上有，還濺到一樓的窗戶上。它強烈地衝擊著我的心靈。他死後好久，墜樓的地方還留下一灘灘汙跡，問了幾個大人，他們告訴我，說是人腦中的大量油脂的緣故。陳老師的這一舉動讓我刮目相看。雖說他死的有點冤枉，但我心裡仍然很崇敬他，並且對他欽佩的不得了。一個人能為自己的愛情而死，這種人太少了。

次日，我去學校，看到牆上貼滿了大字報，上面寫著：「陳林祥自絕於人民自絕於黨！」「陳林祥不投降，就叫他滅亡！」後來聽說陳老師的前妻來學校將他的骨灰取了去，起初造反派死活不同意，說像他這樣的人，應該「死無葬身之地」。是他前妻在造反派面前下跪後才得到允許，理由是：孩子長大後，可有個地方去看他爸爸。

「紅蝴蝶」畢業後去了農村，與當地一位老實巴交的農民結了婚，許多年後再見她時，美麗和活潑已經蕩然無存，只有滿臉的滄桑和木然，令人心酸。我再次想起母親曾經對我說過的關於男人的話題，而在當時，我對母親的話曾產生很大的反感，但不得不承認自己對所有的男人都產生一種本能的防範心理，儘管生理在慢慢發生變化，也對他們懷有一種憧憬，但與前者相比我抑制了這種時不時湧上來的一種原始的情感的衝動，把自己的朦朧的慾望控制在一種壓抑的狀態之下。

3

父親一年多沒見了，但我並不想他。如果還記得，也是怕他找到我。好在西廣比北廣大，找個人也並不那麼容易。這天，我放學回家，突然看到小學班主任老師坐在客廳裡，他一看到我，就趕緊站起來，臉上露出熟悉的笑容。房東婆婆說：「他已等好久了，說非見到你不可。」

他的到來讓我高興，但不知怎麼卻閃過一絲不安。但很快被喜悅所取代，我看母親還沒回家，就說我先煮飯後再聊。

他說：「不麻煩了，知道你們住在這兒，過來看看就走。」

我聽說，就坐了下來。

他問了我一些生活、學習的情況，又問我母親工作的情況，臨了，還問我學習、生活上有沒有困難？我說沒有。其實，我說得並非實話，因為「鬧革命」，鬧得母親常常沒活幹，家裡常吃了上頓沒下頓。但我很清楚母親的脾氣，就是再窮，也不充許我在別人面前說窮，她的理論是，做人要有骨氣，自己再窮，也不要在人面前哭窮。苦要苦自己，客人來，就是借債也要招待好。我曾經對她說：「這叫打腫臉充胖子。」

她說：「該充的時候還得充，這是如何做人的道理。」我無話以對。

輪到我問他：「你還在教書嗎？」

他瞅一眼說：「不教了。」

我大為驚訝：「為什麼？」

「只想換個工作，也沒什麼。」

「現在哪兒工作？」

「在鄉鎮一家小商店當營業員。」他低聲說。

「教書挺好的，怎麼想去做營業員？」我好奇地問：「而且還去了鄉下？」

他一陣沉默。

這時，母親回來了。見到他先是一怔，而後笑嘻嘻地忙倒了杯茶遞過去，嘴裡直埋怨我：「你看你，光顧自己說話，也不倒杯水給老師喝。」

「老師已經不教書了。」我快人快語地說。

「為什麼？」母親不相信似地望了望他，露出疑惑的神情。

「想換個工作，也想換個環境。」他說著，臉上晃過一絲難言之隱的神情。

接下來的時間，我在裡屋燒飯，母親和他在客廳裡聊，房東婆婆坐在那兒納鞋底。我從裡屋望去，母親的臉陰著，不時點著頭，顯得若有所思。我不時瞅瞅老師，又望望母親，一種不祥之兆在心頭流動：老師的辭職該不會那麼簡單吧，為什麼他作出這樣的選擇呢？從接下去的談話中，我才知道，他在我們離開後不久，便離開北廣，調去一個名叫五里鄉的鎮上，在一家供銷社供職。他為什麼要離開自己心愛的教育事業去當個鄉村小店的營業員？在我的感覺裡隱隱約約覺得他的離開似乎與我家有關，我們走了以後，他與我父親之間發生了什麼事？我父親是不是對他做了什麼？我不得而知。

老師走了，走時叮囑我好好念書，卻留下了一個大大的問號給我。

當晚，母親輾轉反側，長歎短籲，一夜沒合眼；而我的腦海裡卻不止一次地出現父親的形象，我入睡以後，惡夢連連，甚至出現了父親追打老師的場面，驚醒後，我對母親說了，她說，不會吧。但我不敢肯定。

老師來我家回去不久，繼太太生病去逝了。照這兒的風俗，母親帶我一起趕去北廣。

到達時，正值上午十點光景。繼媽家族興旺，來的人很多。屋裡擠滿了人，繼奶奶將兩塊黑紗扔在地上，母親催促我撿起來，戴在手臂上。因為是過繼給她，她又是長輩，所以我戴在頭上的竟然是紅頭繩。人死了，怎麼讓戴紅色？問了母親，她說：「繼太太活了八十歲才去世，照這裡的風俗是件喜慶的事。」想想也是，人總是要死，活到這般歲數是她的福，也是小輩們的福。屋正中擺放著兩張四方桌，桌子上供奉著四方鄉親送來的菜、雞、魚、米之類的，桌子上點著兩支蠟燭，不時爆出火花，發出「劈啪」的響聲。地上放著一隻臉盆，裡面燃著紙錢，煙霧繚繞，桌子後一塊帷布間隔了活人和死人的距離，繼太太安祥地躺在帷布後面。

我穿過人群，繞到繼太太頭頂上方，只見一塊白被單罩住了她整個身軀，只露出頭頂用紅線纏繞的髮髻。腳下一盞油燈晃晃悠悠，細長的燈草在人多雜亂中顯得有點孤單。我想起自己曾經躺在這裡無數個孤獨難眠的夜晚，沒想到人死了，卻可以熱鬧非凡。

我的右側就是那隻又大又沉的棺材，今天它在我眼裡顯得分外親切，故地重遊，讓我有一種睹物思已的感覺。今天它與原先我見到的不一樣，棺蓋已被打開，露出裡面空空蕩蕩的樣子。我曾經在黑暗中，不止一次地想過躺在裡面時的情景，但真掀開棺蓋時，卻輪不到我了。

「你在這兒發什麼呆?!」一個熟悉又陌生的聲音在耳邊響起，我一轉身，意外地發現是父親站在我的眼前。

「你怎麼會在這兒？」我忍不住脫口而出。

「怎麼，我不好來嗎？」他反問我，接著又說：「我知道你們肯定會來。」

我轉而尋找母親，想趁機避開他。誰料，他立即發現了我的企圖，緊跟上來，說：「怎麼，又想逃！」

我一言不發佯裝繞著繼太太的身軀走了一圈，然後從人群中穿插到母親的身邊。母親一見我就說：「我正在找你呢，你上哪兒了。」

我用手指了一下父親站的方向說：「我在那裡呢。」

母親順著所指的方向看了一眼，吃驚地問：「怎麼，他也來了。」

我點點頭。

父親的出現，讓母親有點魂不守舍，接下去的時間，她總是在躲避著父親有意無意的目光。一會兒，父親擠到我們身邊，佯裝很客氣的樣子對母親說：「我知道你會來，所以我過來想請你回去。」

「你別再說好聽的話了。回去，回去我會有好日子過嗎？」母親堅決地回絕：「你還會變本加利的打我，對嗎！」

「如果你不回去，我會讓你知道我的厲害。」父親也不示弱。

「我早已領教過了，還有你對別人耍的無賴。」她隱指他對老師可能的侮蔑。

「他告訴你了對不對，我就知道你們串通一氣，來羞辱我。」父親的話越說越難入耳，惹得在場的人都用眼睛好奇地瞧著他倆。我感到很難堪，就用手扯了扯母親的衣角，說：「不要理他。」她也就不說了。為避免再與父親見面，母親帶我離開了靈堂，避到鄰居家，直到繼太太下葬時，我們才趕去墓地。

在墓地，趕來看熱鬧的鄰居告訴我，父親在我們走後，日子越來越不好過，我那兩個兄弟先是終日啼哭，後來發現啼哭也不能找回母親，於是也就默默忍受了。要知道弟弟當時才六歲。

起初，父親還以出租圖書掙點可憐的錢來糊父子仨人的嘴，但不久他的書店也因「文革」運動而被迫關閉，我家約四千冊藏書和一百多幅古字畫全被紅衛兵抄去，扔進大火中燒成灰燼。據說燒這些書畫時，父親竟然不顧自己的身家性命，對著他們又跳又罵，罵他們是「敗家精」，是毀滅傳統文化的劊子手；比當年「焚書坑儒」的秦始皇還不如。惹得紅衛兵小將個個惱羞成怒，衝著他的臉就是一拳，說，如果你還不肯就範，就將你連人帶書畫一併扔進大火裡燒成灰燼。鄰居說，當時他們還真為他抹了一把汗，想不到他還真豁出性命去，衝進火裡去搶他那心愛的書和長笛。書倒是沒搶著，那支長笛還真讓他搶到了。但也讓他吃盡苦頭，很長一段時間，他那腫得猶如金魚泡的眼睛裡總帶著對殘酷現實的憤恨。聽了鄰居說的話，我心想，父親這隻雞蛋怎能跟石卵碰，像他這樣一隻小蚱蜢能跳得過「破四舊」這場大火？後來得知，當時就連大知識分子章伯鈞家中超過一萬餘冊的圖書都被紅衛兵用來烤火取暖，其餘的全送往造紙廠打成紙漿。人稱古字畫的「神醫」洪秋聲老人，用幾十年心血搶救的數百件古代字畫，大多屬於國家一級收藏品，也落得個付之一炬的下場。在這場「大火」中有多少知識分子珍藏的孤本和字畫被毀，已無人算得清。父親因此瀕陷斷炊斷糧的困境，無奈之下哥哥以拾麥穗、挖野菜、捉黃泥螺等來維持生計。一大清早，他就會提上前日拾的一籃麥穗，或野菜、黃泥螺上西廣去賣。再換成米拿回家。遇上運氣不好，一天下來只好兩手空空，回家看到等在饑餓中骨瘦如柴的弟弟，想到兩人已餓了一天的肚子，便抱頭痛哭。父親因母親的出走和貧困潦倒脾氣變得更加暴躁，終日以低價的烈性酒麻痹自己，有時喝得爛醉撲倒在路上，同街的人看到才攙扶著他回家。

氣氛顯得很沉悶，我想起哥哥和弟弟，真想馬上去看他們。不管怎麼樣，父母是父母，兄妹間的手足之情誰也代替不了。

「妹妹！媽媽！」是哥哥和弟弟，他倆竟然出現在我們的面前，奔跑著撲到母親懷裡。就像小說中所描寫的一樣，母親和三個孩子團在一起抱頭痛哭。

「媽媽，你怎麼就不要我們呀！」他倆哭訴著，抽泣得令我心酸。

嚎啕聲打破了墓地的沉悶。其實繼太太已年過八十，也算壽終正寢，因此哭的人不多，繼奶奶和繼媽也只是象徵性地哭幾下，左鄰右舍更是哼哼哈哈等著吃豆腐飯，據說吃老人豆腐可以活得長久，不知道這種說法有無根據。抑或只是民間良好的意願而已，人死怎能說是好事情。倒是我們一家人的重逢，大哭小喊，讓原來暮氣沉沉的墓地有了幾分淒厲的生氣。

飯桌上，我們一家人總算坐到了一起，因為在人家家裡，又是難得遇到兩兒子，母親就是再討厭父親，出於禮貌她也不好聲張，況且她是個很要面子的人。儘管是豆腐飯，我們小孩卻吃得很開心，好久不見，他倆都長高了，或許是平常沒吃飽，大家都撐開肚子盡情地吃。一張八仙桌上放著油豆腐炒青菜、紅燒豆腐、大塊紅燒肉、油燜茄子、西紅柿炒蛋、黃花菜燒豆腐等，這些菜我們從來沒嘗過，可把我們給饞壞了。母親關切地說：「不能吃太多油膩的東西。」

哥哥問：「為什麼？」

她說：「平常不吃，一下吃多了，會拉肚子。」

可我們誰也不聽。什麼瀉不瀉，我寧願瀉死，也決不放棄這頓美味和吃飽肚子的機會。每個人的筷子都如織布機上的飛梭，穿梭得繚眼，同桌的其他客人也不例外。直吃得盆底朝天，你瞅我白眼，我瞅你白眼，各不相讓。

要分手了，哥哥和弟弟吵著要母親回家，母親望著他倆淚眼汪汪地說：「待媽媽經濟情況好一些，再來帶你們，我和妹妹現在自己也養不活，怎麼帶你們走呢？好歹你父親沒錢可以變賣些家產來管你們的嘴，跟著我，沒活兒幹，就只好挨餓，餓是要餓死的呀！」

「我們寧願餓死，也要跟媽媽在一起，你就帶我們走吧。」哥哥苦苦哀求，弟弟卻眼淚汪汪地拉住母親的褲腿不放。

「你們哪個敢走，都跟我回家。」父親不知什麼時候站在面前，嘴巴裡噴著酒氣。

一嗅到濃濃的酒味，母親就像上了發條的鐘擺，急促地轉過身，對我說：「你快走，回西廣去，我隨後就來。」說完，又扭身在哥哥的耳邊交待些什麼。

我抬起腳，一陣煙似地衝了出去，一口氣跑回了西廣。

直到傍晚七點多鍾，母親才回到家。只見她渾身像散了架一樣，臉、脖子、胳膊上傷痕累累，我知道，她剛剛又與父親經歷了一場戰爭，對她來說，如果妥協，暗無天日的日子更加永無盡頭；不回去，仍難以逃脫一次次地追蹤和毒打。望著母親痛苦的神情，我毅然說：「逃脫一次是一次，總比常常挨打好。」

母親點了點頭說：「我想也是。」

4

深夜，我的肚子突然痛得厲害。腹中像有什麼東西在攪動，一張嘴，竟竄出一條長長的東西來。我嚇壞了，趕緊大叫母親：「快，快，嘴巴裡好像有什麼東西竄出來。」

熟睡中的母親嚇壞了，她一下驚醒，摸索著找到火柴，又戰戰兢兢地點亮煤油燈，舉起燈走到我床前，照著我的臉說：「我看看。」

「哇……」我臉慘白，又嘔吐起來。

「是不是吃壞肚子了？」母親不敢肯定。

「我難受……」沒等我說完，鼻子裡又竄出一條。

母親一看，說：「是蛔蟲，你不用害怕的。」

「媽媽，我怕呀，怎麼蛔蟲從鼻子裡竄出來，不是從大便裡出來嗎？」我急的想哭。

「一定是肚子裡蛔蟲太多，昨天吃那麼多油膩的東西，蛔蟲就往上竄。」

「早知這樣，我就不吃了。」我十分後悔地說：「哥哥他們也會這樣嗎？」我想，假若他們也與我一樣，也夠可怕的。

「那該怎麼辦呢？」母親幫我拍打著背，擔心地說：「明天我去買一點蛔蟲藥來，乾脆你們兄妹仨都打打乾淨。」

其實蛔蟲不只我一人有，在學校的廁所裡，我見過許多同學和我一樣為蛔蟲而困惑。有一次，我班有個女同學，下課後等在廁所外，由於排隊撒尿的人多，她實在忍不住，只好隨地蹲下，不一會兒，她就大叫，說是有個蟲子鑽到屁股外邊，還翹起屁股讓人瞧。原來是有根筷子粗的蛔蟲，繚繞在她的肛門口，看得人心驚膽戰，誰也不敢幫她。無奈之下，她自己哭著叫著用草紙裹著蛔蟲將它使勁拉了出來。而糞便中的蛔蟲如麻團似的在蠕動。

母親說，這與吃東西有關。當時很少有人吃得好，每人分配的定額糧票根本不夠吃飽，每人每月只分配三兩油票，天天只吃素菜，肚子裡沒油水，吃下去的食物就永遠像填不飽。尤其像我這樣的人，吃的更是雜七雜八，有野菜吃野菜，有糠餅吃糠餅，有草吃草，餓得實在受不了，連自家地裡種得玉米棒芯也啃。那幾年，為了改善家裡的伙食，父親竟動手做了個捕老鼠的挾扳，在上面放上誘餌，活生生挾到幾隻老鼠，洗淨、煮熟給我們吃，還騙說是豬肉，把我們哄得圍著他團團轉。吃肉對我們來說，是夠奢侈了。這個改善伙食的方法，從我五歲時一直沿用到我和母親離家出走，弟弟還一直蒙在鼓裡，而我們兄妹似乎對此樂此不疲，因為實在沒有比這好吃的東西了。我與母親離家後，父親不肯將定額糧票給我們，你如果向他要，他就吵鬧著讓你回家，還理直氣壯地說：「是你們自己要走，所以不可能給你們糧票。」母親為避免與他爭吵，就委屈地咬牙熬，講：「寧願餓死也不向他要。」我很想說，你這是怕他才不敢向他要。但轉而一想，胳臂真能扭過大腿？於是，母親只好用錢買糧吃，比用糧票購糧自然貴得多，加上母親活兒不多，三天兩頭餓肚子成了家常便飯。記得許多次餓極了，我就躲在麥田裡割剛滿漿的麥穗吃，挖地裡的紅薯吃，還偷吃剛長得如黃豆般大小蠶豆，澀得我張不開嘴巴。我不顧一切去地裡偷東西充饑，被母親知道後，就是一頓罵，我就不止一次地想，一定是我吃了父親捕到的老鼠肉因而傳染上了偷吃的習慣?!人餓到極點時，其實跟動物差不多，生存成了活下去的第一要素。什麼不可以偷別人田地裡的東西，不可以做對不起別人的事，母親的千叮嚀萬囑咐全成了我的耳邊風。我覺得在饑餓面前，在死亡面前，一切都顯得多麼無關緊要，重要的是，我餓，餓得直吐酸水，餓得直不起腰來，餓得胸部還平坦如板，我要活下去，活下去就是我唯一的準則。

次日，母親去挖來苦楝樹根，看著它們，我產生懷疑：「這樣的東西，怎麼能打下蛔蟲？」

她說：「煎了服，很靈的。」

我說：「同學們都吃一顆顆白色的藥片。」

她說：「這是要錢買的。」

我想了想，這倒也是。

母親傍晚時分，將這些樹根放在砂鍋裡煎了很久，倒了碗給我。見藥熬得很濃，黑黑地，散發著一陣苦苦的味。就遞給我：「現在喝下去，明天清晨就會拉。」

「那你明天先不要去上班，等我拉後你再去。」想到同學繚繞在肛門口的那條蛔蟲，我心有餘悸。

「怎麼，怕了？」她問，我點點頭。

有了她的保證，我用手捏著鼻子，端起碗，一仰頭就將苦楝樹汁喝了下去。

清晨五點光景，我肚子突然絞痛起來，母親說：「怕是要拉了。」

她爬起來，端來一隻舊臉盆，放在我床邊說：「就拉在這裡。」

「為什麼？」我問。

「這樣可以看清楚究竟拉出了多少。」

我的媽呀，這麼髒的東西，不讓拉在馬桶裡，還要數，簡直不可理喻。

我下床，開始蹲在臉盆上拉起來。不到一刻鐘的功夫，伴隨著肚子一陣絞痛，一團東西從我肛門口好像要衝出來。然而，肛門口像有東西纏著，我大叫起來。母親趕過來，讓我抬起屁股，她說：「是條蛔蟲，還繚繞在肛口上呢。」

我一聽，嚇得半死，說：「快，快，幫我把牠拉出來。」

母親實際上也怕，但又無可奈何，只見她的手抖得厲害，用紙裹著那蛔蟲使勁往外拉，要知那條蛔蟲偏不服從，你越拉，牠就越往裡鑽，急得母親滿頭大汗，說：「怎麼搞得，這條蛔蟲脾氣也像你。」

「你說什麼，蛔蟲也像我？」我有點不高興。

母親似乎沒感到我不快，繼續說；「牠跟你一樣，就是不想死。」

我一聽，倒也是。

蛔蟲被拉出來了，扔在盆內，母親用雙筷子將牠們往旁邊隨意撥開，數了數，不多不少三十條。牠們死了，我還活著，儘管我知道過不多久，我的肚子裡仍然會長滿蛔蟲。當場母親又數落起我來。說，離我家不遠，有個女孩，昨日去世了。究其原因，說是肚子長滿了蛔蟲，她肚子疼痛難忍，滿地打滾，大人不知，耽誤了醫治的時間。那女孩是不是死於蛔蟲竄膽之事，尚且不說，我只是覺得母親過於大驚小怪，因蛔蟲而死的人必竟少數，而「偷」吃田裡或逮到什麼吃什麼的人活下來肯定多，至今，我仍敢打賭，在那個年代靠「偷」吃生存下來的人肯定不在少數。

第五章

1

次日清晨，母親替我梳著頭髮，北廣老家的一位鄰居急匆匆進了門，說：「不好了，不好了，你家小弟像是生大病了。」

母親一聽，急了，放下手中的梳子問：「什麼病？他父親呢？」

她說：「他父親人都不見，小弟一個人坐在自家的門檻上發呆，額頭滾燙滾燙的。」

母親丟下梳子，拔腿就往外跑，邊跑邊叮囑我：「放學後，自己做飯吃。」

我放學回家，吃罷中飯還不見母親回來。急了，就趕去老家，家中不見一個人影，問了鄰居才知道，小弟病重已去縣人民醫院檢查。我趕緊跑去醫院，在各個科室尋找，好不容易在急診室找到他們。

母親告訴我，醫生要對弟弟實施穿刺手術，進一步化驗後確定病症。

「穿刺？」我從沒聽說過，聽起來怪嚇人的。母親說：「你就在這兒給我壯壯膽。」

「是不是他得了跟我一樣的蛔蟲症？」我說。

「看樣子不像。」母親說：「如果是反倒好辦了。」

「你給他吃蛔蟲藥了沒有？」我又問。

「沒有，我還來不及給他吃呢！」她說。

弟弟的臉通紅，母親說，是發燒的緣故。不管我如何喚，他的兩眼總是緊閉，也不答理，人顯得昏昏沉沉。

「這下完了，醫生說病情很嚴重。」母親的口氣裡有了哭音。

我一聽，很著急，問拿著麻醉針的醫生要不要緊。

他說：「只有做了穿刺才能得出結論。」看我母親眼淚汪汪，他安慰說：「送得還算及時，要不，真會出大事。」

穿刺的針像筷子粗，誰見誰怕。扎在弟弟身上，疼在我和母親的心裡，當筷子長的針扎進弟弟的脊椎時，他竟然毫無反應，急得我全身發抖，母親竟哭出聲來。

檢驗結果出來，弟弟得的是「急性腦膜炎」。病情不輕，他的頭頸僵直，已無法轉動。醫生說，他們會盡全力搶救，能不能搶救過來，全靠他自己的造化了。醫生這麼說，讓我覺得人也不怎麼偉大，「人」字上面加一橫，才成大，大字上面加一橫，成了個天。看來，天還是比人大，有時人算還不如天算。我想，我別無他法，只能求上天保佑他了。

弟弟住了院，母親當然不能回家，要命的是，當父親趕到醫院後，他把這一切的不幸都怪罪於母親，說：「如果你不離家，他會得這種病？」並再三強調就算得這種病，也不致於發展到這般嚴重。

母親氣憤地說：「都是我的責任，那麼你呢，你上那兒去了。」父親聽後不吭聲了。

過了一會，父親說：「我可沒錢，兒子看病的錢要你付。」

母親說：「你喝酒有錢，給兒子看病就沒錢？我會借錢付的，就是沒錢，我賣血也會付的！」

他說：「我現在要養活連自己三個人的嘴，你只管兩個，而且你們吃得又少。」

母親一時啞了口。半晌才說：「那麼你借錢來付。」

「我到哪裡去借那麼多錢？」

「好了，好了，弟弟都這樣了，你倆還再吵。」我忍不住大聲嚷嚷，難過地哭起來。

他倆面面相覷，各自站在那裡，誰也不說話。

弟弟住院的時間，我也沒心思去學校，去了，反正也沒課上，我就陪著他。

開始幾天，我跟在母親身後寸步不離地守在弟弟身旁，上廁所也輪流著去。小弟總是昏迷著，讓我們揪心。半夜我趴在他的腳邊打嗑睡，迷糊中總見弟弟蒼白的臉，氣若游絲，驚醒後很覺惶恐，惟恐他突然離我而去。這不是我憑空瞎想，小弟對床的一個約莫四歲的男孩，送來的次日就撒手歸天，他母親哭得滿地打滾，但人死不能復生，有什麼辦法呢？男孩進來時，我見了，走時，我沒在，那空蕩蕩的床給我留下了難以抹去的惆悵。我想起了空法師，於是爬上弟弟的床，兩眼緊閉，掌心作合，盤膝而坐，祈求佛祖保佑。儘管我不信佛，但我相信了空法師的說法，人有信仰比沒信仰好，信比不信要好，前面總有個希望。希望靠一個信念來支撐，我祈求弟弟能逃過這鬼門關。

母親見我整天口中念念有詞，也不說什麼，她與我一樣祈求上蒼的保佑。一個星期過去，醫生說，弟弟脫離了危險期，情況朝好的方向發展。這讓我放心不少。與母親換班的空閒，我百般無聊的在醫院中遊蕩。

2

天上淅淅瀝瀝地下著雨，我無意中走上一條小路，路的盡頭有一間小屋，與外面喧鬧的街道有一牆之隔，牆內小屋，像是被人有意扔在一個不起眼的角落裡。牆外有一棵法國梧桐樹，根深葉茂，一根樹枝伸展在小屋門框上方，遠遠望去顯得很幽靜。我頓覺著好奇，緩步過去，想看看裡面究竟是做什麼用的。

走到門口，朝裡一望，裡面很黑，看不太清楚。於是便走了進去。進去後，我才大吃一驚，原來是個太平間，門左右兩邊各有一張水泥床。左邊的床空著，右邊似乎躺著個人。那人從頭至腳用一塊白布罩著，分不清是男是女，只露出一雙腳。我驚慌地倒退幾步，開始為自己的莽撞自責：哪兒不能去，竟然闖進放死人的太平間來？

這兒太寂靜了，靜得讓人心驚膽戰，我迅急想逃出去。突然又覺得既然來了，何不在這兒坐一坐，那怕一小會也好，因為在醫院你要想找個清靜的地方也不容易。

我慢慢地走到裡面空著的一張水泥床邊，坐了上去。我想這兒倒真是個躲避煩惱的好地方。我想到了父親，上午，他還在與我母親吵架，吵得我頭都脹，他說，不管我們走到哪兒，他都能掘地三尺把我們找到。我相信他說的話，可是現在，我欣喜地發現，他縱然有天大的本事，也決想不到我會在這兒。我發現自己終於有了一個對付父親的地方，確切地說是躲避父親的好去處——太平間。

母親照看弟弟已經多日，她不幹活，就意味著沒錢買米。近日來，我每天只准吃一餐，母親讓我多喝點開水，以補充體力，但有水解不了肚子餓，我面黃肌瘦，有氣無力。我想休息一下，將自己的身體緩緩地平躺在水泥床上。

眼睛上方，是白色的天花板，塗料用得不均勻，看上去一層厚一層薄。做工的人想必知道是太平間，所以做活時也漫不經心，誰會對放死人的太平間吹毛求疵？而此時在我眼裡，它們倒像是天上飄蕩的層次不一的雲彩，不經意間倒成了我的天堂。我側身，望著對面床上白布覆蓋著的屍體，開始猜測他是個什麼樣的人：是男的，還是女的，是老人，還是孩子？

和一個死人同屋，其實並不可怕，倒覺自己很沒味，他反顯得很神秘。於是，我越想心越煩，乾脆坐起，想著是否撩開那層面紗看個究竟，這樣大家扯平。想到這兒，我「呼」一下站起，往前跨了兩步，伸手抓住蓋在他頭上的白布，輕輕往下掀。

一張完全陌生的臉清晰地暴露在我面前：他，男性。二十歲左右，高鼻樑，瓜子臉，雙眼微睜，膚色白中帶黃。具體地講，說不上好看，也說不上難看。看上去身體很結實，露出的上半身，胸肌很發達，很健美。

他是怎麼死的呢？外表好像看不出什麼。我頓覺好奇。決定弄個明白。我將白布一下全部掀開。這一掀，我才發現，原來他渾身上下沒穿一點衣裳。說實話，這是我第一次看見一個男人完全暴露的軀體，確切地說是生殖器：一撮黑乎乎的毛下，無盡打彩地耷拉著一根肉棍，顯得很害羞。死者不管在天堂還是在地獄，他絕對沒想到，我，一個純潔無暇的少女會窺視到他的器官，並且是第一次看到一個成年男人的生殖器。我驚呆了。馬上覺得自己臉發燙，我害羞地立馬想把眼睛移到別處，可奇怪的是，我越怕卻越想去瞅它。我心「咚咚」跳得厲害，以至於覺得它在我面前晃動起來。

我禁不住倒退兩步，用手捂住胸口，凝神屏氣地閉了一會眼睛。等我再睜開眼時，他在我面前又似乎恢復了原有的平靜。黑乎乎毛下的那根東西變得醜不拉幾。我想到了父親，他不就是因為有這醜陋的東西才神氣活現地凌加於母親之上，凌加於一切女人之上？現在我看見它，似乎有了比先前更討厭和蔑視它的一種情緒。

然而，儘管我對著它思緒萬千，嫉惡如仇，水泥床上的那個不知名的小夥子卻毫無知覺地坦露著他的下半身任我想像和詛咒。讓我感到稍有寬慰的是，他與我的父親有著根本上的區別，他的面目安祥而友好，看上去坦蕩又單純，我覺得他是個好人，至少沒有我父親那麼壞，不知道他為什麼要死，看來有時好人也不一定有好報。

我突然想到學校裡曾經畫著陳老師和「紅蝴蝶」交媾時的場景，我仔細地打量著他全裸的身軀，只見他渾身上下就像一張白紙，沒有記錄下一點讓我可記的文字。然而，他生殖器的樣子卻如同遠古時代的象形文字簡明扼要的銘刻在我的心裡，它的毫不掩飾的坦率，它的柔弱，讓我第一次感到它作為男人的一種熱誠展露的生動。我突然覺得，死人其實並不可怕，可怕是活著的人。我突然覺得對他有些歉意，並有所感動，我沒有得到他的同意，就擅自偷看了他作為男兒身的雄偉的標誌，儘管它顯得是那麼的蒼白，那麼的無力。默默地，我將白布徐徐拉至頭頂，直至覆蓋住他整個身軀，並在他身邊站了很久很久。

當我走出太平間時，忽然我覺得自己彷佛長大了許多，這種長大具有實質性的進展，似乎讓我懂得了什麼是男人，第一次對男人的認識提高到一個從未有的高度，我的心中湧動起一種異樣的感覺，我伸手摸了摸自己的乳房，發現它有點隱隱作痛，與我的心一樣。

3

弟弟出院後，仍隨父親過。我和母親還是老樣子。住院的費用，最終是由母親賣血才付清了。這件事，當時母親瞞著我，過了許多年，還是我偶爾碰到這家醫院的醫生才得知。這讓我至今想起來仍不是個滋味。

沒多久，哥哥萬般無奈之下準備去福建，投奔他的乾爹想以當兵來養活自己。乾爹在福建的軍隊任職，時任團長。我以為官當得大不大倒是無關緊要，關鍵他的位子起什麼作用。據說他是新中國成立後武漢公安學校的第一批學生，成績優異，在軍事上很有一套，部隊很受器重。乾媽也是母親的一個小姐妹，她由我外婆做介紹給了乾爹。乾爹的老家在海寧的一個鄉村，離我外婆家不遠。他的母親與我外婆關係不錯，姻緣的事沒人說得清，乾爹探親回家，經我外婆一說，對乾媽就有了好感，本來看上去挺嚴厲的一個軍人，一見乾媽就笑得合不攏嘴。乾爹說不上英俊，但卻高大威武。乾媽的長相與他剛巧相反，非常漂亮，但卻小巧玲瓏。

與乾爹相親時，乾媽就抱著我，我懷疑她不是真心想帶我去，八成是為掩飾一下初見面時的難為情。等到兩人初次見面結束，母親說，不知怎麼搞得，把我吊在耳朵上的一對耳環弄丟了一隻。母親發現後，大為感歎，只好看著我整日戴著一隻耳環跑來跑去地晃蕩。我的耳環成了單個，他們卻以迅雷不及掩耳之勢成了一雙。結婚不久，乾媽就作為隨軍家屬去了部隊。這一去就是好多年，但他們始終與母親保持著良好的通訊聯繫。

哥哥決定去時，不敢告訴母親，也不敢對父親講。福建這麼遠，哥哥也從沒出過遠門，再說，父親還要靠他打零工維持家用，他這一走，一家人會陷入困境。可哥哥不管，他對我說：「我必須要把握自己的命運，走了一個，家中就少一張嘴吃飯，如果真能當上兵，也是我的願望。」

聽他這麼一說，我覺得有道理，他這一走，不僅解決了吃飯問題，更重要的是有了自己的前途。我說，好的。

去，就要解決路費問題。哥哥說，他打零工時已經偷偷積下一點錢，不知夠不夠。我覺得他說得數額太少，於是，瞞著母親向她討了幾塊錢，母親問我幹什麼用，我說，要上繳給學校買學習用品，母親回說口袋裡沒錢，下午向單位裡同事借了再給我，我說那也好。我知道對母親出這一招很靈，她唯一的目的就是讓我讀好書，免得像她那樣是個睜眼瞎，被人欺侮。

就這樣，哥哥口袋裡揣著不多的錢，從這裡坐船去了上海，再從上海北站坐火車去了福建。我只知道福建在很遠的地方，但不知有多遠，直到今天我也沒去過。後來，哥哥來信說，錢剛好用來買火車票，這以後在火車上的幾天幾夜他沒吃過一點東西，找到乾爹家時，他餓得肚皮差不多貼著後脊樑，將乾媽準備的一大臉盆米飯和紅燒帶魚、番茄炒蛋狼吞虎咽地吃個精光。吃完方才明白那是乾媽一家五口人的午餐。還說乾爹和乾媽對他都很好，要我轉告媽媽請她放心。

哥哥是走了，卻留下我，還要去對母親說這個艱巨的事。我不知道母親得知這一消息會怎樣，父親又會怎麼樣，難過的是現在我該怎麼說。

傍晚，看著母親坐在被窩裡背「老三篇」中的《愚公移山》，情緒好像還不錯，想想人家愚公山都能移，我有什麼不好說？於是，我鼓起勇氣說：「媽媽，我想對你說件事。」

母親頭都沒抬地說：「該不會又是要錢交學雜費吧？」

我愣了愣，說：「不是。」

「那還會有什麼事呢？」興許在母親眼裡，除了錢，她想像不出還有什麼比這更重要的了。

「是哥哥的事。」我輕輕地說。

「哥哥？你哥哥出了什麼事？」她一聽，像受驚嚇似地抬起頭，看著我。

「沒出什麼事。」我顯得很輕鬆地說，並不斷地觀察著她的臉色，然後鼓起勇氣說：「他去福建乾媽家了。」

她先是一愣，然後像沒聽明白似地跳起來：「你說什麼，你再說一遍。」兩眼直直地盯著我，像從未見過似的。

「哥哥去福建乾媽家了。」我重複了一遍。

她一下爬起，直坐在床上。然後喃喃地說：「我就想，這幾天怎麼眼皮老是跳個不停，准會有事，想不到會出這麼大的事，我還蒙在鼓裡呢！」

我低著頭，像是自己犯了錯誤似地說：「哥哥是怕你擔心，才不敢告訴你的，說了又怕你攔住他，不讓他走。」

「那個死鬼知不知道？」我明白，她指得是父親。

「哥哥也沒告訴他。」我說。

她發了一會呆，起身，下床，低著頭在床前踱來踱去，突然如釋重負地說：「好，也好，或許對你哥哥來說是一件好事，他有飯吃，或許還有個好前途。」

她這麼一說，我擱在心頭的一塊石頭落了地。那晚，母親好像比往常都高興，她破例放下手中的「老三篇」，跟我聊起哥哥小時候的許多頑皮的事情。說時，手舞足蹈，臉放光彩，好像回到她與哥哥一起生活時的光景。但有一件事讓她回想起來就有點難受，說哥哥有一次向父親討要兩分錢，父親不但不給，還硬是打他追他，在冰天雪地裡足足追了三里多地，要是哥哥踩上了封凍不深的冰河怎麼辦，掉進冰窟窿裡會淹死的。她不明白他竟然會為兩分錢而不顧一切地追打孩子，為此她非常恨他，只是害怕他而不敢說出來，現在哥哥走了，她也說出來了，我感到她很愉快。看到她如此少見的快樂，我才明白，哥哥作為母親的第一個孩子，不管是我還是弟弟都是無法取代的，他永遠處於我們家的特殊位置上，不管時空如何的變換，哥哥永遠是哥哥。

清晨，我和母親還沒起床，就聽見房東婆婆在敲我們的房門。母親開門問：「什麼事？」

婆婆說：「有個男人找你，他說是你丈夫。」

我從床上骨碌爬起，心想，這下完蛋，讓他找到，日子又要難過了。

母親對婆婆說：「你讓他在外頭等一下，我穿上衣服就出來。」

看得出來，她的臉一下變得很蒼白。我知道，母親和我借住這兒，為了避開眾人的閒話和父親的追究，從沒跟人談起逃出來這個話題，連房東婆婆也沒說。記得曾有一次婆婆問母親我父親在哪裡，母親答說，已經死了。我心裡明白，母親說父親「死」了，只是一句氣話，究其原因她想回避這件事，也根本不想對別人去訴說內心的痛苦以及對他產生的憤恨。這下可好，父親的到來，不僅戳穿了母親的謊言，更重要的是，在眾人眼裡，母親是個不講真話和不守婦道的人。

母親穿上衣服，開門出去。

果然，還沒等我出去，外面的父親和母親就已經吵開了。父親說：「你們躲得了和尚躲不了廟，今天我不是照樣把你們找到?!」

一陣沉默，母親想必還在驚駭中，她大概以為找了這麼個隱蔽的地方，就可以躲過去了。沒想到才住了這麼些日子又讓他找了出來。

父親見她沒吭聲，就責問：「一定是你把良良藏起來了。」

母親這才明白他找來的原因，說：「大兒子跟著你過，你自己沒管好他，還到我這兒要人，真是莫名其妙。」口氣也不示弱。

「你說，你把他藏哪兒了。」他緊逼著母親。

「問你，你管的，我怎麼知道他在哪兒。」她顯然不敢把真相告訴他。

「你不說是不是，不說，我今天就打死你。」說罷，他掄起拳頭就往母親身上揍。

此時，我站在臺階上，目睹客廳中正在發生的一切，我不知該怎麼辦。

「喔喲哇……」說時快，想時慢，母親已挨了一記父親的老拳。接著，他又連續不斷地朝她頭上、身上狠狠揍去。「撕啦」一聲，母親的圓領衫被撕破了，露出潔白的後背。開了口的衣裳僅擋著前面的胸部，在不停地扭打中只掛住兩個肩膀，像要掉下來似的。

情急之下，我不顧一切地衝上去，對著父親說：「你冤枉媽媽了，哥哥不是她藏的，她也不知道。」

父親一聽，馬上停止了打罵，衝我說：「那你說，他究竟去了哪裡？」

「去了福建！」

「福建？」父親以為自己的耳朵出了毛病。兩眼發直的盯著我，過了好一會兒，才想起什麼似的問：「去那兒做什麼？」

「他想當兵。」我說。

「嘿、嘿、嘿。」他望著我，哭不像哭，笑也不像笑，乾嘿幾聲，也不知是啥意思。我看著他，也不吭聲。

「翅膀硬了，飛了。」他突然衝我說：「沒說一聲就走了，把我都不放在眼裡。說，是不是你的主意?!」

他的話鋒一轉，竟轉到我的頭上來，我一時被他的話鎮住，望著他，瞠目結舌。

「我就知道是你出的鬼主意，要不，你哥哥怎麼會有這麼大的膽量和魄力？」他緊逼我，我不由自主地朝後退。

「啪！」我臉上挨了他一巴掌，他說：「你是為了報復我，對不對？」

「你胡說！」我手捂著被打痛的臉說：「哥哥是為了減輕你負擔才去的，他說，少一個人，就少一份負擔。」

「少一份負擔，虧他想得出來，他走了，我靠誰掙錢養？你弟弟不要被餓死？」他說。

這我倒沒想過，我的確認為哥哥走了，父親可以少個負擔，但唯獨沒想到他是養活他們的主要勞力。

「你就不可以去掙錢來養活自己和兒子！」母親插話了。

「我去幹活掙錢養兒子，虧你想得出來。」他對母親說：「從今往後，大兒子不回家，就由你養活我和兒子。」

「我連小小都養活不了，還養你！」母親說：「至少你可以有家財變賣，我離家時，連一雙筷都沒拿，全靠自己做來吃，你還要叫我養，虧你一個大男人說得出口。」

「答不答應是你的事，管兒子也是你的事，我今天就在你這裡吃飯。」說罷，他一屁股坐在凳上，一副不吃飯決不甘休的樣子。

「你要吃，你就吃。」母親說：「小小，去幫我拿件衣服來。」

我一聽風馳般跑進房裡，拿上衣服出來遞給她。

她迅速穿上衣服，然後，拉住我的手說：「咱們走！」沒等父親弄明白怎麼一回事，母親和我跑出了家門，把父親晾在那裡發呆。

父親此次來後的結果，房東婆婆對我們有了看法，她嘴上沒說什麼，但事隔幾天後，她對母親說，我們住的地下室她要另作它用，母親猜測婆婆是對她產生了不信任，婆婆是個從舊時代過來的人，遵從的是嫁夫隨夫，嫁狗隨狗的訓條，母親的離家出走，對她來說，幾乎是不可理解的，也有背禮教，她不想與我們同流合污，被別人說閒話，也怕我的父再次找上門來，弄得很難聽，所以也就不想再接納我們。母親除了表示歉意外，主動與她思想上進行了溝通，將自己離家出走的原因對她全盤托出外，還以增加房租為由將事態平息了下去。儘管如此，從那以後我時常會感覺到來自於鄰居們蔑視的目光，這種目光一直灼透我單薄的脊背，灼痛我的心。我的母親在呻吟，我也在呻吟，她希望我能好好讀書，將來有一天憑著書包翻身，讓她老了有個依靠。而我卻沒她想得那麼多，那麼遠，我只盼望父親不要再來煩我，我能吃糠咽菜的活下去。

第六章

1

秋季的一天，我放學回家，只見母親正與一位胖胖的婦女在客廳說話，我進去，母親向我介紹說：「快叫馬阿姨！」我靦腆地喊了聲，就躲進房裡了。吃晚飯時，母親在飯桌上告訴我，剛才來的阿姨是鎮上的鎮長，來問你大哥的事。說是現在全國中學生都響應毛主席的偉大號召，「上山下鄉，接受貧下中農再教育。」你哥也被列入下鄉名單，我家至今還沒有一個支農的，因此，他必須要去。

我一聽，忙說：「你就不對她說哥哥在福建當兵嗎？」

「我是如實對他說了，可她說，如果真是當兵可以不按排下鄉，也是鎮裡的光榮，你們家裡也少個負擔，只是要大哥從那邊打個證明過來就行。」她說：「所有手續我會辦理。」

「那我趕緊給大哥寫信，讓他打個證明過來。」我說。

「好啊，要快！」她關照。

我趕緊拿出筆，趴在桌子上給哥哥寫信，當天就發出。過了約半個多月，哥哥回信說，他恐怕要回家了。待在福建一切都好，問題是他極度想家。他覺得自己快要瘋了。當兵沒有問題，並說已經穿上軍裝了，只要過段時間，就會帶上紅領章和紅五星，成為真正的解放軍。但他不想當兵了，具體原因回來後再告訴我們。

念到這裡，我急了，心想哥哥怎麼那麼沒出息，想家可以回來看看，怎麼放棄自己的前途打道回府呢？不行，我得馬上去信告訴他，連母親也覺得他真是太不慎重了。然而，沒等我的信到達那兒，大哥卻已回了家。

見面時，大家百感交集。大哥雖然去了才五個月的光景，卻像換了個人似的，長高了，也變白變胖了，母親一直認為哥哥是我們兄妹三個中長得最耐看的，我很同意她的這種說法。乾媽還讓哥哥帶回好多好吃的東西，什麼桂圓、柚子、糖果、鹹魚乾，哥哥說：「那都是福建的特產。」這些東西，我從沒吃過，讓我瞧著嘴饞，母親把它們分成了三份，哥哥和弟弟每人一份，我也一份。我把它們藏匿了好久才吃，母親說：「這好像不是你的風格。」我覺得也是。

大哥最大的變化是變得心情比往日開朗，話也多了。他坐在母親的床上，口若懸河地講述關於發生在部隊的種種事情，我從來沒聽說過。好幾天，他來我家時，我總要纏著他繼續講。聽得我呆頭呆腦的。母親說，若是我當初去部隊參軍，說不準倒是堅持下來了。我覺得母親說得很對。

大哥有一件事講得讓我很有記性。他說乾爹部隊有個營長，自己長得糙膚黑臉不好看，但醜夫娶美妻，妻子卻長得招人喜歡。丈夫搞派性鬥爭忙，顧不上家，他妻子在家待不住，就老往別家跑。這一來二去的，就與一位團長的勤務兵勾搭上了。

你還別說，勤務兵雖說是個兵，但長像卻不俗，白面書生，識文斷字，兩人還真對上了胃口。每當營長外出，他倆就找時間粘乎在一起。時間長了，滿大院的人都知道，唯獨營長還蒙在鼓裡。團長是個粗人，脾氣也粗，這說出來是要人命的事，誰敢多嘴。可偏偏有一天，團長與營長為各自不同的派別鬥爭上了。他們各自的老婆也為一點芝麻大的事吵上了，倆人依仗著自己的老公誰也不讓誰，罵到後來，團長太太竟把這事抖露了出來，這將事鬧大了。營長聽說後，鐵青著臉，將老婆堵在自家屋裡，然後用皮帶拷問。開始她也不想承認，但幾輪抽打下來，終於忍不住痛，便含淚承認了。

這下可把營長氣得發昏，他整一晚沒睡著，到清晨四點的時候，獨自一人怒髮衝冠地跑去找那勤務兵。上午九點，營長老婆起床後發現自家的餐桌上竟擱著一顆人頭，那血淋淋的人頭，不是別人，正是與自己相好的勤務兵。而桌子底下躺著一個血人，正在「哼哼」，一看正是自己的丈夫。原來，她丈夫一怒之下把她的姘頭給割了首，然後把自己的生殖器也連根割了。

這種事聽起來有點荒唐，可哥哥對天發誓說絕對無半點假，還說，要是我不信，以後乾爹乾媽返葛雲時，可以再問。不管怎樣，我覺得那營長有點過分，或者說是有點划不來，不僅將自己的命搭上，還把男人的「驕傲」給弄沒了，這算怎麼回事。可哥哥卻不這麼認為，他認為男人可以為愛去死，更別說什麼自殘。看來，男人都是瘋子，為了自己的所謂自尊什麼都幹，我這麼想。

原來哥哥決然打道回府，也是與女人有關。十八歲的哥哥情竇初開，不知什麼時候喜歡上了我和母親曾借住北廣靠河邊那幢兩樓兩底房東家的女兒。其實這個女孩從小就送給了西廣的一戶人家。她養父母家在一個叫番家弄的地方。她比我哥小，哥哥肖兔，她屬蛇。長得姣小，稍有點胖，但皮膚很白，眼睛又大又漂亮。其實戀人的感覺確與常人不同，往往常人看似很平常的臉，在戀人眼裡就不同尋常。難怪有人說，情人眼裡出西施。那女孩，聽哥哥說，她心眼比較好，別的他倒不稀罕。在當時，我家雖窮，但喜歡哥哥的女孩還是不少。哥哥也常帶她們上我家玩，來時，男男女女一大幫人，像趕場會似的。但看上去關係都很一般，在一起說說話什麼的，大不了在我家吃一頓飯。我以為，像哥哥他們年齡的男孩女孩在一起就是談戀愛，母親為此常笑話我，說就一般普通的朋友關係，沒我說得那麼嚴重。

想不到哥哥這次當了真。不僅如此，為了她還把當兵的事給放棄了。我對他說：「你真笨。」

哥哥卻說：「你還小，不懂。」

我說：「這與大小沒關係，我可不會餓著肚子談什麼女朋友。」

他說：「那是你不懂，人有飯沒飯吃，都會想愛情。」

我想，哥哥是瘋了。就為個子虛烏有的什麼愛情，瘋狂到放棄有飯吃的機會，有理想奔的地方。

「那你以後的生計怎麼辦？」我問。

他說：「響應毛主席號召，下放去農村。這樣既有飯吃，又有愛情，可以革命生產兩不誤。」

不久，哥哥便去了農村。那天，有孩子下鄉務農的父母以及親戚朋友都到天寧寺輪船碼頭送行，小哭大喊的好不熱鬧。

哥哥背著母親給他的新被褥，臉上說不清是欣喜，還是憂傷。父親沒來，據說昨晚也給他縫補了破衣服，我聽後，不知怎麼有點難受。

我送哥哥去他下放的地方——連浦。隨著一陣陣鑼鼓聲，輪船起錨了。船離碼頭越來越遠，母親與碼頭上送行的人漸漸變得越來越小，終於，再也看不見了。

連浦位於葛雲縣的最西邊，輪船過去要三個多小時，因為地域偏僻，道路不暢，經濟發展不快，被人稱為「西伯利亞」。這讓我覺得哥哥此去有點像被流放的意思，不知何時才能回家。

到了連浦，生產隊長和一隊鑼鼓隊正在河灘碼頭等著，說是碼頭，其實只是個有幾級臺階和一棵柳樹的平臺。一見我們上岸，執羅鼓的隊員就使勁敲打，將鑼鼓打得映天響。我們踩著鼓聲到了哥哥居住的地方。

哥哥的窩，是平房，有兩個房間。外面一間做廚房，裡間做臥室。之前不知做什麼用，進去時一股霉味。村上的人得知來了個知青都趕來看熱鬧，哥哥很靦腆，請他們進屋，又拿出事先準備好的糖果分給大家吃。這是母親為他準備的，說給村上的鄉里鄉親結個緣。母親雖與父親不和，但做人的禮節倒是從我祖母那裡學了過來，現在連我們也在潛移默化中繼承下來。

隊長講了幾句歡迎詞後，就對哥哥說：「其實我們這兒也是地少人多，知青下來，就是搶鄉下人的飯碗。」

哥哥聽了，有點不自在，說：「這是響應偉大領袖的號召，你不執行，我馬上回。」

隊長一聽，趕緊說：「我是說著玩的，哪敢啊。」

哥哥說：「我想也是。」

哥哥和我很興奮，屋裡人來人往，一直到傍晚，村裡的人走後，才安靜下來。鄉村的黃昏是美麗的，它的美在於你想像不出的寧靜。青蛙在田頭「呱呱」地叫著，「織布娘」發出悅耳的「喳嘰喳嘰」聲，此起彼伏，像是一臺田野交響曲。我們坐在門檻上，望著門前盛開著黃花的瓜棚聊著家常。我從哥哥興奮的臉上，看出他對新生活的美好憧憬。他說：「小妹，我要努力幹活，多掙工分，積攢點錢，娶那女孩子為妻。」望著他一臉的嚴肅，我不好再說什麼，只能默默地為他祝福。

2

母親和所有人一樣對偉大領袖充滿著無限的敬意，每天吃飯前必領著我向懸掛在牆上的領袖像表達無限崇敬的心情，念時畢躬畢敬，神情有點滑稽。念得最多也最經典的語錄是：「革命不是請客吃飯，不是做文章，不是繪畫繡花，不能那樣雅致，那樣從容不迫，文質彬彬，那樣溫良恭儉讓，革命是暴動，是一個階級推翻一個階級的暴烈的革命行動。」完畢。然後才坐下吃飯。這讓我想起自己在書中讀到的西方虔誠的基督教徒吃飯前向上帝起禱時的情景。不同的是，上帝摸不著邊際，而領袖的教導對他的人民有實質性的意義。

鎮上許多比我年長的紅衛兵一批又一批地坐上汽車去各地搞什麼「大串連」，然後又赴全國的政治中心——北京去接受偉大領袖的檢閱。一色的黃軍裝，一色的紅臂章，一色的紅寶書，一批批的去，又一批批的來，在一片紅色的海洋中捧著「紅寶書」，跳著「忠」字舞，高喊著「萬壽無疆」。他們中有的在半途中死於車禍，魂去了北京，人卻回不了小鎮；有的帶了一身的跳蚤回來，被家人將被褥扔在院中，罵著叫他去澡堂好好泡個澡，再讓進家門，更多的人，走南闖北回來後在沒去的人中間興奮地吹著牛。每個去的人都像上足了鐘的發條，晝夜不停地轉，好像不這樣做，就不是革命者，就不是緊跟偉大領袖。哥哥當時讀的是一所農業中學，離鎮上比較遠，走過去就要一個多小時，學校設在農場裡，光地就有好幾百畝，人手不夠，學校不讀書，光讓他們在田地裡幹活，這下倒是省了父母親的心。可不，這回下農村還真有了用武之地。我本來就對狂熱的東西不感興趣，也就不湊這個熱鬧。可母親不行，她不斷地被同事叫去，在充滿濃厚政治氣氛的石板街道上穿梭忙碌。

她很威武，也很精幹。穿一身陳舊的大翻領藍布衫，袖筒上戴著紅臂章，和一大幫人東家出西家進，完全投入到這場「文化革命」當中去。一天，她看我拿本小說讀，整天待在家裡，顯得無事所所，就特別來氣，說：「人順王法轉，草隨風兒動。你就不去跟同學一起去『鬧革命』。」看我無動於衷，又說：「再這麼下去，我看你也快被別人叫『反革命分子』了。」

我說：「你不要管我革不革命，我只是一見整人就害怕。」

她說：「你害怕什麼，整別人，總比別人有一天整你好。」

「別人整我和我整別人都會讓我受不了，所以，我乾脆遠離政治，遠離人群，不就行了。」

「你真是不可救藥。」

母親以為，她自己「革命」了，也就成了革命派。別人就成了她專政的對象，換句話說，她一直以為自己清清白白，她也決不會成為被他人專政的對象，可歷史有時會嘲笑人，人也有時會被歷史捉弄。她萬萬沒想到，沒過多久，自己也被捲入進這場運動，成了被他人專政的對象。而我這個想遠離是非的人，終究也成了是非之人。

第七章

1

那天，母親去上班，忽然，單位裡平時對她看上去很不錯的一個女同事說：「從今天起，你要接受審查，接受我們對你實行的無產階級專政。」

母親開始並不以為然：「我清清白白做人，堂堂正正做事，你們不要搞錯了。」

女同事拿把剪刀，往桌子上一拍，說：「我們沒搞錯，是你錯了。你不僅生活作風有問題，而且還當過『漢奸』。」

母親一聽，又好氣又好笑：「說我作風不正，又說我當過『漢奸』，這是哪兒跟哪兒的事，怎麼連我自己都不知道，你們怎麼可以誣陷我呢？如果你們真這樣認為，那你們去調查好了。」說完，她一屁股坐在板凳上，不再想說什麼。

母親很單純，她不知道「寡婦門口是非多」的這句古話，對她也會產生副作用。問題是我的父親活著，也要對她實行專政。母親與父親失和逃出來的消息像一風一般傳到她單位，還有因為母親活做得既快又好，本來就對她產生嫉意的人，開始有目的地對她進行「圍攻」。

因為與父親分居，母親被女同事揭發成了「罪行」，說什麼母親是「舊鞋」壞了，想換「新鞋」，意思是她與我父親不和的原因是外面有了「姘頭」。在那個年代，「作風問題」往往是治於人死地的頭等大問題，甚至超過了有政治問題的人。

俗話說：「壞事傳千里」，尤其是男女之間的事，只要有人一說，不管你有還是沒有，都是有。就算你長十七八隻嘴巴辯解都沒用。而且這種事，你越是辯解就越像是有，聽的人會說：「此地無銀三百兩」，或說「你沒有，狡辯什麼？」

假如問你，你不說。他又講：「你看，她心有餘悸。」

母親算是倒了八輩子的霉，從此日子過得更加艱難。在單位她被整得抬不頭來，每天聽聽閒言碎語就夠她受的。

有人說：「假正經，原來有別的男人，才不要自己的男人。」

另一個又說：「家花哪有野花香。」

更要命的，她的一個同事，不知從哪兒得來消息，揭發母親說是個「漢奸」。「漢奸」這罪名可不是鬧著玩的，從此讓母親感到暗無天日。

這種污辱和誹謗是很殘酷的，她正因為無法容忍父親的毒打，更不願意做牛做馬而得不到他最起碼的一點尊重，才義無反顧地出走。但她絕對沒想到，連與自己一樣的女性，從未和自己有任何過節的同事，也會如此無情的對待自己，她感到了一種莫明的悲憤。更讓她無法忍受的是，她是做車工的，本來客戶的衣服就不多，輪到她也不是天天有得做，而且是以件計工的，多勞多得，少勞少得。這樣一來，安排她做的活就更少了。三天兩頭一件也沒得做。就算有一件，也是別人不願幹，最難做的活。她的心苦不堪言。

有兩位女同事看著母親可憐，暗地裡悄悄給裁剪師傅說，讓他給母親做一點活，她們對他說：「她還有個女兒要養活，如果沒活幹，她女兒吃什麼，這關係到生存問題。」

裁剪師傅被說動了，就偷偷給母親留一點。旁邊人不知道也罷，結果有一天被整她的人知道了，便破口大罵，罵得差一點連裁剪師傅的名譽也搭了進去，罵得足以讓母親跳河。她陰沈著臉對我說：「如果不想想有你，我當場就從那窗口跳到河裡去。」說罷，摟著我抱頭痛哭。

2

同事所揭發的關於母親當「漢奸」一事，上報有關部門後，有關部門幾次派人去外地層層調查。這件事讓母親再次陷入危機之中。眾人蔑視的眼光，灼得她抬不起頭來，精神幾乎到了崩潰的地步。有許多次她被「造反派」押著，剃個陰陽頭站在操場搭得臺上，脖頸裡掛一雙破鞋，臺下無數雙手衝著她大喊：「打倒女流氓林玉，打倒漢奸……」

有一天，我剛巧路過，見操場上人山人海，便擠在人群中遠遠地眺望著。母親低著頭沉默不語，問急了，她就昂起頭說：「我不是流氓，也不跟人家有什麼兩性關係，我連跟自己的死鬼都沒有兩性間的事，怎麼個流氓法？」

造反派一聽，更來氣：「你不是跟你女兒那個班主任有一腿嗎？」

母親說：「我怎麼自己不知道跟他有一腿，保不定是你做的牽的線？」

「不承認，還敢嘴硬，嘴硬就給你點厲害瞧瞧！」接著就是一頓拳打腳踢。

我在臺下看得心驚膽戰，眼睛通紅，發瘋似地往臺上竄，要不是熟悉的人把我死活拉住，我會跳上臺去跟他們拚個你死我活，儘管我知道這樣做的下場是螳臂擋車不自量，但仍會拚命一試。

每次批鬥回家，母親總是精神恍惚，衣衫襤褸，身上青一塊紫一塊，如此惡劣的環境，我懷疑，如果我在這個時候出點什麼事，她還能否堅持著活下去？然而，母親卻說：「那個死鬼，他想要害死我，班主任的事，不是他說還有誰說？我偏不死，要活給他看。看看究竟誰的命大。」

我說：「對，你一定要活著，跟他鬥。」

父親因了這事後，覺得有機可趁。一天，他找上門，剛巧母親蹲在庭院的葡萄架下洗衣服，一見他，她端起臉盆就往院牆外面走。父親一看，她想避開他，就張開雙臂攔住她。說：「如果你回家，我就去對上面說清楚，這件事或許還可以不再追究。家裡沒有個男人就會被人欺侮，現在你嘗到滋味了吧！」

「你還有臉說我，我不都是你害的。」母親停下腳步說。

原來關於「漢奸」的事，就是父親的一位遠房親戚的女兒即寄居在我家的表姐，她的父母在她三歲上就死了，據說曾在日本人那裡做過事，她的父母死後，那邊的鄰居打聽到有父親這樣的親戚，就將她送了來。此後就寄養在我家中，母親嫁過去後就管她的吃喝拉撒。她萬萬沒想到，因此成了「漢奸」。

父親說：「漢奸可不是好當的，弄不好要你坐監獄。」

母親苦笑說：「回家被你打罵，在外被人欺辱，嫁給你又變成『漢奸』，我現在才知道自己活得裡外不是人。坐監獄也好，省得再受你打罵。」

「知道就好，這是你不好好做人的結果，怪誰怨誰呢？」他有點幸災樂禍。

「我不知道錯在哪兒，我認為自己沒做錯什麼，白的就是白的，黑的終究是黑的。不管別人怎麼說，怎樣看，總有一天會證明我是清白的。」母親用手扶著桌子，神情嚴肅地說。

「你以為你一個婦道人家還能等到那一天，這世道哪天不在死人？哪天沒有被整死的人？被整死的人裡又有幾個真是壞人？」父親啟發著，試圖讓她明白：「你就沒聽說，剛才我過來時，商業局的局長就吊死在自己的家中。」

商業局局長？我站在庭院的陰溝旁，思緒隨著他的話語努力搜索起有關這個人的點滴。喔，想起來了，一位長得身材不高，很敦厚的人。他是我隔壁班一位男同學的父親，我和同學一起上他家玩時，曾經見過他的父親。母親聽了，臉色有點變，像受驚一般，想必她也知道這個人，她顯得若有所思，沒再講什麼。母親的沉默讓父親覺得她似乎已經被自己說動，就說：「我要你今天就跟我回去！」

母親站在那兒，一動也不動。

「小小，來，跟我回家！」父親見母親沒動靜，便將注意力轉移到我身上。過來想拉我的手。

當他一碰到我手時，我本能的就像碰到一條冰冷的蛇，嚇得躲開了。這是一雙我曾經不知挨過它多少次耳光的手，儘管有很長一段時間沒見過，也沒碰過，但我似乎仍感到他搧我時的情景，有一種殺氣籠罩著。

「怎麼，我又不吃人，你怕什麼？」他說。

我移動一下身子，與他保持一定距離。

「你跟我回不回去？」他盯著我問。

我望望他，看看母親，然後搖了搖頭，快步走進客廳。

一時，局面成了僵持。母親見狀乾脆將臉盆往地上一擱，跑進客廳。而父親緊跟著也快步走進客廳。三人你望我，我望著你，誰也不說話，空氣變得頗為緊張。突然，好長時間不見的小學班主任出現在大家面前。

從院子走到客廳時，裡外的光亮差異很大，所以，他先站在門口朝裡望。興許裡面的光線太暗看不清，於是他便徑直走了進來。首先看到的是我母親，他滿臉掛笑，問候著：「您好，我因事出差到鎮上，順便來看看小小。近來你們好嗎？」顯然，他壓根兒沒注意到我的父親。

母親看到他，先是一愣，而後下意識地望望父親，沒答話。

班主任這才發現父親站在一旁，並看著他。他趕忙說：「喲，你們都在，從外面到裡面看不清。」他歉意地說，真的沒看見。

早不來，晚不來，偏偏這個時候來。我的心，一下提到了嗓子眼，他的到來，使原本緊張的氣氛更是劍拔弩張，一觸即發。

果然，父親快步走到母親面前，對準她的臉，「啪！」抽手就是一巴掌，罵道：「怪不得，你死活不肯回家，原來還與他保持著這種關係。」並扭頭對聞聲趕來看熱鬧的鄰居們嚷嚷：「你們看，他就是她的『姘頭』，她從家裡出走，我都不怪她，我夠大度了吧，現在大家瞧見沒有，她和他好，所以與我分居。」

「怪不得，還是小白臉，看上去還那麼年輕。」有人切切私語，對著班主任評頭論足。

「看樣子，男的還沒結過婚，比她小上好幾歲，該不會是她引誘的吧！」旁人任意猜想，不顧母親和班主任的情緒。

我看了看班主任，只見他的臉飛紅，一臉的茫然，瞬息變成羞愧，再變成吃驚，再由吃驚轉成憤怒。兩隻手拎著的東西，「啪」一下掉到地上。

聽著父親的話，眾人的議論，看著班主任怒不可遏的神情，母親幾乎要哭出聲來，我突然像被剝光衣服走在大街上，赤裸著身子被眾人指指點點，心一陣無奈地疼痛，用手蒙住雙眼，蹲在地上，心撕裂肺地號叫起來：「你們都給我走，給我走開！」

「有什麼值得嚎叫的，自己的老娘是隻破鞋，走！」其中的一位竟毫無顧及地罵起來。

我一聽，呼，一下子從地上站起來，對著那人大吼：「你才是破鞋，你以為我不知道，你做的好事。」我不甘示弱的進行反擊：「你丈夫不在家時，有個男人深更半夜經常溜進你家。」

「你胡說，哪個男人？你見了！」她頭一揚。

「昨晚十二點。」我說：「我從與你間隔的板縫裡窺見的。」

「小小。」媽媽喝住我，顯然她不喜歡我這樣做，但我卻氣昏了：「那男人我認識，別人叫他板鴨。」我不顧一切，挑明了說。

這下可好，那女人本來就凶，喜歡說東家長，論西家短，丈夫不在就把相好的男人往家帶。背地裡老拿我母親說事，今天又惡毒地罵我們，乾脆她也別想裝正經。我憤恨的咬牙切齒。

「好啊，你個『下流坯』養的小崽子，我打死你，今天我不打死你，就不是娘養的。」她一把揪住我的衣領，對準我的臉就是一拳。

「你這個臭女人，敢打我女兒，你反了你。」喝醉酒的父親此時像頭憤怒的雄獅，直衝過來，一把揪住她的衣領，對準她的臉就是一拳。好，一報還一報，這下扯平。我暗自想。

然後他又拚命挖她死揪我衣領的手說：「我們家的事，輪不到你來管，你他媽的還要臭，又要做婊子又想立貞潔碑坊，你這個臭不要臉的。」他不停地辱罵，好像在為我剛才被她的辱罵出氣。

班主任原本氣得不知所措，這會竟也回過神來死拉那女人的手，他倆一起使勁終於將她手拉開，我一下撲到被罵得昏頭昏腦的母親懷裡哭起來。

父親走到那女人面前警告說：「倘若以後對我女兒再這樣，我就找你的丈夫，讓你也沒好果子吃。」

我對父親啥也不信，但他說的這些，我卻信：那女人是個無賴，無賴只有無賴才能對付，父親能夠對付她，這一點也不假。父親滿以為這是在幫腔我和母親，但我卻一點不領情，相反讓我更加憎恨：如果不是你在這兒胡說八道，我和母親會遭遇這些侮辱，讓我的母親在眾人面前失去尊嚴，讓我也抬不起頭來。我不明白，為什麼父親總不肯放過我和母親？班主任到底是對我母親產生暗戀，還是因我的關係也不肯「放過」我們？在我看來，他看母親時似乎總有一種異樣目光，但不管怎麼與父親相比，我覺得他不像是個壞人，他和我母親不管是不是相好，我倒真希望有一種人際間美好的關係，這樣至少對我來說是一種安慰。然而，現在他們兩人的出現，弄得我與母親人不像人，鬼不像鬼。想到這兒，我憤恨地說：「我再也不想看到你們。」

父親聽了，竟然有點幸災樂禍地看著班主任，而班主任的臉一下變得慘白，他們各自望望我，快快地走了。

第八章

1

母親的審查還沒有結果，父親的問題又來了。

這是一九六七年的冬天，已經快要接近年關。天氣異常的冷，整個天空像塗了一層灰，陰沉沉的，讓人心中沒有底。哥哥神色慌張地到我家，母親外出做「出門工」，幾天後才能回來。「出門工」，就是指離家去顧客家中做縫紉活。去的地方如果遠，一段時間內，她與另一位女同事就住在那裡。這種活，一般有家小的人都不願意去，如果碰到那家顧客衣服做得多，就需要十天半個月，有時甚至一個月。母親性格好，遇到這種事，如果同事需要她幫忙，她也會留下我一人在家。如今，她的景況一天不如一天，在單位，活也沒得幹，碰上這種誰也不願去的差事，她哪會不去呢？再說，這種「出門工」，一般都在逢年過節之前，叫「出門工」的人家大都家中辦大事：什麼兒子娶媳婦，女兒出嫁啦，孫子做滿月，再就是家中死了人，置辦喪事，做死人衣褲，活人壽衣等。母親去的是個大戶人家，所做衣服是一家老小為過新年準備的。

對她做「出門工」，我有自己的看法。我對母親說：「上客戶家好，你們去，哪家不準備點好菜好飯招待？除了給工錢，還供食宿。」

母親卻說：「小孩家懂什麼，整天想著吃，在人家那裡做是有規矩的。比如，吃魚，只能動動筷子，最多吃上面一半，吃完是不可以將魚翻身的。吃肉，只能吃一塊，不能多吃。如果違反這些規矩，主人家會不高興的。」還說，一般情況下，她們不會主動挾菜，主人給挾了，她們才吃，米飯不管飽不飽，都吃一碗，不再添加。而工錢，因為管飯，自然就比單位做拿得少。

她對我說這些時，我非但沒在意，反倒特別羨慕，對我這個長年處於饑餓狀態的人來說，無疑那是山珍海味，不要說吃，就是聞著也是香的。有幾次，我衝動地說出口，要她帶我去。可母親說：「這是不禮貌的。」每當這時，那種遺憾和落寞的心情別提多難受了。

大哥來找母親，見她不在家，就對我說：「妹妹，出大事了。」

一聽出大事，我的心就揪緊了，心想，是不是母親被審查的事凶多吉少，有了定論?!我請他坐下，說：「什麼事？」

見問，大哥坐下又站起，心急火燎地說：「父親出事了。」

父親出事？我腦袋「嗡」一響。講良心話，眼下我最不想聽見他的名字以及與之有關的事。父親出事，我並不看得很嚴重，心想，這下好，看你怎麼辦。你不是老來搗亂嗎？看你有什麼臉再來罵？可一想，父親要真出了事，小弟可怎麼辦呢？

「你怎麼不說話？」哥哥急得像熱鍋上的螞蟻，在我面前亂轉。

「究竟出什麼事了？」我有點不耐煩。

「他也被專政了！」哥哥說。

「他被『專政』？」我覺得有點不可思議。

「嗯！」哥哥點點頭。

「你不要搞錯。」我不以為然。因為父親是「右派」，本來就屬於「牛鬼蛇神」，哪輪得到他再有機會犯錯誤。

「真的，他現在被關押在單位一間屋子裡。」他氣急敗壞地說。

「單位？」我更加疑惑。

「你還不知道？父親半年前就進了一家勞動服務站，在那兒給人家打臨工拉煤球。」

想不到父親會去找活幹，一定是哥哥走後，沒了可以養活他的人，不得已才出此下策。這活是重體力勞動，還挺艱苦的。哥哥告訴我，拉一百斤煤球除去上繳單位各種費用外，他到手才二毛錢。遇上颳風下雨或者下雪一毛錢也甭想掙到。他竟然幹這種活。我有點幸災樂禍，你不是老想別人養活你嗎？這下好，讓你也嘗嘗苦力地幹活。轉而一想，不管怎麼樣，他也算是個知識分子，家中的抽屜裡，就珍藏著他曾經被好幾所學校邀請教學的聘書。現在竟淪落到幹這種苦力的地步，也真他夠受的。不知怎麼，我忽然有點沮喪。再一想，他也是自作自受，如果你好好對待母親，跟她好好過日子，母親也許就不會帶我離開家，不離開，至少你也就不至於落到這種地步。現在倒好，母親因你連累受審查，而你自己也被「專政」。不僅弄得我們子女在眾人面前抬不起頭來，就連生存都成了問題，以後叫我們怎麼活下去？想到這裡，我心中湧起的一絲同情也變得蕩然無存。但不管怎麼樣，對他實行「專政」，這讓我想不到：「他有什麼政可以專得呢？」

哥哥講：「說他有三條罪名：一是反革命，二是投機倒把，三是貪污。」

「反革命分子？」我疑惑地說。

「爸爸本來就是『右派』，『右派』就是反革命分子。」哥哥解釋說。

我恍然大悟。又問：「什麼叫投機倒把？」

「就是以票證換錢。據說那是犯法的，講他用糧票換錢，那是別人告訴我，我才知道的。」

「他哪來糧票？」

「說是用你跟母親的糧票換的。」

「這有啥關係，是我們家的。」

「別人又不知道，父親老去桐安橋上換，據說那是個集中地，許多人都在那裡交易，有以雞蛋換糧票的，有用油換糧票的，換東西管的人只當沒看見，睜一隻眼，閉一隻眼，可換錢就不行，當場被人抓住，就會通知其單位。」

「那第二條呢？」我問。

「說是有一次，他拉一百多斤煤球，多收了客戶二毛錢。」

「他也真是的，幹嘛多收別人錢呢？」我說。

「那天家中實在沒錢買米，小弟已一天沒米下肚，不得已，父親才出此下策。」他垂頭喪氣地講。

「小弟呢？」我想到了弟弟，不知他這幾天怎麼過。

「我正在找。」哥哥哭喪著臉：「該找的地方我都找遍了，就是找不到他。我以為他來這兒，就找來了。」

一聽弟弟不見了，我二話沒說，起身催著哥哥就走。一邊走，一邊想，父親在單位關著，弟弟可別再丟了，他會去哪兒呢？

沿著去北廣的路，我和哥哥一路找去，刺骨的寒風吹得我的臉感到生痛。看見人家，我們就進去問，瞧見一堆孩童在打鬧，也過去認，甚至連路旁枯草叢中也撥開瞧瞧，沿途不停地呼喊著弟弟的名字，只有風，一個勁兒吹啊吹。從清晨找到傍晚，仍不見弟弟蹤影，我倆又急又餓，神經都快崩潰了。到了北廣家中，哥哥摟住我坐在自家的門檻上號啕大哭：「弟弟，你在哪兒呢？」

「小弟，你快回來吧！」我悲傷地跟著哭喊起來。

我們的哭喊聲驚動了街坊鄰居，他們一個個過來詢問，之後，便自發地開始幫我們尋找。有人猜測我弟弟這些天不見人影，定是被壞人拐走了。否則十一歲的男孩能上哪兒去?!這更加劇了我們的擔心，哥哥說：「要是弟弟真出了什麼事，我就不想活了。」

我想，不是你一個人不想活，會有好幾個人不想活，弟弟，我的親弟弟，唯有當你失蹤之後，我才知道，你對我是多麼重要，對哥哥是多麼重要，我想，假若媽媽知道你失蹤了，她一定會瘋的。因為我知道，我快要瘋了。

打著手電筒的，舉著火把的，劃著火柴的，於茫茫黑夜中閃著光亮，傳遞著一種希望。凌晨兩點多，突然有鄰居氣喘吁吁跑來說，他們找到了我弟弟。弟弟，找到了？終於找到了，我和哥哥連哭帶笑，一路小跑跟著去見弟弟。在一個柴垛前停住，我上氣不接下氣，不停地喘著粗氣，問：「弟弟呢？」

鄰居上前一步，用手撥開柴垛，露出裡邊的弟弟：他朝天仰面，胸前抱著一縷稻草，兩眼緊閉，嘴微微張開，一絲口水掛在嘴角邊，嬰兒般睡得正酣。

哥哥腿一軟，跪倒在地，大聲哭喊起來：「弟弟，弟弟，你怎麼睡在這兒呀！」

我像一張被打濕的紙，身子癱軟在地，泣不成聲：「弟弟，你讓我們找得好苦啊。」

可惜這句話誰也無法聽見，原來我的嗓音一下變得沙啞，再也發不出聲。從那以後，我很少再在眾人面前唱歌，唱時，聲音就像老狼失去小狼後重新得到小狼時那種悲喜交織產生的沙啞。也就在這時，我臉上的那塊紅色的胎記不知怎麼，突然消失了。

弟弟迷糊著睜開眼，不認識似的望望正抱著他哭喊的哥哥，又掃視一下四周，當他把目光移到我臉上時，凝視我好一會兒，忽然張開雙臂撲到我身上，說：「姐姐，我知道，再見到你時，你一定很漂亮。」我的淚水一下湧了出來。

他說的話，讓在場的人有點困惑，他們瞅瞅我，臉上露出驚詫。哥哥也露著狐疑。有鄰居指著我的臉結結巴巴地說：「你的臉，你臉上的那塊胎記怎麼沒有了？」

「我，臉，胎記，沒有？」我用手指著自己的鼻子發出疑問。

哥哥端詳了我一會說：「妹妹，真見鬼了，你臉上的胎記不見了。」

「真的?!」我不信，但立刻轉過臉請另一位鄰居看，他將我的臉轉到光亮多些的角度，仔細瞧了瞧說：「沒錯，真的沒有了。」

儘管我心存疑慮，但我寧願相信。一個人說有，不算，兩個人說，半信半疑，三個人說，我沒有理由不信，所謂「三人成虎」，何況四個人呢。可惜沒鏡子，要不，我一定要照照，沒有胎記的我究竟是啥模樣？

找到弟弟，又沒了那塊胎記。我特別高興。我彷彿變了個人似的，覺得自己自信許多。我摸了摸他的頭，問弟弟，這幾天他是怎麼過來的。弟弟說，頭天晚上，等父親到深夜，還不見他回家，便獨自待在空蕩蕩的屋裡，點盞油燈，風一吹，悠悠忽忽的怪嚇人，他就不敢睡覺。本來想到西廣，上我家，但怕父親回家見不到他要擔心，也就打消了這個念頭。他以為，父親過一晚就會回家，可沒想，一等二等，等到第五天還沒回。走，不敢，不走，吃飯成了問題。父親在時，米是吃一餐，買一次，他不回家，就沒吃的了。於是，第二天起，他就出去找吃的。開始時向別人要，別人還給，要了幾次，就不給了。街坊鄰居他不敢要，怕別人笑話。天黑，他不敢進漆黑的屋裡睡，就乾脆像迷路的貓躲在柴垛裡睡。柴當被子，月亮當燈，顧不得饑餓和寒冷。昨晚，他要不到飯，餓得心直發慌，實在沒辦法，看見柴垛旁邊人家盛在破盆裡的狗食，也偷吃了。

哥哥聽了，難過得說不出一句話來，我卻緊緊摟住弟弟的頭，拿掉粘在他頭上的稻草，拍了拍他身上灰土，抽泣著說：「咱們回西廣。」

次日清晨，哥哥離開了我家，說是要去鄉下。

2

咚！咚！咚！一陣急促的敲門聲，已是深夜十一點鐘了，誰還會來敲門？我邊穿衣服，邊舉著煤油燈，跨臺階，經客廳，穿院子，打開了院牆的黑漆小門。

來人是兩男一女。每人身上都穿一身黃軍服，腰際紮著根皮帶，戴著紅臂章。為首的是個女的。短髮，模樣長得不難看，一見我，她就兇狠狠地說：「見到你父親沒有？你哥哥呢？」

我搖了搖頭。原來是父親單位裡的人。心想，小年夜了，他們來幹什麼？

「這是你弟弟吧？他怎麼會在這兒呢？不是歸他父親管嗎？」一個子長得矮小點的男人連珠炮似地對我發問。

我還是一句話不說，轉身朝裡屋走。

「你說話呀！」他們緊跟在我身後，還在問。

想必是我的沉默讓他們覺得沒了招數，或者說打擊了他們的囂張氣焰。另一個高個子的男人，快步上前，一把將我拉到他面前，一雙泡狀似凹凸的金魚眼直盯住我說：「告訴你，不要學你的父親，要與我們積極配合，要不然，我會像撚一隻螞蟻一樣撚死你。」

「你想讓我說什麼？」我膽戰心驚地問。

「你爸爸這兩天來過沒有？」

聽他這麼說，我抬頭望了望他兩，沒吭聲。

「怎麼，想包庇你父親？」他用教訓的語氣對我說：「天大地大不如黨的恩情大，爹親娘親不如毛主席親。河深海深不如階級友愛深，千好萬好不如社會主義好。」說罷，轉過頭去瞧了瞧站在旁邊正發著呆的弟弟，又轉過頭，盯我一眼說：「這個道理你懂，對嗎？」

「問題是我沒有爸爸。」我說。

「他的爸爸，不就是你的爸爸！」他指著弟弟對我說。

「我早就與他劃清了界線，因此他不是我爸爸。」我嚴肅地對他說。

「不認並不代表他不是你父親。」女的走了過來，對我惡狠狠地說：「父親就是父親，就算你不認也改變不了事實。」

「不是，就不是，我不需要你們來教訓我，我討厭你們把他強加給我。」一聽他們說不要學我的父親，又聽說我不認他也永遠是我的父親，我的情緒驟然變得怒不可竭：「你們誰要再提他，我就請你們出去！」一腔怒火隨著我心在噴發，變得不可抑止，不可理喻，不可阻擋。

此時，擱在長桌上的油燈突然「謔謔」了幾下，彷彿因我怒火的衝擊變得忽暗忽明。

一瞬間，他們都愣住了，目瞪口呆地看著我，或許他們根本就沒想到原來這世界上還有一個比他們更不願意容忍我父親和更恨他的人，那就是我——他的親生女兒。

矮個子朝另外的人看了看，問：「如果你父親現在出現在你面前，你會怎麼樣？」

我冷冷地說：「讓他走！」

「要是他死活賴在這兒不走呢？」

「我就讓他滾！」說時，我的兩眼冒著凶光，或許我的目光中有一股殺氣，直讓弟弟顫抖，也讓他們驚詫。

女的不相信似地繞著我的身軀轉了一圈，然後正面對著我，看了大半晌才說：「你父親是反革命分子，是投機倒把分子，是貪污分子，三罪並立，罪大惡極，如果你窩藏他，要算窩藏罪，你懂嗎？那你也要倒楣。」說完，「咣當」一聲，將她手中一團東西摔在我腳下。

我低頭一看：一團麻繩。

「姐姐！」一直在旁看著的弟弟，突然嚇得抱著我的腿哭起來。

一時間，我的心像倒翻的五味子瓶，甜酸苦辣，新仇舊恨一起湧上心頭。父親呀，父親！你是多麼的可惡，你一次又一次地讓我對你失望，一次又一次地讓我對你產生無比的仇恨，一次又一次地將我逼到絕境，你以為你是誰，可以對我一次又一次地做出傷害，這種傷害就算你用一輩子來償還都無法還清。因為你，母親被造反派打成「漢奸」，被視為作風敗壞的女人，因為你，哥哥要成為你的替罪羊；因為你，弟弟弄得無家可歸；因為你，他們將我逼到絕境，讓我活得人不像人，鬼不像鬼，活得生不如死。你和他們不讓我好好活，我也不讓你活得痛快。我要等著，等著看你的好戲。我心中沖天的大火，在熊熊燃燒，燒得我眼發乾，臉發紅，渾身發燙又變涼，雙手緊握拳頭，一下子跌坐在地上。眼前那根繩索就像一條毒蛇，緊緊地纏著我的脖子，將我纏繞得喘不過氣來。我覺得自己快要被逼瘋了。

「好，等他來了，我就通報你們！」我怒目圓睜，心想，父親不是讓母親「死」的這樣難看嗎，我也決不會讓他活得漂亮。

他們看我明確表了態，覺著也說不上什麼了，便揚長而去。

3

除夕夜下午，聽著鄰家大大小小一起歡歡喜喜過年的喧鬧聲，我和弟弟坐在院牆的門檻上焦急地等待母親。母親託信來，說回來會晚些。讓我牽掛的是，哥哥去後，杳無音訊，一切都讓人捉摸不透，無從知道。這是我和母親離家出走後在外過得第二個年頭，記得去年的新年，她和我在北廣靠河邊的那幢房子裡度過。雖說沒有以前在老家過得熱鬧，有點冷清，但我也覺得很開心。因為以往到了年關總缺錢，所以過年就像過鬼門關。如果有錢買年貨，父親的臉對母親就會好看一點，但大部分的年都缺錢，父親的臉就老像青石板，母親說：「做童媳婦一年到頭，主人為了討個吉利，年初一也會給好臉色看，而我一年到頭，做死做活也不給好臉色瞧，過得這叫什麼日子。」

可父親不買賬，說：「你掙錢養全家是應當的，要不，老子娶你幹啥?!」好像母親天生應該幹活養他，而他天生就是當老爺的料。這下好，我和母親離家出走兩年多，你不也過日子嗎？誰家的父親不幹活，只享受？想到這兒，我問身邊的弟弟：「你在想點啥？」

弟弟聽後，瞅我一眼，說：「想爸爸。」

我又問：「他對你好不好？」

弟弟看我一眼，猶豫地說：「好！」

「好什麼好，我怎麼就沒覺著他好？」我沒好氣地說：「他好怎麼就不管你，到現在連自己的人影都不見。」

弟弟聽罷，望我一眼，將頭埋下去，小聲嘟囔說：「他深夜會回家。」

聽了他的話，我愣了愣。

「那你說，是媽媽好，還是他好？」我緊逼著。

弟弟好半晌才答：「倆人都好！」

「怕死鬼。」我一聽，罵他。

一陣寒風襲來，我和弟弟打了個凜冽。天已經很晚了，媽媽此時在做什麼呢？是在顧客家？還是已在趕回家的路上？想想與母親離家後過的日子，儘管生活艱苦，但內心還算平靜，只要父親不來惹事生非，這種日子過過也算太平。令我感到自己變化最大的，就是臉上那塊胎記。我無法知曉這塊胎記為什麼會突然消失的，它給我以一種神秘感，彷彿上蒼在預示些什麼？是因為這塊胎記引發了太多不幸，上帝心疼我因而化去了它？還是因為父親對我的不公，招致命運之神來拯救我，讓我能擁有一張嶄新的面孔與父親作永不妥協的鬥爭？抑或因為到了一個少女該有變化的生理階段，給我以一個美麗的容顏？我不得而知。但不管怎樣，它的消失讓我覺得從此可以抬頭做人，理直氣壯地與父親鬥。

七點時分了，房東婆婆過來叫我們進屋，讓我倆和她一起吃年夜飯。弟弟正餓得昏昏欲睡，一聽有得吃，馬上來了精神，二話沒說，跟她進了屋。一看，方桌上擺了幾盆菜：肉絲冬筍、臭豆腐乾、梅干菜燒肉、肉絲榨菜湯。這麼豐富的菜，看來她是有意請我們，讓我心裡十分感動。

弟弟一坐上桌子，就迫不及待地扒著碗裡的米飯，這十天半月沒好好吃過飯，可把他樂壞了。我怕他不懂事，就悄悄在他耳邊叮嚀：「桌上的菜不許挾，除非婆婆挾給你，你才可吃。」弟弟點點頭，眼睛卻貪婪地瞅著碗裡的肉。說實話，肉的香味誘得我也唾涎三尺。

「咣！」院牆門響。

「一定是媽媽回來了！」弟弟立即放下手裡的碗筷，飛奔出去，不一會院裡便傳來他的興奮的聲音：「姐姐，是媽媽，媽媽回來了。」他興高采烈的心情感染了每個人，婆婆望著走進客廳的媽媽說：「看來小囡總是養不乖，見了媽連飯也不要吃，肚皮也不餓了。」

媽媽進屋，見婆婆熱情招待我們，感動的不知說啥好，嘴裡不停地說：「謝謝婆婆，謝謝婆婆！」的確，我與母親出來至今，從未有人這樣關心過我們，婆婆知道母親是逃出來後，一直抱有成見，包括讓我們多交房租什麼的。但我覺得其實她心底並不壞，只是像她那樣從舊社會過來的人，無法理解母親的這種反叛行為。

婆婆的老公是個古董商，在上海開店。婆婆是他娶的二房。娶親那天下了花轎，她才知道自己做了填房。氣得她當時就想逃回家去。但媒妁之姻都由父母包辦，無可奈何的她只好忍氣吞聲的過下去。最讓她人惱恨的是，她在出嫁前就提出成親後男方要允許她讀書，當時男方也答應，可真嫁到男家，老公就不認賬了，從此，她的理想破滅了，而她則為他如願以償地生下兩兒子，自己卻待在這黑漆牆門內再也沒有機會跨出去。一扇小小的牆門切斷了她全部的希望，她不愛也不恨的老公在她生下第二個兒子後不久，也病重不治撒手去了另一個世界。從此，陰陽兩隔，她一個婦道人家，踮著一雙三寸金蓮，靠變買家產含辛茹苦地將兒子拉扯大，後來，兒子們都去往上海供職，她便孤伶伶地守著這幢百年老屋，苦度殘日。

她曾問過我：「為什麼你母親不守婦道，逃出來自謀生路，也不怕別人戳脊樑？」

「你沒挨過打，也沒挨過餓，更不需要幹活養全家，因此你無法想像我母親過得是什麼日子。」

「那天，我看見你父親打她，我才知道你母親過得也很苦。」她說：「在我看來，你們不出來，活得也難，出來也不好過。」

我點點頭。人只有彼此的瞭解，才會相互理解，婆婆通過交流，正在慢慢地接納我們。

吃罷年夜飯，婆婆上樓去了，我們也準備進房。突然，「咚咚咚」，有人將牆門敲得映天響。

「誰呀？這麼晚了。」母親邊說邊朝牆門走去。

「嘩！」衝進來一幫子人。母親見狀，愣了一下說：「你們是哪裡的？想幹什麼？」

「你丈夫單位的，他在不在你這裡？我們要帶他回去。」是一個女人的聲音。

喔，是上次來找父親的那個女的。這夥人正兇神惡煞地穿過院落走進客廳。

我一見他們的架勢，趕緊對母親說：「你不在的時候，他們就來過，他也被關起來受審，說是逃了出來，他們找不到他，就想找哥哥頂罪，哥哥也來過，說是去鄉下，現在不知怎麼樣了？」我隱瞞了一個事實，那就是如果我交不出我的父親，他們就要我「死」。我不想讓母親為我擔驚受怕，覺得那是我跟他們之間的事，也是我跟父親之間的事。

我以他來取代父親的稱呼，以示我對他的憎恨。

顯然，母親待在鄉下這種地方消息肯定不靈通。她壓根兒也想不到讓她恨之入骨的丈夫也被「專政」，而且罪孽聽上去還不輕。她想想覺得很可笑，怎麼找到她這裡來，他們不會不知道她跟他根本老死不相往來，她是為逃避他而離家的，怎麼會窩藏他呢！「我剛做出門工回來，啥也不清楚。」

「就算你不知，她總知道吧！」他們對著我發問。

「不知道！」我說。

「不知道？這些天我們都找遍了，他能上天入地？」

「倘如不信，你們可以再找找。」我生氣地說。

「你說得沒錯，今天就是挖地三尺也要把他找到。」其中一人氣急敗壞地說。

說罷，他們一起衝進房間，屁股大的空間，一站，一目了然。

「沒人。」他們異口同聲地說：「上樓看看。」

母親一聽，大聲嚷嚷起來：「樓上住的都是鄰居，你們怎麼可以這樣做呢？」

「搜查投機倒把分子，對他實行無產階級專政，誰敢阻攔！」女的企圖以大帽子壓人。

隨著一陣樓板響，樓上的鄰居也和這夥人吵起來，有人在大聲地喊：「你們有沒有理，怎麼可以抄我們的房間?!」

也有人在高聲埋怨婆婆：「你也真是，讓她住這兒，連累我們都遭殃，非親非故的把我們也牽連進去。」

婆婆則無奈又委屈的說：「我也不知道事情會弄成這樣，這娘倆也挺可憐的，況且她與丈夫根本沒來往，怎麼會上這裡來搜查呢？」

此刻的母親兩手緊捂著弟弟的頭，一動不動地傾聽著樓上的動靜，淚水悄然地流至嘴角。

一陣雜亂地腳步聲響，這幫人湧下樓來，他們顯然對搜查的結果感到不滿。卻順手牽羊，連房東婆婆兩隻昂貴的古青瓷花瓶帶走了。臨走，女的對母親說：「算是便宜了你，現在你給我聽著，你的大兒子也不見了，想必他們父子倆一定串通了氣。找到你的兒子，我們就放過你們，要不，決饒不了你們。」

他們要抓我哥哥去替父親抵罪？我一聽，急了。父親算什麼，他怎麼能跟哥哥比？我恨他，恨他把家弄成這樣。還不如將他供出去，放哥哥一條生路。想到這兒，我鎮定的說：「他深夜一定回北廣的家。」

母親聽後，注視著我，用顫抖的聲音說：「你怎麼知道？」

我一言不發，把眼睛轉向弟弟。

弟弟看恐怖片似地望著我。

領頭的左右瞧了瞧，說：「我們走。」

「良良？」母親望著他們揚長而去的背影，顧不上上樓去跟婆婆道歉，心急火燎地關照我說：「你們先睡覺，我去找找你哥哥。」說完，她神情緊張地跨出門，身影消失在北風呼嘯的黑色蒼茫中。

我瞅一眼桌上的鐘，時針快指向午夜十二點，新的一年又將開始了，可哥哥到底在哪兒呢？我焦急起來。

油燈在黑暗中忽閃忽閃，房間內一切物件都變得不可捉摸。一隻破舊的木箱像是哥哥，一張陳舊的小圓桌也像是哥哥，就連那放在牆角不起眼的一個小凳子也是，哥哥無處不在，又像都不是，想著那天他心急如焚的臉，我不禁潸然淚下：哥哥，你究竟在哪兒呢？

窗外傳來爆竹響聲，新的一年開始了。

我起身，舉起油燈，低著頭，一腳高一腳底地走出房間，穿過客廳，將油燈擱至方桌上，然後打開客廳的門。一陣凜冽的寒風灌進屋，我不禁打了個冷顫。我走到院子裡，環顧四周，風吹得萬物盡衰，黑咕隆咚的啥也看不清，唯有院內的葡萄藤透著淒冷的月光猶如一具僵屍張牙舞爪。媽媽呢？我惦記著媽媽，她怎麼也不見回來？我焦急地在黑咕隆咚的院子裡踱來踱去，寒風凝固了我心底的淒涼。時間是那麼漫長，一切都在焦急的等待和惦念中逝去。

「咚咚咚」院牆門再次被敲醒，門外傳來一男子的叫喊聲：「小小，小小！」誰在叫我，差不多天快亮了。

我三步並作二步，打開門。仔細辨認眼前來人，原來是北廣老家的一位鄰居。只見他氣喘吁吁地說：「快，你媽呢？」

「我媽不在，找哥哥去了。」

「那你快跟我走。」他不容我分說，催促著拉起我手，就往外走。

「怎麼回事？」我困惑地問。

「你哥哥，哥哥……」

一聽說哥哥，我顧不上再問，拚命跟在他後面跑。他在前面跑，我在後面跟，我不知道他要將我帶向哪裡。過了涼亭橋，奔上去北廣的路，跑了一會，他領我轉彎跨上一條渠道，繼續往前奔，下渠道，又走了一段條窄窄的田埂，穿過一大片枯敗的七零八落的毛豆地，在地中間的一座墳堆旁停住了腳。

我疑惑地站在那兒，喘著粗氣，借著慘澹的月光我漸漸認出了，這不就是我家的祖墳嗎？這裡埋葬著我的祖父祖母，還有我永遠不知道他們長什麼模樣的列祖列宗。

「你帶我到這裡做啥？」我凝視著他問。

「你想不想見你哥哥。」他彎著腰，上氣不接下氣地對我說。

「我哥哥？他在哪兒呢？」我驚恐的樣子一定很可怕。

「你過去，撩開那堆茅草。」他用手指著墳墓。

我小心翼翼地走過去，懷揣著一份極度的恐懼。說實話，白天我一個人在墓地都覺害怕，何況是現在，夜幕裡佈滿著令人浮想聯翩的黑色幽靈。我伸手試著撩開茅草，累得氣喘吁吁的我，此時卻使勁屏住呼吸，心就像要跳出胸膛。地上蜷縮著一個人，一時看不太清楚。於是，我蹲了下去。

朦朧中，有個身影在抖動。

「是哥哥，哥哥……！」我大喊著，悲喜交集。

茅草叢中，他伏在墳地，渾身顫抖。聽見喊聲，他先是一驚，當確信是我時，竟僵直地跪起，一下撲到我身上，兄妹倆抱頭痛哭。痛哭聲在空曠的荒野中顯得格外淒慘，傳得很遠很遠。

在旁的鄰居用手抹著眼淚說：「我無法設想他是怎樣熬過的，就是待在家裡也覺得冷得受不了。如果不是自己年歲大，睡不著覺，想著到自留地裡來拔枯豆杆燒粥，打死我也不相信會看到這悲慘的一幕。」原來他是來地裡幹活的，未曾想碰上我哥哥。他知道我家目前的情況，因此不敢帶他回去，怕追究下來，弄個窩藏罪什麼的。他的這番話，我完全能理解，這年頭每個人能保住自身就已經不錯了。

哥哥一邊打著寒戰，一邊泣不成聲的告訴我：「他們去鄉下抓我批鬥，說是窩藏了父親，把我吊在樹上毒打了一通，我實在受不了銬打，趁著天黑偷偷逃回來，又怕他們找到家裡，只好躲到祖墳上。」人逼急了，什麼辦法都想的出來，這一招，有誰能想得到？或許他認為這年頭活著人的誰也保不了他，唯有死去的親人才能救他?!

自己的家是不能夠回的，回鄉下也只能等天明，哥哥說，今天傍晚就走路回連浦，鄉下離這兒比較遠，他們去一趟也不容易。再說，他懷疑爸爸會不會也找到了那裡？

讓他們抓去才好呢！我瞧著他凍壞了的樣子，心裡忿恨起父親來。突然，我想起弟弟曾經躲藏過的柴垛，於是，便提議白天他先在那裡歇歇腳，養點力氣，恢復點體力，到了晚上再走。

鄰居自告奮勇負責送飯。

哥哥說：「也只能先這樣了。」

我與鄰居攙扶著一跛一拐的哥哥，將他送到弟弟原來藏身的柴垛，將他安置好，並用稻草蓋得嚴嚴實實。

我一路小跑回家，母親正像熱鍋上的螞蟻急得在房中團團轉。聽到哥哥的音訊後，她整個人像癱了一樣，一屁股坐在床上起不來。人就像根發條，不管是喜還是憂，繃得太緊都不行，稍一鬆懈就會癱。哥哥總算有了著落，父親卻不知逃去哪裡。母親說：「這死鬼，命硬死不了，再說你哥哥這次也是被他害的。」她不想找，我也不想，儘管我知道找不到他，他們會讓我們不得安寧。

第九章

1

父親終於被抓。關押在單位一間放雜物的倉庫裡。母親只好讓弟弟與我同住。弟弟很開心，母親卻很憂慮。多一個人，就多了一張嘴。這可不是鬧著玩的。本來就吃了上頓沒下頓的我，也感到問題的嚴重性。這樣下去，不餓死才怪呢！就更別提我的青春期和我的乳房，為此我也必須做點什麼。

一放暑假，我就去了海寧的姨媽家。姨媽原在一家工廠做工，三十幾歲時就開始長期病休。姨夫是糧食倉庫的保管員，他最大的特點就是為人心地善良，熱誠待人。他們有三個子女，因為經濟困難，六十年代中期將最小的兒子送了人。我去，肯定會使他們的糧食緊張，但姨夫對我的到來，卻勝過對自己的孩子。在他看來，我這個花季的年齡也該長得如花般的美麗，可到現在臉還是黑中帶黃，細如豆芽。他看到我就說；「你呀，這次就多待些時日再回去。」

我說：「要上課。」

他說：「這世道讀不讀書都沒關係，讀了又怎麼樣，還不是下放。要緊的是身體要好，以後做什麼都沒關係。」待在他家一個多月，一米八十個子的他吃飯時竟餐餐喝稀粥，節省下來供我吃。

在姨夫家的日子，是我最快樂的。他管的糧倉很大，說出來你不相信，竟是鹽官的海神廟。海神廟，俗稱廟宮，位於鹽官的東首，傳說建於雍正時期，是為借助神力來制伏像猛獸一樣吞噬過良田和萬戶生靈的海潮而建造。整個建築為清代宮廷式，規模宏大。其間曾被毀於兵火，後重建。姨夫從六十年代起就在這兒管理，而我為不可告人的目的，總喜歡來他們家。這是我初三年級的暑假了，姨夫說，不管是我下放還是留城在他們那裡度過的恐怕是最後一個暑期了。

我覺得很奇怪，自己的生命中有很多時期都和廟有關。這裡沒有高僧，也沒有佛像，但它似乎卻給我了一種補充和認識生命本源的力量。由於它的神秘也常常讓我處於一種迷惑之中。人類文明到了該文明的時候卻一切都變得不文明，被砸光了佛像、沒有了和尚的廟宮，仔細想來倒是靠了幾粒穀子才將它保存下來。廟裡清幽安靜，姨夫是個對工作認死理的人，他說：「拿了國家的工資就要幹出像樣的活，這樣才算對得起人民對得起黨。」所以一天到晚忙著打掃、曬糧、爬上爬下修理漏水的糧倉。姨媽身體不好，三天兩頭臥床，不是頭痛，就是胃痛，三十出頭醫生就准了她長期病假，離開工作單位在家專事病休。我隻身孤影，閑來無事，白天就沿著廟裡廟外的院牆或在莊稼地裡到處亂跑。到了晚上，就在昏暗的電燈光下聽姨夫講故事。姨夫的故事脫離不了妖魔鬼怪什麼的，總是嚇得我魂不守舍。

這段時間姨夫老哭喪著臉，原因是他的外甥去世了。外甥曾當過兵，轉業後在輪船上幹活。前幾天他突然死了。死個人在那時算不得什麼，關鍵他是掙錢養活一家子的頂樑柱，柱子倒了，對一戶擁有老小七口之家的農村家庭就像是座塔倒了。姨丈傷心不已，忙完白天的活，就常在一邊默默流淚。令我不可思議的是，他還將外甥的骨灰盒拿來擱置在自己家中。每次吃飯前，總要盛上一碗米飯放在骨灰盒前，站在那兒嘮叨上幾句。一次又一次，我習慣了他這種悼念方式，有時他忙，我就主動端去一碗飯，供在骨灰盒前，可惜，我對死者有意，他卻一點也不領我情，供時一碗飯，取走時，還是飯一碗，好不令我傷心。

他長得很英俊，也很陽光，比我大十歲。我曾見過他兩次，一次是他剛穿上軍裝赴青藏服兵役。最後一次是他轉業回來在姨夫家作客。當時姨夫正好在廟宮圍牆外一口水井邊的桑樹上安裝廣播喇叭。由於技術不熟練，弄了半天也沒響。他見後，二話沒說，「唰唰」一下就竄上樹，撥弄三兩下，一會兒它就高談闊論起來，直樂得姨夫對站在旁邊觀看的我豎起大拇指稱讚：「你看，到底是年輕聰明，一弄就成。」

接下來的兩天，他與我混熟了。他帶我爬上屋脊去摸鳥蛋、到莊稼地裡抓螳螂、爬上樹捉知了、在牆角亂石磚裡翻蟋蟀，跟他在一起，我覺得很快樂，內心有一種莫名其妙的興奮。他和我以往接觸到的男性不一樣，從內心裡透出陽光，就像一棵向日葵，傳遞給你的是無限的溫馨。那日，我順著梯子爬上屋脊，準備撿他從屋簷縫隙中摸出來的鳥蛋。誰知一條粗的嚇人的蟒蛇吐著紅紅的蛇信，正瞪著眼睛瞅我，嚇得我大叫一聲，隨著腳下搖晃的梯子，眼看就要跌下去，只見他一下將身子撲在屋脊上，一把緊緊抱住我的上半身，不顧一切地將我固定在梯子上。姨夫在下面看見這般情景，嚇得直喊：「快來呀，小小要掉下來了。」

姨媽從廟裡衝出來，仰頭看我一隻腳懸空，大半個身子吊在那裡，嚇得臉如土色，直嚷：「抓住她，抓住她。」

他異常鎮定地仰著頭，兩眼凝視我說：「有我呢，你不用害怕。」伸手抓住了我的兩隻手。

當天晚上，我被他抓過的手一直發燙，臉也發燙，我以為自己是發高燒了，翻來翻去總也不能入睡。眼前總是出現白天發生過的一幕幕情景，他天真無暇的臉猶如向日葵般地朝我轉頭微笑。我的手從來沒有如此真切地被一個男人握過，況且是一個讓我覺得可以信賴的人。這讓我突然想起班主任，有一次班主任放學時，也是這樣攥著我的手，當時，我覺得他的手暖暖的，讓我感到有點異樣，與父親握我手時的感覺完全不一樣，是什麼，我也說不出來。

次日起床後，我在廟宮的場上見到他，心中像做了賊樣的恐慌，遠遠望他一眼，羞愧地跑開了。在以後的日子裡，我常期盼著再見到他，不想，再次見到時，竟是他的骨灰盒。乍看時，心，揪似的痛，淚水「嘩」一下往外湧。後來，我又悄悄地去看他，站在桌子前，用手撫摸放在上面的那隻骨灰盒。不止一次地癡想著他能走起來跟我說話，對我微笑。然而，他無言地靜默在那兒。

黃昏，姨夫就著一盞泛著黃色光線的電燈給我講他外甥小時候的一些事，講到情深之處，便激動地說：「要是他現在能到這兒來看看我該多好，讓我知道他在那邊過得好，我也就放心了。」

為安慰他，我說：「有的書上寫著，人死後有靈魂。」

姨夫認真地說：「他是深更半夜爬起來到船尾查看夜間航行的船，掉下河被螺旋槳打死的。打撈上來時很慘，首身分離各處，這種身首分家，據說死後也不會升天，哪還有什麼靈魂？」

我不相信他說的話，說：「他這麼精明能幹的人，怎麼會不小心落到水裡？」

姨媽聽後，憂心忡忡地說：「聽說是他們單位搞武鬥，兩派之間打得難分難解，誰也不讓誰。他不願參加兩派之間的武鬥，結果得罪了他們，被人陷害了。」

看來，這年頭，不管你參不參加運動其實都脫不了干係，就算是他想不參加又怎樣，還不是被人陷害而死？從一九六七年七月起，全國有些大城市開始動刀動槍。軍隊也出現拉一派打一派的局面，軍隊中的各派力量借「文革」相互清算。一些大型的國家兵工廠，由於被不同派別的紅衛兵控制，有些城市就成了武鬥的戰場。福建的乾爸來信說，他堅決反對軍隊動亂，也被整得「靠邊站」，自己的命活了下來，而他的一個女兒卻無緣無故被人吊死在離部隊三公里遠的一座荒山上，想不到拿槍桿子的人，也保不住自己的孩子，難怪姨夫的侄兒也被陷害。我們小鎮上參加武鬥的大部分是學生、工人、農民，裝備遠遠比不上大城市那樣的規模，但也有槍枝彈藥。我待的學校也是重災區，你鬥來我鬥去，也死了不少人。就在離我家不遠的波濤洶湧的大海裡，我曾不只一次地看到一具具無名屍體飄過，有的無首，有的無臂，有的卻被海水浸泡的面目全非。很多人被批鬥整死，大部分人是相互爭鬥而死。我不明白，像他這樣好的人竟會被陷害至死，想到這，我氣憤地說：「怎麼也不去查查？」

姨媽說：「這年頭誰能去查明白？每天都在死人的。你姨夫去辦理他的後事時，整個人都快崩潰了。如果外甥九泉下有知，認為自己是冤枉的，那就顯個靈給我們看看。」

話音剛落，窗外忽然風聲大作，伴隨著「咣當」一聲響，廟門的門栓掉落，門驀地打開，一陣狂風迅速穿過左側走廊，將臥室的門也「呼」一下吹開，風捲起床上的蚊帳，牆上黏貼的紙畫，掛著的東西也被吹得「稀里嘩啦」猶如彩旗飛舞，正當大家感到驚魄之際，風，瞬息又變得不知去向，無聲無息。

驚愕不定的我看著驚魂不定的姨夫，忽然他像明白什麼似的衝出臥室，衝出廟門，站在闊廣的廣場上，面對繁星密佈的蒼穹高喊：「天知地知，我知你知！」然後跪伏在地上抽泣、嗚咽起來，我和姨媽也潸然淚下。

這究竟是怎麼回事？剛才進臥室前，我遵囑還將粗大的栓將門栓得嚴嚴實實，臥室的門也由姨媽隨手栓住，怎麼會吹得栓落門開呢？

「一定是他的靈魂。特意來告知我。」姨夫低頭喃喃道。

姨媽越發相信真有靈魂，整日燒香拜佛求菩薩保佑，還說：「死人顯靈，惹心不寧。」

他的靈魂顯靈了，而我的靈魂彷彿出了竅，再也回不到原來的地方。

這個暑期過得不像以往回家時長點肉。母親見後說：「大約你是在那裡玩瘋了，要不，這些天待下來，怎就不見長肉？」

唯有我心裡清楚，這種折磨人的瘦會長此以往，我第一次覺得人有一份情感是要付出代價的，儘管我不知道那是屬於怎樣一種情感。但我覺得這比饑餓更折磨人。

2

從姨媽家回來後，母親讓我去鄉下看看哥哥。進得屋，見哥哥正在灶頭邊忙乎。問了，才知他在洗胎盤。當地俗稱「人胞」。這兒的人有個習慣，從接生婆那兒要來胎盤，用鹽和鹼到河邊用水洗淨，切成塊和著豬肉燉。說是胎盤裡積聚了孕婦所有的營養，吃了能補人的身子，效果比野山人參都好。哥哥說，他是向隊裡一位接生婆要的，一般別人家都不願給，通常挖個坑埋掉，但這位孕婦的老公與哥哥平日裡相處甚好，也就不避諱。

我看看盆裡洗好的胎盤，白淨白淨的，就像洗淨後的豬肺頭。

肉是沒錢買的。哥哥說：「就當是豬肉，炒來吃算了。」

哥哥說：「你幫我燒火，我來炒。」

我聽話地坐到灶前，在灶膛裡添上木柴，伸手拿出放在灶屜裡的一盒火柴，抓起一把稻草，劃著火柴，點燃後，置入灶膛，稻草燃著了，木柴「劈劈啪啪」燃燒起來，把我的臉映得發燙。

他在灶上忙碌著，熬油、放入黃酒、翻炒。一時間，整間屋子裡瀰漫著嗆人的血腥味。我一邊燒火，一邊作嘔，說：「這不人吃人嘛，怎麼吃得進？」

哥哥說：「嗅著也香，我倆從小就吃不飽，導致到現在都營養不良，你看你又黑又小，誰瞧了也不是個滋味，這回你來了，正好把原來少吃的也補上。」

敢情他是將這隻胎盤當成什麼靈丹妙藥，十多年的營養缺損一餐全可補上。為了怕燒得不熟，吃壞肚子，我建議他放點醬油紅燒。

傍晚，兩人搬個凳子坐在門口邊乘涼，邊吃飯。

他讓我吃，我堅決不吃。

我看著他將那一塊塊油亮晶晶紅不溜秋的胎盤挾到嘴裡，直想打嘔，而他卻像餓狼碰到食，風捲殘雲似的不一會兒就將整隻胎盤和著黃酒下了肚。吃得肚飽心順，哥哥才心滿意足地擦嘴巴睡覺。

午夜，哥哥突然在廚房裡驚慌失措地喊叫：「妹妹，快醒醒，醒醒！」

我趕緊爬起，衝出房門，到廚房一看，只見他坐在床沿仰著頭，鼻子裡不斷往外流著血。我急了，趕緊找紗布，藥棉，無奈找不到這些東西，只好撕開棉被一角，從裡面扯一些棉絮出來，塞進他的鼻孔。豈知，根本止不住，血竟從嘴巴裡往外湧。這可把我嚇壞了，不知怎麼辦才好？我讓他躺在床上，用冷毛巾給他敷在額頭，又用冷水讓他涮口，但一切都無濟於事，血還是不停地往外湧。

哥哥嚇得沒了主意，用手光指著不斷湧血的嘴巴，急得啞巴似地發著「啊啊」聲。

「赤腳醫生！」我想到應該讓醫生給他看。在農村遇到身體不舒服，一般都找他們看。

哥哥說，他們隊的赤腳醫生住得離這裡比較遠。我不放心他自己去，兩人便一同摸黑急忡忡去了醫生家，醫生看了認為這樣出血很不正常，說既無摔跤，也無病史，看那出血的架勢，還真不好說，他建議連夜去陵廣縣城的醫院，免得誤事。於是，他先替哥哥打了止血針，然後由他摸黑去了隊長家，叫醒生產隊長，我和他們心急火燎地搖船去往縣城。這一路行去，也要四個小時，到縣醫院時，哥哥的臉慘白慘白，鼻孔裡的棉絮路上換了多次，鼻血仍透過棉絮不停地往下滴，最後只好用一塊毛巾捂住，血還在不停地流出來，將毛巾上也浸得殷紅一團。

醫生詳細問了病史，檢查了鼻子等，也沒發現異常情況。便問我：「他昨晚吃過什麼？」

我答：「沒吃什麼，就吃了一隻人胞。」

醫生問：「吃了隻人胞？」

我說：「是呀，還用一瓶黃酒下的肚。」

醫生一聽，身子朝後一仰，說：「病因找到了。」

我趕忙問：「怎麼講？」

他神情嚴肅地講：「胎盤怎麼可以一頓吃一隻呢？再說，這種東西也不是人人可以吃，體熱的人不能吃，吃也要根據醫生的要求定量吃。」

我恍然大悟。

他告訴我，我哥哥的身體本來不錯，加上年輕又血氣方剛，胎盤性溫，凡補的東西大多發熱，加之用酒炒又加一瓶黃酒下肚，不出血才怪呢？說罷，他補了一句話說：「還好病因查得早，弄不好要出人命的。」他立即開了張單子，讓哥哥住院觀察一天，在醫院進行治療。本來想補補，萬萬沒想到血出得讓哥哥倒乏力了很長時間，我慶幸自己沒吃那胎盤。我將此事告訴母親，她說，其實吃得當會助於身子發育。好在沒有大礙，哥哥住院一天後，就出了院。

過不多久，母親告訴我，她給我燉了一隻豬肺，說特補，還說她們單位同事的女兒吃了燉豬肺後，出落得完全像個模樣了。一聽，對我就有吸引力，我望著那沙鍋裡一塊塊香噴噴的豬肺，挾起一塊就往嘴裡放，不想，那個「味」喲，一嚼，我馬上就吐，並且嘔吐得眼淚鼻涕全下來。

母親說：「你一定要吃進去，要不，你真的要變成『石頭人』。」然後，她想了個辦法，用鹹菜葉裹住那塊肺，塞在我的嘴裡說：「不用咀嚼，囫圇吞進去。」

我照著法做了，將放在嘴裡的「豬肺」吞進喉嚨。可沒過多久，吃到胃裡的「豬肺」像什麼似的往上竄，一陣難受，翻江倒海，「嘩」，全吐了，吐得連酸水都吐出來。

我急問房東婆婆，才知原來是胎盤，她說：「你媽媽怕你不肯吃，就瞞說是豬肺。」母親以為這樣就可以瞞過我，她不明白，豬肺與人胞有著絕然的不同，人吃人怎麼吃得進！媽媽說：「你這人真犯賤，有得吃，不肯吃，沒得吃，卻想吃。」聽得出來，媽也擔心我發育不良。可讓我吃人肉絕對不行。沒辦法，只能垂頭喪氣地繼續著我的饑餓，還不時自憐地撫摸著自己總也不見長大的乳房。

第十章

1

我在學校裡書沒得讀，舞倒跳得有點長進。每個學校都組織「毛澤東思想宣傳隊」。那天，同窗好友玲玲來找我，要我和她一起跳《白毛女》。本來我打算拒絕，但她勸說，跳好了可去考文工團或舞蹈學校。唱歌跳舞我喜歡，再說全國正盛行八個革命樣板戲，和造反整人相比，我覺得自己更傾向於唱革命樣板戲。因為那時，只要你的收音機一開，播出來的就是這幾個戲，看個電影也是這東西。於是也就跟她去了。

在學校，只要聽到廣播喇叭一響，不管是「李鐵梅」，還是「沙奶奶」，我們張嘴就唱；不管是「喜兒」還是「吳瓊花」，我們抬腿就跳。滿操場的人，瞬間都成了八個樣板戲中的角色，差不多人人成了戲中的主角。扮演大春的是我班的一位男生。人高trong，體形好，長得也英俊。分工下來，我跳後半場，玲玲跳前半場。跳芭蕾舞的女孩，在我眼裡就是仙女。現在我也想成為別人眼裡的仙女，練功是不可缺少的。誰的基本功扎實，誰就容易跳得好。說來你不信，這種下腰、劈腿之類的基本功，全是父親早先教給我的。當時他教我的目的，恐怕並不是要我去學戲，因為我的醜陋早就讓他死了這條心。他倒是說，練好了一來可以強身健體，二來是防範被壞人欺侮。他這麼說，我看不出有什麼對的地方，我這麼醜陋的人，不說沒人對我起歹心，倒是弄不好被我嚇退「歹徒」。但我是個認死理的人，認准一件事，我就會像毛主席他老人家說得那樣：「下定決心，不怕犧牲，排除萬難，去爭取勝利。」說直白點，就是「刀山火海」也敢上。從那以後，每天都練，決不含糊。惹得父親也說：「看不出來，她做事倒是一本正經。」

沒了臉上的那塊胎記，讓我覺得自己幹啥都有意思。自從被安排跳《白毛女》，我的腳尖幾乎就沒再放下來。從家裡到河邊，往返學校的路上，甚至在集市街道，我都無一例外地踮著腳尖滿世界走來走去，弄得整條街上的人都叫我「白毛女」。母親很高興，她不怕我的鞋一天到晚的踮壞，倒是怕我不讀書，一天到晚瞎逛，說：「你總算有件事願意幹。」

在她眼裡，我一天到晚苦瓜似地拉著個臉，捧著本不務正業的書也不是個滋味，好歹能有個蹦跳著讓我高興的事，對她來講恐怕也是種安慰。在她的縱容下，我清晨起來壓腿、下腰、劈叉、翻跟斗，練習劍術。在學校整天一遍遍地練習，一次次地跳，跳得一雙雙鞋底穿了，鞋尖上也打了個洞。

演出的場地各種各樣，一會兒在兄弟學校的操場，一會兒在大街上，一會兒在學校裡，一會兒去工廠，一會兒又去農村。伴隨我演出的次數越來越多，我的舞相對而言跳得也越來越好。說實話，要不是母親要我讀好書，為她爭口氣，要不是我為了與父親鬥，我還真喜歡過這種無憂無慮的日子。「文革」帶給人最大的好處就是讓那些不想讀書或讀不出書的人，自由自在的偷著做白日夢。隨著跳舞的次數增多，母親夜晚睡的時間也就越少。她每天在油燈下替我做著鞋，並且還做哥哥和弟弟的鞋。可她卻從沒有時間瞧過我一次演出。而我也只是她問起，才告知她自己演出時的情況。在我離開學校畢業時，我數了一下存放在柴間破紙盒箱裡跳舞跳破的鞋，共有二十八雙。母親說，是個吉利數，預示著我會有好運到來。

她說得沒錯。次日，福建乾媽來信，問我願不願意去部隊。當個文藝兵要通過考試，做個話務員，說不會有問題。這讓我欣喜如狂，當即回信說：「我一定要參軍，實現自己的理想。」並對她講，自己想當文藝兵。

哥哥知道後，大為贊同，說：「兩個人的理想，一個人去實現，不錯。」

母親得知，卻一聲不吭，整天悶悶不樂，不說讓我去，也不說讓我不去。問她，眼淚汪汪，半晌才說出一句話：「當初還不如不帶你出來。」

什麼意思？我沒聽懂。

一個多月後的一天，我懷著憧憬而欣喜的心情去往汽車站。我在前面走，母親在後面跟。她的手裡拎著一個藍白相間的格子包裹，裡面放著我的一些換洗衣服。

車站在鎮的東邊，我家過去走二十分鐘左右。我倆打算從牆後面的小路抄近路過去。路過井邊，有許多鄰居在洗涮。見我走過，就向我打招呼，問：「去哪兒？」

我剛要答話，母親卻比我搶先一步說：「不上哪，就去街上轉轉。」

我望望她，困惑地想：「大家都會知道的，幹嘛要說謊？」

母親一本正經地朝前走，正眼都沒瞧我。

我神情有些黯然地放慢腳步，跟在她身後。

走五營操場，這裡原來是一片墳地，後來有部隊駐紮小鎮，改造成了練兵的操場，現在常常用來作為發佈「最高指示」的場地。有時也作批鬥和審判犯人的場所。儘管部分作了操場，但四周的墳地還是占了很大比例，其間零星地種著幾棵樹，顯得空曠而淒涼。

母親突然轉身對我說：「如果我有個三長兩短，就葬在這附近，你可以上這裡來找我，但你要記住，我絕對不會自殺。也不會葬到那死鬼家的祖墳裡去。」

聽她這麼一說，我的頭「嗡」大了。人像跌進冰窟，心直往下沉。是啊，母親還在受審查，父親也是，自己這麼走了，離開這裡，也就離開了父母。父親倒不必說，可母親呢？弟弟、哥哥呢？一切都壓在母親懦弱的肩上。想到這兒，我的心變得沉重起來，一直走到車站都沒開口。

車來了，母親拉著我的手，眼眶紅紅的，似乎想對我說些什麼，張了張嘴，但什麼也沒說。看得出來，她的情緒很激動，就像一個打足了氣的氣球，此時只要誰用竹籤輕輕一觸，就會破。果然，車輪一動，她在車窗外忽然「哇」大哭起來。車輪滾動，母親的身影在我眼前一晃而過，我的心跳驀然加速，再也忍受不住，一下從座位上站起，對著司機高聲喊道：「快開門，開門，讓我下車，下車。」

司機不知出了什麼事，「嘎」一下將車停止，打開車門說：「神經病。」

我顧不上他對我的謾罵，拎著包裹，跳下車，朝母親狂奔過去。

母親看見我，先是一愣，迅捷張開雙臂將我緊緊摟在懷裡，抽泣著說：「你怎麼那麼笨，那麼笨。」

我抽抽答答地說：「我不離開你，再也不離開。」

2

要畢業了，同學們都變得心神不定起來。學校好像炸開的油鍋，每個同學都像被放在裡面煎。大家三五成群地簇擁在一起，談論著各自的理想。這屆安排的政策好像不太明確，上屆有「全國山河一片紅」，個個都下放。學校要求學生都要有個明確地態度，響應偉大領袖的號召上山下鄉。

我自然要去，心情激蕩地連夜在油燈下趕寫決心書。那時的人，基本上分兩類。一種是「紅五類」，一種是「黑五類」，我感覺自己就像五穀雜糧中的黑芝麻。自己是「黑五類」的女兒，無論如何都不能再落後於他人，那晚的油燈好像特別地亮，我覺得自己第一次這樣堅決地擁護他老人家的英明決策。

嚴慧英說：「我這是第一次見到你明確地表示自己的態度。」

我說：「因為這可以解決我的吃飯問題。」

她說：「我也有同感，父親為吃飯問題常常發愁。」嚴幼年喪母，父親在飲食店幫人家做小吃，拉扯他們兄妹仨。後因實在負擔不起，父親只好忍痛將她的弟弟送了人。

我知道絕大多數人完全是發自內心堅定不移地響應偉大領袖號召，到農村，到祖國最需要的地方去。唯有我，完全是隱私，就是想著讓自己的乳房能鼓起來。這樣重大的問題擺在我的面前，激蕩著我的心，我的決心書寫得讓自己滿意，也讓老師滿意。他竟然選派我在全校師生面前發表我的宣言。

這一天，在一間黑瓦白牆的民宅大廳改作的學校禮堂內，我面對講臺下數百名即將畢業的同學，心情激蕩，莊嚴的發出發自肺腑的誓言：以實際行動響應毛主席號召，堅決要求下農村接受貧下中農再教育！並臉紅脖子粗地振臂高呼：「到農村去，到邊疆去！到祖國最需要的地方去！」激昂的喊聲將老宅瓦上金黃色的瓦輪草震盪的搖搖晃晃。

嚴慧英說：「這回你一定去成了。」

我說：「這是鐵板上釘釘子，硬著呢！」

回家對母親一說，她竟然沒發一言。

到了晚上，她躺在床上，翻身轉輾，長歎短籲說：「當初還不如讓你去福建。」

我說：「去了，也不一定能當上兵。」

母親軲轆側身，撩開蚊帳問：「為什麼不能當上？」

我用輕如蚊音的口氣說：「政審不會通得過。」

母親聽後，將頭縮進蚊帳，再沒說話。

次日，哥哥帶一幫鄉里鄉親來吃飯。哥哥下鄉後，母親滿以為可以改變一下家境，她萬萬沒想到事情根本不是她想的那樣。

隊裡的鄉親三天兩頭上我家來，有的是到街上購物，上我家吃一餐，有的是到醫院看病，圖方便上我家住宿、吃飯。這些都算不得什麼，更讓人揪心的是，每次縣城放映革命樣板戲等電影。也許是生活太單調，也許是人太饑餓，饑餓過了頭，總想有什麼東西填補。為數不多的幾個樣板戲在全國人民的眼裡幾乎成了可以補充任何饑餓的精神食糧，甚至比男女之間的性愛還重要。樣板戲中的男女主人公每個人都是獨身，無兒無女，如果說有，也是革命烈士留下來的，他或她堅決而徹底地鬧著革命。這種徹底的無產階級的革命精神似乎無一例外的激勵著全國人民，真是八億人民，八個戲，人人爭看樣板戲。連我哥那窮鄉僻壤的人們，也奔相走告，成群結隊，扶老攜幼，全然陶醉在爭看電影樣板戲的狂熱中。電影不分晝夜的放，他們不分晝夜的來，我家成了名副其實的飯店和餐館，搭床打地鋪，吃得鍋底朝天，吃得母親頭上直冒冷汗。要知道，我和母親沒有定額的糧票，更談不上有多少錢來購米。母親每晚愁眉苦臉，絞盡腦汁琢磨著明日該到哪裡去借錢買米下鍋。這種輪番晝夜「轟炸」，弄得我連學校也去不了，只好在家無奈地招待客人。

可哥哥似乎沒有感覺，他依然帶著一幫幫鄉親來。有一天，我實在忍不住了，對母親說：「你就對哥哥說，我們都要還不清債了。」

不想媽媽卻說：「不管怎麼樣，我們熬也要熬過去。」

我問她：「為什麼？」

她說：「來者都是客，就是自己餓肚子也不能慢待客人。再說，你哥在他們那兒，招待的不好，他以後會在那兒不好過。」

母親這人真是，與父親勢不兩立，待人接物卻與父親的祖上一個德性。她說得也是，但總不能沒完沒了，而且哥哥一點也不懂事，好像我和母親應該這樣。我就不明白，他為什麼就不帶幾趟去父親那兒，這樣大家可以分擔一點。為此，我心裡常常犯嘀咕。每部戲或影片都放很久，才告一段落。沒等你喘口氣，下一部戲或影片又開始了。這對於我來說，又一輪饑餓才剛剛開始，為了還債，母親將我倆的伙食從每天兩餐改為一餐，為此，我常常忌恨我哥哥，是他讓我餓得饑不擇食，差不多看見能吃的和不能吃的都想拿來吃，我還越加忌恨我的父親，他使我淪落到幾乎再也無法長大的地步。可憐的我，乳房還是毫無動靜地沉默著，我不止一次地想，自己一定是個「石頭人」。

那天下課，坐我前排的女生站起身走了出去。無意間，我發現她的凳子上有一灘紅紅的東西。我禁不住指著那灘血，悄聲叫起來：「快看，這是不是血？」

坐我同桌的女生，伸頭一看，說：「大驚小怪，這是月經。」說話的口氣儼然就像是皇后。

「月經？」我好奇的脫口而出。

「這有什麼，每個女孩都會有，當然是指發育成大人的女孩。」她不以為然地說。

「那如果沒來呢？」

「她就不會生孩子。」她老練的說。

我很想問，她來了沒有。想想，又覺不好意思，就沒問。

這個發現讓我大吃一驚，沒想到做個女人還有那麼多的奧秘。前排的女生回來了，我什麼話也不說，只是用手指著凳子，嘴裡發出「啊啊」地聲響，她瞅一眼我，一點不覺難為情地從課桌抽屜裡拿出作業本，撕下一張紙，俯下身，不慌不忙地擦了擦凳子，隨後將紙揉成團，塞進自己的褲袋，坐下來聽課了。

她的動作非常優美，讓我崇拜得不得了，也羨慕得不得了。甚至想，什麼時候我也能像她一樣。

鄉親的到來，令我還是有點不高興，儘管我沒說，哥哥還是感覺的出來。

他說：「你小氣什麼，我下鄉，說不定對你也有好處。」

我說：「有什麼，到現在我只見壞，沒見好。」

他說：「接下去你就知道了。」

我對他的說法很不以為然，一心只盼著趕快下鄉，就算去邊疆也好。

一天，我在學校操場上碰見鄭老師，我把自己的想法說了，他聽後，沈默良久說：「有個新情況，叫一顆紅心，兩種準備。」

我一聽，問：「什麼叫一顆紅心，兩種準備？」

他說：「一種是去邊疆或者下鄉，一種就是留下來。」

我說：「留下來是什麼意圖。」

他告訴我：「第一種是念高中，第二種是留在城裡。」

「留在城裡做啥？」

他笑笑，沒說。走了。

念高中，這真是我所期望的。不過這學費怎麼辦？只要一想到錢，我的頭就大，並且有點不知所措。從我五歲起，我們家就被列為低保戶。念書可以用補助的方式繳學費。可母親是個不願接受施捨的人，她說，再窮子女的學費也是要自己繳。並表示，要把錢援助給更需要幫助的人。我不能說她的這種做法很對，但至少她讓我懂得一個道理，活著就要靠自己。她掛在嘴邊常對我說的一句話就是：「活要活得有志氣，要有骨氣。」我知道她的話不無道理，但我為她的這句話也付出了慘重的代價。從我懂事那年起，我就開始靠撿煤渣、挖野菜、撿黃泥螺，賣了，再繳學費。餓肚子不必說，讓我難堪的是，初中快畢業了，我的身高還僅一米五四，上課老坐在前排。體重才六十斤，兩個乳房平坦得一點生氣都沒有。既然沒錢讀書，那還是下鄉，混個像哥哥那樣在廣場上曬稻穀的農民也不錯，只要一天有兩餐飯吃就行。

哥哥只能幹些曬穀之類的事，下鄉頭年他下田種稻，誰知他人經不起曬。「雙搶」期間，別人忙得不亦樂乎，他卻暈倒在田裡。起初鄉里的人以為他不習慣，過段時間就會好，不想兩年下來還是老樣子。暈倒的樣子很讓人害怕，臉發白，汗直冒，手腳抽搐。一次還好，幾次下來別人都害怕了。於是，隊長作了規定，讓平時照顧老人或婦女幹的事，叫他幹。那天，我聞訊趕去探望，只見他正在水泥場上與一個七十多歲的老太太起勁地曬著穀呢。你說，他一個小夥子，力氣也有，也肯幹，怎麼會犯怕曬太陽這個毛病呢？

其實這個毛病我自己也有。每回上勞動課，我不怕幹活，就怕太陽。有一次在田裡拔秧，拔著拔著就暈了過去。以後，每遇太陽毒辣的時候，我就變著法幹活。比如，摘棉花，我就躲在棉花地裡，蹲在那裡給同學們講故事。聽故事是有條件的，每講一個，每人就必須在我棉兜裡放一把棉花。如此下來，到勞動結束時我棉兜裡的棉花數量往往超過其他摘棉花的人，有同學開玩笑說，這是用不正當手段獲取的利益，我卻狡辯說：「這是用腦力勞動換取的體力勞動所得。」為此，我還專門寫了篇《摘棉花的時候》作文，描寫了摘棉花時的心情，不想，語文老師讀了竟大為讚賞，讓抄寫後貼在學校的牆上，作為範文介紹，弄得自己也覺有點啼笑皆非。

我一心一意盼著下鄉，母親卻啥也不講。

一日上午，嚴慧英到我家來，急急地說：「快去，學校張榜了，名單全出來了。」一問，才知道下鄉的名單公佈了。

我們手拉手，直奔學校，只見校門口人群喧譁、擠擠攘攘，牆上貼著一張耀眼的光榮榜。上面名字密密碼碼，我的心狂跳著，順著一溜名字往下找，嘴裡對嚴說：「你快幫我找，我眼睛近視，怕是看不太清楚。」

一會兒，她一跳丈高地說：「找到了，找到了。」

我一聽，急切地問：「在哪兒？指給我看看。」

她手指著上面說：「第三排第二個。」

「怎麼，是你。還以為是我呢。」我失望地說。

「急什麼，你一定在上面的。」她邊安慰，邊幫我認真找起來。

我橫找，豎看，總也不見自己的名字。便心急如焚地說：「是不是校方把我的名字抄漏了？」

她一想，「怎麼可能?!」瞧我滿臉狐疑，就趕緊說：「那就一起去問校長。」

「好！」

到辦公室，趕上校長正忙著向好多同學解釋什麼，見我們進去，也沒與我們打招呼，看著他們一臉認真的樣子，我倆站在一旁插不上嘴。嚴慧英一看情況說：「你先在這兒等等，我到班裡去去就來。」沒等我說，她就一陣煙似地跑了。

我知道，她的心裡正樂著呢，其實她已經有了男朋友，據說是高一屆的同學。現在一定趕去與他分享這份光榮。

正在我焦急等待時，鄭老師進來了。我迎上去急切地問：「老師，怎麼就不見我的名字在上邊？」

鄭老師聽後，笑笑說：「因為你沒被安排下鄉，怎麼會在上面？」

「為什麼，是我不夠條件嗎？」

「不是，是你有條件留下來。」

「是讓我念書嗎？」

「不是。」

「那做什麼？」

「安排工作。」

「不是規定每家必須要有下鄉的嗎？」

「對呀。」

「那我家沒人下過鄉，怎麼留我呢？」

「你家的情況有關部門去作過詳細瞭解，他們認為你母親與你父親只是分居，並沒有離婚，所以在法律上你們仍然是一家人，你哥哥已經下鄉，這次的政策，家庭中有過一個下鄉的孩子，原則上就留一個在城裡就業或者讀書。」並且意味深長地對我說：「再說你連太陽都曬不了，下鄉能幹什麼？」

完了，這下完了，我的眼淚一下子湧了出來，老師以為我是受照顧而感動；我卻想到了繼續的挨餓。我的情緒一下低落到找不到北。無勁打彩地說：「下鄉不讓去，連書也不讓念，真不開心。」

鄭老師用埋怨的口氣說：「你家窮到每天吃了上頓沒下頓，也不為你母親想想，她容易嗎？」看我一副不開心的樣子，他又說：「不讓你讀書，是上面有政策，你父親是個知識分子，所以你只好讓出來給其他家中沒有讀過書的人。」

不是我不明白，實在是這世界變化快，以往都是高舉著紅旗下鄉，誰想到這次多了兩種畢業後的去向，這兩種去向中，我想去做的，一樣也輪不上，就連我想讀書的願望也被父親扼殺了。我心中湧起陣陣憤恨，可恨的父親，就因為你那點狗屁文化，竟然剝奪了我讀書的權利。看來，母親想讓我從書包中翻身的願望，從此絕了根。連我想與父親鬥的資本也少了許多。人習慣了一種思維方式，一下子竟很難接受新鮮事物。我對自己的未來沒有像去農村的幾位好友那樣高興，顯得無奈而憂心忡忡：「說是留下來工作，可又等到猴年馬月？」我對此感到一片渺茫。

嚴和大部分同學被安排去了湖州的三天門農場，而她的男朋友也與我一樣，被留了下來。那天，學校為她們舉行了隆重的歡送大會，這回輪到她跳上臺表決心，只見她舉起拳頭，激動地高呼著口號：「誓死捍衛毛主席的無產階級革命路線，扎根農村幹一輩子革命！」屋簷上的瓦楞草也跟著頻頻點頭。我在臺下望著她白裡透紅的臉和高聳的胸部，心想，農場的稻米會將她的乳房灌溉得更加出眾，讓世界上所有的男人為之傾倒，而我只是縮在牆角落裡的一隻沒人欣賞的地鱉蟲，連自我欣賞的價值都沒有。

她們要走了。我和留城的同學去汽車站送別。在一棵柳樹下，嚴惠英握住我的手說：「我一定要混出個人樣來給你瞧瞧」。

我點著頭，說：「加油幹！」我想，此時除了羨慕，還能說些什麼呢？

「我們走在大路上，意氣奮發鬥志昂揚，毛主席領導革命的隊伍，披荊斬棘奔向前方……」伴隨著廣播喇叭裡高吭的歌聲和震耳欲聾的鑼鼓聲送走了與我相處多年的同窗好友，我眼望著載她們遠去的汽車漸行漸遠心裡空落落的，若有所失，眼睛模糊起來。

鄭老師走過來，輕輕地撫了一下我的頭說：「天下沒有不散的筵席，表面看似好的風光會被隨之而來的不幸所替代，越看似光榮的事，有時就越加反襯其背後另一種不同的含意。你能留下來，很不容易，以後你會慢慢懂的。」

我似懂非懂地望望他，什麼也不想說。過了好多年我才知道，其實我工作的名額，是學校校長和鄭老師據理力爭得來的，按照我當時的家庭景況根本沒有資格留城，更不要說參加工作，或者讀書了，他們力據的理由很簡單：這人心地善良，沒有參加過造反派，也不參加紅衛兵，更沒做過傷害老師的事情。一句話，死保。

第十一章

1

與我同窗的另外三位好友，一位去了三天門農場，有一位下放到本縣農村，另一位上了高中，她們的離去，讓我倍感寂寞。在家等待的日子，顯得百無聊賴，我整天拿著本書，看了半天仍在原處。

我十六虛歲了，臉卻一如既往的蒼白、瘦削，嘴唇毫無血色。衣服的布料洗得發白，梳著兩條枯黃的細如蛔蟲的辮子。毛主席領導的這場史無前例的「文化大革命」革掉了一切有文化的色彩，綠藍兩色覆蓋了人們各種不分年齡、老小、瘦胖、大小不一的不同類型的身材，整個國家的人民大膽地品嘗著「文化大革命」所帶給他們的一種流行時尚。婦女們一律被要求剪去辮子，革去「封建主義的尾巴」，如果不剪，出門就有被強行剪掉的危險。我所居的棲塘街上，有一位從娘胎起就留長髮已近六十年的老婦人，在電影院看電影時被人剪掉，氣得她在床上躺了好些天，此後，便不斷地罵「娘」，從一個文謅謅的小腳女人，變成了整日罵「娘」的革命戰士。

千篇一律的寬大衣褲將每個人的身軀掩蓋的嚴嚴實實，分不清誰苗條，誰臃腫，分不清是男，還是女。「文化大革命」的革新意識革除了舊時代特有的文化氣息。這種「時尚」與塘棲街破舊的街巷交織在一起，看多了，我對自己的模樣、穿著就越發不知所措，就像一艘破舊的輪船被塗上不相襯的油漆拋錨在河的中央：一件陳舊的白襯衫，長過膝蓋，外衣是母親穿剩下的灰色兩用衫，套在身上又大又鬆，使我看起來更小。下身是樓上居住的一位好心阿姨的破舊褲子改的，又肥又長，打滿補丁，找不到原來色彩。一雙乳白色的塑膠涼鞋，比我的腳大上一寸，母親說這樣可以穿上幾年，赤腳穿著，走起路來踢拖踢拖。

我就這副模樣，被分配走進了當地一家紅民藥廠。廠部設在林森路上，是陵廣鎮最繁華的地段。廠部批發門面不大，向南，與其東西挨著的是各種各樣的商店。那日，我從批發部左側的一個門，順著一條窄窄的弄堂往裡走，然後往左拐再沿著一露天樓梯往上走，過一狹窄的樓梯，經過藥品展示廳，就到了廠部人事處。

一進門，見屋內靠窗的一張寫字桌旁坐著我曾見過的那位剪一短平頭的男同志，見我進去，就站起身，笑笑說：「你是來報到的吧。」

我點點頭。靦腆地站在那兒一動也不敢動。

他看了我一眼，說：「這麼小。」

我輕輕地說：「我已經十六歲了。」

其實他心裡很清楚，去前，來自全縣各地一幫數十個人都在一個地方集訓，他就是代表該總公司來挑人，他長得不高，雖說是男性，卻長著一張娃娃臉，一笑，兩酒窩，挺和藹。當時他挨個摸底，並說：「我們日用品公司招工，是要來當營業員的。」我聽了，很覺奇怪，醫藥怎麼與日用品混在一起，顯然有點驢頭不對馬嘴，轉而一想，這年頭不弄出個讓你哭笑不得的新名堂來是決不甘休的？

他問我：「你喜歡的工作是什麼？」

我問：「哪些工作可以選擇？」

他說：「有飲食，就是做小包子、油條、饅頭之類，還有百貨，就是賣衣服、帽子、鞋子之類，再有副食品，賣糧、油、鹽之類，再有食品，殺豬、買肉、買雞蛋之類，再就是醫藥，即賣藥、製藥廠之類。」他看我有點懵懵懂懂，就用嘴朝我背後撮撮，說：「你看，她們想去飲食商店，說願意清晨三四點鐘就爬起來，為廣大工農兵群眾做包子，吃飽後鬧革命。」

我一聽，轉過身去瞧，但是心裡馬上打退堂鼓：讓我那麼早爬起，恐怕不行。不要說保證為廣大工農兵群眾做，就連自己我也無法保證是否能夠那麼早起來吃。去百貨，無非就是將物品拿進拿出，這太簡單了，沒懸念，也就沒意思。去食品公司也是如此，弄不好分配我去殺豬，到時我怕自己殺不了豬，倒是怕豬將我給咬了。那就去藥店，上回房東婆婆生病，讓我去了幾趟中藥房包藥，那桿小秤還真好玩，再說，那一排排木製抽屜裡存放的一味味中藥，散發著獨特的氣味，讓我覺得很是神秘。我喜歡神秘莫測的東西，它會讓我去探究其間不為人知或少為人知的東西。想到這兒，我對他說：「我喜歡那桿小秤，去藥店。」

他聽後，笑笑說：「為了桿小秤去那兒？」

我說：「嗯。」

我從人事辦公室報到出來，經過展示廳，一個約莫三十多歲身材精削的男子看了我一眼說：「你也參加工作？」

我愣了愣，沒吱聲。心想：為什麼我就不能？

他說：「長得瘦小不說，還特別黑，像是從赤道上來的。」

說我是從赤道上來的，倒是頭回聽人這樣評價我。我以為那塊討厭的胎記莫名其妙的沒有了以後，自己雖說不漂亮，也還不至於招人討厭。況且我認為自己的皮膚只是營養不良而引起的。長這麼大，好不容易有個男人這樣認真看我，居然說我是赤道那邊的人。讀書時，歷史課正經沒上過，但我躲在圖書館的那些日子，卻幾乎周遊了世界列國，我像幾內亞國人的膚色？我真有這麼黑？這麼難看？我很難過，頭一低，迅速跑向樓梯，狂奔回家。

母親正在整理房間。我一衝進房，就撲在床上，母親見狀，不知道發生了什麼事，她過來，俯下身，急切地問：「出什麼事了？」

我一言不答。

母親用手試圖將我從床上拉起，誰知我「哇」的一聲哭起來，還將整張床抖動得「嘎吱嘎吱」響。

母親急了，她一屁股坐在床沿，用力將我扶起說：「究竟發生了什麼事？對我講講，看能不能幫得上你？」

我用手一抹眼淚說：「別人說我像赤道上的人，我還是那麼難看嗎？」

母親一聽說：「什麼赤道白道的，我不懂。」

「說我像黑人。」我解釋說。

豈知，她聽後笑了，說：「黑有什麼，你沒聽說黑囡要叫白囡爺嗎？」隨手幫我擦了擦眼睛：「黑就是健康、就是美。再說，你還沒長個，有一天長大了，皮膚也會變得白。毛頭姑娘十八變，越變越漂亮，別哭了，頭天報到上班，你應該高興才是。」

說罷，她回到桌旁，拿起擱在上面的一件衣服，快步走到我身邊：「你瞧，這是我特意給你縫製的新衣服。」接著就要我試穿。

我一看，說是新衣服，實際是母親自己穿舊的一件兩用衫改成的襯衣。母親一直穿黑白兩種顏色的衣服，天熱穿白色，天冷穿黑色。這件桔紅與白色相間的格子衣裳是她結婚那年，也就是與我現在相仿的妙齡時穿的。據她講，是作為結婚禮服的。還專門穿著它在上海與父親拍了張結婚照作留念。母親一直珍藏著這張照片，試圖想留住這份美好的記憶？我知道關於這件衣服的來歷，對這件衣服也是喜歡得不得了，曾不止一次地瞞著母親，在鏡子前偷偷試穿，但總也不敢說出：「你給我穿」這幾個字。現在母親把它改後送我穿，足見她對我參加工作後在人們面前儀表的重視。

我將它迫不及待的套在身上，拿著面月餅大的鏡子左照右照，儘管只能照至領子的部位，但襯映在臉上的那份喜悅卻顯得很燦爛。對心儀已久的東西能得到它，我想每個擁有它的人，都會有各自不同的意義，對我更是非同小可。

我穿著它，開始了新的旅程。

2

次日，我隨著那位長著一笑兩酒窩的人，這回才知他是廠部人事處的一名普通幹部，左拐右拐走進一個叫元臺弄的小巷裡。巷子很深，走到一半，便拐彎抹角進了一扇破舊的大門。進門，有一水泥澆注的白場，場地不大，上面曬滿一圈圈黑乎乎的東西，旁邊的煤球爐上不知烤著什麼，發出一陣「嗶嗶啪啪」的響聲，散發著一種令人作嘔的腥味。我還來不及看清楚，就隨著他跨進院中的一幢大房子。那房子好像年代很久，少說也有一百年左右，有樓上樓下兩層，全是木結構，一間間的很多，裡面有一大廳，廳很大，也很深。南面有一庭院，是一方方青石板鋪成的小園，園內的石板縫裡，冒出幾枝鳳尾草，牆角還零星擺放著幾盆不知名的花草。院落與整幢房子的風格融為一體，是典型的江南民居格局。

大廳左側，有一樓梯，想必可以從這裡上樓。

這幢房屋的主人是誰？怎麼又作了藥材加工倉庫呢？我站在那裡琢磨著。

「這兒是中藥加工廠。」同來的人事幹部對我說。

「你是說，我就在這兒工作？」

「是的！」他點點頭，肯定地說。

說實話，我一直認為自己是去藥店拿小桿的，想不到讓我到這裡來。

他微笑著帶我走到一個高個子的男人身邊說：「從今天起，由他帶你，也就是說，他是你的師傅，你是他的徒弟。」

我瞅了他一眼，發現他的眼睛長得比一般人大，烏溜溜的朝我一看，透著笑意說：「我叫五官，以後你就跟著我。」說罷，埋頭揀他手中竹筐裡藥材中的泥石了。

我怯生生地點點頭。

人事幹部走後，師傅將我領到大廳上。廳上整齊地疊滿了麻袋，袋中裝滿各種藥材。想必每麻袋中的藥材不一樣，散發出來的藥味也各異。因此，整座房子瀰漫著一種難以說得清的藥味。師傅將一麻袋藥搬到我面前說：「你人瘦小，就坐這兒揀泥石吧。」我這才知道與我同時分配進來的一位師兄，已經被安排做了洗藥的工作。

沒過一會，又來了一位，師傅介紹說，他是來自桂林的，我不知道桂林離陵廣鎮有多遠，但我看見那師兄進來時的情景：他穿著一件不合時宜的洗得發白的中式包布衫，由於人長，衣短，衣角吊在腰際，顯得極不合諧，但他似乎沒感到有什麼不妥，戴著一副極普通的圓框架眼鏡，神情蕭然的聽著師傅吩咐，然後，「登登登」上樓做事去了。走過我面前時，我無意識中瞅了他一眼，不知怎麼，他的臉「呼」紅了。

我埋頭揀撿的藥材，師傅告訴我，叫元胡索。臨床主要用於活血止痛，是婦科的良藥。然後，又對我說，泡製過的熟元胡和生元胡功能不一樣，它成了止血藥。中草藥的奧秘讓我興奮，我覺得自己終於找對了地方。師傅說：「學醫藥，並不像旁人想像的那麼簡單，俗話講，初學三年走遍天下，再學三年寸步難行。」意思是說，越學越覺得中藥學的奧秘和神奇，越學越感到自己變得膚淺。

趁著大夥兒正忙碌，我走到方才進來的水泥場，打算仔細看看那煤爐上散發出難嗅的東西究竟是什麼。我蹲下身，仔細一瞧，心「嘎登」一下，嚇得站起身來，抬腿就想往回跑。您猜是什麼，原來是條蛇。牠，長長的，隨著火的燻烤，渾身上下散發出一種黝黑的光，更讓人不可思議的，身底下竟慢慢地爆裂出四隻長長的東西。平日我見牠就害怕的不得了，現在竟要與之打交道。我無法想像自己以後怎樣才能過了這一關，牠讓我想起「跳木馬」，看來我還得交白卷。

一位身繫藍色圍布的老師傅看我受到驚嚇，一邊用鉗子夾著不停地翻動，一邊平靜地對我說：「不用害怕，那爆長的是四隻腳。」蛇長腳，這我還是第一次聽見，他見我迷惑不解，又說：「這叫火赤練，專治風濕病的。以後，你還要殺活蛇烤製呢。」

我的媽呀，我突然覺得自己像是走錯了地方，確切地說，對中草藥我還挺感興趣，可對殺烤蛇燻製一點都不感興趣，並且壓根兒不想去接受。記得讀中學時，房東婆婆要殺雞，讓我幫她倒提著，不想，這一提，雞是殺了，可嚇得我一整天手顫抖的握不住筆，還以為自己得了運動性神經炎。

下班回家，對母親說了有關蛇藥的事，她認為，這倒是樁難辦的事，不說我，連她聽了也心悸，臨了，還說，蛇吧，聽說牠還通靈性，如果惹怒牠，會有報應。母親自打被整後，她開始信佛，她相信來世的東西，儘管我不信，但我還是怕。世界上很多無可解的東西還是存在，主要在於常人未能去瞭解並釋疑，我一直不敢去碰牠，也在於從未接觸並瞭解牠。就算瞭解了又能怎麼樣，就在我從事醫藥工作不久，居住在棲塘街上一位從醫近六十多年，曾醫治好被毒蛇咬傷的數以百計民眾的祖傳名醫，還是活生生的被毒蛇咬後不治身亡。我覺得，世界上沒有萬能的東西，同樣也就沒有萬能的人，那位名叫萬勝的民間醫生，自稱對蛇瞭若指掌，與蛇共舞，到頭來還是死在蛇的身上。人們說，人性是最難測的，其實動物也難測，你要真正掌握牠，我看人必須不僅通曉人性，否則，不是人敗給蛇，就是蛇敗給人。至今，我對蛇還是怕。這種怕絕不亞於我對父親的怕，但對父親的怕，與對蛇的怕，有著根本性的不同，他看似不涉及你的性命，但有時涉及到比生命更重要的東西。

單位裡開會，會議一般都放在晚上。母親對我的管教一向很嚴。開會到幾點，她都會在家門口守候。一次，會議開晚了，母親就站在弄堂口等，一見我，她劈頭就問：「你去哪裡了，這麼晚？」神情就像母狼終於找到走失的狼仔一樣。自從她被審查後，少了與人交往的機會。現在她每次與人的接觸就是被造反派示眾批鬥。這種受盡折磨和侮辱的日子一長，也就麻木了。母親是個意志堅定的人，她唯一怕的，倒是這些人與父親一樣打她並把她置於死地。她曾對我說：如果死了，她就無法再將我養大。你是我唯一的希望，這種希望就像一個溺水的人，抓到一根救命稻草。因此，我就成了她監視的對象，弄得我像犯人似地每天早請示晚彙報，沒有一絲自由喘氣的功夫。或許她還意識到，不管她怎麼起五更睡半夜所掙的錢還是不多，因為大部分時間她只能一聲不響地待在一旁，眼睜睜看著他人一件件的衣服從裁剪師傅手中接過去，而她根本無份。一個月下來，最多只賺五元錢，這些錢，除了用來養活自己和我，還要用來貼補哥哥。因此，那天當我拿著半個月的工錢七元錢時，母親的臉龐竟發出少見的光來。作為學徒工，我當時的每月工資是十二元，加衣服補貼兩元，合計為十四元。第二年再加兩元，合計十六元。這對我們家來說，無疑是一個天文數，母親說：「就像是上天掉下的梨子，讓我看著喜歡。」

不管怎麼樣，是錢還是我，就連我自己也開心。我可以養活自己了。最關鍵是能夠改善一下伙食，滋潤一下我的乳房。一天，我對母親說：「單位加班多，回家兩人候不到一起吃，我去食堂吃飯。」

母親一聽，嘴張得老大，說：「兩人在家吃比分開吃要節約很多。」明確表示不同意。後來，經不起我死纏硬磨，她居然同意了。這讓我高興萬分。次日我就去了食堂。還給自己規定，每天只可吃五分錢的菜，吃五兩米飯，偶爾吃個葷菜。

我的工作，還讓我解決了一件我和母親長期困擾的事，單位辦理工作手續時，一併將我的戶口遷進所居的塘棲街。而母親也趁次機會將自己的戶口遷了出來。戶口在當時的年代，通俗的說法，就是生命。有它，你才分得到布票、糧票、油票、棉花票、甚至肉票、糖票等七七八八的票證，沒有它，就意味著你沒有了一切，只有死路一條。這對每天醒來張嘴吃飯穿衣的我來說，離開父親，就等於得不到這一切，糧食沒有，就必須去用錢買，油票沒有，也要花錢買，買也不好公開，公開是不允許的，如果被抓到，有被扣上違法亂紀的罪名。父親用這些票證偷偷去換酒喝，招來的就是「投機倒把」的罪名。

就這樣，我每天按照規定吃，母親給我的生活費一共是七元錢。餘額全交給母親家用。每頓一碗米飯和一個青菜，儘管食堂的菜每頓都有變化，但我卻始終是一個青菜。一個青菜，節約著分成兩頓吃。這七元錢，一月下來，竟然還多了三元，這讓我興奮不已，上交母親，母親說：「你也大了，身邊總要帶點錢，逢上急事，也可派上用場。」我想到了哥哥，曾經為向父親討要二分錢，被他在冰天雪地裡追打幾里路的情景，哥哥再次到我家時，我給了他二元，餘下的一元錢，我放在貼身的內衣口袋裡，以後便月月如此。

一天，我去食堂吃飯了，管飯的阿姨對我說：「今天你要付多一份飯錢。」

我問：「為什麼？」

她說：「你父親來過，吃了一份。說讓你給付。」

一下，我愣住了，半晌反映不過來。過了好一會，我才無勁打彩地說：「好吧，我付。」嘴上是這麼說，可心裡直怨他，找他的時候他不見，要吃飯他就找上你了。還竟然對我連個招呼都不打，再說，誰同意你在食堂吃飯？

回到家，我滿臉的不高興，母親問我：「你怎麼啦？」我欲言又止，轉而又不想說了。說了有啥用，無非惹得她又罵幾聲死鬼，弄不好，我還得讓她再罵，說我吃裡扒外，向著她所恨的「死鬼」。

我以為，也許他是偶爾一次，想想就是親戚朋友來了也要熱情招待，不管怎麼樣，他好歹也是我父親，儘管我打心眼裡不想認他或者說壓根兒不認他，並且與他劃清了界線。可他就是吃了，你能把他怎麼樣。心想，只當來了個客人，請他吃了頓飯。

可事情遠不止我想像的那麼簡單。

次日，我去食堂，他竟然又在賣飯的窗口等我。這讓我目瞪口呆。你不是說過，我在你眼裡不如一棵草，我也不是對你說過，我們之間沒有任何關係嗎？你怎麼說話不算數，吃了一頓不算，今天又來了呢？我心中忿然不平，但礙於眾目睽睽之下，沒把這些話說出來。

父親見我，就堆了一臉的笑說：「我來看看你，順便吃頓飯。」

我既沒說你吃吧，也不拒絕他，只是不情願地對管飯的阿姨說：「多打一份飯。」說完，付了飯菜票，顧自端著剛打的飯菜躲到一邊的角落吃去了。

「怎麼，我礙你事了，對我板著臉，我吃你一頓飯都不行嗎？」父親竟不管不顧地端著盆飯站到我面前，理直氣壯地說。

我吃驚地抬頭望望他，心想，吃一餐飯，你不是已經吃我兩餐了嗎？而後想想，這兒人多，眼雜，跟他說了弄不好又要吵嘴，還是不說為好，轉而又默默地低頭吃飯。

「啪！」他將飯盆一下反扣在我的飯桌上，臉色烏青，大聲嚷嚷：「你以為你是誰，我生了你，養了你，吃一頓飯還需要給我看臉色嗎？你他媽的，今天我要讓人瞧瞧，你是個什麼樣的貨色。」

這真夠我氣受的，望著滿堂熟悉而陌生並驚疑的面孔，我的臉瞬息變得一陣紅，一陣白，真恨不得找個地縫鑽進去。我不想讓別人看笑話，隨即起身，端起飯盆就飛奔出門。

「還跑，這會知道臉紅了吧。」父親仍不肯放過我，他追了出來，站在食堂門口，惡狠狠地在我背後罵著。

從那以後，每當我去食堂吃飯，就會感到有無數雙眼睛在盯著我，讓我感到無地自容。我提心吊膽地過著日子，彷彿像小偷似地躲避著眾人銳利的目光。我似乎覺得在眾人的眼裡，我是個心狠手辣，不講孝道，沒有規矩，又沒文化修養的人。我小心翼翼地像牛鬼蛇神似地幹活，吃飯，不與人交往。因為我發現，父親這一鬧，鬧得我在單位裡也難做人，人們的目光從猜測，到蔑視，從蔑視到不屑一顧，有一次，為一點工作上的事，單位的一位同事竟對我大動干戈，竟然說：「你這個人連父親都不認，還算是人！」

把我氣得差點吐血，眼瞪得老大，火像要從眼眶裡噴出來一樣，雖氣火攻心，但緊盯著對方，一句話也說不出來。回到家，我不敢告訴母親，說了又怕傷她的心。保不定她一怒之下，又罵我一頭霧水，說我用錢養活父親，弄得我裡外不是人。因此，我決定不再多說什麼，就連母親也不說，我覺得這個世界上最難懂得是人，要想真正彼此做到心與心的相通，就像是搬著木梯上青天——難。不要說，在一般人之間，就連父母與兒女之間也是很困難，就連我非常信賴的母親，有時因為父親，而與我生嫌，而與父親之間更是難上加難，更何況人與人之間的關係了。

3

單位看上去好像很平靜。但分兩派。我對這種事不感興趣，因此，總站在周邊，看著別人鬥。母親這回說：「做好份內的事，保住飯碗最重要，其餘都無所謂。」這點其實她不說，我也清楚，要對自己負責，埋頭幹好自己的活，總而言之，掌握一條原則，多幹活，少開口。我以為，像我這樣的人，只要做到這兩點，就沒有問題。殊不知，社會遠不是我想得那樣簡單，其實在社會上往往多說恭維話，多拍領導馬屁，少幹活或不幹活的勝過少說話多幹活的不知多少倍，什麼升官啦，發財啦，加工資啦都這樣，當然這是以後看多了經歷了才得出這麼個結論，在當時卻不這麼認為。

造反派和走資派雙方形成對立，搞得相當激烈。去沒幾天，大字報像狗皮膏藥似的一夜之間貼滿公司倉庫的各個牆壁。造反派每天晚上都開著會，今天批書記，明天批廠長，後天批部長。當時成立了「革命委員會」，這些大大小小的「革命」事，全由這個革命組織說了算。而我所在部門的負責人，就是這個說了算組織的「頭頭」。每個職工都必須參加，不去，造反派自然有辦法讓你自覺自願的去。在單位，可不是在學校，每個人每天都得掙錢吃飯，白天上班，晚上你就必須去參加會議。不去，可不是鬧著玩的。全國人民都需「把對毛主席的忠誠要融化在血液中，銘刻在腦海裡，落實在行動上」。運動轟轟烈烈繼續進行，這讓我想起父親「反右」時期的舉動，想到他為此作出的犧牲和付出代價的教訓，我的結論是：只要是我父親幹過的事，我就不幹，堅決與他相背道而行之。凡有關運動中的人和物決不表態，打死我也不說。我不能學我的父親，更不能失去我來之不易的工作，這涉及到我的身價性命，還有我的乳房發育的根本保證。在當時，比家常便飯還多的學習、批判會上，每個人都必須挨個兒發言，明確表明自己的態度。大夥兒挨個兒發言，輪到我時，我就臉一紅說：「我來了沒幾天，不瞭解情況，所以不好發言。」起初，負責會議的人和與會者聽後笑笑，也就過去了。

可幾次一來，頭頭就說：「初來乍到不瞭解情況，半年過去，難道還不瞭解？」言下之意，我是推委才這麼說了。沒有辦法，眼看就要輪到我發言，我就假裝溜出去上衛生間。時間長了他們也有所覺察，但也不好說什麼，也許他們認為我的確還小，一轉眼就把我忘了，反正我從沒想去批判誰，也沒想跟誰去過不去，我以為這樣混下去算是對得起自己的良心，但不想有時你怕鬼還真有鬼來迷。

一天清晨，我去廠部的倉庫拔草，這是我幫助一位女同事的孩子做的，前天，她隨母親到廠裡來玩，看見這兒有許多的草，說比她在別的地方看見的草都要嫩，她叮囑我，要我為她抽空拔些草，說她家裡養著好幾隻兔子。

「這有什麼難，一兩天裡就給你送去。」我作了保證。

我嘴裡哼著樣板戲《白毛女》中紮「紅頭繩」的曲調，歡快地拔著青草。從倉庫後門一路拔去，籃子裡傾刻間平了口，再拔一點就滿滿一大籃了。噯，那緊挨後門旁側的一扇破門裡頭的一個天井裡長滿了放肆的野草，在清風中搖曳。

我蹦跳著穿過那扇破舊斑駁的門。門中有一樓梯，直通到二樓。噯，樓上是做什麼的？我的好奇心又占了上風。我將籃子擱在地上，輕輕地踩上梯階，走上一半，靠左側牆上一扇打開的窗戶，上面掛著一蜘蛛網，一隻蜘蛛懸空在網中間，風一吹，蜘蛛網就飄忽幾下，那蜘蛛就像要掉下來一樣。上了樓梯，我環顧四周。一片破敗不堪的樣子。空蕩蕩的房子裡只存放些瓶裝液體類的藥品，剩下的就只有滿目的塵土了。

奇怪的是，這樓看似破敗不堪，整個房屋結構，包括窗框、四壁牆都顯得陳舊，但脫落油漆的窗框、房樑等看上去反而有一種久遠年代的氣息，一種濃郁的文化韻味和情調。

右側有一房間，一扇小門緊閉。裡面是什麼呢？門鎖搭扣旁邊有一個被紙團塞住的小洞。我下意識地用食指頂了一下，紙掉了進去。我歪著頭往裡面窺視，不瞧倒好，一瞧把我嚇得差一點心臟都停止了跳動。床鋪上有一男一女，全裸著身子，男的好似一隻餓昏了頭的狼狗，氣喘吁吁地爬在女的身上亂啃，嘴巴裡發出「哼哼呀呀」地聲響，女的被他壓在身底下，不知是痛苦還是快活地大聲「喔喲喔喲」地喊叫著。

我的兩條腿像被膠粘住一樣不聽使喚，走，動不了，不走，顫抖得站不住腳。讓我顫抖的，不止是他們的兩性關係令我瞠目結舌，更因為那渾身上下赤裸著得意忘形的人，原來是革委會的「頭頭」，即我所在部門的負責人。

就在我驚呆的不知所措的時候，一個更令我想不到的事出現了。只見他像一輛猶如猛跑後突然熄火的汽車，翻身滾落下來，底下的女人一下坐起。我的心頭「嘭」一跳，以為自己眼花，看錯了人，不相信似地揉了揉眼睛。沒錯！這個女人絕對不是頭頭的老婆，他的妻子上回來單位時我見過，是一位相當樸實的農家婦女。而她，我很陌生，但似乎又有點印象，我努力思考著，企圖從某個年月某個地點某件事情上去尋找關於這個女人的線索。忽然，我想起來，她是鄉下一個小集鎮藥店的女職工。平時這位打扮比較出眾的女人，在眾人眼裡也算體面。她能說會道，逢人便笑，因此很得人緣。而她現在竟然一絲不掛地暴露在我面前。遠遠望去，她的肌膚潔白而細膩，亢奮的神情似乎仍沒退去，臉上依然泛著潮紅，就像帶露的玫瑰。我的心一緊張，手一顫，不知怎麼，碰到門上的搭扣，弄出了響聲。只見「頭頭」雙手一下支撐起赤裸的上半身，警覺地回首望著我的方向，豎起耳朵傾聽。

我用來窺視的洞，約有乒乓球大小。一見裡面的情景，我嚇壞了，屏住呼吸，一動也不敢動。我彷彿覺得他的眼睛已經越過十幾米遠的距離，透過門洞看到了我。我嚇得如同掛在樹上被風吹動的葉子，窸窸窣窣地亂抖動。我拔腿就跑，踩到樓梯，腳步一陣凌亂，差一點滾下樓梯。我慌忙抓起放在地上的籃子，彷彿像一隻被獵人瞄準的獵物飛奔出門，當我跑出倉庫大門，下意識回首往樓上的窗口眺望時，竟意外地發現他——我的頂頭上司，正站在樓梯牆壁的窗戶裡伸出頭朝我的方向張望，他的臉露著匪夷所思的神情，朝我露出一絲不易覺察的冷笑。突然我的脊背透出一陣冷意，即便在夏日的季節裡感到透心地涼。

俗話說：做賊心虛。奇怪的是，打那事發生後，我沒做賊，心也虛。那一晚上，我整夜都沒合眼。一閉上眼睛，眼前就晃動著白天看見的事。直到天朦朦亮才胡亂睡去。迷糊中，我彷彿看見「頭頭」朝我笑嘻嘻地走來，然後，對我說：「這種男女間的事，其實很平常。」說完，帶我去他的臥室裡，讓我繼續看著他和那個女人作愛。我不肯看，他就威脅我說要給我點顏色瞧瞧。我嚇得一下驚醒。爬起身，用手摸索著點亮油燈，發現自己身上竟然全是冷汗。

次日清晨，我去上班，一看見他，想起昨晚的夢，就覺著很尷尬。無意中，我做了一件讓人以為有意的事，這對他來說是非同小可，對我來說，也是如此。我覺得自己做了樁蠢事，不管他看不看見我，其實我心裡很內疚。我這人向來怕事，加上父母親這攤事已搞得我暈頭轉向，因此總想凡事多一事不如少一事，然而，誰知又讓我遇上了。我曾聽房東婆婆說，看見別人搞不正當的男女關係，會觸霉頭，交惡運。當時我還覺得這種說法毫無根據，犯事的是他們，怎麼會看見他們的人交揹運呢？現在想起來真怕發生這樣的事。

豈知「頭頭」一看見我，就滿臉堆著笑，他站在曬藥場上主動給我打著招呼說：「今天怎麼這麼早上班？」

我先是一愣，轉而趕緊回話說：「是呀，在家也沒事幹，就早一點來。」這可不是他平日的作風，平常總是別人先給他招呼，完了，他也只是給你一個「嗯」。

「怎麼，昨晚沒睡好？」他又說。

他這是在提醒我，昨天發生的事。完了，昨天他一定是在窗戶上窺見了我，以往他可對誰也不會講關心人的話。

「沒有。睡得很好。」我答說，假裝像沒有過發生昨天事。同時也想透過這話委婉地告訴，我看見也會當作沒看見。這不關我的事。」

「就是，我想你這樣的年齡是不應該有什麼煩心的事和想不通的事的。凡事看見只當不看見，聽見只當不聽見，活起來才簡簡單單快快樂樂。」

這分明是舉著黃牌警告我，我不是那種不開竅的人，我接過他扔給我的這塊黃牌，又扔了過去，說：「今天早晨母親還在說我，說睡起來像頭豬，一覺到天明才會醒呢。」

「那好啊，能睡就好，要不身體會垮下去。」他話裡有話的，皮笑肉不笑地說。

不管這些話是綿裡藏針，還是虛張聲勢，反正先前緊張的心情隨著他的話在漸漸鬆懈。

「以後你就做些輕鬆點的活吧。」他看著我說：「這麼熱的天，一個女孩子在太陽底下曬藥也是很幸苦的。」說完，對我又笑笑，一副很關切地樣子。聽了他的話，讓我很感動，我越加為自己昨天的事感到內疚，我幾乎真想向他表示歉意了。我感激地朝他點點頭。終於什麼話也沒說。

「以後有什麼困難對我說。」臨完，他又補一句。

我看了看他，什麼話也沒說，因為我知道，他這麼說背後的潛臺詞是什麼？唯有保持沉默，才能保住自己。假若一說出口，錯的全是我。我暗暗決定這件事就是爛也讓它爛在肚子裡，就當是難吃的苦果，過一天就消化了，從大便裡拉出，然後作了肥料。

第十二章

1

次日中午，我獨自一人在單位值班。炎熱的太陽幾乎要把個水泥場曬成火餅。烘得那些中藥飲片像烤乾的紅薯片，散發著誘人的香味，待這裡的時間長了，藥味變成了香味，一天不嗅就會覺得不舒服。翻了一遍藥，覺得有點睏，於是，我便躺倒在一張長凳上，打算打個瞌睡。凳的一邊緊挨著一張桌子，就是翻身也不容易掉下去。說來你不信，我這人特會睡，不管睡在那兒，我都能睡著。母親說，就是把我扔到海裡，躺在海面上我仍會浪打不驚——照睡不誤。雖她說得有些誇張，但我好睡的脾性，到現在還是如此。天塌下來，有地接著，再說不做虧心事，半夜不怕鬼敲門，輪著我瞎操心什麼。我就這麼兩手交叉，緊抱前胸，沉沉地睡去。

不知過了多久，突然，迷糊中我彷彿覺得有人在摸我的臉，接著又好似有什麼東西在上面舔。我一下驚醒，睜眼一看，一張臉正距離我臉僅一釐米的地方，伸著狼一樣的舌頭在舔我的臉。還沒等我反應過來。那張臉的頭稍稍抬起，一下，我驚呆了，是那個「頭頭」。我腦袋「嗡」一響，腦子裡一片空白。心，停止了跳動，思維像被什麼魔法擰住了，一時間，不知怎麼辦才好。

還沒等我完全反應過來，我的嘴唇上又有濕溜溜的東西黏上來，一股難嗅的口氣刺入我的鼻孔，我馬上意識到，這是他的嘴唇黏貼在我的嘴唇上。一陣噁心從我的胃裡往上翻，我厭惡地擰過頭，抬手用力將他的腦袋從我臉上一把推開，然後，仰起身，雙腳落地，坐起，怒不可遏地盯著他。

也許他壓根兒沒意識到我會醒，更想不到我的力氣那麼大，竟一下把他推出幾步遠，並且兩眼就這麼直直地盯著他。起初，他毫無準備地後退幾步，接著吃驚地望著我，當他意識到什麼時，我無比委屈而又無法言說的抗議已經與他面對面的交鋒了。

只見他臉色一轉，不知羞恥且嘻皮笑臉地對我說：「怎麼，你醒啦。」他裝模作樣地對我說，彷彿根本沒發生過什麼事。

「你怎麼可以這樣?!」我怒不可遏地責問。我以為他會向我道歉，至少向我表示點什麼，但是我想錯了。

「你說什麼呀，我怎麼你啦，這又不是我的錯，誰讓你長這麼漂亮。漂亮的女人誰會不動心呢？」他竟厚顏無恥地說。

「你下流。」我忍不住氣得嚷起來。男人沒有一個好東西。我的腦海裡突然閃過母親的話。看著那張充滿淫蕩而扭曲的臉，我眼前又浮現出父親打母親時那張扭曲成恐怖的臉，父親的臉與眼前的臉互相交映又重疊，壓得我透不過氣來。想不到母親受父親的欺負而我卻平白無故遭受「頭頭」的侮辱。我突然覺得自己的命比母親好不了多少。更讓我傷心的是，我的嘴唇，我純潔無暇的嘴唇，我渴望有一天能讓喜歡我和被我喜歡的男人相擁相吻的嘴唇竟被他強行玷污了。

想到這兒，我感到自己的嘴唇非常的骯髒，我抬起手，開始用手背不停地擦，擦著，擦著，越擦越覺得他的唾沫像膠一樣地粘在我的嘴唇上。我心急如焚，我一定要將它從我的嘴唇上徹底清除。擦了半晌，覺得還是不行，我看見桌子上放著一塊用來打機器鐵銹的沙皮紙，就隨手拿起，使勁地擦起來……我要擦，擦掉你沾在我唇邊骯髒的唾沫，擦掉你對我的侮辱，擦去你留在我心裡的陰影，我要還我自己一個清白。粗劣的紙擦破了我的嘴唇，在劇烈的疼痛中，血順著我的嘴角不斷地流下來。我要用血來洗去污穢，用血來捍衛我純潔的肉體和心靈。我的內心不斷升騰起種種排斥和抵抗的情緒，卻不知怎麼因憤怒而說不出一句話來。

「你也太做作了吧。我只是親親你，又不怎麼你，用得著這樣嗎？」他看著我的舉動，可能認為我不敢反抗，他不屑一顧，厚言無恥地說。

「罵你，打得過你的話，我就打你。」我氣得快要哭出來。

「打我？」他用嘲笑並帶有挑釁的口氣說：「你打打看，料你也不敢！」

不敢，你說我不敢？我的憤怒隨著他挑釁的話語越來越大，被他吻過且擦過的嘴唇，此刻正疼痛的腫脹起來，那股難嗅的氣味彷彿慢慢瀰漫於我的全身，我被壓抑的喘不過氣來，一股強烈的反感驀然升起，什麼敢不敢，你這個流氓，我就是要打你，我要打你，我恨不得打死你！

「啪！」沒等我自己弄明白，他的臉，早挨了我一巴掌。

他先是一愣，接著，一腳將長凳踢翻在地，然後對著我就像老虎一樣吼叫起來：「好啊！你打我！你敢打我！」

我雙目怒視，身子卻瑟瑟發抖。我這才明白，自己闖下了大禍。我以為他會緊跟著給我一拳，不想，他愣了一下，鐵青著臉說了一句：「走著瞧！」便扭頭怒氣沖沖地走了。

一定是他自知理虧才饒過我。望著他的背影，我像一棵被冰雹打過的苞心菜，癱坐在凳子上，眼睛茫然地盯著前方。一陣悲傷襲來，我趴在桌上痛哭起來。

「出什麼事啦？」是大師兄的聲音，不知什麼時候，他竟悄悄站在我的身邊。大師兄的父母均在農村，同進公司的師兄妹共有兩人。還有一位家在城鎮，比我大一歲。相處一年多，在我印象裡，大師兄儘管比我大二歲，較之另一位師兄，顯得相對成熟些，因而領導有事喜歡叫他去處理。他的工作主要是負責軋藥，就是將一捆捆浸泡好的藥材放在機器上切製。你別看只是切，其實這裡頭也很有學問。每種藥製片都有一定的標準，有切成薄片的，有切成厚片的，還有切成長條型的，根據藥的種類，性能、美觀來切。於是，機器上的刀就成了主宰，因為大部分的中藥材質地很硬，切不久，刀就會鈍，因此很多時候，他和「頭頭」總在屋外的水龍頭旁的水泥板上磨刀。因為分工不同，我和他的接觸相對比較少。還有一個原因，我從二師兄處得知，他正在與縣醫院的一位女護士談戀愛，一下班就往那裡跑，根本見不到他人影。我沒回話，只管哭。我不明白，我根本就沒惹「頭頭」，他為什麼竟這般厚顏無恥地調戲我？是怕我出賣他，想採用這種戰術堵住我的嘴？還是認為我軟弱可欺？

「究竟發生什麼啦？」大師兄瞧了瞧我的臉，說：「你的嘴唇和脖頸裡全是血。」

我抬起淚眼，想說又感到不好說，只好搖搖頭，用手胡亂地在脖頸裡擦了一下，又爬在桌上繼續抽泣起來。

想必是他覺得也不好再問，就輕輕地說：「不好說，我也就不問了，馬上就要有人來上班了，讓人瞧見不太好，你就不要再哭了，快把眼淚擦乾。」臨完，又緊追一句：「剛才我好像看見是頭頭在這兒，對嗎？」

也許我只關注了他前面那段話，後面冷不防說的一句，並不留意，我竟不加思考的點點頭。當我覺得似乎有點不妥時，他若有所思地看了我許久，然後說：「不管發生什麼，以後有事儘管找我。」望著他一臉真誠，我感到一股暖流瞬息流遍全身，默默地，我點了點頭。

2

上班時間一到，我被通知去總公司。公司設在紅萬春路，從廠部過去約有十分鐘。八月的下旬，火辣辣的太陽將地皮烤得灼人的燙，我走在路上，心裡發焦。要不是路兩旁有寬大的梧桐樹葉遮著路面，我看整條街都會被烤乾。從東走到西，再從北側一條弄堂進去，拐一個彎就到總公司。走進一樓，東面牆壁上寫著一幅標語：「無產階級專政萬歲！」上三樓，順著走廊，走過行政辦公室就到了黨支部辦公室。

見我進去，支書老蔣站起來，笑咪咪地說：「你來了，請坐。」

我怯生生的坐下。環視一下四周，發現辦公室不大，約有十平方米，進門放著著兩把椅子。一張辦公桌，一把木椅朝東擺放，靠著臨街窗。西面牆上懸掛著一幅世界地圖和一張毛主席畫像。

「今天找你來，是想找你談談參加組織的事。」他面朝我坐著，笑嘻嘻地說。

「組織？」我疑惑地問。

「對呀。」

「什麼組織？」

「當然是共青團組織。」他邊說邊將頭朝前傾。

一時，我語塞。對這個問題我還真沒想過。倒是想，黨支部書記怎麼管團支部書記管得事？說實話，我打小只參加過少年先鋒隊，以後任何組織我都沒有參加。自從看見許多人被紅衛兵或是造反派或是各種各樣的幫派打死或是打傷以後，只要有人一提組織，我就會想到造反派或紅衛兵搞得「打砸搶」，讓我聯想到小說中黑幫老大之類的組織，我害怕這種打打殺殺的事，更害怕有人要我參加什麼組織。

「我怕打人，也怕別人打我，所以我不想參加。」我如實說。

他先是一愣，想必我的這種說法他還沒聽說，或者說沒想到，只見他微笑著說：「這個組織和別的組織不一樣，不會去做打人的事。」

「為什麼讓我參加？我又做不來什麼。」凡事總愛問個究竟的我，這次仍不改脾氣。

「不管是工作，還是活動能力，你的表現都很好，所以公司團支部準備吸收你為中國共產主義青年團團員。」說著，遞過來一份表格，讓我在上面填寫後交給他。

我猶豫了一下，隨後我發現他的態度誠懇到讓我不好意思拒絕，於是就默默地接了過來，嘴裡卻說：「讓我回去再想想。」

「有什麼好想的，回去就把表格填了，交上來。你這人真是，別人想入還不一定入得了呢。」他說著，站起身，嘴裡還說：「今晚全縣文藝會演，回去好好準備，晚上等著看你的『白毛女』了。」

我想，他說的活動能力大約指得就是我跳得芭蕾舞了。別的活動我根本談不上，要算恐怕也就是和師兄們抓青蛙、捉魚之類的事了。

說起跳舞，我對它的興趣還真保持了下來。軍訓期間，全縣組織各行各業會演，我代表總公司上臺表演，節目就是芭蕾獨舞《白毛女》。從小跳到現在，母親從沒時間去看我，就這一次，千人的大會堂裡連走廊上都站滿了人，她擠在熙熙攘攘的人群中，伸著脖子踮著腳尖看完我的演出。那日的演出盛況空前，我一曲一曲地跳，一次次地謝幕，贏得了臺下觀眾的無數次經久不息的掌聲。回到家，母親看著我，激動的一遍又一遍地說：「我為你所做的一切，今晚讓我感到都值了。」

望著她，我開心的笑了。其實在我的心底裡並沒有放棄去福建乾爹那兒當文藝兵的願望。我打算到了十八周歲，真正成人以後，再跟母親商量這事，或許到那時她會理解我。沒想到自己對舞蹈的愛好，竟然在旁人眼裡看來是活動能力強，這令我一點也沒想到。

我走出公司總部，站在梧桐樹下，心裡盤算著填不填的事。說實話，我心裡仍拿不定主意。「文革」以來，有多少參加組織的人站在革命的立場上與自己「反革命」的父母劃清界線，子女批鬥父母，兄長打死弟弟，兄弟之間相互殘殺，夫妻反目成仇。我覺得自己除了想要與父親鬥爭以外，其他方面好像離領袖要求我做的總是那麼遙不可及，永遠成不了一個堅定的無產階級的革命派。因為我怕革別人的命，同時也怕別人革我的命。與命相比，我覺得什麼都無關緊要，我發現自己是個膽小鬼，壓根兒就不能成為政黨所需要的那種隨時隨地可以為革命獻身的無產階級革命者。

「你手裡拿著什麼？」像是有人在問我。

我一抬頭，發現是父親站在我的面前，他像從水泥地裡突然冒出來一般。

「你，你？」他像不認識似地盯著我的臉，沒了往日說話時的流利，結結巴巴地用手指著我的臉說：「你臉上的那塊胎記呢？怎麼沒有了？」

你上次到我食堂吃飯時，我就沒有了，到現在才發現。看來你是只顧你自己，從不多看我一眼。我心裡嘀咕著。不提倒好，一提，馬上不痛快，心想，你不是嫌我長得醜陋，連瞧都不願意瞧上我一眼嗎？你不是說我不如一棵草嗎？今天，我要讓你瞅瞅，我究竟還是不是一棵草？是不是仍那麼醜陋？你不是瞧不起我嗎？現在我也不想把眼珠轉到你臉上去。我一言不發，側身就想從他身邊溜過去。

「真沒想到，你居然變得這麼好看。」他好像完全沒理會我趾高氣揚的臉色，張開雙手，笑顏逐開地擋住我的去路：「以後，你可以跳舞，去實現自己的理想了。」

我跳不跳舞與你沒關係，你不是瞧不起我嗎？你瞧不起我，我也沒打算瞧得起你。我心裡數落著，但沒把話說出來。

「你要小心，當心壞男人碰你！」他見我沒回話，膽兒更加大起來。

你倒好，說壞男人碰我。狗嘴裡吐不出象牙來：「就算壞男人打我主意，也輪不上你來管，你管好自己就行了，別把哥哥、弟弟再害了。」我氣乎乎地說。

他見我不悅，也自覺沒趣。眼光盯在我手上：「是什麼表格。」

「是。怎麼樣?!」我有點氣昂昂地說。

「喲，要加入共青團組織啦。」他不知是譏諷還是高興地，一把將我手中的表奪過去，看著說：

「真積極，倒是沒想到。」

「我積極關你什麼事？」我沒好氣地說著，一把將表格奪了過來。

「什麼組織不組織。」他用教訓的口氣說：「你看你媽，大字不識一個，整天跟著那些造反派抄家。現在倒好，自己也被人整。你不要去學你媽，什麼組織都不要參加，自己該是什麼就是什麼。」他心急火燎地用擦了擦額頭上的汗。好像我現在就是共青團員，要把他批的抬不起頭來似的。

「你該管的不管，這會兒倒來假惺惺的關心起人家。」我氣鼓鼓地對他吼：「你不讓我入，我偏入。」說罷，左手朝他一揮，快步從他的身邊跑了過去。跑出老遠還聽見背後他傳來的威脅聲：「你敢入！我打死你！」

晚上，我坐在桌子上填表格，我說起白天的事，母親坐在床上，上半身靠著牆，瞪著眼睛說：「他懂個屁！」說參加共青團是向黨積極靠攏的表現，是要求進步，是為共產主義奮鬥一生的具體行動。她說自己就是共青團員，以前在軋花廠工作時入團的。很多時候我不明白，不識字的母親，說起大道理來總是一套一套，好像比識字懂英文的父親精通的多。我曾經問過她，她說，是毛主席領導窮人翻了身，像她這樣貧窮人家的女兒才能活到今天。這倒也是，她的生身母親既我的外婆相當窮困，加上子女生了十多個，弄得她為了自己活命也為了孩子活命，如數全送了人，死到臨頭方才覺得孤獨一人苦不堪言。每當她說起自己的父母親和自己的身世時，總是眼淚一把鼻涕一把，講得我也跟著犯暈。我不知道共產主義社會究竟啥樣，她告訴我：「就是人人有飯吃，需要什麼東西，你就儘管拿。」這真是太好了，一聽說人人有飯吃，有衣穿，需要什麼儘管拿，我的腦筋一下就開了竅，這比哪個章程，哪種說教，哪種真理，對我來說都管用。

我第一次認認真真地填寫表格，寫到父親一欄，母親說：「填已分居。」

聽後，我老老實實地寫了。填時，覺得不太舒服，不填，又怕有人問起來，不知怎麼說。再說分居就是分居，卻非得讓他在紙上仍與我待一起。真有點莫名其妙。

次日，我去單位上班，看到一位女同事在前面走，我就高聲喚她的名字。誰知，她回頭望望我，也沒答理，扭頭跑得更快。我覺得有點奇怪，轉而一想，她可能沒聽清楚，也就沒多想。豈知，到了大家圍攏一起挑揀藥雜時，她竟說：「想不到我們這兒竟有人不要臉，幹出與男人睡覺的事情來。」

起初，我不明白地抬頭望望她，不清楚她怎麼會說這樣的話。突然發現幾位同事的目光，「唰」，一下子全轉到我身上。這麼看我幹什麼？我一下覺得渾身不自在起來。

坐我旁邊平時與我很要好的女同事，則偷偷地推了一下那說話的人，用眼暗示——我在看她。

「有什麼關係，平日裡看起來一本正經，想不到這樣大的姑娘做出這種見不得人的事情來。」邊說邊朝我看：「看什麼看，我有什麼好看的。有人不僅被男人看，還睡呢！」

她像是在針對我？因為這裡除我一人是姑娘外，全是結過婚並有孩子的婦女。可我跟那個男人睡過？我長這麼大還沒男人碰過我。喔，對了，有人碰過，就是那個讓我噁心，在我睡著時，摸我臉，親我嘴的那個。如果他也算是個男人的話——頂頭上司。可他也沒跟我睡過覺呀？我被弄得一頭霧水繞在頭上，臉「刷」一下，變得雪白。內心的委屈伴隨著滿腔的憤怒和著淚水在眼眶裡打轉。誰這麼缺德在背地裡不顧一切地造謠侮蔑我？至今我還只是個未成年的女孩子，我還沒被我所喜歡和不喜歡的男人沒拉過一次手。沒有談過戀愛，也沒有我可以戀可以愛的人。母親說過：「這種事一定要成親了才可以，要不，別人會拋棄你，你會痛苦一輩子的。」儘管我對她的話半信半疑，但我相信，她絕對是為我好，為我好，我就會記著，不管發生什麼，這種事我都不會幹。我的心裡，翻騰的厲害，可我竟一句話也說不出來。

這件事的發生，讓我改變了原本上交入團申請書表格的想法，我以為，就算交，也未見得能加入，因為我感到自己的身後彷彿有一隻無形的黑手正在向我伸來，我無法擺脫命運中的陰影，唯有在沉默中保持我戰戰慄慄的清醒。

3

兩週後的一個早晨，剛起床，我就有點心神不定，腦袋有點懵懵懂懂。上班正揀著藥。忽然，覺得一陣肚痛，人像要暈過去，趕快跑廁所，無意中發現紙上全是血。這可把我嚇壞了，不知道自己怎麼了，怎麼會出那麼多的血。我驚慌地站起身，走到工廠間，悄悄對平日與我比較要好的同事說：「我有點急事，回家去去就來。」

她說：「知道了，假若頭頭問，我就說你回家有急事，一會兒就回來。」

回到家，母親不在，我心急火燎地找出短褲換上，然後又坐到馬桶上，鮮血還是不斷，我害怕了，懷疑自己一定得了什麼重病，於是，提上褲子，就急衝衝跑去醫院，一邊跑，一邊想，我得的究竟是什麼病。該不是敗血症，聽說這是要死人的。

掛號，到婦產科，說了病情，誰知那位女醫生對我笑笑說：「沒什麼病，恭喜你，你做大人了。」

什麼？我的心突突亂跳：「做大人了。」

「對！」她繼續說：「就是通常說的來月經了。」

我這才恍然大悟，臉「刹」紅了，羞愧地笑了。

從醫院出來，走在大街上，我發現天空比往日都要藍，陽光更加燦爛。我做大人了，我終於長成大人了，心，狂喜的像要跳出胸膛，一路狂奔而去。

想著下身正嘩嘩流著成人的血，這瞬眼間長大的狂喜，令我心亂神迷，無所適從，不知怎麼辦才好。到了單位，換上工作服，看看藥已揀完，就上軋藥機幫著加料。

大師兄正埋頭切著藥，我隔著機器，把擱在簍筐裡的已經浸好的一捆捆藥，捧了上去。隨著切藥機的轟鳴聲，他推我遞，一把把的銀花藤瞬眼間切成一片片。

這時，我的一條長辮子，不知什麼時候竟溜出工作帽，被捲進了齒輪。我急了，伸手把它拽住，想將它勁往外拉，可滾動的齒輪卻一點不留情，眼看頭髮連根都要被捲進去，又急又驚又慌的我，伸出右手就去齒輪邊拉，說時快，那時慢，慘劇發生了，「哇……，」隨著我一聲慘叫，我的大拇指和食指被無情地輾進兩個齒輪間。

大師兄聽到我的慘叫聲，他抬頭，朝我望了一下。這一看，他嚇壞了，愣了愣，隨即想起什麼似的，驚慌關掉機器。他攥住我的手，試圖幫我拉出來，可嘗試了二次都沒成功。此時場內外的人都圍攏來，七嘴八舌地出這主意。為了不使手再度拉傷，大師兄開動倒退鍵，將我的手指從兩個齒輪中間退出來。當我的手從齒輪中間拿出來時，右手大拇指和食指已經離開了我的身軀，掉落在機器底下。我一看斷了指的手，臉嚇得發白，像要昏眩過去。大師兄也一樣，他像匹受了驚的馬，呆立在一旁，動也不動。這時，一位女同事腦子好使，她趕緊過來在旁邊托著我受傷的手，攙扶著我就跑：「趕快去醫院。」

二師兄大聲叫著：「等一等，把斷了的手指帶上，說不定還可以接。」說完，爬進機器底下，找那斷指去了。

當我飛奔著跑到醫院要求處理一下送上海治療時，誰知，醫生卻告知說：「救護車醫院用來搞活動去了。要到後天才回來。」

一問，汽車站，早已沒了去上海的汽車。偏僻的小鎮連自行車都沒有幾輛，交通如此一不發達，一天去上海的只有清晨一個班次，一切都變得特別無奈。醫生說：「只能處理一下創口，包紮一下，別無他法。」

人有時真的很無奈，假若是在上海，就意味著有一半以上的希望，在這偏僻的小鎮，要想接根本不可能，醫院唯一的一輛救護車用來搞活動，卻不顧病人的安危，也算是這個時代產物。我欲哭無淚，淚斷肝腸。站在手術室的門口，望著二師兄在我面前晃來晃去忙碌著辦理一切住院的相關手術，瞧著那兩根殘缺的正乎乎冒血的手指，我腦子裡突然湧出許多漫無思緒的想法。

我的手，手啊手，我望著用白紗布包裹的嚴嚴實實又滲著鮮血的手，不禁潸然淚下。這叫我以後怎麼辦？叫我怎麼見人？怎麼跳舞？怎麼去實現當文藝兵的夢想？一切的一切彷彿隨著手指的殘缺而擊得粉碎。我心如刀絞，嘴裡喃喃地自語道：「怎麼辦，怎麼辦？」

「還怎麼辦？你把自己都玩完了。」二師兄在旁邊臉板得鐵青說：「不僅把手給軋了，還給別人睡覺。」

我的心「咯噔」一沉，不認識似地瞧了瞧他。平日裡對我很不錯，凡事總愛袒護我的二師兄竟然這樣說。

「我跟誰睡覺了？」我受傷的心傾刻又像被撒上一把鹽，痛得直不起腰，心裡想說，但說不出來，身子前傾著斜靠在樓梯的扶手上，望著樓底下來來往往的人群，真想縱身跳下樓去。別人說我，連你師兄也不相信我，在旁人眼裡我生活作風不正派，成了個亂搞的女人，現在我又殘廢了，以後還能做什麼？我是個有夢想的人，沒有了追求，沒有了自己認為的信仰，活著還有什麼意義。想到這，我的頭猛一低。

「你想幹什麼？」二師兄在後面一把將我攔腰抱住。嘴裡不停地嘀咕：「我又沒說你什麼，只是同情你，你千萬不能往這個方面想，你要是有個三長兩短，你母親怎麼辦？」過了一會又說：「為了你母親，你也要好好活下去。」

媽媽，對，我的媽媽。我的心，變得更加疼痛，她還不知道我出事，知道了，還不把她急昏頭，再說我要真這麼死，還不真要了她的命？她還指望著我給她爭口氣，幫著她與父親奮鬥到底呢！我抬起頭，定了定神，對他說：「先不要告訴她，等手術完後再說。」二師兄點了點頭。

等我從手術室出來，母親已等在外面。一見我，她就緊緊抱住我的胳膊，眼淚一個勁地往外流，抽泣得話都說不出來。緊跟著我，到了病房，幫我一切都安頓下來，才哭著對我說：「你怎麼那麼不小心呀。」

我苦笑笑，什麼也沒答。

接下來的幾天，或許是斷指流血過多，或許是月經如小河缺口，綿流不斷，人變得疲倦不堪，昏昏欲睡。原本說，住院觀察二天即可出院，可過二天換藥時，殘指鑽心地痛，醫生說：「是發炎了。」

我變得心煩氣躁，成天成夜睡不好覺。俗話說，十指連心哪，這回不僅讓我碰上，而且讓我真正體會到這般痛得欲死欲活的滋味。不管是白天還是深夜，手指總是劇烈的痛，為了減輕手指帶來的疼痛，我不時穿梭在醫院的病房與走廊，以來回踱步的方式企圖減少連心的疼痛，然而，這一切彷彿都無濟於事。痛得實在不行，我就擰母親的胳膊，好像只有這樣才能減少我的痛苦。然而，這樣做的結果，是讓母親受到極大的痛苦和委屈，一天，我無意中發現，她胳膊上，青一塊紫一塊，一問，才明白是我把她擰出來的。為此，我感到很是慚愧和內疚。

過一天換藥時，殘指又紅又腫，醫生說，這種症狀的發炎，繼續下去要截肢。我害怕了，不敢再在醫院待下去，偷偷溜回了家，而我的情緒幾乎跌落到最底點：「還要截，不如把整個胳膊去截掉算了，免的痛得我坐也不是站也不是，還不如死了的好。」

「什麼死不死的，一個人要活下來都不容易，以後再也不要說死不死的，要死還不容易，跳河上吊一會兒就完了，人要活下去才叫難呢！」母親給我蓋上被單，勸導著我。有母親在，誰也無法替代，她總是讓你學著堅強。

下午，我家來了一位男生。他由我一位很要好的女同學帶來。一看，是我的原先隔壁班的同學，畢業後再沒見過。讀中學時雖說在隔壁的教室，但那個時期的年齡都特別敏感，加上我從不跟男同學交往，因此對他也瞭解不多。只聽說他很聰明，至於聰明什麼，並不清楚。聽說他分在一個工廠裡當工人，可就是沒碰過面。他看我一臉愁腸，就坐在板凳上，轉臉對著我，笑咪咪地打趣說：「像是《紅樓夢》中的林黛玉。」

他來看我，讓我很覺意外。出於禮貌，我強打起精神，東一句西一句地扯起來。時間聊的很快，臨走時，他說不知道給我帶什麼禮物才合適，知道我喜歡看書就帶了一本書來，說罷，遞給一本我用紙包著的書，即向我道別，說以後還會來看我。

他們走後，我坐在床沿上，打開紙包一看，是艾瑟爾・伏尼契夫人撰寫的小說《牛虻》。封面上亞瑟那張帶著疤痕的臉，剛毅不屈的神情給我留下深刻的印象。我便迫不及待的看起來。牛虻的經歷讓我感慨，他「忍受過一個人所能忍受的一切，他的心被人家拖到污泥裡，被路人踐踏過，他的靈魂已經沒有一處不是別人的歧視所打上的烙印，沒有一處不是別人的嘲弄所劃上的傷痕。」然而，他沒有因此沉淪。他始終高揚著頭，對生命充滿熱愛，對生活充滿熱情，對理想和愛情充滿著不息的希望和執著的追求。我流淚了，一夜沒合眼，我扣心自問，和他相比，我算得了什麼？

事隔兩日，他又來看望我，我們坐著開始談文學，談生活，談工作，談理想。他說：「你和前兩天不一樣了。」

我說：「是你那本《牛虻》，像是雪中送炭，讓我感到有力量。」

他灰諧地說：「他那麼好，你喜歡他得了。」

我說：「你不害臊。」

他開心地笑了。

幾天後，我被送去外地一家醫院治療。在那裡，我忍受了常人難以忍受的痛苦，在麻藥不能施的情況下，再次進行了截肢手術。手術時，我怕自己叫出聲，就用牙齒咬破嘴唇，導致以後幾天裡腫脹的不能吃一點東西。

我開始嘗試著用左手給他寫信，在信中，我向他彙報了在醫院手術的情況，並附抄了《牛虻》至今還感染我的那首小詩：「不論我活著／或是我死掉／我都是一隻／快樂的飛虻。」儘管左手的字寫得東倒西歪，但他還是給我回了一封長長的信，信中塗滿了他的狂喜。

不久，我便「飛」回了家。

一個黃昏，涼風習習，萬物寂靜，我倆站在我家爬滿長春藤的黑漆牆門前的小道上，任憑月光如流水般傾泄在身上。他默默地凝視著我，不知怎麼，我卻感到害怕。忽然，他用雙手扶住我的雙肩，用顫抖的聲音說：「我要吻你！」

「不，不，這不行！」我心跳得厲害，十分惶恐。

「這是為什麼？」他緊盯著我。

「不，我不知道，不為什麼。」我語無倫次。

「你不喜歡我？」他再次緊逼我。

我望了望他，無言以對，低下頭。

寂靜，更加可怕的寂靜。突然，我感到世界像要炸裂似的，當我抬起頭來時，他已經走了，遠遠地，再也不見身影。……

過了幾天，女友來看我，一見面，她就指責我，說我騙了他，還說他告訴她：「她這人怎麼那麼自不量力，殘廢了還想跟他談戀愛，憑什麼呀。她是不是怕嫁不出去，才死盯著我。」

我聽了，如雷轟頂，內心一陣激憤，哇，污穢物吐了一地，哭了，一會，想想自己也真可憐，落得這麼個下場。然後又莫名其妙地笑了。我哭笑這人生的反覆無常。

當即，我寫了一張紙條連同那本《牛虻》一起，託女友帶了去。紙條上我寫道：「失去手指的痛連心，然而，你對人說的這番話更令我痛心。我知道，我的拒絕傷了你的自尊心，然而，我不是故意的，因為我真實，我之所以拒絕你，是因為我發現自己愛上了《牛虻》，尤其是他對愛情的態度，為人甚至自尊。」

次後，他再無音訊。

初戀的青果傾刻脫落了。心靈受到前所未有的打擊。誰都不想自己痛苦，我更不想。可我想知道，我這樣的人，活著究竟還有沒有意義？人為什麼一下子會變得那麼無情、狠毒？我發誓再也不去跟男生交往，心情愈加苦悶而憂鬱。

病癒後頭天上班，廠部人事處就叫我去。一進門，那個剃著短平頭的人事幹部沒等我坐下，就一臉嚴肅地對我說：「今天找你來，是想通知你，你被調去鄉下的一個小鎮上工作，去那裡做倉庫保管員。」

我一聽，頭腦犯暈，過了好一會才問：「怎麼讓我去？」

「唉，一言難盡。」他歎了口氣：「去那裡後，你要好好幹，你是屬於可以改造好的子女。」

這是什麼話，我無法理解。據說兩年前中央文革下發的文件中有這種說法，是專門發下來對我們這種「黑五類」子女講政策的。只要我們背叛家庭，與反動的父母劃清界限，便可望得到「改造好的子女」這樣一個稱號。在我想來，看上去是心疼我們，把我們當自己的孩子，其實那好意卻十分的可疑。文件首先假定我們有罪，然後根據我們的表現，給予法外施恩那種寬容，事實上將我們劃進殘民這類群體，並烙上制度化的標記。因此我清楚的知道，所謂天下者，原本就難有我們這種人的生存的餘地，想通了這個道理，我就心甘情願地接受面對的現實，我發誓從此更加遠離政治，去他媽的革命造反！我心裡這麼說，但嘴上沒講出來，這話本身就有問題。問題現在是，我一直夾著尾巴做人，仍落到這種境地。

我明白，他只是一名靠邊站的領導幹部，也不好對我說什麼。那麼，是誰出的這個餿主意？我的腦海裡一下浮現出「頭頭」的面孔，那句「你走著瞧」的話轟然在我耳邊響起：是他，一定是他！我忽然明白過來。一定是他在別人面前詆毀我，一定是他要把我從這兒驅逐出去，他害怕了，害怕我揭露他的醜聞，觸穿他見不得人的事，所以用先發制人的手段打壓我。我怒火萬丈，我想現在就告訴他，告訴他「頭頭」侮辱我的那件事，讓他來為我作個公正的解釋。

「怎麼，你還有什麼要說的。」他看著我欲言又止的神情問。

「我，我……」突然，我想到他自己也在靠邊站，根本作不了主，既然已經決定的事，他們是絕對不會推翻的，就算是錯，也會是一錯到底，何況他們都認為我做了什麼見不得人面和不可饒恕的事。就算說了，又能解決什麼問題，弄不好反過來說我捏造事實，不把我整死才怪。俗話說「君要臣死，臣不得不死」。我不想現在就死，「留得青山，不怕沒柴燒」。想到這兒，我搖搖頭，鬱悶地走了。

回到單位，好多人都在議論這事。見我過去，又不說了。像瞧怪物似地看著我。我看見大師兄坐在牆角的長板凳上猛抽著香煙。我從沒見他抽過煙，就過去向他告別，然後關切地說：「抽煙是不好的，要是讓你女朋友知道她會生氣的。」

他抬頭望望我，一聲不吭繼續抽。

坐在他旁邊的女同事聽到我話，臉上露出異樣的目光，然後將我拉到一旁說：「你不知道，他為你也被領導找去談話了？」

「為我？」我大惑不解：「他跟我又沒什麼關係，找他幹嘛。」

「你呀，你，你不是跟他有男女關係嗎?!」她直截了當地說。

「我，跟他有男女關係？」我驚呆了。

「有人說你跟他睡覺，還說你的手就是因為跟他上班時談情說愛才軋斷的。」

我的天！我這才明白這段時間來眾人嘴裡所說的，我與人睡覺的原來是指大師兄。

「這是哪兒跟哪兒呀？」我哭笑不得。心想，難怪他要不停地抽煙，實在是冤枉他，也冤枉我了。

我對女同事說：「誰在跟他和我開這麼大的玩笑。」

「你們不是戀人？」這回輪到她驚異了。

「不是。」我斬釘截鐵地說。為了證明我與他的清白，我還將自己剛結束的那段不知是屬於愛情，抑或僅屬於有點好感的戀情講給她聽。並告訴說，大師兄有他自己喜歡的人。

「真是作孽，誰這麼惡毒，還要將你發配到小鄉鎮上去。」她同情地說：「我說，總看著不太像。你和其他師兄倒經常在一起玩、開玩笑，大師兄一下班人影都不見，要不，就這在機器房裡埋頭磨刀。」唉，她歎口氣說。你的手指還沒完全好俐落，不能多浸水，這一去，獨自生活，洗衣、洗澡可怎麼辦？

我低頭不語，淚水卻在眼眶裡打轉。

回到家，我站在床前，像犯滔天大罪似的低著頭對母親說了調動的事。母親聽後，說她要去找單位領導，說她想不通別人不調，為什麼把我給調過去，手還沒好，老用紗布包著，不能浸水，一個人怎麼料理自己。說著，她一屁股坐在板凳上，氣呼呼地喘著粗氣。

我抬起頭，想對母親說那些亂七八糟的事。但轉而一想，又要惹她生氣。這些事如果有，倒也是自作自受，但連我都不知道自己怎麼染上與大師兄發生什麼關係的事，說了還不把她氣死。母親自己的事弄成這樣，我已經成了殘廢，也就更沒必要因我這不明不白的事讓她難受。打掉的？硬往自己肚子裡咽吧。我只淡淡說了幾句，我能行。

母親一聽，再沒說什麼，她一邊給我打點行裝，一邊不停地關照我說：「一個人出門在外，主要是當心身體，其次是做好工作，和人交往要謹慎，尤其是男人，你還小，千萬不要沾邊。」

聽著她的嘮叨，我心想，我不跟男人交往，別人都把屎盤子往我身上扣，交往那還得了。我神情嚴肅地對母親說：「你放一百個心，我不會跟男人交往，也不想結婚。」

聽我這麼說，她卻急了，說：「我是說你還小，沒說讓你不結婚。」

我說：「知道你說得意思，但我真的這一輩子都不想結婚。」

離開單位的前一天，我一人在裡間整理自己平日裡穿的工作服，「頭頭」走進來，站在我面前，對我皮笑肉不笑地說：「他們要調你，我也沒辦法。」

我冷冷地看他一眼，說：「天，總有一天會晴的。」

他的臉「唰」一下白了，凶巴巴地說：「料你也翻不了天。」

我轉過身，頭也不回的走了。

第十三章

1

我去的地方叫麻雀鎮，距陵廣鎮有三十多里路。坐船要近二個多小時。

小鎮只有一條街，分東西兩頭。單位在鎮的西頭，東頭有一座很有名的橋，叫麻雀大橋。我住宿的地方在單位對面藥店的樓上。與我同住一宿舍的女同事在藥店工作。房間並不大，我的床搭在進門的右側，倚窗靠牆，隔一條街，便是市河，遠眺可見在陽光下閃閃發亮緩緩流動的河水。河面很寬，素有大河港之稱。有人說，麻雀大河港，吃了換地方。意思是，這裡的水活，人吃後，就往高處走了。可惜我，竟從高處走到低處，換到這個河面雖寬，卻小且完全陌生的地方。

與我搭檔工作的是一位大學生，他原來就在當地藥店工作，現在他與我搭檔做批發工作。他已經結婚，愛人在上海。平日裡不愛多說話，生意來了就開票。我更不願與人多說話，況且他還是個男生。兩個陌生人，幹著一件對我來說也是陌生的事，白天忙乎，一到晚上，就各走各的道。

吃飯就搭伙在離單位不遠的麻雀鎮鎮政府食堂裡。去食堂要走過一段街，街的兩旁全是商店，日雜百貨，煙糖糧果，油鹽醬醋，可謂麻雀雖小，樣樣俱全。一路過去，看見我的人都露出好奇的目光，街小店少，沒過幾天差不多這條街上的人都認識了我。食堂裡燒飯的阿姨胖胖的，穿一件灰色的短袖，紮著兩條麻花辮子，眼睛黑多白少，烏溜溜的，顯得很機靈。她為人隨和，整天笑咪咪的，看起來是個相當不錯的人。初去時，她知道我的手不方便，發現我的衣服浸泡在井邊的臉盆裡，就悄悄地幫我洗掉，掛在繩子上曬。而我的室友，更不止一次地為我縫被子。這些平常人為我所做的點點滴滴讓我掉落在冰窟的心開始感到溫暖。鎮政府裡擔任領導職務的人，這時幾乎都靠邊站，不斷被鎮上的造反派輪流著批鬥，有時還讓他們自己彼此揭發。不久，單位開會，根據總公司革命委員會的指示，結合本單位實際情況，配合全縣各鎮的革命形勢對「走資派」展開聲勢浩大的鬥爭運動。我以為到了這種小的不能再小的鄉鎮，就像進了避風港，可以高枕無憂，沒想到革命風暴颳得竟連死角都不留。大學生是商店「革委會」的幹將，也是鎮裡造反派的幹將。他希望我能與他一起幹革命。我對他說：「我不想參加。」

他一聽說：「你可以不參加，但你還想不想在這兒幹活吃飯？」

聽他這麼一說，我著了急，莫非我不加入造反派他們會開除我的公職？這怎麼得了，這年頭打死人都是小事，開除我的公職還不是件輕而易舉的事？對我來說，這事真比要了我的小命還嚴重。想到這兒，我覺得一定要想出一個兩全其美的辦法來解決這個嚴重的問題。

次日，全商店的人在批發部開會，每個人輪流著表決心，積極投入到這場鬥爭運動中去。輪到我發言時，我坐在板凳上，一會兒用手指指自己的喉嚨，一會兒埋頭猛然咳嗽幾下，然後從喉嚨裡發出幾聲壓抑而沙啞的聲響，並用手比劃著，表示自己的咽喉突然失聲，不能講話。同寢室的女同事開始困惑地望著我，而後她像猛然醒悟似地為我作證說：「她真得說不出話來，昨晚發燒咳嗽折騰了一夜。」大學生開始時有點不信，看了看我，聽了她的話後竟然也將信將疑地讓我過了關。

然而，這種以裝啞拒絕參加運動的舉動，讓我自己付出了昂貴的代價，此後，在麻雀鎮的日子裡，我幾乎沉默寡言不再說話，並且恐懼與人交談，日子久後，我與人交流時全靠用手比劃，導致了我的性格變得更加內向，在以後的很多年中，我幾乎無法與人交談，甚至有點變態。

鎮上有個副鎮長，長著個麻子臉。「文革」前老婆對他捧星戴月，伺候得好比太上皇似的，「文革」不久，他受到衝擊。老婆不僅與他劃清了界線，還在大會上揭發他的「反革命罪行」。

這傢伙原來當過兵，打過仗。據說原是國民黨部隊的一個營長，在一次戰役中，被八路軍俘虜，策反後投誠參加了八路軍，次後打過幾次大戰役，隨部隊南下後，嫌北方的小腳老婆不入流，便與之離了婚，討了江南的女人作老婆。他老婆長得十分標致，與他作比較，鎮上的人暗暗在背地裡說：「一朵鮮花插在牛糞上。」然而，他的妻子卻並不在意，逢人就說：「女人唯夫有權才能妻貴，男人光好看有什麼用。」她為他生了一兒一女，日子過得也算紅火。這鎮上除了鎮長，他也算是個人物。好些夫妻就這樣，好日子好過，壞日子難過。丈夫挨批鬥後，一直隔離審查，這讓她感到無出頭之日，也感到寂寞難耐。不久，鎮上的造反派要她站出來，公開揭發自己丈夫的罪行，起初她死活不肯，於是，造反派以不劃清界線就開除其公職為要脅，迫使她就範。沒有了生活來源，就意味著兒女就要忍饑挨餓，自己有個三長兩短事小，孩子的生死事大。權衡再三後，做妻子的終於在全鎮批判大會上，面對著臺下數百雙舉著的憤怒高喊著的拳頭，衝著自己的丈夫揭發了他在國民黨部隊服役時曾經打死八路軍的事。這一切，讓她的丈夫著實沒想到。會後，他被吊在鎮政府食堂旁水井的一棵桂花樹上。我看見他時，他就這樣被半死不活地吊在那裡，垂落在胸前的那脫落的光禿禿的頭頂，被毒辣的太陽曬得像一隻一百八十支燈泡一樣賊亮。

那天，我吃罷中飯，從食堂出來，遠遠聽見他在呻吟，於是動了惻隱之心，就從食堂裡勺了碗涼開水，捧著走了過去，也許是他聽到了腳步聲，他腫脹成一條縫的眼，朝我的方向眨了一下，隨即「叭答」了一下嘴巴，乾裂的嘴唇滲著血，讓我想起沙漠中的駱駝。

「你別沒事找事，他可是專政對象。」有人在遠處對我壓喝。

我轉過頭一看，是大學生，衝他一笑。

他板著臉說：「就你管事多。」

我一言不發。

他朝我聳聳肩，走了。

我將老鎮長的頭托起，將水慢慢地倒進他的嘴裡。

他或許覺得好受些了，「叭嗒」了幾下嘴唇說：「我怎麼沒見過你？」

我說：「調來不久，在藥品批發部。」

「你快走開，要不，會連累你。」他說。

我無言一笑。

打那以後，只要他倒掛在那兒，我就會端著水過去，碰上有人，我就佯裝沒看見。日子一長，鎮政府的人都知道這件事，除了造反派，他們看見只當作沒看見。而他的妻子不久，便與之離了婚。

一日，有位鎮裡的幹事站在桂花樹下對我說：「這棵桂花樹從前年年開花，自從『文革』吊人以來，就再也沒開過花。」

我想，這年頭除了人，什麼都通人性。從那以後，我隔三差五的給樹澆水，心想，讓它有一天重新開出花來。

許多年以後八月的一天，當我重新踏上闊別已久的小鎮，去看望那裡的人時，他們告訴我，副鎮長後來平了反，當她的妻子得知前夫平反，官復原職時，竟然提出與他重婚，他執意不肯，說：「好馬不吃回頭草。」退休後，竟回山東老家與一直未再婚的小腳老婆重新結了婚，過上了好日子。那天，滿樹的桂花競相盛開，據說這是「文革」後第一次盛開桂花，這讓我不得不相信世界上很多事隱藏著不可解釋的神秘和機緣，這種偶然中所包含著必然，讓我站在桂花樹前吻著它沁人肺腑的芳香時，不禁發出無限的感歎。

2

麻雀鎮離哥哥下放的連浦鄉近了許多，有時哥哥傍晚完工後會抄近路過來。坐船要化錢，為了節約，我去他那兒時多半也是走，走上兩個小時也就到了。

哥哥下放後，他的個人問題受到前所未有的障礙。對方的養父母看我們家窮，哥哥又務農，父母親又分居，死活不肯自己女兒與他談戀愛，為此哥哥傷透了腦筋。在我看，其實女孩子的父母不同意，自有他們的理由，她本人當時在一家工廠做工，養父母家境也不錯，怎麼會讓她下嫁給一個下鄉知識青年呢？況且沒錢掙不算，連地裡的活也幹不了多少，只會在場地上曬曬穀子。可女孩子自己心裡喜歡，單從倆人的相貌看，哥哥似乎比她好看些。他在我們兄妹中，長得最像母親，中等的個，單眼皮，筆挺的鼻子，薄薄的嘴唇，白淨的皮膚，一身的英氣。據我所知，追求他的女孩還真不少。可他偏偏對她動情。於是，他倆瞞著雙方的家長，你來我往地談起了戀愛。

女孩也算是個講情義的人，她認為哥哥為她放棄了參軍的機會，所以對他一往情深。可大人不管這些，他們找女兒談，找哥哥講，後來發展到找街道幹部說，千說萬講，就是讓他們分開。哥哥不允，女方的親生父母所生的六個兄妹對他相威脅，說如他再找她就打死他。但哥哥還是抱著寧死不屈的精神與他們抗衡。他說：「打死我，也要跟她結婚。」

眼看要鬧出人性命，陵廣鎮的一位女幹部出面調停。一天，她來我家對哥哥說：「婚姻是自由的，但女方的幾個兄妹鬧得實在太凶了，你還是放棄算了。」

誰知哥哥就是不肯，站在桌子旁，強著脖子說：「我倆情投意合，誰也不能拆散我們，不管發生什麼事，我們都會結婚。」

愛情對他來說真的比什麼都重要，在很長的時間裡，他務農都沒心思，坐也不是，立也不是，一天到晚想著怎樣與那心愛的女孩子見面。

母親沮喪地對我說：「這可怎麼辦，你哥哥連幹活都不去，待這裡已經好一段時間了，這樣下去，大家吃什麼？」

「那女孩也在這兒？」我問。

「她是三班制，幹完活就到這裡來。」她說：「人看著倒也很隨和，就是家裡不同意，鬧得挺凶，勸他，他也不聽，不知該怎麼辦？」她長歎了一口氣。

「哥哥也是，怎麼談戀愛比吃飯還重要，我弄不懂。」我說。

母親說：「你還是不懂的好，要懂，我的心也煩。」

「我對你說過，我不會談戀愛，也不嫁人，有什麼意思。」

「你這是說氣話，女孩怎麼不嫁人呢？不嫁，人老了很孤單的。」

「你嫁給了他，那你有什麼好處？」我突然提起父親。

「提他幹嘛，還不如不嫁。」母親氣鼓鼓地說。

「就是，我不嫁。」我理直氣壯地說。

「不過，話要說回來，沒他也就沒你。」

「活著有什麼好。」輪到我生氣了。

「你怎麼這麼說話，那我十幾年功夫白養你了，不管怎樣還要十月懷胎吧。」

「還是不生我的好。」我心想，你自己一直憎恨父親才走了出來，現在倒覺得我欠了他似的，你們都有理，就我沒理。

母親不懂，經過很多事情後，其實我的心情已經跌到冰點，常常覺得自己與父母親之間，與現實之間產生了一種莫名的緊張，這種緊張很難融化，更難訴說。理想與現實之間的懸殊讓我不知所措，也讓我迷茫，憂鬱和悲傷總是伴隨著我走，痛苦之時，真想一死了之。看看哥哥，讓我感到人生最大的痛苦是生離，而不是死別，有情人活著不能成眷屬，比死還痛苦。死了，時間長了，對方也就慢慢想開了。不生下來，我也就不會有這麼多的痛苦。

那天，我在家中遇到了哥哥的對象。她，身材高䠷，皮膚細膩白淨，一笑兩酒窩，不能說很漂亮，但給人一種很善良的感覺。我們在一起還談得來。她走後，我對哥哥說：「人不錯，只是覺得她的心很軟，也許過不多久，她頂不住家庭的壓力會離開你。」

哥哥胸有成竹地說：「不會的，她對我說過，一生一世跟我走。」

我苦笑笑說：「但願如此。」

事隔半年後的一天冬日的深夜，我同室的女同事休假去了。只我一人正在好睡。睡夢中好像聽見有人敲我的門。隔壁房間的男同事在叫我。我擦了擦眼睛，下床，打開門，他說：「你聽，下面有人在敲門，像是叫你的名字？」

「這深更半夜，誰會找我？」我邊說邊下得樓去，打開門一看：是哥哥，他站在風雪中，渾身發抖：「你怎麼啦？」我趕緊側身讓他進來。誰知，他剛一踩進屋，「哇」，一下哭出聲來。

平日裡他遇到事情也不這樣呀，有什麼事讓他這樣難受？我讓他跟著上樓，進房，然後，伸手拿起桌子上的熱水瓶，往涼水杯裡倒了點水，遞給他，只見他像隻多時不喝水的駱駝，站在那兒仰起脖子「咕嚕咕嚕」將滿滿的一杯水喝了下去，用袖子一抹嘴就說開了：「妹妹，我怎麼也想不到，她提出要跟我分手，想按照家裡人的意思和別的男人處對象（按：指談戀愛，中國大陸北方用語。）。」

原來如此，怪不得他會這樣。

一時，我也有點發呆，雖說是他的戀愛，但我知道哥哥對這份感情傾注了他全部的熱情，拋棄了本不該拋棄的好前程。遇到誰誰都會無法接受，何妨他是那麼癡情。「癡情反被無情惱。」不知怎麼，我腦子裡冒出《紅樓夢》那本書上曾經看到過的句子來。我說：「愛情是兩個人的事，她放棄了，你還那麼認真幹什麼，不好就得了。」

「你還小，不懂，她是愛我的，只是她們家庭所有的成員都不同意，她被他們弄得沒辦法，才提出跟我分手的。」

「這是什麼時候的事？」我問。

「兩個多月前。」他說。

「那不早就斷了嗎？」

「是她說的，我可沒答應。」他肯定地說：「我當時就對她說，我死也不同意。」

「那她怎麼講？」

「她說，你要再跟我好，我們家裡的人會打死你。」

「你怎麼說？」

他激動地說：「我說，那咱就一塊兒死。」說完，他一下脫去穿在外面的舊黃軍大衣，露出裡面背在肩上的一桿步槍。並且把它拿下來，緊握在手裡，「卡嚓！」拉了一下槍膛，怒髮衝冠地說：「我要他們一家人與我一塊兒完蛋。」

我這才感到事情的嚴重性，我急了，扯起嗓門對他說：「你瘋了，你犯得著這樣做嗎，他們死，你也會死，你死了，父親怎麼辦？弟弟怎麼辦？媽媽怎麼辦？你想過沒有，為一個女人去殺人，去死，而且是為一個拋棄你的女人，你犯得著嗎？」

「那你覺得怎樣做才算犯得著？」他直瞪著眼睛問。

「那就是和你所愛的人為真愛而一起去死。」我激動地說著，生怕他現在就拿起槍，拉開膛，射出去，穿過時空射到她身上：「就是愛到兩個人分不開去死才值。」

他聽完，臉色鐵青，跌坐在凳上，將握在手裡的槍，往桌子上一放，一聲也不吭，兩眼直視前方。

看他發愣，我又說：「你可以為她而不顧父親，也不顧母親，更不顧兄妹，但你必須為自己負責。只要她們家死一個人，你也就會死，這叫一命抵一命，為她你丟了自己的命，再說她也打算離開你了，你死有什麼意思？」說完，我雙眼直勾勾地望著他。

接下來的時間，他一直沉默，沉默，沉默，這種沉默幾乎讓我窒息、讓我發狂、讓我瘋，好幾次我都想奪過槍對準自己的腦袋，因為這種沉默在我看來不是死就是活，沉默過後，他的任何一種決定，對我的再一次勸說都是沒用的。現在就像是他用槍在瞄準我的腦袋，只要他一扣動板機，不是他死，就是我死。

「不，我還是要去，我現在就去，我要去打死他們，打死他們！」他發瘋似地站起身，一把抓起那枝槍，就想衝出去。

就在這千鈞一髮之際，我不知是那兒來的膽量，竟不顧一切地對著他的臉，劈頭蓋臉就是一巴掌：「今天你去殺人，還不如你把我給殺了，這樣我也不會有個殺人犯的哥哥。你實在痛苦，那你就先打死我，然後你再打死自己，這樣既不害人，你和我也都不再痛苦，咱倆都一了百了。」說著，情緒激動地扯起他的手，幫他把槍舉起，直對著我的太陽穴。

恐怕他做夢也沒想到我會用這樣的方式，其實連我自己也沒想到，人在情急之下其實會做出讓人不可思議也令自己都無法相信的舉動來。他愣住了，直勾勾地看著我，端著槍，一時不知怎麼辦才好。

「你打呀，打死我呀。」我情緒激動地拉起他右手，幫助他把食指放到扳機上：「你扣動扳機呀！打呀！」

突然，他醒悟過來：「你不要亂來，子彈是上了膛的。」說著，隨手將槍口轉向一邊，「哢嚓」一下拉開槍膛對我說：「你看看彈膛。」我伸頭一瞧，還真有子彈。

過了好一會兒，他擱下槍，定定地坐到凳子上，低著頭，悶聲不響。

看他的情緒漸漸穩定下來，我遞給他一塊毛巾說：「你先擦把臉，我煮兩顆雞蛋給你吃。」

等我將熱騰騰的雞蛋端過去時，他正在取槍膛裡的子彈，我一數是五發。便問他哪兒來的槍，他說，是從民兵連長家裡拿的。又問。怎麼可以拿出來，他說屬於私人保管，出了事，要負全責。我想，這可不是鬧著完的。我說：「最近幾天，你把它暫時放在我這兒。回去先對連長說一下。」

他說：「你是怕我衝動，又派上用場。」

我說：「對。」

這桿槍，在後來的一段日子，一直就放在我的寢室裡，為怕人引起注意，我將它用紙一層層地包裹著，再用繩子牢牢地捆住，而後藏在床底下，上面又蓋上雜物。直到有一天，民兵連長要訓練，哥哥才來拿去，那時他又開始了對那個女孩的追求，並表示不追到她誓不為人。

對此，我不表示懷疑也不表示相信，我只想哥哥他不要因此再做出蠢事就行，我不想讓別人死，更不想他死，至於他的愛情能不能追得到，全看他的造化了。在這時，我才發現，人的欲望有時會超越對人自身生存的本身的價值，所謂人世間男女愛情可以讓人生死相許。為情者死，歷代都有，看來愛情這個東西還挺玄乎的。

3

一天回家，母親在客廳一見我，就迫不及待地對我說：「你跟大師兄談戀愛，怎麼也不告訴我？」

我望著她有點生氣的臉，困惑地說：「誰跟他談戀愛啦，真是莫名其妙。」

「你大師兄的父母來過，說是他們不同意你和他兒子談戀愛，並說他已經有人了。」她氣呼呼地說。

我一聽，問：「你怎麼說？」

母親答：「我說女兒根本就沒跟你兒子談戀愛。」

我點點頭：「你說得對。」

母親又說：「我還告訴他們，就算他倆談，我也不同意，因為雙方相差太懸殊。你們家是農村，我女兒在街上長大，生長環境不同，假若結婚了，生活起來也困難。」

「他們怎麼說？」我問。

「說是單位頭頭找他們談了，如果他們的兒子與你好，單位就要處分他。」

我一聽，很生氣：「我成什麼人了，就算是談戀愛，有什麼不可以，戀愛自由嘛，他們管得著。」

母親卻氣不打一處來似的說：「雞蛋無須跟石頭碰，再說你又沒跟他談。」

我說：「你說得也是，我從來沒想過要跟人家談戀愛。因為一提談婚論嫁，我就把男人個個想像成我的父親。」

母親說：「你說得對，男人沒一個好。」

我使勁兒點點頭。

那個該死的頭頭，已經將我發配去了鄉鎮，弄得我與母親分離，還不肯放過我。這就像父親仍不放過我和母親。我感到一種莫名的悲哀和憂傷。我的委屈不但無處訴說，連悲傷，也只能深深地埋藏在心底裡，我是什麼，在父親眼裡不如一棵草，在眾人眼裡更是作風敗壞的一場糊塗的女孩。更讓人感歎的是，大師兄也被我莫名其妙的牽扯進來，讓我感到不平的是，我跟他不僅沒有拉過手，就連談話的機會都沒有，哪裡來人們通常所說的談戀愛還有什麼發生兩性關係。由於我手指的殘缺，和與那位男同學的一段經歷，讓我對自己有了一個清醒的認識，殘廢了，有誰還能瞧得上你，就算有人喜歡，恐怕也只是一時的衝動，要真與你結婚，除非他自己也有毛病。戀愛，結婚，不是我這樣的人所能擁有的，再說，誰還要我這個眾所周知與男人睡過覺的女孩？

次日下午，派出所的一位女同志來家找我，她笑嘻嘻地說：「你跟我去一趟派出所，有點事想問問你。」

去派出所？准沒好事。於是我站在房間中央說：「不去行嗎？」

她說：「不行。」語氣中軟中帶硬，不容置否，隨即親熱地拉住我的手，走出我家的黑漆門，直往派出所。

走到派出所門口，我站住腳問：「究竟是什麼事？」

她神秘地笑笑說：「到時你就知道了。」說著，扯起我的手，把我帶進了派出所的門。

進了屋，她讓我在一張寫字臺前坐下。我張望一下四周，發現這是一座綠蔭濃郁的江南民宅。一排落地老式窗間隔著一個天井與我待的辦公室。由於朝向是北邊，故而屋內顯得很陰沉。天井裡靠牆整齊擺放著一盆盆花草，一塊孔磚平鋪在中央，旁邊放著一臉盆清水，牆角邊歪斜著一把掃帚。此時，她正坐在我的對面，一反剛才笑咪咪的神態，神情嚴肅地望著我說：「今天叫你來，有個問題要問你，你態度要端正，要說實話。」

一聽，我很疑惑地問：「什麼事？」

她一本正經地說：「你有沒有跟一個叫錢林的男人睡過覺？」

我簡直不相信自己的耳朵，她瞬息萬變的神情，讓我有一種莫名的恐懼，剛才還對我笑咪咪地拉著手，轉眼臉色就鐵青，一點也不留情面。我驚慌地站起來，又不知所措地坐了下去：「你說什麼，我沒聽明白？」我說。

「我是說，你有沒有跟一個叫錢林的男人睡過覺。」她的臉色幾近冷酷。

「不結婚，怎麼可以跟男人睡覺？」我不假思索地突口而出。心想，你說的那個男人，不就是嚴慧英的男朋友。他在鎮上一個工廠裡做工，平時喜歡舞文弄墨，有很多女生喜歡跟他交往。嚴長得不錯，因此也深得他的喜歡。後來，嚴就與他談起了戀愛。得知此事，我曾經勸過她，說與他談還不如不談，總覺這人飄浮的很，不踏實。嚴不聽我勸，仍與他來來往往，交往密切。她不是不知道，他是個花花公子，差不多整條街的人都知道。我討厭這個人，也從沒跟他有過交往，所以就懶得提他。

她聽了我的話，好像不認識似地瞧著我，半張著嘴，一句話都說不出來。也許她壓根兒沒想到，我對男女之間性關係的認同，是一定要結了婚以後。

隨後的幾分鐘，她看著我，我也看著她，彼此都吃驚地望著對方。終於，她從自己身邊的抽屜裡掏出一張照像底片，遞給我說：「這底片上的人是不是你？」

我接過底片，將它拿在手裡高高舉起，透過亮光，我看清楚底片上有一個黑色的人影，好像是一位女性，袒著胸，一絲不掛地向前方眺望。我說：「是誰，你們可以沖印出來，何必興師動眾找我來，再說，我可以明確告訴你，這人不是我。」

「你真沒跟他睡過覺？」她不相信似地又問。

「我母親說過，結婚之前不可以與男人睡覺，要犯法的，再說，我從沒想過要結婚。」

「你母親不是跟你的班主任嗎？」

「你這是什麼話？」我一聽，頭「嗡」一下大了。從板凳上一下跳起來，大聲嚷嚷說：「我母親是清白的，是我父親造她的謠！」

然而我氣瘋的樣子並不能讓她口氣有絲毫減弱，相反她更加嚴厲地說：「你說，自己的男人為什麼要冤枉妻子呢？」

「那是他要我的母親好看，逼得她無路可走，好乖乖跟他回家，繼續掙錢養活他。」我語氣肯定地說。

「你能保證這人不是你嗎？」她見我不吭聲，緊跟著又問。

「當然。」我義正詞嚴地說。

「那好，你在這上面按個手印。」

她遞過來一張紙，不知怎麼的，看到它，讓我想起芭蕾舞劇《白毛女》中楊白勞被地主逼著強按手印的情景，我喜歡跳《白毛女》，但那是在劇中才有的場景，想不到在現實生活中戲劇化的讓我也輪上了，它讓我與楊白勞一樣的體會：無可奈何。

她將桌子一端的印泥遞過來說：「用你右手的食指沾一下，然後印在這紙上。」

我接過紙，朝上面看看，發現寫著：「我跟錢林沒有發生過性關係，特此說明。」

一陣委屈翻上來，心酸也隨之而來。我哽咽著說：「怎麼按？」

她看了看紙，用手指著右下方說：「用右手食指按在這裡。」

我覺得自己像被強姦一樣，噁心憤怒的直想要喊，想要反抗，想要掙扎，想要與她決一死戰，然而，她彷彿看出了我的心裡的所想，不容置疑又嚴肅地盯著我，我看看她，極不情願地伸出右手，膽戰心驚地看了看自己右手斷了的食指。說：「我沒食指。」

「這不符合規定。」說完，一下又明白過來似地望著我的右手：「那只好用左手。」

我伸出左手食指，無可奈何地默默瞧了瞧如血的印泥，顫抖地按了下去。我的身體一陣發冷，好似要暈過去，彷彿現在按下去的不是手印，而是買身契，它讓我窒息，讓我羞恥，讓我彷彿塗上一層永遠洗不乾淨的污點，儘管你清白，但誰又能說得清。

我漠然地將血紅的手指在自己的衣角上擦了擦，一句話也不說地低著頭。

她見我按好了手印，就恢復到方才來時的狀態，說：「現在你回去吧。」還笑容可掬地邀我有空上她這兒來玩。

我逃一樣地走出派出所的門，心裡直犯嘀咕，我哪兒不好去，非得要上你這兒來，想到剛才那件讓人氣得吐血的事，望著那白晃晃的太陽，我的眼前直冒金星，心想，這世界究竟是怎麼啦，淨是那些讓我摸不著頭腦，不乾不淨的事糾纏著我，將我渾身上下塗得一抹黑，搞得我的心冷的直掉冰渣。一時間，我詛咒起嚴的男朋友來：你這人一定不得好死，你搞女人，怎麼把我也牽涉進來，懷疑我跟你睡覺，你是什麼人，就算是我這輩子沒男人喜歡我，我也不會看上你。就是這個世界僅剩下了你和我，我也寧願選擇孤獨而死，也不會跟你有任何瓜葛。要說的是，當時有一本在全國流傳的手抄本《少女之心》，早就傳進這個小鎮。據說裡面儘是描寫些男女之間的性事。是一本最毒的書！為了抵擋住資產階級腐朽糜爛思想的流傳，公安部門對縣裡的學校採取了多次襲擊行動，搜查書包，追查抄寫之人，結果有好些人因此鋃鐺入獄，甚至送了性命。我也想找這本書看看，終因沒有搜到，而失去這個機會。我想，是不是他和我的女同學也是因為偷看了這本書而偷吃禁果，致使我的女同學懷孕的呢？還好，我慶幸自己沒看到這書。

次日，我收到農場另一位女同學的來信，說嚴惠英從農場的二層樓上往下跳，她與男友懷得孩子流產夭折，還差點丟了自己性命，好在送醫院及時，經醫生全力搶救，才保住了她的性命。原來，她被他騙後懷了孕，而他又不肯與她結婚，羞愧無奈的她便以死來表達自己的怨恨，孩子死在了腹中，因為已經懷孕七月，引產時相當痛苦，幸好沒摔成殘廢，要不還真夠她受的。

讀了女友的信，我傻坐在倉庫裡半晌回不過神來，我想，人再窮，再苦再窮再受委屈，其實都沒關係，缺什麼，就是不能缺媽，如果她的父親換成是她母親活著，一定會關照她很多的事，關注她的生活，她也就不會上當受騙，吃那麼多的苦。我很慶幸自己沒跟著父親，而跟了母親，這讓我對母親又有了新的認識。

事情過去四個月，位於天寧寺裡的人民劇院開公審大會，我也去看了，只見嚴惠英的前男友被押在臺上，雙手戴著手銬，腦袋剃得精光。起初他無視一切地昂首站在那裡，後來，經不住臺下數以百計拳頭的憤怒高喊，他才低下頭，神情木然地站在那裡。為了女人，他得到了他想要的，同樣他也付出了該付的代價，被判犯有流氓罪，坐牢獄三年。回家後，我將此消息寫信告訴了嚴，她回信卻說，她並不恨他，只恨自己當初太幼稚，後來我才知道，他的東窗事發，並不是她揭發他，而是另一位懷著他身孕的女孩子因為他同樣不願承擔責任，一怒之下，告發了他。

第十四章

1

在麻雀鎮的日子，聽說大師兄也參加了造反派，並且積極地寫大字報，投入到單位的「文化大革命運動」中。單位的領導原本早已靠邊，在我看來他寫大字報批鬥走資派，無非也只是跟跟風，痛打落水狗而已。不管是單位還是學校，每個人都須有個立場，就像學校一樣分保皇派和造反派，這是個嚴肅的政治態度問題，誰也不敢含糊。然而，我對人的好惡在於這個人的品性如何，對於公司的造反派我以為只要是那個人擔任頭頭，我認為那個造反派組織便絕對不是個好組織，不要說自己不會去參加，就是看都不想再看到這個人。遠離了公司的政治鬥爭中心，讓我感到有一種如釋重負的感覺。當同事告訴我，說大師兄已經在公司很走紅時，我苦笑笑說：「我想他是被別人利用了。」

同事說：「你怎麼這麼想？」

我說：「他才多大，能知道些什麼？」

她說：「這你就不知道了，他比起你懂事的多。」一邊說邊抓著頭皮：「你看，說是你與他有兩性關係，你被發配到小鄉鎮上來，他倒好，不僅沒有什麼處理，還紅得發紫，成了『頭頭』眼中的大紅人。我就弄不懂，既然是你跟他一起犯的錯，為什麼把你說得一塌糊塗，他卻越來越吃香？」

說實話，他的這番話全是為我抱不平，但我嘴上卻啥也不好說，我心裡清楚，就是那個壞蛋想出的絕招，他背底裡造謠說大師兄和我有事，暗地裡惡毒地踢我的腳，表面上卻微笑著握他手，大師兄是個厚道人，他根本想不了那麼多。再說，他一定用各種手段對他施加壓力，讓大師兄感到自己在單位危機四伏，四面楚歌，只能跟著他幹才有出路，或許他良心發現，他用大師兄這張牌，洗掉了我後，覺得有愧於大師兄，便假裝利用他，來掩蓋自己的罪孽。他綿中藏針的殺機在我身上表現的淋離盡致，我太清楚他了。

果然，那天我回家。一跨進房門，母親就滿臉陰雲，用手指著我說：「你到底是在愚弄我，還是要我死？」

我一愣，說；「你這是啥意思？」

她哭出了聲說：「你大師兄他父母又來過了，說如果你還不跟他兒子斷絕關係，他們就準備上你麻雀鎮上來鬧。」

我一聽，頓時呆住了，腦子裡一片空白，本來我跟大師兄一點關係也沒有，現在他父母親老頂著我，弄得我跟他兒子像真有戀愛關係並發生了性關係似的。我氣得用腳把地板跺得「咚咚」響說：「跟你講過了，我跟大師兄沒有任何一點關係，他父母一定是聽了誰的挑撥，才一次又一次毫無道理地找上門來，真把我氣死了。」

母親看我氣得臉色發白，讓她確信我跟大師兄沒事，於是口氣軟下來說：「他們說，是你單位的造反派頭頭對他們說的。還說，假如與你真好，就要讓他們兒子日子難過。」她邊說邊用手在桌子上一拍。

原來如此，怪不得大師兄的父母親不止一次地來我家鬧。他的父母都是農民，大字不識，這種事恐怕也是頭一次碰上。再說，哪個父母不為自己的兒女著想，一聽要找自己兒子的麻煩，不要說到我家鬧，就算是刀山火海他們也敢上，況且我家，只有我母親一個人，對付起來足足有餘。母親是個極要面子的人，為了自己的尊嚴，寧願這麼艱難地活著，如今她發現自己的女兒一次次地被別人侮辱，被誹謗，被拋棄，被誤解，被扭曲，她的心其實比別人踐踏自己還痛苦。想到這一切都是由那個該死的「頭頭」引起，我氣得發急，對母親說：「不管別人以後說什麼，你都要相信我，我是你的女兒，我什麼樣的個性和對待這種問題的態度，你都清楚，如果他們再這樣無理取鬧，你告訴他們，我會對全世界的人說，我和他們的兒子是發生過性關係。」

母親一聽，半張著嘴，看著我一動不動，半晌，她才說：「你瘋了。怎麼可以這樣亂說呢？」

我義正詞嚴地說：「不是說說的事，誰要是再跟我過不去，我就準備與他們血戰到底。」

母親急了，「你瘋了，這不拿著屎盆子往自己頭上扣嗎？」一邊說還邊用手指頭觸在我的額頭說：「你又沒跟他談戀愛，幹嘛這樣說，你這麼說了，正好讓人家抓住你的把柄，他們會說，你看，這不，她自己也承認了，會是假的嗎？」

「人不犯我，我不犯人，人若犯我，我必犯人。」我頭一擴說：「那你說，現在我被他們搞得這樣，在眾人眼裡難道我還是清白的嗎？」我說著用手將她指在我額頭上的指頭一下撣掉：「我就是要看看，他們能把我怎麼樣？」

母親眼睛發直說：「你這不是自己往火坑裡跳嗎？」

「是呀，我一直在忍讓，忍讓了又怎麼樣，他們不是比先前更一步地往我身上踩嗎？現在我想明白了，我不願再忍了，就算是要我死，我也要拉上個墊背的，與他們一起同歸於盡。」我嗓子拉得老高，彷彿要讓全世界的人都聽到，我，小小，從此與那些想要置我於死地的人撞個魚死網破，不達目的，誓不甘休。

母親朝凳子上一坐，說：「大師兄不是有女朋友嗎？你也並不想真與他好，你跟他好，他父母也不答應，何苦呢，弄不好自己聲敗名裂。」她繼續使出渾身解數來勸我。

此時我正是怒火攻心，不要說是母親，就是十八匹馬來拉我，也休想讓我回頭。我一屁股坐在床沿上，正視著她的眼睛說：「從今天起，你勸什麼我都不會聽，我要用自己的方式來捍衛自己的尊嚴，保護自己的名譽不再受侵犯，以自己的力量來與那個該死的惡魔作鬥爭。」

「你說什麼，哪個該死的惡魔？」她一聽，我像有事瞞著她，於是，嚴肅地對我說：「你說，是不是你得罪了什麼人，他想報復你。」

知女莫如母，還真讓她猜對了。我先是一愣，然後又點點頭。

「說，是哪個人？為什麼？什麼時候的事？」她連珠炮似的發問，讓我不知道如何回答。沉默了一會，我覺得還是不說的好。說了，未見得她能幫我處理得了這種事，再說，也不想讓她從此為我提心吊膽。於是，我搖搖頭說：「你就別問了，我不會說的，你就是打死我，我也不會說，如果想說，那也要看以後事情怎麼發展。」

這回輪到她生氣了，說：「想不到管你這麼大，給你吃，給你喝，給你衣穿，供你房睡，弄到現在你卻連我這個做母親的人也不相信，你說，我活著還有什麼意思。你要不給我說清楚，你就給我滾！」說完，她低著頭嗚咽起來。哭聲中包含著她的不解，她的委屈，她的痛苦，和壓抑著多年來的傷心、不滿、憤怒、憂鬱，以及對我的擔心與不安。

我被她的哭聲擾得心煩意亂，幾次話到嘴邊又吞了進去，因為當我想說時，那張泛著口臭的令人厭惡的嘴臉就浮現在我眼前，好像這事剛剛發生過一樣，於是，我的憤怒連同報仇的火焰一起在我胸中熊熊燃燒，燒得我對母親也失去了信任，燒得我只想張開那稚嫩的翅膀，衝向正虎視眈眈向我張開的那張網撲過去。

一晝無話。

大清早，母親燒好稀飯，顧自吃完走了。她前腳走，我後腳就爬起，心裡盤算著怎樣實施我的計畫。我胡亂在廚房喝了幾口粥，寫了個字條，就將它擱在房中的桌子上。條子上的字寫得端端正正，語言也簡潔到極點：「媽媽，我滾了，你多保重。」落款：小小。母親這人在「文革」中沒沾到好處，唯一受益的，是她為讀毛主席語錄而頑強地跟著我學了幾個字。我想，這幾個字她應該認識。

我拿起幾件替換衣服，關上房門，準備回麻雀鎮去。穿過客廳時。房東婆婆從廚房出來，把我叫住了：「你怎麼昨天來，今天就走？」

我說：「有點事。」

她說：「你要乖一點，你媽媽活得也不容易。」

我心不在意地說：「嗯。」

她又說：「你知道嗎，你父親最近又來鬧了。」

我一聽，問：「他來鬧什麼，還有什麼好鬧的，反正差不多全世界都知道我們家這點事了。」

她看看我，欲言又止。

我似乎感到她有什麼難以啟齒的事，就說：「你好像有什麼話要對我說？」

她看我一眼，頓了一下說：「前些天，你父親過來跟別人吵了一架。」

「跟別人？」我疑惑地說。

「就是那個在鄉下小鎮上做營業員的，你原來的小學教師。」她提示我說。

「他怎麼會碰到我父親的？」我說。

「他好像不知道你已經調到麻雀鎮，所以來看你。當時你母親不在，他就坐在這兒與我聊天，說等你母親回來，問問你的情況。誰知你父親早不來晚不來，偏偏這個時候來，一見到他，你父親不問青紅皂白，掄起拳頭就打。起先，你老師先是說明情況避讓著他。但你父親就好像是發了瘋，根本一句話也聽不進去，對他揮拳猛打，打得他沒有還手之力。」

「後來怎麼樣？」我迫不及待地想知道發生的事。

婆婆隨手拿起身邊桌子上的一杯茶，喝了一口說：「你老師想必被他的蠻罵和痛打惹火了，突然，他抓住你父親正在猛打的手腕說：『像你這樣的男人，誰跟你過日子都會倒楣，再好的女人都會被你糟蹋了，這世界上，我看哪個男人都比你強。』」

我一聽，這還能好，父親一定會像隻發瘋的獅子，不顧一切地張開大嘴咬人。

果然，婆婆說：「你父親一聽此話，就像火頭上又給他澆了一桶油，他伸手就給對方兩耳光，說我的老婆，就是讓她死，也決不允許你跟她在一起。說完，又把對方抓得滿頭滿臉一塌糊塗。」

父親說得出，也做得出，他把母親推向了讓人深信與他人有染的地步，就像單位頭頭說我與大師兄一樣。

後來，你母親來了，她目睹發生的一切，人像傻了一樣，對著你父親向她掄上來的拳頭，一動不動，她既不還手，也不說什麼，直到被你父親打得頭破血流，才漠然地凝視著前方說：「你不是要我承認嗎，那好，我今天就給你一個答覆，我是跟他有關係，現在你滿意了吧。」

母親是瘋了。我這樣想。

婆婆接著告訴說，你父親繼續罵道，你這個婊子，我就說你有，你死不承認，這回好，你們大家都聽清楚了吧，她是個背叛自己丈夫的壞女人。他對前來觀看的人說，好像自己完成了一件他一生都在考證，並且今天終於得到求證，證明他自己正確，別人錯誤似的英明論斷。

「那麼，老師怎麼說呢？」我的心幾乎快要跳出胸膛。

「他先是很內疚的樣子，但當他看到你父親打你母親，而你母親根本無反手之力時，他由起初的內疚轉而憤怒，又從憤怒，轉而驚呆，然後，一臉的嚴肅而不可理解。」婆婆說時，彷彿還沉浸在當時的那種場面，思索著他和母親難以捉摸的行為。

難道母親也和我一樣，準備破釜沉舟。不同的是，我是準備和那個噁心的頭頭，而她卻準備與我的父親即她的丈夫決一死戰，我們都想用原本清白無暇的名譽去賭這場毫無希望的戰爭！我覺得她好像要做一件令別人無法得知，更讓我也無法預知的有一天讓人覺得驚心動魄的事。

婆婆的訴說，讓我原本對所有事情都視懷疑態度的心，開始對母親也懷疑起來，我甚至覺得母親在我與鄉下的那些時間裡，是否真的發生了一些讓我意想不到的事，因而讓父親抓了住把柄，迫使她承認了自己與班主任有染的關係？

我急切地問婆婆：「這些時間，有沒有其他人上過我的家？」

婆婆肯定地說：「沒有。」

我又問：「你出過門嗎？」

婆婆回說：「沒有。我一天到晚在家，我吃的菜還是你母親清晨幫我去買的。」

我心想，是不是她礙著我的面子不好說。於是，我說：「是不是你不想把我母親其他的事講給我聽？」

婆婆聽了，詫異地看著我說：「你怎麼這樣說話，好說的和不能說的，我都對你說了。你這個小孩，怎麼變得疑神疑鬼，連我都不相信。」她胳膊一抬，指著我說：「不會連你母親也懷疑吧？」

我茫然地望著院子裡垂掛著的一張葡萄枯葉在風中晃來蕩去，一陣風吹來，葉子被吹落在地，翻了幾個跟斗，一動不動地躺在牆的一角，說：「我也不知道。」

婆婆望了望我，歎口氣說：「真可憐。」

2

許多事就像是事先按排好的。就在我回麻雀鎮的次日，大師兄作為工作組成員被下派到離麻雀鎮約十里地遠的紅星生產大隊，擔任宣教隊員，聽人說，他是作為培養對象的。得知這情況，氣得我七竅冒煙：說他與我有兩性關係，他倒好，不僅沒受處分，還成了被培養對象。一件事，涉及的兩個人。結果卻截然不同：一個被打入地下，一個被捧到天上。一個被抹得一團黑，一個卻紅的發紫。一個生活在水深火熱之中，惶惶不可終日，一個卻處於上升位置，活得有滋有味，說不定那天能連升三級。我想不到，從前女子沒有地位，到現在，還是如此不公平，為什麼兩人被同一件事牽連受害，如今我一個人繼續挨整，我咽不下這口氣。還有他的父母不僅上我家鬧，還打算要到我這兒來吵。來就來吧，反正我也豁出去了。要死要活不就是一個腦袋嗎？

那天大師兄到倉庫來，跨進門時，他先與大學生打著招呼，說實話，自從我被調到麻雀鎮後，還沒見過他。一年多不見，他變了許多，最大的變化是，他長得更高了，人也精神多了，穿著一件筆挺的藍色中山裝。只是頭髮仍沒變，即那個時代統一的髮型。這讓我回想起進廠時看見他穿著一件藍色對襟布衫短褲時的模樣，判如兩人。時光流逝，會沖淡很多的記憶，然而因為我與他這段莫須有的罪名，令我想忘都沒法忘記。記得有位哲學家說過這樣的話：謬論說一千遍，就變成了真理。雖然我和他一點「關係」也沒有，但因為別人所說的那種「關係」，讓我與他永遠沒法「分離」。

在這種「真理」的引導下，有時連我自己都快認為與他真的曾經有過這麼一腿，成了個「謊謬」的人。此時，我心懷鬼胎，我看見他只當作沒看見，怕旁人瞧見又要說閒話。我有條不紊地給赤腳醫生按照發票上的藥名發著貨。隔著貨櫃，卻偷偷窺視著他的一舉一動。我的媽，他朝我走來了，他馬上就要站在我面前了。我的心速急劇加快，「呯呯」亂跳，心裡不停地說：我不要理他，因為他，我被調到這裡來，因為他，我在眾人面前抬不起頭來，因為他，我清白的身子永遠被各種各樣的謬論強姦的比妓女還不如。可是，事與願違，還沒等我想出一百個理由來說服自己，他卻悄然地站到了我的面前：「你過得好嗎？」語氣中充滿了關心。

好嗎？好什麼好，貓哭老鼠假慈悲。明知道我過得不好，還故意問，你做人也不地道了吧。綿裡凶，殺人不見血。跟那個「頭頭」學得一模一樣。我心裡暗暗罵著。但嘴上卻絕不說出來。

趁著要換地方去取藥，我轉身走開了。

見我不理他，他似乎覺得有些尷尬，但還是在我背後問：「你身體好嗎？」

「她，哼，好啥，三天兩頭打吊針，心臟病發得都搶救幾次了。你看她瘦的，一米六零的個頭才七十斤，都快不成人樣了。」大學生在旁快言快語地說著，好像是在為我抱不平，又像在向他介紹歷史博物館裡的老古董。說到這兒，他瞧了瞧我，見我悶著頭不吱聲，又轉過頭去對大師兄說：「不是說你在跟她談戀愛嗎，我怎麼沒瞧見。把她跟你的事說得像真的似的，弄得她人不像人，鬼不像鬼，談戀愛就談戀愛，這樣不談，又陷害她，算什麼意思。」他一邊氣鼓鼓地說著，一邊把手裡的算盤撥弄得「嘩啦啦」響，像是在表示自己的憤怒和發洩著不滿。

大師兄愣著，一聲不吭，臉色卻變得越來越難看。

聽了大學生的一番話，我的心狂跳起來，原本潛伏在心底的委屈和仇恨突然像火山一樣噴發出來，我的臉氣得發白，嘴角因憤怒而變得顫抖，本來想說幾句客套話就打發過去的詞，忘得一乾二淨。轉過頭對著大師兄，蹦出來連自己也意想不到的話：「你，你和他一起合起夥來欺侮我，我不知道竟連你也跟那個要置於我死地的人一模一樣。」說著，竟控制不住自己激動的情緒哭起來。

大學生一見，趕緊過來勸：「你好好對他講，別光哭。」說完，把門一碰，走了出去。他一定認為我受了天大的冤枉，認為我委屈，應該把話與他說清楚。在此之前，他也一定誤以為我與師兄發生過什麼關係，直到相處一年多後，他才明白，事情根本不像別人所說的那樣。今天他就是要為我打抱不平。

他一走，我的情緒就完全失去了控制，一屁股坐在凳子上，眼淚汪汪地訴道：「那個頭頭欺侮我，連你也欺侮我，你們到底還算不算人，把我搞得像個妓女似的，可我連男人究竟是怎麼回事也不清楚，說我跟你發生性關係，我那兒跟你發生了。連你父母親也不放過我，嗚嗚嗚……」這哭訴，就像奔騰的瀑布直泄得大師兄眼睛發直，臉由白轉青，由青轉白，再到恍然如悟：「我父母親也找過你？」他在旁邊俯身問我。

「他們找了我媽媽。」我抽泣著說。

「他們對你媽說了什麼？」他扶著桌子，急切地問。

「說是不同意我倆談戀愛。」我說。

「真是的，他們怎麼可以這樣做呢？」他氣鼓鼓地說。

「我們沒有談戀愛，你父母親怎麼可以到我母親那裡講。」我也氣鼓鼓地責問說。

「那你母親怎麼說？」他認真地問。

「還能怎麼說，實事求是嘛。」我抹了抹眼淚：「沒談就沒談。」

無意中，我抬了一下頭，兩人的目光閃電似的對碰了一下，趕緊都像觸電似的低下頭。原本只是普通的師兄妹關係，這麼一挑明，雙方都突然感到不好意思。他擱在桌子上的手，靦腆地放了下去。

過一會，還是他先開了口。說：「很多事情我今天才知道，但我不明白，你剛才所說的那個『頭頭』指的是誰？」

我抬起頭，望了望他，他神情嚴肅地望著我。我張張嘴，這時潛意識中有個什麼聲音好像在對我說：「這世界上的人，誰也不可靠，弄不好又會惹上出禍來。引禍上身，再說他現在是那『頭頭』的紅人。」想到這兒，我搖搖頭，一言不發地低下了頭。

他一定覺察到我對他心存疑慮，也就沒再深究下去。走時，他用凝重地語氣對我說：「你要好好生活下去，很多事情，我會處理，你要相信我。」

我盯著他扭動的嘴唇，心想，說得好聽。

他走了，不知怎麼，我突然感到有些孤單，平日裡感到窄小的庫房，一下子變得空空蕩蕩，內心裡一份孤獨感油然而生，一時間瀰漫了整座房子。是委屈還是什麼，我的內心彷彿有一種被掏空了的失落感，非常茫然，我甚至開始懷疑自己的神經是否出了問題，對他哭訴，在他面前丟盡自己的臉，我現在如此尷尬的境地，不是因為他而造成的嗎？說不定，他也是那個「頭頭」的幫兇，要不，為什麼他會一步步地上升，而你卻被打入地獄？想到這兒，我孤獨地坐在板凳上，無助地將身子爬在了桌子上，腦子裡一片空白。

一個月後，回家休假。進屋一看，母親還沒回家。我先去河邊淘米做飯。在廚房碰到房東婆婆，她說：「小小，最近你單位的大師兄比先前來的忙碌多了。」

我聽後，差異地說：「是嗎？」

她說：「我也覺好奇怪。」

我問：「他來做啥？」

她說：「幫你媽媽拎水。」

我們吃的水要到離家大約二百多米遠的井邊去拎。平時我在家，由我去。婆婆在我們搬進去之前，長年吃天落水，因為她是小腳，拎不動。自從我們住進去後，她也就改吃井水，由我負責給她拎。

「莫名其妙？」我說。

「就是，以前不常來。」她說。

正說著，母親回家了。一見我，就很高興說：「怎麼也不通知我？讓我好買點菜。」好像全然忘了我帶她的不快。

我也笑嘻嘻地說：「沒關係，食堂伙食也不錯。」

母親關切地說：「你身體不好，要注意營養。」

我說：「知道。」

吃罷晚飯，兩人回房休息。母親坐在燈下納鞋底。我靠在床上看書。講心裡話，自從我對母親也產生懷疑，她上次出口讓我滾後，我對她不想再講心裡話。但不管怎樣，母親總歸是母親，她在我心裡的位置還是無人可替代的。因此，儘管懷疑，但我決不想去與她正面表示我的不滿，她畢竟是我的母親。

我倆有一搭沒一搭地說著話。她問我：「你最近過得怎麼樣？」

我答：「還好。」

她又問：「還好是什麼意思？」

我說：「除了做好工作，就是找點兒文學書看。」

她說：「有沒有禁書？」

我說：「有。」

她說：「哪些？」

我說：「《三家巷》、《家》、《春》、《秋》什麼的。」

她就說：「小心別人知道後讓你吃苦頭？」

我說：「不可能知道，我是偷偷看的。」

她說：「你單位有人，寢室裡有人，怎麼看？」

我說：「單位的大學生被我同化了，我們互相交換著書看，寢室的人，她睡覺早，等她睡下，我就在蚊帳裡看。兩邊都不誤。」

她停下手中的活，對我笑笑說：「你倒會想辦法，但還是要小心，人心隔肚皮，誰也不像你。」

難道你也和世上的人一樣，與我隔肚皮？我盯著煤油燈下母親被火光忽悠得半陰半陽的臉想。

母親並沒有注意到我沉默，漫不經心地說：「你大師兄來過一次，讓我給罵走了。」

我一聽，嘭，坐起，問：「他來幹什麼？」

她朝我望望，說：「我也是這麼問他。」

「他怎麼說？」我撩開蚊帳，急急問。

「他說，他是來道歉的。」母親瞅我一眼說。

「道啥？」我說：「再道？還不如此。」

「我也是這麼對他說的。」母親氣呼呼地說：「我還對他說，你父母來說不允許我女兒跟你好，他們也不想想，你們的兒子配得上我女兒嗎，老實說，搭相都沒有。」她越說越生氣，恨不得把他們的兒子說得一無是處，才解自己的心頭之恨。母親是個愛面子的人，再說哪個作母親讓自己的女兒無緣無故讓人瞧不起，並且還被人作踐。她借著這個千載難逢的機會必須在他們的兒子那裡出這口氣，以挽回自己的面子，好把他父母親給她的侮辱還給他們的兒子。

「不過，他好像也不知道有些事情。」我覺得有點冤枉他，感到應該為他解釋點什麼：「他根本不知道自己的父母親來找你。」

母親聽後，有點懷疑地看著我：「你怎麼知道？」

我看了看她，怯生生地說：「他來我單位時，對我說的。」

母親聽後，半張著嘴，朝我看了半晌，然後生氣地對我嚷嚷：「好啊，原來你倆還真來來往往，就瞞著我這老太婆。」她隨即擱下手裡的活說：「你以為我是什麼，全世界的人都知道，就我不知道。你說，你不跟他好，他為什麼來道歉？」

被她這麼一說，我覺得自己就是渾身長滿嘴也說不清楚。我覺得世界上什麼事都能說清楚，就是這男女之間的事，你越說就越不清楚，越辯就越像是真的，沒有也會說出有來，如果你分辨那就更顯得是真的。我絕望地掉過頭，把蚊帳一放，頭一縮，進了帳子裡。鐵了心不再作辯解。

「怎麼，沒話說了吧。」她一把撩開蚊帳，瞅著我。

我朝她苦笑笑，轉身睡下了。

許是她真的認為我欺騙了她，見我不理睬她，她的情緒馬上就激動起來，她站在我的床前，一把掀開蓋在我身上的薄被，大聲喊道：「今天你一定要給我講清楚，你究竟是不是和他真的在談戀愛，是不是真跟他有關係了。」

本來我打定主意不再說這件事，想不到她不但不停止話題，反而真的認為我和他有戀愛關係，還認為我與他發生過什麼肉體關係。我被激怒了。我認為，別人不瞭解，說說還算可以理解。可連你母親也這麼看，我還活不活了。我一骨碌翻身下床，對著她吼道：「你說我是，我就是，我是跟他戀愛，跟他睡覺了，你要把我怎樣？」說罷，頭像鵝似地高昂著。

母親准沒想到我會這樣激憤，所以她一時愣住，等回醒過來，看我這般模樣，她氣瘋了，咬牙切齒地用手朝房門一指，說：「你給我滾！」

滾，又讓我滾，我沒想到母親她會比我更憤怒，更容不得我。滾就滾，連自己的女兒都不相信，我還信不過你呢，讓我滾，你以為我離開你就不能活？我隨即翻身下床，拿起一件衣服披上，哭喪著臉，傷心地摸黑狂奔出了家門。心想，我再也不回這個家。

一路狂奔，跑過半條街，我站在聖安橋上。黑幕下，對岸的天寧寺一如原來的寂靜。我想到了空法師，可惜他已不在人世，這世上，我竟找不到一個可以讓我相信和相信我的人。望著寺廟高大的屋脊，想，到哪裡可以去找了空法師？俯身瞧瞧流淌著的河水，我彷彿看見河面上浮起溺水而死的了空法師的身軀。想想自己雖然有兩個家，但我既不想回這個家，也不能回父親的家。有家而不能歸不想歸的悲慘心境，自己被玷汙的比娼妓還骯髒的名聲令我心肺俱裂，我面對暴雨下的茫茫黑夜忍不住放聲大哭，我想，我應該一死了之。

「你怎麼啦？」有人在問我。

我抬起頭，看了看。一個農民模樣的小夥子站在我身邊。

我沒答理，也絲毫不感到威脅，我只想到死。

「深更半夜，你怎麼不回家？」

我還是不吭聲。

「雨下得太大了，快到船上躲躲吧。」他邊說，邊將自己手中的雨傘移撐在我頭頂上。

我下意識地往旁邊移了移，想儘量離他遠一點。

他沒介意，說：「不要想不開，人活著是最要緊的。」然後，帶著神志恍惚的我朝橋下走，邊走邊回頭對我說：「只要活著，明天就一定能見到太陽。」說著，指著橋下的一條木船：「這是我們的船，我和兩個夥伴來運木頭，不巧趕上發大水，只好在橋墩下避雨。」還說，他倆已在船倉裡睡著了，自己聽到哭聲才出來看看。

見他渾身淋雨，我內疚地催他快上船，並說：「我是個女孩，不會與你們擠在一起。」我準備就在橋洞裡避雨，明天一早就坐船走。

他看我勸了也沒用，就將傘遞給我，然後，自己鑽進船艙去了。

我沿著河灘的石階朝橋洞走，又費力地爬上去，將身軀躲進橋洞，俯身一看，他們避雨的船，剛巧在我藏身的橋洞底下。我又冷又累又乏力，一陣困頓襲來，不知不覺地睡著了。

不知過了多時，我彷彿聽到一陣陣喧鬧聲。迷糊地睜開眼睛，發現河灘邊上密密層層的站著好多人。我將頭探出橋洞。這一看，差一點將我從橋洞裡掉下去：船，不見了，不遠處只露出木船的桅杆頂。

原來船是隨著河水的上漲而碰到橋洞，不斷上漲的河水，讓船無聲無息地沉到了河底。難道他們就絲毫沒有覺察到危險的到來？難道他們竟沒來得及喊一聲救命？難道他們竟沒能用自己強健的體魄來挽救自己年輕生命？我就在上面橋洞裡啊，如果我能聽見或者發現，也許他們壓根兒就不會遭此劫難，他們也許就不會死，我怎麼就睡得這麼沉，在這個風雨飄搖的夜晚，我呆滯地望著那河中央孤零零的露出水面的桅杆，痛苦自責卻欲哭無淚。

船打撈得有點困難，一直到中午時分才打撈上來。仨人的屍體從船艙裡被拖了出來。我憑著那件舊白襯衫，認出了昨晚勸說我的男青年。此時，他正躺在河灘邊冰冷的石頭上，兩個同伴躺他的身邊，每個人的神情都是那麼的安祥，彷彿不知道危險的來臨，安然於睡夢中睡去一般。看著他們的屍體，我渾身發抖，上牙打著下牙，眼前像電影一樣放著昨晚的情景，他的那句話，反反覆覆地在我耳邊響起：只要活著，明天就一定能見到太陽。人生真是無常，想死的人，我，活了下來，而歡蹦亂跳對生活充滿憧憬的人，一夜之間卻在人世間消失。我悲愴地想喊，祈盼上蒼還我一個真實的人生，想呼喚，呼喚這幾個不該死的人重新回到人間。然而我的喉嚨沙啞，根本發不出一點聲音來。我整個人像虛脫一樣，恍惚著，跌撞著坐船回到麻雀鎮，剛一踏進房間，就一頭截倒在床上，一連三天不吃也不喝地昏睡過去。同室的人看我這樣下去會出事，就叫了醫生來，每天替我打吊針。

一晃就是半月，病癒後的我，變得更加沉默寡言，我吃不下飯，也睡不好覺，眼前晃動的就是那青年的屍體。長時期的失眠導致我的身體變得越發懦弱，頭髮大把大把的掉，人瘦得只剩下六十八斤。每天幾乎一句話也不說，只顧埋頭做工作，要不就是沒日沒夜地閱讀文學名著，我想知道人活著的真諦究竟是什麼？人活著究竟有什麼意義？人為什麼要活著？我想用這種不停地勞累和思考來折磨自己，試圖忘記那幾個死去的青年。

其實人，生與死，都不容易，一瞬念是生，一瞬眼或許就是死，這難道是蒼天的旨意？在以後的人生歲月中，那個青年的話漸漸主宰了我的人生觀，我覺得自己必須像他說得那樣去生活，才算對得起他對我的救命之恩。我覺得那些書上所說得關於人生和生命本源問題的思考遠不如現實生活中發生的事實來得豐富生動、富有戲劇性和驚心動魄，因為它似乎只是紙上的東西，而現實中是血淋淋的生命。

第十五章

1

知了在批發部門口的梧桐樹上無休止地叫。吵得人心煩意亂。好在已接近中午時分，前來批藥品的人趕在吃午飯前回去了，藥庫裡空無一人，顯得冷冷清清。我收拾好庫內雜亂擺放的藥品，打算坐下來歇會兒喝杯茶。

突然，父親像從地下冒出來似地站在我的面前。他的行為常常讓我不知所措。想要找他的時候，他人影都不見，這會兒倒好，我不想見他時，他卻活生生地站在你面前。

「怎麼不認識了？」他說的對，他的突然出現，讓我傻到半張著嘴，直盯著他，可他卻又說：「還不請我坐坐。」

「你，你來幹什麼？」我驀然想起派出所那個女民警的一席話，氣不打一處來。自從我告發他，他被抓後，我就一直沒見過他。期間，曾聽母親說起過，說他每天都被人押著站在臺上挨批鬥。批鬥時，也不辯駁。有人問他，他說，好漢不吃眼前虧。不跟他們理論，完全是為了自己的小兒子。他死了，兒子怎麼辦？讓造反派受不了的是，他每天除了被批鬥，什麼事情也不幹，弄得他們啼笑皆非。後來，乾脆就把他放了，讓他接受勞動改造，免得他犯了白吃食的毛病。

「無事不登三寶殿。」他理直氣壯地說：「我有事找你。」

「你有什麼事？」我心裡很恐懼，怕他知道我出賣他的事。

「是你告發了我？對不對？」果然，他圓目怒睜地對我說。

我一時語塞。心想，戰爭又開始了。

「你怎麼？害怕了？」

「怕什麼，是我，你怎麼樣？」

「怎麼樣？老子今天讓你知道，出賣自己父親的下場會怎麼樣？」

「你想幹什麼？」

「幹什麼？」他對著我的臉，揮手就是一巴掌。

我捂住被打的臉，吼道：「你不是讓母親活得難受嗎？我要你也活得不好受。」

「好啊，你和你母親一樣都想置於我死地。告訴你，我不會讓你們的陰謀得逞的。」他暴跳如雷。

「什麼陰謀，你才陰謀呢！」我以退為攻：「我母親怎麼啦？」

「今天找你，就是為你母親的事。」他神情似乎有點緩和。

「什麼事我能解決得了？」

「這事只有你才能幫我解決，所以我找來了。」他說：「如果你幫助我，你出賣我的事，可以既往不咎。」

我不吭聲。

想必他認為我在猶豫，又說：「要不，從此，我跟你沒個完。」

「沒完？」我一屁股坐在椅子上：「你想對我怎麼樣？」

「你就不能讓我坐下來談嗎？」他瞅了一眼我桌旁的椅子。

「你沒見我在忙嗎？」我這麼說著，只想著怎麼讓他感到我並不歡迎他而自覺無趣地走掉。

然而，我想錯了。只見他一屁股坐在椅子上說：「你去對你母親說，讓她去法院撤回離婚申訴書。」他神情嚴肅地對我說。

「離婚，申訴書？」我木然地倒著開水，手一抖，水濺在手上，痛得我把茶杯一下重重地擱在桌子上，說：「燙死我了。」

他繼續說道：「我要被你母親氣死了。」

我揮了一下被燙的手，看著他說：「我啥也不知道，這是你倆的事，與我無關。」

「與你無關，你說得是啥？我們是誰，是你的父母。」他邊說，邊拿起我倒給自己喝的水杯：「你不知道，誰知道？你不管誰管？」連珠炮似的一番話，說得我竟一時啞口無言。

他也許並沒有感到我的窘境，仍用命令式的口氣說：「這事你一定要管，不管你真不知，還是假不知，如果你母親不撤銷那張離婚申訴書，我就讓她活著比死還痛苦。」

說這番話時，他的口氣強硬到就像是在我頭上扔原子彈。說實話，我已經一個季度不回家了，儘管母親在這段時間裡，曾不止一次地託人捎燒好吃的菜給我，並問我什麼時候回去，然而，一想到上次兩人吵嘴的事，我就不想回。對於母親，我的心裡總是夾雜著一種很複雜的心理。我愛我的母親，甚至認為，沒有她我會活不下去。然而，這種七七八八的事，惹得我心情煩透了，不敢再面對她，一見到她，我就會覺得無法面對自己。一方面我希望她過得比我好，我會堅定不移地站在她的立場上，就是犧牲自己也在所不惜。一方面又我希望她若有見不得人的事，也不要被父親抓住任何把柄，如果那樣，讓我覺得很丟臉。

「怎麼樣，想好了沒有？」他見我沉默不語，大概認為我心動了，於是趕緊盯了一句。

「我已好長時間沒回家了，再說你們離不離，我也管不了事。」我有氣無力地說。

「好，我就說你聽聽。」他喝了一口端在手裡的水，不料水太燙，他將喝進去的水，重新又吐出來。將杯子隨手往桌上重重一放，說：「你的母親背著我和那個人好，這回讓我抓到了，她覺得沒臉見人，才與我提出離婚。」

他這麼說著，翹起二郎腿不停地抖動著，瞅著我，露出一副得意的樣子。

「你胡說，我媽媽根本不會跟別的男人好。」我說。但不知怎麼心裡卻直打著鼓，口氣沒往常堅決。心裡還犯嘀咕：她怎麼這會兒又提出離婚，是不是真如他所說，和班主任好上了呢？再說，我這段時間一直沒回去，難道母親真的有了變化？

「那你說，她為什麼要跟我離婚，這麼些年不也這麼過來了嗎？她想離，就證明她想跟那個人結婚。」他胡亂推理著，好像我母親不是他的妻子，說時根本就不知道羞恥。說自己的老婆跟別人，還不想離婚，寧願背著黑鍋生活，這就是我的父親嗎？他不感到恥辱，我還感到羞恥。說母親跟班主任相好，這是什麼話？我不知怎麼覺得又難過，又恥辱，又氣憤，於是就不顧一切地對他說：「你說她跟別的男人，那你為什麼不跟她離？你主動跟她離了才是個男人，不跟她離，還說她是婊子，我看你比她還不如，你只會讓我瞧不起，永遠！」

他認為一定會說服我，不料我不但要他跟她離婚，還氣呼呼地把他連說帶罵了一通。他先是愣了一會，而後，像一頭咆哮的豹子，抓起桌上的算盤，朝我迎頭上扔來。「咣當」一聲，盤落珠散，滾了一地。「我就知道，你跟你母親一樣，不學好，要不，怎麼會到這種小地方來，你不是也跟那個叫大師兄的發生關係嗎？你以為我不知道，活該你被調到這裡，沒把你開除算你運氣，如果我是你頭頭，早把你給開除了，看你嘴還硬不硬！」他指著我的額頭，罵得唾沫亂飛。

聽他罵我和母親一樣，並還幫著那可惡的頭頭說話，貶我。氣得我頭皮都發麻：「我是像我的母親，沒錯。但我告訴你，你無須到我這裡來說她，因為我已經從她那裡滾出來了。從此以後她的事，我不知道，她也管不了我，你的事，我也不知道，你們的事，自己去解決，咱們誰也不管誰，誰也管不了誰。這下好了吧！」我一生氣，將自己與母親賭氣的事也說了出來，全然忘了他會怎樣想。

「什麼，你說什麼？」他看著我，追問道：「你已經從她那裡搬出來了？好呀，她做了什麼讓你生氣的事，或者說她把你也給拋棄了？」口氣中充滿了興災樂禍的成分，把他高興壞了。

「那是我跟她之間的事，跟你無關！」我突然覺得哪兒不對勁，趕緊這樣說。

「怎麼跟我無關，你是我女兒，當然有關。」他情緒大變說：「這樣吧，你放假就到我那裡來，我會對你好的。再說，你怎麼可以不回自己真正的家呢？」他跨上一步，口氣頗為真誠。

「我，我那兒也不去。」我說。不知怎麼，語氣軟了許多。

接下來，他不放棄一分一秒地勸說我，讓我回他的家。我聽後，不說不回，也不說回，始終保持著沉默。這個家我不想回，那個家我也不想回，在我心裡，我似乎有家，但又似乎無家，哪個家似乎都可以容我，但似乎又容不下我。

他見我一聲不吭，又說：「你不想想，只要你回家，你母親也就會回家，這樣一家人又可以團聚在一起。」

我看了看他，望著他期待的神情，我幾乎要動心了。我想，假如母親真的與他離了婚，日後還會與他人結婚，如果我碰上個後爸比他還不如，豈不更糟糕。想到這裡，我情不自禁地說：「我也不想她離婚。」

「就是嗎，再怎麼說，你總是爸的女兒，總不會讓你媽日後嫁人時，把你當拖油瓶帶過去吧？」他說著，竟然過來要拉我的手，我一見，趕緊躲閃掉。或許他認為已經在我這裡得到了他想要的結果，說了聲：「你放心，我永遠不會與她離婚，我跟她死也要死在一個藤上。」說罷，頭也不回地疾步跨出了大門。

「呼」，門被關上了。隨著他的離去，屋子裡又回復了原先的清靜，一切都變得空蕩蕩的。我的心突然像被懸掛在空中，慌得不行。我不知道他會做出什麼傻事來，但我知道，母親已像是一列飛馳的火車，要想剎車已經為時過晚，一切都將沿著早已不正常的扭曲的軌道飛馳，朝著懸崖奔去。

接下來的事，是父親使出了他的看家本領，不僅跑去我班主任工作的地方把他痛打了一頓，而且在法院裡一而再，再而三的強調，他是無辜的受害者，而他的妻子我的母親是個與人姘奸的女人，他不同意離婚，是因為他不饒恕她背叛他的行為。法院在他倆之間，按照慣例作了認真的調解，希望他們能為自己的孩子和家庭著想重新走到一起。無奈他倆誰也各不相讓。母親要他拿出證據，並說他信口雌黃的說法只會讓她更加堅定與他離婚的信念，還說就是因為他的這種野蠻無理才讓她走到今天這一步。父親卻說，當初如果她沒有與那個人來往，他就不會這樣做，說不定還會放她一馬。他兩各說已見，誰也說服不了誰，同樣他們各自的固執，讓法院也無可奈何。按照有關規定，離婚需要雙方同意才行，只要一方堅決不同意，就不能准予離婚。於是，這事就這樣懸著。在以後的日子裡，母親不止一次的去法院要求離婚，而父親則不止一次地以死相威脅：如果法院判離婚，他就喝「敵敵畏」，死在法院。法院既勸不了母親不離，同樣也怕父親喝農藥自殺，於是他們的離婚案就這麼擱著，我知道這事，但我不去理會，連法院都無法判決的事，我能斷得了？誰也無法去阻止或慫恿他們將婚姻結束或者繼續下去。因為他們誰也不會考慮我、哥哥和弟弟，他們想的只是自己。

2

事情接踵而來，當他倆在法院鬧得不可開交時，我收到了班主任的信。信，裝在牛皮紙信封內寄過來的。收到信時湊巧是中秋節。中秋節對我沒什麼特別的意義，只是他的來信讓我覺得有點好奇，就記住了中秋節。在我的腦子裡，他是我所尊敬的老師，但從未通過信。以後因為父親再三說他與我母親有那種的事，我對他的感覺多多少少有點變了味。很多時候我覺得他與我母親並沒有什麼關係，但禁不住父親反覆的強調，所謂「三人成虎」，也就有了那麼點異味。事情鬧到現在這種樣子，你讓我說相信不太可能，說完全不相信也不可能。

我坐在辦公桌旁拆信，由於事先沒心理準備，一看，封面下角沒具名，覺得很好奇。拆開一看，字，有點眼熟，握在手中，仔細讀來，才知是他的來信。這讓我怦然心跳，讀了幾行，竟也不知他到底寫點啥。

我放下信，拿起水杯，起身，走到另一間屋子裡倒了杯水，試圖平靜一下自己不平靜的心。重新返回時，我不斷地猜度他帶給我的資訊，究竟是好，是壞？是福？還是禍？

我強按著狂跳的心讀下去，信中說：「與你一別多年，雖然沒見過幾次面，但對你的大體情況通過與你的母親不多幾次的接觸，也算有點瞭解。人與人之間的交往全憑緣，在此之前，因為你，我與你的父母親結下了不解之緣。」接下去的話，自然要我好好工作，多讀點書，並說以後會寄些書給我，讓我學有長進。還認為我是一個有理想，有抱負的學生，希望我在文學上有一天能有所建樹，並說他從未對我失去過信心。他說：「人殘志不殘，才是我所希望的。不能跳舞，就繼續喜歡你的文學，也許這對你更有好處。」最後，他提出一個小小的要求，說要我給他回信。

坦白地說，我長這麼大，還沒有人寫信關心過我，尤其是我的思想、精神方面的需求，我的理想，我的抱負，我的痛苦和困惑等。讀這信時，我激動得差不多快掉淚了。

轉而一想，就是他，弄得父親和母親現在正你死我活地鬧著離婚，我就不知道該如何是好，一會兒想想不怨他，一會兒想想有點恨他。考慮再三，我決定先不給他回信。

可沒過幾天，果真收到了他寄來的書。這是一部由蘇聯偉大作家列夫•托爾斯泰寫的長篇小說《安娜•卡列妮娜》。信可以不回，書卻不能不讀，而且一看，我就放不下手了。安娜•卡列妮娜對愛情不顧一切地追求，最後臥軌自盡的悲慘而壯烈的場景，給我的心靈以極大的衝擊。她爭取人性解放的自由，婚姻的自由，愛情的自由以及為之付出的一切，包括生命，讓我陷入了深深的思考之中。我想到了我的母親，她和父親的婚姻。他們倆不就是這種封建包辦婚姻制度下的產物和犧牲品？父親不能與他心愛的女人結婚，而母親卻充當了這場婚姻的替代品。雖說到了新社會，提倡戀愛自由，離婚自由，可幾千年的封建傳統所織成的網，你能說撞破就能撞破嗎？她受盡了自己男人的隨意打罵凌辱，想要走出這個家，掙脫這場讓她窒息的婚姻，至今網沒撞破，「魚」倒快死了。從安娜•卡列妮娜身上我看到了母親的縮影，我忽然感到自己對她的懷疑是多麼的不公正。我還將自己放入她的那個時代，那個環境去設想。假若我就是她，我會怎麼樣？我想，我會比她更早地走出這個家，走出這場沒有愛情可言的婚姻。那麼，假若班主任是渥倫斯基，母親是安娜•卡列妮娜，自己又會怎麼想？這一比較，讓我大吃一驚。發現自己非但找不到埋怨她的理由，反而認為她活得很勇敢。再想想，如果父親當初反抗自己父母強加給他的婚姻，和他那心愛的女人結了婚，他生活得也就會比現在幸福，少些痛苦。如此這般思來想去，我竟對班主任也不太反感了，甚至覺得他有點可憐，一個人獨身至今，還莫名其妙沾上了我家這說不清道不明的事。如果母親真與父親離了婚，與他結婚，有什麼不可，他還只是個未婚青年。這樣一想，我覺得自己應該給他寫封信，至少表示一下感謝也是應當的。但不知怎麼，我還是沒寫。

3

父親因為母親與他離婚，性格變得更加暴躁。單位也因為他「投機倒把」，多收別人兩毛錢的勞務費不派他活幹，說是怕他又多收錢，弄得單位名聲不好聽，砸牌子。這樣一來，他的生路給割斷了。活沒得幹，兒子還要養，酒還得喝，於是他開始向別人借錢，賒帳。哥哥每月還得靠我和母親接濟他一點。我們的生活也因此相當拮据。哥哥仍在為他的愛情奮鬥，無奈他的貧窮和知青的身分總也無法與富裕和工人身分抗爭，對方不止一次地與他提出分手，但他用各種方式堅持著。哥哥血氣方剛，總認為自己對。他對父母的事，認為是母親錯，因為她的離走，讓他跟弟弟吃盡苦頭，俗話說：「寧願跟個討飯娘，也不願跟個做官爹。」的確，與父親在一起跟母親在一起是截然不同的。他們沒有母愛的生活比我沒有父愛的生活一定淒苦的多，這種淒苦一直延續很久，以至影響他們為人和處事的方式。我想哥哥那麼急切的想與所愛的人結婚，也許他需要一種像母愛一樣的情愛關係。

母親一走，哥哥就被逼上「前線」，挑起了家中的重擔，他拉煤車，養活父子仨人，在他下放後，父親開始拉車，年幼的弟弟不管風吹雨打，寒冬臘月，都跟在父親的勞動車後面幫著推。講良心話，父親是個整天遊手好閒的人，又特愛面子，自恃清高。如今讓他出去幹活，而且幹得是苦力活，拉著勞動車穿街走巷，讓他自覺丟盡了臉面。開始拉車時，他總是低著頭，見到熟人就躲。很多年後，當風刀雪霜將他原本細皮白肉的臉雕刻成為一張飽經滄桑的臉時，他才敢抬頭看路，不過此時，有相當一部分人早已認不出他來了。當時弟弟還小，他是這個離散家庭中最無知但也是感受最深的人，過早地承擔了與他的年齡極不相稱的生活重擔，忍受了他的年齡無法承受的苦難，自從哥哥下鄉後，他只要放假就跟在父親的勞動車後面幫著推，不管颳風還是下雪，總是風雨無阻。

父母親的分居，同樣造成了子女間不可避免骨肉分離的狀態，無形之中形成兩派，對事對人也產生不同的見解。他們兄弟倆與我對母親的感受就像是我對父親的感受是絕然不同的。母親的出走，讓父親的份量在他們面前毫無疑問地重起來。他成了他們兄弟倆賴依生存的主心骨，看他的臉色吃飯，在他的命令下行事，在他的思想灌輸下戰戰驚驚地成長。他給他們灌輸的關於母親問題的種種說法，就像母親對我描述他時的一模一樣。他對母親的不滿、忿恨、嫉妒等全發洩給了兄弟倆，對母親與班主任的關係大加渲染，日復一日，年長日久，在他不斷地訴說下，謬論變成了真理，兄弟兩對母親的行為也有了差不多與父親一樣的見解。既自己的母親是因為跟別人勾搭上後，才拋棄父親和他們的。有了這種認識後，弟弟不說，哥哥卻堅持真理。

一天他到我家，湊巧碰上剛到我家的班主任。當時，班主任正坐在客廳等我母親下班。哥哥一見，竟來不及和正坐在一旁與他聊天的婆婆打招呼，就大喊一聲「你還有臉來我家！」邊說邊掄起拳頭就朝他打招呼的班主任臉上揍去。

班主任想必是被他打蒙了，一時竟不知所措，木然地坐在那裡，他根本不清楚，其實他「情敵」的兒子在某種程度上，比他父親對他的仇恨更為激烈。「就是你，造成我父母親的感情徹底破裂，就是你，導致我父母的分居，家庭骨肉分離，就是你，我和弟弟失去了世界上最重要的母愛，就是你，讓我和弟弟生活在水深火熱之中，就是你，弄得現在連女朋友也不肯嫁給我，一家人的生活一塌糊塗不算，連我的生活也被你弄得一團糟。」此時此刻，他把這一切罪過都算在了自認為是母親的姘頭、我的班主任的頭上，這打下去的一拳你說還會輕嗎?!

傾刻間，班主任的鼻孔裡流出了血。

哥哥愣了愣，有點心慌，但隨即說：「以後我再在這兒看到你，就打死你。」

他擦擦流出來的鼻血說：「你誤會了，事情根本不是你想像的那樣。」

哥哥看一眼他，仍不示弱地說：「你以為我不知道你幹得好事，你不用辯解，任何辯解都是多餘的。」

「你怎麼像你的父親。」也許班主任覺得他太不講道理了，氣也就上來了，說：「打人是犯法的，你怎麼可以隨便打人呢？」他邊擦邊說。

「我就是要打，打死你，去坐牢，我也不後悔。」他忿恨地說著，彷彿惟有這樣才能解自己的心頭之恨，連同自己對女朋友家人的氣，一股腦兒地算在他的賬上。

婆婆在一旁看得呆如木雞。

這時母親回來了，一看這種場面，氣得臉色蒼白，她對兒子說：「你們父子倆合起來欺負我，教我怎麼活下去？」說罷，大哭起來，哭聲中彷彿蘊藏著一種天大冤枉而又無處訴說的委屈，如小河缺口般在那幢陰森森的老房子裡流淌。

兒子一看母親這般模樣，也就不好再說什麼，只是指著他說：「如果再讓我看見你，就不會讓你活著走出這扇門。」說完，拍拍屁股走了。

次日，我剛巧回家，婆婆立即將這事告訴了我。說，那一日，你哥哥凶的一塌糊塗。班主任是給你送書來的，走時鼻子裡還不斷地流著血。聽後，不知怎麼，我對他有了一點惻隱之心，覺得他光明正大的上我家，也沒做什麼過頭的事，哥哥如此對待，實在過分。

傍晚，母親將班主任帶來的書交給我，說：「本來我們家就夠亂了，你還讓他給你帶書來，他一來，更亂。以後不要再讓他帶書給你了。」

我看了看她，覺得出乎我的意料，我認為，她一直在與他交往，怎麼在我面前這麼說，心想，是不是她故意這樣對我說，以掩飾她與他的關係。

「你不要以為是我讓他帶給我書，是他自己寄我的。」我說，但不知怎麼隱瞞了他寫給我的信。

「他也真是，不知道這樣做會給我們添多少麻煩，給他自己也添麻煩。」她停下手中的針線活，望著我說：「但不管怎麼說，他也是為你好，你就好好看你的書，不要與什麼瞎七搭八的男人交往。」

我看一眼她，不回話，心想，我跟哪個瞎七搭八的男人交往？你不是在父親面前承認與他的有什麼關係嗎？怎麼還教訓我?!

母親說：「你每月來的月經准不准？」她突然問，這讓我覺得有點不好理解。

頓了一下，我說：「不太准，而且肚子還特別痛。」

母親說：「這是有痛經毛病，嚴重時，痛起來會打滾。」還說，她看見過這樣的人。

我說：「要不要緊？」

她說：「這要看你發育的好不好。」

我不知道自己發育的究竟好還是不好。當晚，睡在被窩裡，我伸手摸了摸自己的乳房。自從來月經後，我發現它正在起變化。之前，胸脯像被人打了一拳有點痛。摸上去，只覺乳頭四圈有點聳。慢慢地好像麵包似的發起酵來，月經來後，它好像發育的相對比較快。但我與幾位要好的女友比起來，總是不夠格。她們的乳房發育得非常漂亮，乳頭堅挺，乳房飽滿，肌膚潔白，頗有彈性。有幾次，我們同睡一屋，看著她們無意中顯露的美麗的乳房，幾乎忍不住想湊上去咬一口，對其中的一位女友說了，她說我大概得了自卑症，並說，女人是不能摸女人乳房的，這叫搞同性戀，要犯法的。

我說：「沒那麼嚴重吧？」

她說，她們家樓上住著一個女的，穿著打扮都像男的。她的丈夫在上海工作，結婚多年，只有他丈夫來，不見她去上海。兩人也沒孩子。丈夫前腳走，她的女友後腳就來，晚上就睡在一個被窩裡。

頭一次聽到女人與女人也有這種事，聽得頭皮都發麻，這世界稀奇古怪，想到那頭頭與別的女人發生性關係，好像倒是正常了。

第十六章

1

半年多不回家了。我也根本不打算回。可那一天，商店的頭頭找我去，我跟在他後頭心裡直打鼓。我這人自工作開始，只要頭頭叫，一般都沒好事。到了辦公室，他笑咪咪地讓我坐下，然後倒了杯水遞給我。我心想，好戲又要開場了。

他說：「你在這裡工作快二年了吧。」

我糾正他說：「是二年半。」

「還愉快吧？」他又問。

「還愉快。」我說。

「對我沒啥意見？」

「沒有。」的確，這頭頭是部隊轉業歸來的，雖說業務不太懂，但肯幹。人爽快，不作假。開批鬥會時，他也會上臺喊幾句，剛喊好，私下裡，他與被批鬥的對象又稱兄道弟，關心他的長短，說只是應付上邊，人哪能老是鬥來鬥去。我覺得人無完人，只要人的品質不錯，在我眼裡就會不錯。

「你想要回陵廣鎮？」他問。

「你什麼意思？」我不明白他的意圖。

「調令都來了。」他說著，從抽屜裡拿出一張紙遞給我，我一看，是份紅頭文件，上面寫著讓我幾月幾號回藥廠報到的事：「不是你自己想要調回去？」

我激動起來，伸手接過紅頭文件，手有點顫抖。心想，真有好事輪到我？雖然白紙黑字在，但事情當真了，卻不敢相信自己的眼睛：「我真不知道。」

他見我一副毫不知情的樣子，說：「看來你真是不明白。」隨後，朝我笑了笑：「你有什麼要求？」

「沒有。」要走了，還有什麼可說的。

我以為這突如其來的喜訊會令我很高興，但當我走出辦公室時，忽然感到天並不是自己想像中那麼藍。剛露出一絲陽光，似乎很快又被心頭的一塊陰雲給遮住了。真要回家了，想著自己與母親還打著冷戰，回去，還不是倆人又繼續吵架？想起來真讓我難過，不想回家了，反倒是讓我回。不回去，又能上哪兒去呢？

三天後，我打點行裝坐船回家。

船動了，小鎮在我的視眼中後退，那一排排熟悉的黑瓦白牆的老房子，那一到清晨就熱熱鬧鬧一到下午就冷冷清清的街道，那一個個正蹲在河邊洗衣洗菜洗東西的熟悉和不熟悉的人，一切的一切都隨著船上的輪機聲響漸漸模糊，我的小鎮，我曾經討厭過你，也曾憎恨過你，然而，你卻以你寬廣的胸懷容忍了我，我在你的懷裡痛苦過，悲傷過，也伏在你的身上哭過，我以為離開時，我會大笑著走，不想我對你竟是那樣的依依不捨，那樣的淚流滿面，是你，在我無家可歸之時，收容了我，是你，在最艱難的時期給了我心靈的慰藉，是你，在我彷徨之際給了我堅定的信念。為了孤寂而飽受欺凌的母親；為了自己心中永遠也咽不下去的那口氣；我要站在那個幾乎逼我於死地的人面前，大膽地說出我的想法。我準備不管付出多大代價，也要與他決一死戰，我不能便宜他，我不能看著他仍活得那麼逍遙，那麼自在。我也要讓他像我一樣活得人不像人，鬼不像鬼，活得痛苦，活得說不清楚，活得生不如死。因為我現在才明白，其實要一個人活和要一個人死都不算什麼，難得就是讓他或她活得痛不欲生，比死更難受。就像那個「頭頭」對我一樣，現在我也要實施我的報復計畫，讓他生不如死。

我的心變得異常的激憤，只感到船似乎比往日開得慢。終於，船靠岸了，儘管我無數次地設想過自己重新回到家鄉，踏上自己家鄉的土地——輪船碼頭時的情景。但是，令我怎麼也想不到的是，我剛踏上碼頭，那個令我感到可惡，可恨的人——革委會主任竟然出現在我的面前：

他，胸前懸掛著一個黃軍包，後背駝著個鋪蓋，雙手拎著大包小包，正要下到另一條開往終點站叫通遼的鄉鎮輪船。他曾經不可一世的和貫有的一種淫蕩的眼神，此刻在我眼裡卻變成了無奈，迷茫中透出一種落寞。

我不由自主地停止腳步，死盯著他。許是他先前根本沒看見我，因此當他經過我身邊時，不經意地朝我看一眼。瞬間，他的眼神變了，變得像隻被獵人追蹤到自知瀕臨死亡時的那隻兔子所流露出的那種驚詫和絕望。他分明想笑，想說點什麼，但擠出的笑卻很像哭卻什麼也說不出來。見我一副橫眉冷對的樣子，他臉上的肌肉僵硬又迅速地抽搐了幾下，然後不發一言地掉轉頭，踉蹌地走到船艙裡去了。

次日，我去藥廠報到上班，才知道，原來毛主席他老人家前段時間發了話，幹部隊伍要實行「老中青」三結合，這麼一來，不少老幹部得了好處，他們因此得到了「解放」。解放了的一些老幹部重新掌握了權力，把原先整他們的那些人，又重新整了回來，讓他們也沒好果子吃。我因此得到「恩賜」，重新被調回來。「頭頭」因此被處分，我與他相遇的時候，就是他被「發配」去僻遠鄉鎮的一刻。知道這事，真是感慨萬分，想像與現實，其實想像的空間有時遠遠無法與現實比，現實有時會演繹的更加豐富和富有戲劇色彩。他的罪名是「打砸搶分子」、「貪污腐化分子」和「腐化墮落分子」。當時的地區都在開公審大會，三營操場最光彩的時刻，就是開本地的公審大會，水泥澆注的臺上架著震耳欲聾的高音喇叭，旗幟、標語和橫幅豎幅標語飄舞在四周，人們就像過節一樣。公審會後，荷槍實彈的公安人員，押著犯人上卡車。犯人一律剃光頭，五花大綁，腦袋被按下，脖子上掛著重重的大木牌，上面寫著「殺人犯」、「反革命犯」、「貪污犯」、「搶劫犯」、「強姦犯」和我弄不明白的「雞奸犯」。第二行是犯人的名字。畫著大×。卡車在鎮上的主要街道緩慢行駛，遊街示眾。有時就在草場上槍斃人，執行時，場面喧鬧異常，人聲鼎沸，開槍的人和挨槍的人，偶爾會出錯。有一次，我爬上電線桿子看，打槍的人竟然沒打中挨槍的人，子彈從他的頭邊呼嗖著擦過，一隻耳朵傾刻鮮血直流，打槍的人，心自然發慌，當他再次舉槍時，手臂直發抖，用三倍的子彈打過去，才擊中犯人的後腦勺，子彈從眼睛裡穿出來，身體像山似地撲倒在地上，好幾個人看得暈了過去。此後，槍斃人，便改在離鎮上三里地遠的不太容易逃走的海堤旁邊雜草叢生的南臺頭。

歷史有時會演變成戲劇，那些文革中得意過了頭的造反派，大都是年紀輕輕的人，罪名被稱為「打砸搶分子」，他們在派系鬥爭中用武力打死了人，打死人是要償命的，血債自然要用血來還。這場運動開始是領導糾領導，後來是造反派造人家的反，再後來他們也被別人批鬥了許多年。自然他們中有好多人從造反派到後來還是成了共產黨不同崗位上的領導，按照當時時興的說法叫做「反戈一擊有功」，搖身一變從此又幹起了領導無產階級革命事業的工作，成了不可多得的人才。開公審會的時候，學校還讓學生去受教育，連單位也派人去。起碼有數千人參加。「頭頭」就在這場運動中被懲罰了。據與他通姦的幾個女人交代，誰要是不答應他的要求，「頭頭」說就會像處理我一樣的處理她們，迫於這種壓力，她們接受了。她們說，想想與他幹不幹都得背上這種罪名，弄得像我一樣聲名狼藉，也就應允了。這些與他有染的女人，我不知道她們怎麼想，在我看來，事實就是事實，假的永遠不可能變成真的，如果別人不知道，你自己知道，你的內心會告訴你，你是純潔的，還是齷齪的，你是高貴的，還是低賤的，在你的後半生裡，你真的會忘記這場惡夢嗎？人生在世，我們常常付不起的，正是生活中某類事件對我們心態所形成的那種漫長的主宰。是這種心態，改變甚至毀滅了許多人美好的生活。這件事讓我明白，別人怎麼認為是他們的事，重要的是你的內心。你做了什麼？你成了什麼樣的人？你的心會告訴你，你可以欺騙別人，但你永遠欺騙不了你自己。我是一個被眾人認為所謂的作風極不正派和骯髒的女孩子，但我知道我的內心和我的肉體一樣潔白無暇，我將仍然用純潔的心靈去面對這個紛繁而醜陋的世界，去面對我多災多難的人生。

2

大師兄在我回家後沒露面，直到一個月後的星期天，才出現在我家。

那天，我蹲在院子裡殺魚，他突然走了進來。站在我的身後，說：「你在殺魚呢？」

我以為是誰，一轉身，原來是他。我沒吭聲，掉頭顧自洗我的魚。

「是你呀，來來來，」婆婆熱情地招呼著，似乎想用自己的熱情來掩蓋我對他的冷漠：「快進來坐坐！」

他沒說什麼，就走進客廳。

「你很長時間不來，將近有一個月了吧？」婆婆說。

「是啊。」是他的聲音。

「你還去不去鄉下？」

「不去了，到這個月結束了。」

儘管我忙不迭的洗著魚，但耳朵卻緊聽著。

婆婆說：「以後你就不用來幫助拎水、買煤球，小小可以做了。」

拎水？買煤球？難道我不在家時，他還在幫助做？我心一動。

「這沒什麼，應該的。」他說。

「你不要生小小的氣，你父母親到這兒鬧，弄得她裡外不是人，她還是個姑娘，叫她以後怎麼做人。」婆婆繼續說著，好像不說完，就不甘休。

「嗯！」他只管「嗯」，想必也不知說啥好。

我拿著洗好的魚進去，經過客廳時，偷著瞟了他一下，見他一本正經地坐在凳子上，認真聽著婆婆的數落。我走進廚房，將魚擱在瓷盆裡，放入醬油黃酒準備燒魚。

他進來說：「我來幫你燒火。」說罷，就坐在灶頭前的小板凳上，抓起一把柴，劃燃火柴，點火。看他這樣，我也覺得不太好說什麼，便默默地將菜油倒入鐵鍋內。片刻，火將鐵鍋中的油熬得滾燙，我將瓷盆裡的魚放入鍋中，「嗞啦」一聲，油燙魚跳，火在灶膛內躍，他的臉被火光映襯的通紅。他彷彿覺得我是在看他，也抬了一下頭，四眼相視，又都慌忙調開。我的臉一下紅了，他更紅。炒菜，燒飯，忙乎一陣子後，母親下班了。

看見他，母親先是一愣，而後說：「怎麼，你也在這兒？」然後，轉身用埋怨的口氣對我說：「是你叫他來的?!」

我望望他，不知怎麼說才好。正在我尷尬之際，只聽他輕輕地說：「是我自己來的。」

「你來幹啥，到時你的父母親又要找上門來，我們可惹不起，你快回去吧！」母親不留一點情面地說。

他的臉滿是尷尬。不知怎麼，我覺得不應該這樣對他。其實他也很無辜，不知道怎麼會牽扯到了我。現在又被我和母親恨之入骨。想到這，我對母親說：「都這麼晚了，就留他在我家吃飯吧。」

母親一聽，像沒見過我似地瞧瞧我，張了張嘴，想說什麼，但竟然沒說出來。

接下去，自然是仨人坐到一塊吃起飯來，不過桌子上的氣氛很沉悶，好不容易吃完，他竟主動說：「我來洗碗。」就站起身，倒水，擦桌，洗起碗來。

母親弄得有點不好意思，站在一旁垂著兩隻手說：「看不出來，你倒挺會做家務的。」

他笑笑說：「不大會。」

母親朝前跨了一步，離他又近了些，問：「你是不是在家也常做家務？」他說：「不大做。」

母親又問：「那怎麼做起來這麼乾淨俐落？」

他回答：「一向如此。」

打那以後，他常來我家，不過沒二師兄來得多。每星期一次，來時，也只是坐在客廳裡和婆婆聊著天，和我卻很少說話，彷彿他來的目的就是專門與她聊天似的。

說實話，我很想問，他與那護士的關係怎樣了？但話到嘴邊又縮了回去，想想那是他的事，與我毫無關係。

在藥廠由於環境關係，結識的人不多，但因為自己經歷的事情太多，我對人生總是抱著悲觀的態度，覺得人與人之間要做到真正瞭解是很困難的，對父母親都無法做到瞭解，又怎麼能去瞭解別人？同樣別人又怎能來瞭解你呢？理解那更是談不上。與人共事，能和平共處就算是好的了。在單位我很少與同事講話，與陌生人更少。因為根據我以往的經驗，凡事總是禍從口出。許多事情不說還好，一說就錯。抱著這種想法，我還會說什麼還能說什麼呢？與我一起值夜班的女同事對我說，你一天說不上三句話，也不談男朋友。大家都說，你與大師兄好，怎就不見他來？的確，同廠的一位女同事，只要值夜班，她的男友就會來，一坐就是半夜，不來，她就盼著，坐也不是，站也不是，好像熱鍋上的螞蟻。而當別人問我時，我就一言不發。我不知道該怎麼來回答這個問題，很多人看起來根本很好回答的事，對我卻很困難。

我已經二十四歲了，與我要好的幾位女同學一個個都結了婚，成了家。母親說，你的好友都結婚了，你是不是也可以考慮這件事了。我說，我不想結婚。母親聽後，覺得事態很嚴重，於是很長一段時間裡，搬出三親六戚來與我介紹對象，有說是上海的，有說是杭州的，自然也有本地的。

我說，不管上海下海，「天堂地獄」我都不考慮。

這可真急壞了她。母親開始「發動群眾」，幾乎動用所有親戚好友，無奈我一概不理。我的不理，竟也沒影響別人對我的感覺，時不時的，我會收到一些喜歡我的男生的信，起初我不知，拆開後一看，是這種信，再收到時，就會按著信封的地址，照原樣退回。如此的處理方式，久而久之，喜歡我的人也就不敢再來信。過了許多年，我已成為人妻人母時，還有人告訴我，說他的一位友人，曾不顧別人對我的種種傳言，斗膽寫過四封信，但都被我原封不動地退回，當時極大地打擊了他的自尊心，而這位寫信的人，若干年後離開我所居的小鎮，在中國的一個大城市發展，早已成為他所從事領域中的佼佼者，聲名遠播海內外。當時得知，我很震驚，在我被人無情地踩進沼澤地裡，無法自拔時，他不為世俗所束縛，以自己純潔的感情試圖來拯救我「出獄」的獨立精神，獨有的思想和品格一直感動著我，常常成為我判斷事物，辨別真偽的指路明燈。現實中許多虛假的東西往往掩蓋了生活中的真實，真的被說成假的，假的說成是真的，我一如既往地按照自己的生活方式生活，上班幹活、下班看書，每天按部就班的生活讓我覺著很充實，並無感到有啥缺憾。

一天，大師兄來我廠裡玩，自從他鄉下回來後，就被安排在總公司任人事處幹部，他見我廠裡人都請鞋鋪裡的修鞋匠看相，心覺好奇。於是，也過去請他看，誰知道看過後，那鞋匠坐在那裡竟一言不發，望著大師兄詭秘地笑，問他，也不答話。大師兄覺得有點蹊蹺，於是就我去向鞋匠問個究竟。

既然他這麼說，我也不好推卻，於是就跑過去問那修鞋匠：「你為什麼不肯告訴他，他的命相怎樣呢？」

豈料，他悄悄對我說：「方才我看了那個人的手相，與你的極相配，如果你與他配姻緣，他會對你很好的。」

我一聽，說：「開玩笑，他有女朋友，而我根本不考慮結婚。」

鞋匠聽後，爽朗一笑說：「婚姻仍天定，不是你想或不想，我給自己看過相，到今年冬至午夜的十二點整就離開人世，假若你不相信，我可以讓我的侄女帶信給你，過若干年以後，你一定會相信我說的話。」

鞋匠年齡約莫七十多歲。據說解放前他在上海灘混過，當時還曾背過木殼槍，看他一副放蕩不羈的樣子，照我看來屬於地痞之類。聽他這麼說，我自然不信。而同事們聽著他的話，卻看著我和大師兄哈哈大笑，神情不言而喻。

看來，我與大師兄真是一對螞蚱，不管有沒有男女間的事都被人身不由己的捆綁在一起。我看著他們心照不宣的神情，聽著他們的不言而喻的笑聲，氣得不知說什麼才好，但礙於面子，不好發作，只能板著面孔，對他們不理不睬。而大師兄卻面紅耳赤地站在那兒。

我回家對母親說了，她盯得我更緊，說：「你總不會跟大師兄談戀愛吧。」

母親的話並不讓我吃驚，反過來說，她若不是這樣，我反倒覺得不正常，人都是有自尊的，作為一個人的尊嚴，自愛，我以為在母親的一代人裡，她是可以作為表率。儘管這種自尊和自愛讓她付出了慘痛的代價，陷入悲慘境地。但她一定也誤解了我，我根本沒想過要與大師兄談戀愛，更沒想到要走婚姻這條路，我只是覺得當我越瞭解事情的真相就越覺得對大師兄有失公正，因為我，他也無緣無故被傳與我發生過性關係。這麼小的鎮，就是唾沫也會將人淹死，何況他也是個青年，據說還在與他人談戀愛。

與我不同的是，他是個男的，我是個女的，在眾人的眼睛裡，男人有這事可以原諒，而女人就不行，你將永遠無法洗去這污點，有時還被無限放大，不可收拾。

當晚，大師兄到我值班的地方來，我覺得他好像有話要說。但我卻被一種不可言狀的心態所左右，以冷漠的態度埋下頭去，不打算理他。

許是他感覺到了我拒人千里的態度，十分尷尬地站在那裡。

同事見狀，就主動請他坐下，熱情地與他聊天，感覺得出，她是出於好心，幫我彌補這份不近情理的冷漠。

但我仍不領情，顧自不理他。

以後我值夜班，他常來，不過每次不超過十分鐘，然後，就有禮貌地告辭走了。時間一長，女同事就說，其實，我覺得這小夥子還挺不錯的。更奇怪的事，連房東婆婆也說，這小夥子還真不錯，人可靠，也忠厚，以後便不止一次地對我說，你也老大不小了，你的同學都結婚生子了，找個人嫁了算了，你母親老了也好有個依靠。很多事情隨著時間的推移會起變化，母親在婆婆不斷的叨嘮下，竟然不像以前那樣對我以死相威脅，只是仍像克格勃一樣地盯著我的一舉一動。而我仍然抱定宗旨，不結婚。我想起一位不知名姓的詩人寫得詩句：好的聲望是永遠找不到的鈔票，壞的名聲是永遠掙不脫的枷鎖；如果事實真是這樣的話，我願在單調的海洋上終身摸索漂泊。

第十七章

1

我的調動並沒有影響班主任繼續給我寄書，有時我很覺奇怪，不知他從那兒弄來這麼些書，就連英國的莫勒、德國的康德、黑格爾的哲學書也給我寄來，說：「看這些書會讓你對整個世界有個清醒的認識，學會邏輯思維，為日後的寫作打下基礎。」

讀這些書時，不知是我的閱歷比較淺還是我本來就悟性不夠高，反正讀時生吞活剝，囫圇吞棗。寫信去給他說了，他回信說，先過一遍，以後再讀，理解起來就很快。我這個人別人對我說啥，我都會打個問號，唯有書，誰讓我看，我都會看，所以，我覺得要我聽從你其實也很方便，你可以找本書給我看，然後，再來闡述你的觀點，這樣我就容易接受。班主任一定是掌握了我的這個弱點，每當寄書時，就會寫一封信，「教訓」我一番。不過他說話的口氣很奇特，不像是老師教訓學生的口氣，倒是常常用商量的口氣對我說。有時讓我覺得他有點低聲下氣。比如，他在一封信中談到，他希望我有一天能從事文學創作。然而又說，如果你不願意也不勉強，因為這個事，不是誰說要寫就能寫的，它有先天的因素，也有自身的勤奮，還要機遇什麼的。他只是為我好等等。看著他的信，我有時真覺好笑，自相矛盾的他，不知到底想說點啥。

我和他通信，開始時並沒有對母親講，怕她又要埋怨我，再說，我總懷疑他與母親有什麼。我之所以沒有拒絕他對我的關心，是因為我從沒抓住他與母親關係不正常的把柄。再說，如果他真的和母親有什麼，不知怎麼，我覺得他比起我的父親對母親的態度來要好的多。關於這一點，我一直有自己的主見，沒有證據就不可以隨便作出「是」的判斷，同樣也不好作出「否」的判斷，這種無法判斷真偽的想法，決定了我與他繼續保持通信聯繫，但也僅限於通信，一直沒有再見面。

信中他談了自己目前的生活和工作狀況，但從不提他的私人感情生活。有一次，出於關心，我在信中問了他，他來信說，他心中早就有了喜歡的對象。其餘的也就不再說。

為了這件事，那天一回家我就告訴了母親，當時她正洗著菜，聽後，停了半晌才說：「他終於有了感情的歸宿。」並要我去信時捎上對他的祝賀。也正是因為這事，母親才知道他與我一直通著信。她交待完後，對我說：「你儘量與他少通信，免得被你父親抓到把柄，到時連你也弄得難看，他也繼續受罪。」

說實話，我之所以將這事告訴她，是想試探一下母親的反應，究竟她聽後會怎麼樣？感情是一切事物的試金石，假若母親與他真沒有什麼不可告人的秘密，她的臉色一定會告訴我。讓我意想不到的是，她雖然愣了一下，但好像也沒有露出讓我心驚肉跳的反應。是她不露聲色，還是我多疑，反正試探的結果並沒有讓我滿意。母親仍低著頭洗她的菜，我不知道，我這樣做母親覺察到了沒有，如果覺察到我在試探她，那麼我的這種做法顯然也會令她不滿意。想到這，我內心掠過一絲歉意，說：「媽媽，你去休息，我來洗。」

有些事發生的太突然，還真令你措手不及。傍晚，大師兄來我家，我正在房中看班主任的來信。說句心裡話，他的信寫得特別好，文采飛揚，妙語連篇，既有對文學的看法，也有對我語重心長的叮嚀，讀他信，我覺得是一種享受，滿滿三頁紙，讓我沉溺其中。根本沒發現他進我房間。

他在房門口站了片刻，發現我根本就沒注意他，只是一個勁兒的看著信。這可是絕無僅有的事，一個人對一封信沉迷到連人走你面前都不知道，會是封什麼樣的信呢？換句話說，一定是封非同尋常的信。許是大師兄一定感到了對他的威脅，於是他竟然一反往常矜持的態度，過來一把從我手裡將信搶了過去，不管你同不同意就低頭看起來。

一開始，我還沒反應過來，等到反應過來，發現他竟不顧我的隱私而在偷看我的私人信件時，我勃然大怒，想從他手裡奪過來，無奈他竟轉身奔出房間，穿過客廳，又以小跑步的速度奔出黑漆院牆門，邊看邊快速跑到田埂上。我在後面緊緊地追趕，他跑，我追，跨上田埂時，一不留神，我踩了個空，掉進溝裡，我又急又惱，慌忙爬上溝，繼續朝前追趕，不料，一個踉蹌又將我跌倒在地，眼看自己沒法追上他，我無奈又惱火地乾脆坐在田埂上大哭，嘴裡不斷地罵道：「你是個小人，偷看我的私人信件，我再也不理你了。」

他卻遠遠的站在田埂上不管我的哭喊繼續讀著信。不一會，他看完了。許就他讀完後覺得這信並不是他想像的是什麼情書之類，就跑過來還給我，瞪大眼睛，情緒激動地說：「你不知道，我早已喜歡上了你，如果你跟別人談，我怎麼辦?!」說時，兩眼直盯著我，想要把我吃進肚子裡去似的。

聽他此話，我的手停在半空中，不知拿好，還是不拿好。片刻，我迅速從他手裡一把抓過信，掉頭就跑。

這回輪到他追我了，我急急地朝前跑，他在後面跟，我幾乎感覺到他要追上我了，就開始快跑，邊跑邊想，你算什麼名堂，竟偷看我的私信，他的信，連媽媽也沒看過。你算老幾，不就是我師兄嗎？師兄怎麼可以偷看我的信。還說喜歡我，你喜歡我，不等於我喜歡你，就衝著你搶看我信這一點，我就不喜歡。沒教養！他不知道，我的心早已變得異常敏感而自尊。記得出門玩耍時，我經常被家境好的孩子打得鼻青臉腫，回家後又會被父親打罵一通，他說的理由是：「你為什麼去招惹別人？」五六歲時就看清了自己在這個世界上的處境，我明白要活下去，就別想指望別人，一切都得靠自己。同時，我希望自己在尊重別人的基礎上，別人也能尊重我，最起碼不想別人來傷害我，儘管常常被人傷害。

一跑進家，我就拴上房門，爬在桌上抽泣。在我的心裡，班主任的信，是我唯一的精神家園。就像是一塊沒有被污染和沒被侵犯並可以依賴的生存領地。走出這塊領地，我會覺得就像是走進一座大森林，裡面儘是些吃人的豺狼虎豹，唯有他對我好像沒有惡意，儘管他的出現常常會把我的家弄得亂七八糟，奇怪的是，我竟沒有對他表示出強烈的反感，並且願意繼續與他進行秘密的信件交往。正是在這種交往下，我廝守著一份對文學的熱愛，對生活的信念和夢想。我覺得只要有這份精神家園在，我的心就不會枯竭。為了它，我可以捨去一切，我決不允許有人玷污了它。不允許任何人侵入這塊純潔而富有夢想的領地。然而如今，大師兄有意無意地闖了進來，既讓我氣憤，也讓我恐懼，我感到一種從未有過的憤慨，豈止是憤慨，簡直是不能容忍，他就像是貿然闖進私人領地的偷獵者，一闖進來，就殘忍地端起獵槍瞄準你最心愛的獵物，並一槍把它擊斃。讓人眼睜睜看著自己心愛的獵物被打中卻無能為力。

「你快開門，快開門！」大師兄急促地敲著門。

「哇。」我哭出了聲。

「我只是怕你心裡另有別人，其他沒有什麼想法。」他重複著，繼續敲著門。

「你給我走，我以後再也不要見到你！」我義憤填膺。

「你們在幹什麼？」是母親回來了，她好像站在樓梯的平臺上問。

「喔，是我不好，惹小小生氣了。」他對母親說。

「究竟發生了什麼事，她哭成這樣？」有階梯聲，是母親的腳步。

「是我拿了她的信看。」他說。

「什麼信，用得著這樣。」母親邊說，邊催促我開門：「有什麼大不了的事，弄成這樣，讓人瞧見都不好。」

什麼讓人瞧不瞧見，我的信被他偷看了，這才是天大的事，什麼事都比不上它嚴重。我堅決不開。管他呢，什麼大師兄，什麼喜歡不喜歡，就憑你這種偷看別人信件的行為，就配不上我。我坐在那兒仍一動不動。

「小小，我是要進來取東西，你不開，我怎麼拿？」一定是母親想哄騙我上當，才這麼說。

「那你讓他走，我就開。」我以攻為守。這招還真靈，門外似乎有竊竊私語聲，停了片刻，大師兄喊：「那我走了。」

一陣腳步聲響，我確定他走後，才站起身開門。

母親一進來就問：「什麼信，弄得這樣哭個不停，還與他鬥氣，你也老大不小了，又怎麼了，把人家晾在外頭，你懂不懂禮貌。」她一味地埋怨我，好像錯全在我。

我說：「他搶我的信去看，他有什麼權力這樣做？」

「看看又怎麼，誰的信，這麼嚴重？」她歪著頭問。

我猶豫了一下，尷尬的說：「是他的信。」

她不明白似地看看我：「他，他是誰？」順手拿起擱在床上的一件衣服。

我瞟了她一眼，說：「班主任。」

她愣了半晌說：「那你為什麼在他來的時候看？」

我說：「我又不知道他來。」

她說：「那倒也是，怎麼可以搶看別人的信呢？」說罷，將剛才拿在手裡的衣服折疊起來：「他來信講些什麼？」

我說：「沒講啥，只是讓我多讀點書。」

她說：「他也真是，你都已經工作了，過了讀書的年齡，不是讓你好好工作，一天到晚讓看書，看這種文學書有啥用，還不如多背背藥書。」邊說邊將折疊好的衣服，準備放進裝衣服的紙板箱裡。

「他說，希望我成為一個作家。」我幫襯著她打開紙板箱的盒蓋。

「作家，什麼作家？」她用手將衣服放入紙板箱內，隨後將紙箱蓋好，盯著我說：「在單位工作有啥不好，『坐家』，『坐』在家裡有啥好？有個工作多不容易，虧他想得出來。」顯然，識字不多的母親無法理解作家的涵義，曲解成坐在家裡無所事事的人。

我不想與她多說，說了也白搭。

她見我沒有說話，彷彿想起什麼似地說：「對你說了，不要與他多交往，怎麼還在交往？」

我說：「只是寫幾封信，又沒有見面。再說，我覺得他是為我好。」

「為你好，為你好，世界上的男人哪個是好的，你說哪個男人會為愛情而死？」講著講著，她又教訓起我來：「你看，就算那個死鬼，我對他哪點不好，哼，他就這樣對待我，你也見了。你說還有哪個男人好?!」

聽她說起父親，我也就不打算再講什麼，這是個老調重彈的問題，說得多了，很煩。我朝她望了一眼，低下頭，不發一言。

「不過話又說回來，他這個人還是不錯，因為是你的班主任，我也不好再多說啥，你想跟他通信就通吧，反正都是些紙上談兵，沒啥結果。」母親突然說了這些話，然後，朝我擺了一下手，顧自去廚房了。

2

清晨上班，我竟在單位昏倒了。同事們叫來醫生，看後說，是身體虛弱引起的，患了嚴重貧血，血色素只有五克，心臟病又犯了。

心跳得連床上都躺不下，一躺下，心臟頻繁而猛烈的跳動竟連床鋪都感覺在抖動。一夜夜的失眠，一次次地去醫院做心電圖，心跳的頻率每分鐘竟達到一百五十六次，而且心率失常，胸悶的氣都喘不過來，路也走不動。

上醫院就得找人幫著抬，到哪裡去找人呢？又不是一天兩天的事。母親急得團團轉，大師兄像救星似地出現在面前，對我母親說：「我來背。」

按平時，母親一定不會答應，但現在是非常時期，她著急地點了點頭。

就這樣，在眾目睽睽之下，他將我馱在自己寬闊的背上，晃晃悠悠地走過大半條棲塘街。我在他的背上昏昏沉沉，似睡非睡，一切似乎都作不了主，任憑他將我帶到哪裡。很長一段時間，他就這樣背著我穿梭在窄長的棲塘街，在人來人往的街道上晃來晃去，在眾人奇異的目光中穿越曾未有過，但眾人都早已認為存在的那個愛情或者說情感的事實隧道。我感到這份情感不是他要或者誰不要的問題，而是你要不要其實都屬於你和他的。你想不要也不行，就算要賴也賴不掉。

「你背她上哪兒去？」路上有熟人問。

「去看病。」他說。

「什麼病？」

「心臟病。」

「這病可麻煩，恐怕好起來比較慢。」

「就是，病來如山倒，病去如抽絲。」

「那你要辛苦點了。」

「沒什麼，也就這樣了。」

一切好像都是安排好的，他與我的關係就像是鐵板上釘釘子，你想拔也拔不掉，深深地扎在眾人的腦海裡，溶化在人們的血液中。這讓我很生氣，我說：「你這樣說話，好像我倆有什麼似的。」

他說：「我又沒說錯什麼，那你說，怎麼回答？」

仔細一想，也對，還真挑不出毛病來。

在我生病的這段時間，他每天都來，不是背我去看病，就是幫著幹家務，母親看了，也不再說什麼，有時到了時間不來，竟還念叨起他來，弄得我心裡怪煩的：「他一天不來，就念他，你煩不煩。」

母親聽說：「你怎麼能這樣，忘恩負義，自已身體好了，倒討厭人家了，背你去醫院時，你怎麼就不說。」

我說：「又不是我要他背。」

「你們說啥呀？」說誰誰就來，剛進門的他問道。

母親一見，趕忙站起身，讓坐說：「沒說啥，正惦記你呢。」

「誰惦記了。」我小聲嘟噥著。

母親聽見我話，朝我瞥了一眼。我趕緊閉嘴，不說了。

這事過去後很長時間，大師兄沒有再來我家，母親說：「怎麼就不來了？」

我說：「還來幹啥。」嘴上這麼說，心裡也挺納悶。

一個星期天，他又來了，當時我正坐在床上看書，母親在忙她自已的針線活。看見他進來，我就將書擱在膝蓋上說：「你最近上哪裡去了，也不見你。」

他勉強一笑說：「回家去了。」

「回家也不過三四天的事，一個月沒來，我還以為你出啥事情了。」

「是有點事。」他說著，轉身坐到我對面的凳子上，然後凝視著我說：「我對父母親說了。」

「啥事？」我不明白地問。

「我和你的事呀！」他神情極為嚴肅。

我看看他，一句話也不說。母親曾經說過的話卻在我耳邊迴響：「你跟他好，我就死給你看。」我知道這是母親當時針對他父母親對我和他關係傳言的反對所表示的最明確的反應，儘管她現在看似不再對大師兄反感，但真要讓她接受大師兄和我戀愛的關係，恐怕很難說。

果然，當她聽到他話時，臉色鐵青，調侃著說：「好啊，如果真要跟我女兒好，就讓你父母親來說，免得日後又說我們占了你家的便宜。」

我想，她一定想起他父母當時對她說得那些讓她覺得很沒面子的話，所以用這種激將法來挽回自己的自尊。

聽到這話，他先是愣了一下，頃刻說：「他們真的都同意了。」

「他們同意有什麼用，我還不同意呢，有些話要講清楚。」彷彿不這樣，她就是個傻子。然後，掉過頭對我講：「不經我的允許，不許與他談戀愛。」我瞅瞅這個，又瞧瞧那個，覺得很好笑，當事人的我，自己都沒想好，倒是他倆打開了頭，好像我的事，他倆誰都可以說了算，就我自己說了不算。我對母親說：「這又不是舊社會，婚姻可以包辦。」然後轉過頭對他說：「我還沒有要嫁人的念頭。」

「你是因為發生了那麼多的事，想逃避現實才這樣，可人必竟生活在現實裡，逃是逃不掉的，需要共同面對才是。」他急切地補充說：「其實我一直對你有意，不管你信不信，這些年，我也沒談過戀愛，別人所說的醫院的那位護士，她只是我的一個表妹，是眾人胡亂猜疑而已。不信，你可以去打聽。反正你同不同意我都等你。不管等多久。」他的眼睛第一次那麼堅定而又含情脈脈地瞅著我。

「我認為這世上找不到真正可以理解和懂我的人，我不想嫁人。」我依然堅決地說。

「不想嫁就不嫁。」母親轉過身，面對著他，神情凝重地說：「如果你父母親答應讓你做上門女婿，那就成，否則就算了。」

我沒想到她竟然拋出這樣的殺手鐧。這一手還真讓他受的。我想，也好，這下我終於可以解脫了，他家只有他一個獨子，誰願意把自己的獨生兒子嫁給人家做女婿，除非太陽從西邊出來。我鬆口氣，朝大師兄看去，他先是吃驚，隨即臉色凝重的站起來，拍拍屁股，對我轉而一笑，走了。

望著他的背影，不知怎麼，一種同情和憐憫油然而生，我的心中泛起一陣說不出來的內疚。

3

哥哥很得意，終於把心愛的女孩子抓到了手。他的成功經驗，就是先下手為強，把她的肚子搞大。他認為，大局已定。那女孩也和他影形不離，生怕熟飯變回糠米，果不其然，要結婚了，女方家人一個都不肯來，說是寧願斷絕關係，也不肯把女兒嫁給他。於是，哥哥就省了這份心，說，本來就窮，那就婚事簡辦。這種簡，就是他倆扯張結婚證後，對著領袖的畫像端端正正的鞠上三個躬，然後舉起右臂，握緊拳頭，發出最莊嚴的誓言：我倆一輩子跟著他老人家永遠前進在無產階級革命的大道上！我和母親作證，站在旁邊，見證了這簡單而莊嚴的「文革」式的令人難忘的婚禮。然後，叫上弟弟，邀請了房東婆婆，六個人圍著我家那張破圓桌，熱熱鬧鬧地吃了頓飯。那頓飯是我從出生以來見過的家中最豐盛的，我至今還記得：紅燒肉、韭菜炒肉絲、豆芽菜、千張燒鹹肉、跑蛋、豬腰炒韭芽、燒青菜。我和弟弟吃得啥話都不說，唯恐他們四張嘴吃過我們兩張嘴。

哥哥將北廣原來表姐睡的臥室改作新房，此時的表姐已經嫁了人，搬去她夫家居住了。新房牆壁上貼了兩張人人愛不愛看都必須看的樣板戲《紅燈記》、《沙家浜》中手持紅燈接革命班的李鐵梅和刁德一智鬥阿慶嫂的畫紙。問了哥哥為啥貼這兩張，他說，生個孩子要讓他接好革命的班，或者像阿慶嫂一樣精明能幹，別像我連個茶館都開不了，只好在鄉下種地。

女家不來人，讓哥哥心頭老大不快，好在他倆相親相愛心裡也就踏實些。哥哥說，本來我與她結婚，又不是與她家裡的人結婚，不來拉倒，以後也別怪我不叫。他這麼說，我知道，完全是自欺欺人，誰結婚時，不想自己的親朋好友來給自己道個喜！他很內疚，結婚時沒有多餘的錢給她買件新衣服。嫂子說，買啥衣服，買了也不好穿。也難怪，她的腹部天天看脹，就算你買了衣服，說不定明天就不能穿。哥哥逗著說，看來人窮，也有辦法，這樣就不再費心了。聽得嫂子哭笑不得。

哥哥一結婚，母親就發急，說我一天到晚也不知道在幹啥。讓她很揪心。

瞧著女友和哥哥他們一個個爭先恐後的結婚，我總覺得他們個個像英雄般獻身的烈士，好像他們的結婚，不是走向新生活，而是走向毀滅，不是在生活，而是在殉道，不是成家，而是走向墳墓。父親和母親兩個人不斷地爭吵、打架的情景無數次浮現在我的眼前，我甚至覺得兩個毫不相干的人走在一起成為夫妻，怎麼能一輩子面對同一張臉不嫌其煩地生活下去？與其吵吵鬧鬧，結婚離婚，還不如不結婚，不結婚也就避免了離婚。

我把這種想法寫信對班主任說了，他來信說：「結婚的兩個人如果他們是相互愛戀的，就不會存在你所說的不勝其煩之類的話，唯有彼此相愛結婚才是美好的，就算是吵吵鬧鬧，在生活中也不見得是壞事，有時的吵鬧，會使雙方更加增進瞭解，進而多一分理解，從而更加相愛。反之，也會過得像你父母親一樣，痛不欲生。」

看來我這輩子是不會結婚的，因為，我覺得自己碰不上這樣的人，找，那更加不可能。深夜，我爬在床上就著昏暗的油燈給他寫信，信中給他訴說了自己的苦惱，並說了大師兄的事。我以為他會給我很快回信，殊不知，這一次竟過了兩個月都沒給我回。我想，他是不是出差或有女朋友因此就顧不上給我寫信了。他不回信，我感到很寂寞，也很惆悵，每當夜深人靜，就會想起他來，想起，就會湧上一種異樣的感覺。我突然發現他其實早已經成為我生活中如形隨影的一個不可或缺的影子，他不來信，我就無休止的猜測，而且總是往不好的地方想：是不是生病啦？是不是被車撞啦？是不是又被我的父親打啦，種種，種種，直想到晚上盡做惡夢，白天看見街上有大堆人圍著，我都會上去看：是不是他來看我時被車撞了？我因此變得焦慮、變得心神不定，變得看不進書，睡不好覺，做事也沒精打采，只要空閒下來，就心神不寧地望著天空發呆。

有一天，我實在忍不住了。乘著休假，瞞著母親偷偷去了他所待的小鎮。小鎮離陵廣鎮有三十多里路，坐汽車半個多小時就到。下得車，我順著塵土飛揚的馬路往前走。

我是第一次來這裡，弄不清楚他所工作的商店究竟在哪裡。好在我在某些方面一向膽大，尤其敢走陌生路，認為全世界的路其實都在你嘴邊，有時看著別人拿著地圖瞧半天，我的心就煩，還不如問路來的快。一問路人，店就在不遠。順著路人所指的方向，我逕自找過去。想到馬上就要見到他，不知怎麼，我的心就「呼呼」亂跳，腳步也變得遲緩起來。心想，自己究竟是怎麼啦，他是你什麼人，是老師？是朋友？還是什麼？他為什麼與我一直保持通信，他究竟是我的老師，還是我母親的相好？還是什麼？我今天為什麼會不顧一切地來看他。見了他，我說什麼呢？說我想念他特地來看他？還是什麼？我突然覺得自己有點不可思議，竟然那麼唐突而異想天開地作出這個決定。可來都來了，為什麼不見他呢？就是看在他與我通信這麼多年的份上，我也應該看看他！

我路過一家水果攤，上面零亂地擺放著蘋果、香蕉、桔子之類的水果。我靈機一動，對，買點水果，就說是路過或者說是來辦事，總之不能說是專程來看他的，免得人家誤會，也給自己找到一個來看他的理由。人有時的確需要一種自欺欺人的心態，讓自己有個臺階下。

提著水果往他的店面靠近，隔著玻璃窗望進去，他，果然在那裡。這是一家百什商店，不大，僅三十來個平方米。裡面擱著幾個靠牆的貨架，幾張櫃臺，上面好像放著肥皂、草紙、毛巾、花露水等貨物，櫃臺一角放著油鹽醬醋什麼的，讓人不可思議的是，櫃臺前的地上還堆放著一袋袋有機化肥。刺鼻的氣味夾雜著各種味道，在平方不大的店內瀰漫。顧客不多，三三兩兩，一會兒進，一會兒出，我瞅准一個沒人的機會走了進去。屏住呼吸走到他面前，隔著櫃臺對他說：「還認識我嗎？」

他抬起頭，先是一愣，頃刻，滿臉欣喜：「是你，怎麼是你。」說著，手中的園珠筆「啪答」掉在桌上，又彈到地上。

「想不到吧，就想給你一個驚喜。」隨後，一扭身，做了個優雅的托舉動作，將那袋水果送到他眼前。

他一看，三分意外，不好意思說：「怎麼，還給我買東西？」猶豫著接過去：「你媽媽怎麼樣，還好吧？」他問。

「老樣子。」我回答。心裡卻想，一見面什麼不好問，就問我媽。怎麼就不問問我，我可是特意來看你的。看來你也是「老樣子」。

「你最近怎麼樣？」店裡進來兩個人，他邊問邊過去打招呼。

「沒怎麼樣。」趁他給顧客拿東西，我一邊回答，一邊仔細打量他，幾年不見，他變了，稀鬆萎黃的頭髮，淨白的面孔如今呈灰黃色，好像有病似的，眼睛很是茫然。我的腦海裡浮現出他當年教我讀書時的情景：頭髮整潔光亮，一副風流倜黨的樣子。上課總愛說幾句讓人捧腹大笑的話，引經據典隨口而出，在講臺上，他總是兩眼放光。同學也跟著放光。

「你一定在想，我變了，對嗎？」他笑兮兮地站到我面前：「讓你吃驚了，認不出來了吧？」

我望著他似笑非笑的神情，樣子很難看的咧咧嘴，一句話也說不出來。一定是我家的事，使他受打擊了。而且被父親和哥哥打傷了幾次，聽媽說，他的肝臟本來就不太好，得過黃膽肝炎，幾次挨打受氣後總會發作，都會住院，這兒又沒親人，他就一個人孤零零地住在醫院裡。

外邊進來一個人，是他單位的同事。班主任對他說：「來了個以前的學生，帶她出去吃頓飯。」有人幫他照顧著商店，他立馬招呼著讓我走。

出了商店，沿著一排商店朝前走。到了一家門面不大的飯店，他讓我進去說：「這兒是最大的飯店了，我點幾個菜，咱們慢慢聊。」吃飯時，他要了二兩白酒，指著飯菜說：「快吃，要冷了。」

我一數菜，有五隻，二人吃顯然太多了。說了，他卻講，鄉下沒啥好菜，幾個家常菜罷了。說罷，用一雙備用的筷子，挾了塊雞肉給我，接著又挾了二塊紅燒肉放到我面前的一隻空碗裡說：「多吃點，看你瘦的。」說時，眼裡充滿了憐愛，不知怎麼，我聽後喉頭有點哽，想說點什麼，卻說不出來，只好默默地扒著碗裡的飯。

他看著我不吃菜，又說：「怎麼，不喜歡吃這些菜，那你想吃點啥，我再點。」他充滿關愛的注視著我，像是在等待我的答覆。我的頭埋得更低了，怕他看見我的神情，其實我的眼睛裡早已溢滿淚水。他的親切和藹讓我想起自己的父親，我突然拿他與父親作比較，比較之下讓我熱淚盈眶。

「你怎麼啦，怎麼不說話？」他著急起來，我抬頭看了看他，淚水止不住地流下來。他愣了一下，像明白了什麼說：「有什麼事情可以對我說。」

我扁扁嘴，「哇！」哭出聲來說：「你為什麼不給我寫信？」

他聽後，愣了愣，沉默了半晌說：「我以為是什麼呢？原來是這件事，我對你說，因為我前一陣子住在醫院裡生病，你知道我生的是啥病，我不可以給你寫信對不對？」

原來他是怕傳染給我。我感動的語塞。

他看我無語，就說：「是我的錯，是我撒謊，我向你道歉好不好？」臉上充滿了慚愧和不安。

看他這樣，我也不好再說什麼，顧自端起飯，朝嘴裡扒拉起來。

他一見我吃飯，又趕緊給我挾菜，那種討好的神情像是自己犯了什麼罪，彷彿只有用這樣的方式才能彌補似的。接下去的時間裡，他總是看著我吃，還不斷地往我碗裡挾菜，自己卻很少吃菜。看我吃時，他的眼神裡露出一種愉悅的神情，就像是老狼看見小狼貪婪地吃他自己辛苦勞動得來的勝利果實。還沒等我吃完，他突然說：「你慢慢吃，我去去就來。」說罷，起身走了出去。

我正感到納悶。

過了一會，只見他急忡忡走進來，手裡拎著一個藍布包。一坐下，就說：「這些東西你帶走。」一邊就邊動手將包裹解開。我一看，裡面是一塊白底帶紅點的花布，還有兩瓶蜂蜜：「這是給你的。」他拿在手裡給我看。

我趕忙推說：「我不要，你自己吃。」

「聽話，你老是這麼瘦，心臟又不好，吃這個對你會有好處。」說完，重新放回包裹裡，將包裹紮了紮緊，隨手擱在我的手邊，說：「一會兒帶走。」

「謝謝你。」我低頭嘟囔一句。

「我還要謝你呢，你特地來看我。」他喜笑顏開地說。

我想說我是辦事路過這裡的，並不是特地來看他的，但不知為什麼，張了張嘴，始終沒說出口。

我要走了，他一直將我送到車站，又連說了好幾遍，說你來看我，我真的太高興了，說時，眼眶裡彷彿有東西在閃動。

汽車開動了，他跟著朝前跑了幾步，然後喊道：「我會繼續給你寫信。」

回家不久，我又收到了他給我的來信，信中自然又提起我去看他的事，同樣，依舊寄給我幾本書，寫上幾句鼓勵我的話。而我照常給他覆信，我覺得自己就像是脫離了軌道的地球重新回到正常的生活軌道上運行。

第十八章

1

自從與父親在麻雀鎮交鋒後，就再也沒見過他。哥哥來時，我曾問過，他說，他還是老樣子。每天拉著那輛破舊的人力勞動車，掙錢養活自己和弟弟。酒還是照常喝，一天四頓，雷打不動。黃昏那頓酒，喝起來沒個完，喝多了就開始罵娘。

夏日的一天，我正在單位值夜班，北廣老家的一位鄰居氣喘吁吁地跑來說：「不好了，不好了，你家樓上的房間著火了，臨街的門打不開，你快去看看。」

我聽說，心想不好，弟弟不要出啥事，於是拔腿就往北廣跑。這三里多地的路，我緊趕慢跑，跑到家門口，只見街門已經打開。

我一進屋，就往樓上竄，朝弟弟臥室跑，不見有人，就直奔父親的房間。一進門，看見弟弟跪在地上爬在父親的床沿上睡著了。而父親卻半醉不醒，像一隻沉睡的獅子，頭歪靠著牆，打著呼嚕呼呼大睡。床上地板上全是水，被水澆過的被子濕淋淋的，一半竟蓋在他身上，一半拖在地上。想必是剛剛才撲滅的火，可他竟這樣大亂不驚地醉著睡了。

我趕緊扶起弟弟，在他耳邊悄悄說：「快，去你那邊的房間睡。」弟弟迷迷頓頓地睜開眼，露出驚疑的神情。是啊，自從我十歲那年隨母親出走後，就再沒回來過，今天是我出走後第一次踏進家門。並且是在這樣一種不可思議地情況下。我帶著弟弟走進了自己曾經睡過的臥室，安頓好迷糊中的弟弟，重又進了父親的臥室。

我一站到床前，他竟突然醒了，用手扼扼眼睛說：「你來了。」口氣平靜的好像我從來就沒出過家門。

我瞅瞅他，沒吱聲。

他將斜靠在牆壁的身子坐坐正，用手拍拍床沿說：「來，坐這兒。」口氣充滿溫情，令我絲毫感覺不到他往日充滿火藥味的絕情，倒像是久別的老朋友相見。

也怪，我好像忘記了一直以來在心底發過要與他鬥爭到底的誓言，身不由己走過去，坐在床沿上。

「來，讓爸爸看看你的手。」他不等我表示同意與否，就一把將我那隻殘缺的手拉了過去，抬起自己的右手在它上面輕輕地撫摩，然後又將它高高舉起，翻來覆去地瞧了又瞧，埋怨不像埋怨，心痛不像心痛地說：「你看你，好好的一隻手，卻不小心弄成這樣子。」說罷，歎了口氣，說：「一定很痛吧？俗話說，十指連心呀。」

「都過去了。」我聽了他的話，也不知說啥好，過去的事，現在再來說，時間地點不對，產生的感受也不一樣，就像喝了多次的一杯茶水，淡了。加上很長時間沒見他，我都懷疑自己快記不起他的模樣來，要知道，人與人之間是需要經常溝通的，不溝通就意味著情感上的疏遠，我和他彼此從來就沒什麼好感，他的這番充滿關心的話，在我聽來就像是感情表錯了地方，沒感覺。

儘管這樣，我的心，似有醋澆在上面，變得有點軟，有點酸。

他彷彿沒聽見我說的話，將手又貼在他的臉頰上，喃喃地說：「一定很痛很痛，又妨礙做事情。」

看著他這樣，我的心顫抖了一下，眼睛一酸，像要哭出來。但怕在他面前露出我的柔軟，我忍住即將要掉下來的眼淚，強裝笑臉說：「沒關係，不礙事。」

「臉漂亮了，手又弄成這樣，舞跳不成，連筆也握不住，不過，說到底只念過三年小學，字識得那麼少，不知你以後還能做什麼，恐怕連做做吃吃都困難。」他歎口氣，教訓我似地說。

我聽罷，一下把手從他的掌心裡抽出來。

他見我一副驚慌失措的樣子，笑笑說：「一點沒改，還是老樣子。」

想不到他還是瞧不起我，說我連做事吃飯都困難。一瞬間，差不多快要被他溶化的心，變得又強硬起來。你才做啥也不成，吃也不像樣，光會喝老酒，我心裡嘀咕著，他說的老樣子，是指我什麼，是指我對他的敵視？還是對他的恐懼？還是不顧他的感受？我心裡湧起一陣反感，立刻站起身說：「沒事的話，我走了。」

見我要走，他急了，說：「怎麼沒事，你看這張棕棚床上面有個洞，你能否幫我把洞先用什麼東西堵上，明天，我找人修。」邊說邊側身撩起被子讓我瞧。果然一個比碗口還要大的洞，四周的棕被燒成焦黑。不僅如此，整張床被水淋得精濕。

「今晚你就睡弟弟床上去，要不，就將床移到樓下，這樣萬一有事也方便處理。」我勸說。

「不行，我就在這張床上睡。」他口氣堅決。

「你怎麼這樣，這麼濕的床，要睡出病來的。」不知怎麼，我竟說出這樣的話來。

「病，我恐怕早得上了。」他說著，摸了摸自己的胸口。

我這才認真地瞧了瞧他：面部浮腫，皮膚灰暗，頭髮稀鬆，兩眼無光。一副萎靡不振髒兮兮的模樣。是長期的酗酒，使他失去了往日風流倜儻的風度？還是母親的離家出走給他帶來的精神上的打擊？抑或是右派和貪污分子等諸如此類的那些個帽子壓得他沉重的透不過氣？一種夾雜五味的感覺在我心中油然而生，是同情？是憐憫？是不屑一顧？還是什麼？唯有他勉強睜著的那雙散淡而發紅的眼睛透過昏暗的燈光，警惕地注視著我時，我才發現他與我的戰爭根本就沒有結束，仍在繼續，並且隨時隨地一觸即發。

「那更要睡過去。」我邊說邊想攙扶他起來，誰知，他一把推開我說：「我死也要死在這床上，決不到別的地方去睡！」態度之堅決，不容我分說。

「床這麼濕，明天請人修了再睡，不更好嗎？」

「你知道啥，這是我與你母親結婚時睡的床，我不會離開的。」說完，兩眼呆滯地瞧著地板，嘴裡「呼哧呼哧」地噴著酒氣，神情好像沉浸在回憶之中。

聽了他的話，我一愣，不知說啥好：你不是整天跟我母親過不去，動不動就打她，讓她滾，滾出這個家才忖你的心嗎？今天怎麼講出這種話來，不可理喻，我想，大概是他酒喝多了，還沒清醒，要不，絕對不會說出這種話來！

看著他醉醺醺的樣子，我沒好氣地說：「那你睡吧，我走了。」說罷，抬腿就走。

「走，走，你走，你們都走吧，留我一個人在這兒，有一天，我會被火燒死，連同這幾間房屋，這張床，這張床啊！」他的話語，由低到高，由高到低，最後變成了嗚咽聲。當我跨出家門時，我突然感到一陣胸悶，伴隨著陣陣隱痛，淚水莫名其妙地往外湧。

2

不久，弟弟的吃飯問題終於有了著落，他被分配到距陵廣鎮五里地的鄉下，一家百貨商店工作。兄妹三個，他的學歷最高，算是高中畢業，當時讀大學都是選拔保送，稱謂「工農兵大學生」，均由各級革委會推薦，弟弟自然不能上。但不管怎麼說，家裡多了個掙錢的，總比沒有的好，就是可惜了哥哥，因為父母親的原因，爭取了幾次都沒輪上上調，氣得他邊種地邊罵娘。弟弟說，想明白了也就那麼回事，大學讀完了，不也是工作？哥哥種地也不一樣管自己的嘴巴。

弟弟在校表現不錯，常常受到老師的表揚，得到過許多榮譽獎狀。對他獲此殊榮有時還真令我納悶，同是一片天，他還真沒在政治上受到歧視，出校門前不久參加了中國共產主義青年團。他是我家思想最紅的孩子，性格溫和，平時少言寡語，也許正是這一點父親認定他是個讀書的料，於是將他自己的英語底子全使在他的身上。這讓弟弟說起父親時，崇拜的五體投地，說，老師教錯的英語，父親會像捉跳蚤似的一個個捏在指頭，然後將他們放在嘴裡，「格崩格崩」地咬個粉碎，然後說：「誤人子弟。」

弟弟又說，父親其實是個很有才華的人，他打心眼裡欽佩父親。一個家庭中的三兄妹，由於父母分而不離的狀態弄得子女對他們的看法是離合不分。哥哥說父親好，我說母親好，弟弟則保持中立，誰好誰壞都不說。其實對我們兄妹來說，不管是父親還是母親，還是班主任在我看來，唯有溝通才能產生瞭解，理解後才能達到認同，我對父親的不認同，哥哥對母親的不認同，大概就在這裡。

弟弟是個老實人，在學校或單位領導叫他向東，他絕不會向西。在我看來，老實有好處也有壞處，好處是他不會讓家人擔心，壞處是容易讓人欺侮。弟弟在單位做沒多久，就纏上了事。

一天，他上我家，一看見我，就「哇」哭開了。

可把我嚇壞了，趕緊問：「出啥事了？」

豈知他咧著嘴，哭得更傷心，好像受了天大委屈似的。

我急了：「到底出啥事了，你倒是說呀。」

他這才一抹眼淚，說：「他們說我偷了店裡的布票。」

「你，偷布票？」我簡直不敢相信自己的耳朵：「誰說你偷布票。」

「單位裡的人。」他說。

「你不拿，怕他們說啥，坐得正，立得穩，不怕與和尚坐板凳。」我安慰他。

「我也是這麼想的，可是，商店頭頭找我談了，非說是我拿的。」他一臉無奈的樣子。

「他怎麼說？」我問。

「他說，就我一人值班，三丈布票就擱在櫃臺內。不是我拿，還有誰能拿。」他說了談話的經過。

「你怎麼說？」

「我說，我看都沒看見，再說，我一步也沒走出過商店。」

「他又怎麼說？」

「他說，那就搜你的身！」

「他搜你身了嗎？」

「搜了。」

「結果呢？」

「自然沒有。」

聽到這兒真把我氣壞了，他憑什麼可以搜身？我說：「既然沒有，他還能說你啥。」

他看我一眼：「說我轉移了別的地方。」

「轉移到啥地方？」

「我也不知道。」

我一聽，氣炸了，說：「明天我就去找他理論。」

豈料，弟弟說，他們已經把此事彙報到公司，連上級領導也知道了。還說要繼續追查，一查到底，如果發現真偷了，還要視情況嚴肅處理。說罷，弟弟又委屈地哭起來。

我一聽，心也亂，明知道弟弟不會拿，但情急之下也顧不得傷害他，說：「你給我老實說，你究竟拿沒拿？」

想必他是來尋求幫助和安慰的，可如今竟連自己的親姐姐也懷疑自己，一時，他停止了哭泣，站在那裡緊盯著我發呆。片刻，他醒過來似地跺著腳說：「我向毛主席保證，如果是我拿了，我就死給你看。」

這個毒誓發得我臉發白，也讓我相信他絕對沒拿這三丈布票。

我說：「你先回去吧。」

「我的確沒拿，就是打死我，也沒拿。」臨走，他又說。

次日上午，我去了他公司，可惜頭頭不在，據說他在家休息。事不遲疑，我趕去他家。

他家在梅園弄，老房子，門前有條河。跨進一扇陳舊的黑色小門，順著門穿一過道，向左轉，問了一位正在晾洗衣服的老婦人說就在這兒。說時，她朝身後的門喊：「沈經理，有人找你。」

話音剛落，只聽裡邊有人在應：「誰找我？」

他出來，見是我：「原來是你呀？什麼風把你給吹來了。」他微笑著跟我開著玩笑。

小鎮人不多，就這麼幾個單位，所以芝麻大的官也就成了稀罕之物，數下來差不多全認識。我這麼說，是相比較而言，就像做官的人是到了北京才知道自己官小一樣。光部長級以上的幹部都比比皆是，可縣官不如現管，在我眼裡，眼下再大的官也比不上他。我對他畢恭畢敬地說：「我是來找你談關於我弟弟的事情的。不知你知道嗎？」

「知道，知道，昨天他商店的經理向我彙報了。」他倒是很爽快：「怎麼，有想法？」他問。

「這不僅是想法，簡直是陷害人。」我忿然不平地說：「我今天就想得到一個合理的解釋。」

「主要是當時就你弟弟一個人在商店，這就在客觀上形成了不可推卸的責任。」他邊說邊倒了一杯白開水擱在我面前的桌子上，然而邀我坐下。

「這不符合情理，說是他拿的，有什麼證據？我弟弟說，他壓根兒就沒看見。」我說。

「可誰能證明他沒拿呢？」他凝視著我。

「那誰又能證明他拿了呢？你讓這個人出來，我要跟他對話。」我據理反駁。

「倒是沒人看見。」他坦率地告訴我。

「沒人看見，就不能說他拿，為什麼其他店員不談話，只找他談？」

「他們說，你的父親拉煤車時，曾經多收顧客二毛錢的勞務費。所以他們認為父親做這事，兒子免不了受其影響。」他這麼說。

父親，怎麼又跟我父親扯上了？父親多收勞務費，就認定他兒子也會幹出這種事。這是什麼邏輯。我說：「就算我父親多收人家二毛錢勞務費，可他當時要靠這幾毛錢養活饑餓的弟弟，而我弟弟已經有這份工作，再說，他養活自己足夠了，沒必要去做這種事。」

「這跟有錢沒錢沒關係。」他這樣說，試圖借別人的話來表達他自己認同的這一觀點。

「那我問你，我弟弟在你們那裡工作表現怎麼樣？」

他說：「很好啊！」

「還是團支書，是入黨培養對象對不對？」

「對啊！」

「那好，一個在學校裡連年被評上三好學生，到單位後大家對他的工作和人品都認同的人，你說他會突然去偷這幾丈布票？再說，他早不偷晚不偷，偏偏故意在他自己值班的時候偷，你認為這在邏輯學上站不站得住腳？」我的神情顯得很嚴肅，試圖用這種反證推理的方式來否定他們對他的判斷：「這不明擺著此地無銀三百兩嗎？」我說。

一時，他竟沒說上啥話，神情卻變得凝重起來。

見他若有所思，我認為自己的話似乎對他有所觸動。於是，繼續說，我弟弟講，如果是他偷了這三丈布票，他寧願以死來洗清自己的清白。我覺得這不僅僅涉及到我弟弟的生命，還涉及到比他生命更重要的東西——名譽。在我的意識裡，名譽是比生命更重要的東西，儘管我的面孔早已被人塗得沒有了自己原有的清白，但在我的內心裡卻永遠會為此堅持。我說：「話說到這份上，我只想提出二個建議：第一，在沒有弄清楚誰拿之前，不能認定就是他偷，如果你們堅持，那麼我將把此事反映給上一級的部門，要求他們重新審理，第二，既然是調查，那麼本店在職職工都應一視同仁，找他們談。

「要是我不這麼做呢？」他盯著我說。

「我就向上級部門反映，要求查清。」我一板一眼地說。

他沉思一會，說：「讓我考慮一下。」

他這麼說，想來認為我的話有點道理。於是，我便告辭走了。走出他家門時，我突然覺得自己是不是做得有點過分，但一想到弟弟由於冤枉而陷入絕望的臉，我又覺得做得一點兒也不過分。再說，什麼事都沒比弟弟的性命更重要。

過了幾天，弟弟來我家，一見我就說：「姐姐，前幾天，領導找了單位的每個人談話，談話的內容和我的一樣，但是每個人都說不清楚。你說怪不怪。」

聽他說著那麼幼稚的話，我苦笑笑說：「總有人拿，只是時間不到，時間一到，一切都報。」

「什麼叫一切都報。」

「誰幹了這麼缺德的事，害得人家雞飛狗跳，這人總有一天會有報應，所謂天地不容嘛。」我只好這麼撫慰他也安慰自己。

弟弟對著我「眨巴眨巴」眼睛，一副將信將疑的樣子。

一年後，此事終於有了結果，原來是弟弟單位一位年齡稍長的同事偷的。他再犯偷竊商店棉布時，被人逮了個正著，他在交代問題時，其中就交代出他曾經拿過三丈布票的事。這件事過去以後，弟弟被發展成為中共黨員，而他公司的經理竟成了我的好朋友，他開玩笑地說，讓我放棄醫藥專業，去學福爾摩斯大偵探破案倒是很有潛力，我想，他說對了一半，的確，在我的閱讀生涯中，福爾摩斯偵探集曾經佔據我很長的閱讀時間，這位充滿智慧的大偵探讓我拯救了弟弟，也拯救了自己，我發現自己像英雄般地保護了親愛的弟弟同時，也讓我第一次感到通過的自己力量，自覺不自覺地代替了父母親的角色，為弟弟解決了難題。為此，我感到欣喜。

3

弟弟的事解決了，我的婚姻問題仍沒解決。大師兄那次從我家出去後，也不再來。母親說，大概是他父母親不同意做上門女婿，也好，省了這份心。我卻說，我料他說都不敢同父母親說。其實這事，說不說，對我來說都沒關係，關鍵是女人有了點年齡，就像成了全社會的人，不結婚，你走在路上就有人在背後指指點點。好像你侵犯了他人身權利似的。可我以為，這與我父母親你死我活的婚姻相比，實在不算什麼。

我照舊上班下班，背藥書讀閒書，樂得清閒。

班主任知道這事，來了一封信，說婚姻仍是前世定，結了婚後的分分合合一樣是天註定，問我有沒有感到不愉快？回信說，非也。

有一天，我寫信問他，你怎麼就不跟你所愛的人結婚？他回說，他所愛的人不知道他很愛她，只是他對她喜歡的成分多一點。我回信說，你要大膽地對她說。他講，說了也許這份感情反而被玷污，不說，那份愛會永遠存在。我說，那你是單相思。他說，也許是，也許不是，他也說不清。好幾次我都猜度他所愛的人是什麼樣子，長得好看不好看，喜歡不喜歡看書，等等，他總是含糊其詞的在信中搪塞過去。我想，大概是他嫌我年齡太小，不可能去理解他們那個年齡所具有的想法或者說是思想，因此不願告訴我。但這並不妨礙我們師生之間的情誼，還有那份夾雜著某種說不清道不明的關係。信的結尾，他總是讓我代他向母親問好，這種看似客套的話，讓我有時產生莫明的嫉妒心，有時我就乾脆沒對母親說。

一九七六年「四人幫」的倒臺，讓原本黑壓壓的天，終於亮了。毛主席他老人家沒過多日也終於完成了他波瀾壯闊的一生的使命，於九月與世長逝。在日復一日的哀樂聲中，隨著國家體制的轉軌、意識形態在悄然地發生變化，《洪湖赤衛隊》、《早春二月》等一批曾經被禁止上映的電影開始進入了公眾的視線，但是，讓舊「毒草」重見天日，並未阻止新「毒草」的瘋狂滋長，《春苗》、《歡騰的小涼河》、《決裂》等上映不久就被宣佈為問題電影而遭禁止。這個時候政治氣候陰晴不定，令缺乏政治敏銳性的民眾一時難以適從。

這場「文革」讓命硬的人挺了過來，命弱的人歸了黃泉。這場說是「文化大革命」的運動，實質是上層領導權力鬥爭的運動，鬥爭的結果導致了很多冤魂，遊蕩在中國千年古國的天空。在中共中央黨史研究室等合編的《建國以來歷史政治運動事實》一文報告了這樣一組數字：「一九八四年五月，中共中央又經過兩年零七個月的全面調查、核實，重新統計的文革數字是：四百二十萬餘人被關押審查；一百七十二萬八千餘人非正常死亡；十三萬五千餘人以現行反革命罪被判死刑；武鬥中死亡二十三萬七千餘人，七百零三萬餘人傷殘；七萬一千二百個家庭整個被毀。」除了被打死以外，文革中許多著名的知識分子如老舍、傅雷、翦伯贊、儲安平等都是自殺而亡。看看這個數字，使人毛骨聳然。對死誰都怕，想死的人一定是遇上了比死還要可怕的事情。

值得高興的是，母親的事過不多久也算有了著落，調查結論說，母親是個苦大仇深的貧農，從小給人做童養媳，被人賣來賣去數不清有多少回。「漢奸」的事，純屬無稽之談，完全是有人捏造的。這件事讓母親又哭又笑了好一陣子，她對我的管理也漸漸鬆懈起來。她說：「現在我就想你找個好人嫁，也算了卻我的一樁心事。」

一個夏日的清晨，房東婆婆很早就讓我爬起來幫她剪摘院裡的葡萄。說是今天有好幾個人要來買，都是事先約好的。院裡的葡萄，十幾年過去了，越長越好，不過它的豐收倒是有小年大年，大年就是葡萄長得特大特好，小年也就長得又少又小。每年收穫季節，這剪收的工作便由我來做。長在屋頂上的葡萄需要搬個木梯爬上去，由於上面的葡萄陽光和露水吃得足，因而比掛在院落架上的葡萄要好。

婆婆說，本來女孩是不可以上屋頂的，但她又說，經過這些年在一起生活，她感覺我的性格根本就不像女孩子，有些方面還勝過男孩。一種天不怕地不怕的樣子，說，如果當時她年青的時候性格也像我的話，早就反抗父母親的包辦婚姻，並且讀上心愛的書了。如今弄得大字不識一個，還裹了雙小腳，一生走不出這院牆的門。因此她只要一看到我上屋頂、上樹就高興，好像為她出了口氣似的，儘管她認為自己家的屋頂被女孩爬上爬下，多少有點不吉利，但她也認了。什麼男孩女孩，自己家的兒孫真到派用場時一個都不在還談什麼派用場。「遠親不及近鄰」她總算明白了這個道理。

我在上面採摘，聽著婆婆在下面嘮叨。忽然聽見院裡有人與婆婆在講話，仔細一聽，像是大師兄的聲音。

過了一會，婆婆在下面喊：「小小，快下來，你大師兄來了。」

果然是他來看我，就說：「上邊還有一些，我乾脆剪完了再下來，讓他先在屋裡坐坐。」

接著便聽到婆婆對他說：「你先進客廳去坐坐，她一會兒就下來。」

好像沒回音，也就以為他進屋去了。誰知，片刻，在我身後竟有「吱嘎吱嘎」腳踩在瓦片上的聲響，轉頭一瞧是大師兄：「你怎麼上來了？」

見我問，他笑笑說：「坐著也心焦，還是上來幫你摘。」說著，要讓我先下去，說等他摘完後，找我說點事。

我說：「啥事，在這兒說也行。」

他說：「下去說比較好。」

我說：「那也好，一塊兒摘，摘完拉倒。」

他說：「也好，這樣快。」於是倆人埋頭摘，婆婆卻在下面已經開始向前來的人贖售葡萄。

我一邊摘，一邊偷窺著大師兄，說實話，他的到來讓我放下的心又提了起來。這麼長時間不見，我無法猜度他今天來的目的，或者說是他父母親的想法。人的心思其實有時很複雜，從某種程度上說，我不希望他給我的結論是他父母親同意，因為這樣，會妨礙我不結婚的決定，但從自尊心方面來說，卻希望他父母親能答應，至少讓我感到自己很有面子，母親也挽回了自尊。可是假若真這樣，我又該怎麼辦呢？難道真的去結婚，直到有一天像父母親一樣吵鬧？這讓我不敢想像，想到這兒，我出了神，手裡的剪刀，竟不小心將左手指碰出了血。我皺皺眉頭，把手指放入嘴裡吮了吮，血是鹹的。

當一切完事後，我們坐到房間裡。我給他倒了一杯水，擱在他面前的桌上，然後，自己面對他而坐，裝著漫不經心地說：「什麼事，你說吧。」

他沒想到我的話這麼直率，竟愣了一下，然後，回過神來說：「我父母親同意了，我到你家做上門女婿。」

他這麼一說，反倒把我給鎮住了，儘管原先有這思想準備，但真正聽到時，我卻突然變得不知所措。呆呆地，我望著他，啥也說不出來。

「好啊，你父母真同意你到我家做上門女婿，這事也就定了。」

母親不知什麼時候竟悄然站在房門口，顯然她聽到了我們的談話。並以掩耳不及的速度對我的婚姻大事做出了決定。

「媽媽，這事不能就這麼決定，」我想說這事情似乎太倉促，或者說，我還來不及對他和我之間的感情來個認真的清理，我說：「我還要考慮考慮。」

「考慮什麼，這事就這麼定了。」母親急不可待說：「還考慮，你都多大了，再說，你們這事大家都知道，辦不辦早晚的事，還考慮，等你考慮好，你都快老了，興許你人都要長出鬍子來了。」她的語氣堅定得容不得你分說。

我一肚子的委屈，此時，當著他面也不好怎麼發洩，只好無奈地站在一旁，耷拉著腦袋。

母親見我不再說什麼，以為我是同意了，高興地說：「找個時間，讓你父母親來一趟，好商量結婚時宜。」

大師兄高興地點頭答應了。

當晚，母親出去買了好些菜請他，這頓飯在我看來有點類似於西方的一種訂婚儀式，不同的是，沒有男方的父母親參加，這讓我想起《李雙雙》這本電影，那裡面的主人翁說：「先結婚，後談戀愛。」在我的內心裡，覺得自己活像一個扯線木偶，被人扯著線走，顯得異常機械，遠遠望去貌似真人，近看卻破綻百出，而木偶自己卻完全心知肚明，無非是一個空心大蘿蔔。

春節過後的一天，他的父母親到我家，剛巧我不在，後來聽母親說，先是其父母親為以前的事向她表示道歉，而後說聽聽辦喜事的日子定在什麼時候。事情發展到這樣，母親自然也不再計較，說願兩家都能為自己子女的幸福辦好共同的一件事：婚事。商量結果，結婚的時間由子女決定。再告訴各自家長，選個黃道吉日，完成婚事。母親這樣乾脆的答應此事，完全是出於她自己的利益，女婿頂半個兒子，這回招進門就完完全全成了兒子，她老來自己有得靠。

她說話時，不知怎麼，我總覺自己哪兒不對勁，確切地說，是內心極不踏實，是什麼呢？又不太清楚。

次日，大師兄來了，他穿得衣冠楚楚，說：「找個日子，去鎮政府領結婚登記證。」

他說這話時，母親就站在身邊，她的眼光凝視著我，讓我很壓抑，我抬眼看了看她，沉默地點點頭。我知道我無法再說不行，不管從哪個方面講，似乎都合情合理，我必須跟他結婚。按照一九八〇年九月，婚姻法修改草案規定：法定結婚年齡男二十二歲，女二十歲。但是黨提倡晚婚晚育，男女年齡相加應到五十歲。也就是說，按法定年齡結婚，法庭不會罰你，但另有主管單位懲罰你。我想，究竟是法大，還是主管單位大，思來想去弄不明白，就像是思考先有雞，還是先有蛋一樣讓我迷惑。他卻說，管它法大還是主管單位大，我們倆的年齡加起來夠格就行。自然我已經虛歲二十六歲，他二十七歲，算來還多了一歲。

星期天，他來約我，母親給我挑了一件好看點的衣服穿上，說：「你兩今天就去領登記證。」說完，又叮囑說：「領好後，就回家，等你們的消息。」

出得牆門，陽光燦爛，大師兄似乎心情特別好，他每走一步，就回頭瞧瞧跟在他身後的我，有幾次放慢腳步與我並肩而行，還將嘴悄悄俯在我的耳邊說：「我倆終於可以在一起了。你高興嗎？」

聽他這麼問，我硬是愣了一下，禁不住在心裡問自己：你高興嗎？突然，我發現自己並沒有像他那樣感到欣喜，想著自己馬上就要與一個男人捆綁在一起，這份陌生和恐懼感就如同一片烏雲在心中瀰漫，我真的想跟他結婚？真的瞭解或者說愛他？難道說自己就這樣走進愛情的墳墓，與他就此共度一生？我感覺不是但又似乎應當是。不是的原因，是因為我和他沒有真正地與通常人們所說得那樣，談過情說過愛，連在一起看電影，出去玩的最常規的活動都沒有，更不用說，親個嘴，拉個手。是的原因理由似乎比較充分，從我十八歲起就「被迫」與他發生「關係」，儘管我們彼此至今也不曾拉過手。這種既成事實的戀愛深度，讓人們相信同時也漸漸演化到竟讓雙方也不得不相信他與她好像真的已發生過「性關係」，在這張早已既成事實的大網之下，我想彼此都像早已被網住的兩條魚，任憑你怎樣的掙扎，也無法逃脫各自共同的命運。

我跟在他的後面默默地走著，他的激動和興奮與我的憂鬱和陰沉形成了鮮明的對照，然而，對於一個一心一意想跟你結婚的人來說，我的沉默並沒有帶給他什麼疑慮，相反，他一定認為我是害羞才這樣的，就像一個充滿快樂的人，是絕不能體會到一個充滿悲苦人的心情的。我想起修鞋老頭生前說的話：

「婚姻是命定的。」這位讓我看似在上海灘混得像個地痞的老頭，就在對我看相當年除夕夜的十二點正，因肺氣腫引發多種疾病而離世，他死前唯一的交待，就是讓自己的侄女來告訴我：上帝讓他履行了自己的諾言。知道這消息時，同單位的人都感到吃驚，而我除了震撼外，不得不對自己的未來有一個重新的審視。

快到婚姻登記處的地方，我突然放慢了腳步。這是鎮政府所在地，在小鎮的中心，一條窄窄的弄堂，一排長長的店面，鎮政府就擠在弄堂與一家百貨店的中間。門不大，一幢水泥澆注的四層樓房拔地而起，是鎮上唯一規模像樣的建築，頗具現代感。一扇不大的門，承載著進進出出的人，外亮裡暗，看到它，讓我覺得就像一隻張大的鱷魚嘴，忽然，我覺得自己很快就要被它殘忍地吞食掉了。

就在這時，大師兄催促說：「快，我們進去。」說時，還拉了一下我的衣角。

我猶豫了一下，突然冒出一句連我自己也想不到的話：「不登記了，我們回家。」

大師兄聽到這話，一愣，不敢相信地望著我：「為什麼？」

我說：「不為什麼？」

他急了說：「怎麼不想和我結婚?!」

我把眼光晲在別處說：「不是！」

他又問：「那為什麼？」

我說：「你問我，我也不知道。」說完這話，我才意識到自己這下禍闖大了，不說他埋怨我，就是打我恐怕我也只好認了。再說哪有這樣，到了節骨眼上還反悔呢？我低著頭，眼睛看著腳尖，兩手交叉，放在腹部的地方來回絞，等著他那種讓我可以猜測或者根本無法猜測到的語言像冰爆一樣的朝我夾頭夾腦砸下來。

空氣像凝固了一般。片刻，我抬起頭，只見他嘴巴張得老大，一臉的驚詫。半晌，才抽搐一下嘴角，洩氣地說：「那咱們就回去。」

真是出乎意料，他沒埋怨我，我忍不住抬起頭，瞅他一眼，只見他像沒發生過什麼事一般笑咪咪地望著我。一切好像都很自然，彷彿他早就知道這個結局似的，沒有懸念地將領我回了家。

「喔，你們回來了，」母親正在洗菜，見我們進去，她高興的喜笑顏開。立即將濕淋淋的手往圍單上一擦說：「來，給我看看你倆的結婚證。」

她這麼一說，我竟不知如何回答才好，傻站在那兒。

「喔，我們還沒領結婚證呢。」他笑兮兮地對她說。

「怎麼，你倆都大齡了，還不夠格？」她不解地問。

「不是。」他說。

「那是為什麼？」她更加疑惑。

「是我不願意。」我突然說，以免他為難。

母親聽說，先一怔，隨後情緒激動的對我吼叫：「你究竟想幹什麼？簡直亂彈琴。你以為你是誰，非搞得人人都不開心，你才甘休。你也不想想你自己，既不會做家務，也不會做事情，成天只會拿著本書看看看，還把自己當什麼大人物似的，我告訴你，你在我眼裡啥都不是。你就是一個書呆子。」講到動情處，她還用手指著我的額頭：「書呆子也要呆出個名堂來，二十六歲的人了，要啥沒啥，也不見你呆出個名堂來，居然還不想結婚，真要把我氣死了。你想想，雙方父母都說好了，你明白嗎，這是信譽，你倒好，一想到不結婚，就轉屁股回家，你說，讓我的臉孔往哪兒擱。」她越說越來氣，如果不是他在一旁勸著，我看她簡直要把我撕成碎片。

「阿姨，小小可能還沒想好，等她想好了我們再去也不遲。」他在一旁慢條斯理地安慰著母親。聽他這樣說，我開始自責起來，是不是自己真的做錯了？雖說自己還沒真跟他談過什麼戀愛，但不管怎樣，我和他是師兄妹，他的為人，我還是瞭解的，今天我這樣做，其實也很傷害他。我很想對他說：我不是故意的，但話到嘴邊卻沒能說出口。

「好好好，以後你愛怎樣就怎樣，我再也不管你的事，」說到這兒，母親竟掩面抽泣起來，一時，弄得大家很難看。

事後，我寫信把這件事告訴了班主任，沒幾天，他回信說，他對我這種做法沒有異議，這必竟是人生大事，唯有心告訴你怎麼做，你才能怎麼做。看到他這麼說，我心裡暗暗高興，我想，只要他站在我一邊，我就啥都不怕，因為我覺得他說得對。

我和班主任繼續通著信，由於他對我在這個問題處理方法上的認同，讓我得與他有一種知音之感。我常常會將自己的一些想法告訴他，他因此也發表了一些關於愛情，婚姻的看法。他認為，愛情是一種超乎於所有物質和情感以外的情感，唯有兩情相愛，方可稱為愛情，否則，都不能替算作愛情。還說，這種愛來時，有時甚至連當事人都不知道，並說衡量愛情的尺寸，就是看彼此離開對方後思不思念他或她。在他看來，如果愛情不能使有情人終成眷屬，這種分離的痛苦還不如死，死了就可以什麼都不知道了。

我說，你的初戀是不是你唯一的愛？他回信說，不是。我又問，你有沒有讓你值得愛到可以死的戀情，他說，肯定有。我又問，是誰？他說，不能告訴你。我當即想，難道是我母親？

當晚，我死活要與母親睡，母親說，都快結婚的人了，還這樣。

我躺在她身邊，細聲細氣地問：「媽媽，你有沒有一個愛到讓自己可以為他死的人？」

她一聽，說：「你問這個幹什麼，這是你問的嗎，你連結婚都不敢，還問這個做啥？」

她的話含糊其詞，讓我想到班主任。

她說得也對，我為什麼連結婚都不敢，結就結，還怕大師兄吃了我不成。

第十九章

1

一年後的「五一」國際勞動節，我和大師兄終於結了婚。

結婚當天母親比我本人還快樂，而我不知為什麼有點惶惶然。結婚的儀式完全按照當地招女婿的習俗進行，先是在我家擺酒，而後到他家回門，酒席兩家都擺得隆重，雙方加起來有四十五桌。

他家在農村，房屋建在一條小河旁邊。屋邊有條小路。河灘邊種著一行桃樹，中間夾著梨樹。三間瓦房，東西兩間作臥室，正屋作客廳。客廳兩側，東邊是廚房，有一副類似我老家一樣的灶頭，上面畫著牡丹花。旁側放置一口水缸。牆角堆著雜七雜八的農具。客廳很大，擺了六桌酒席還有餘地。農村辦事就是好，地方大，酒席可以沿著門前的場地一路擺開，大部分人在場上吃，最多一天，熱熱鬧鬧擺了三十桌。按照習俗，村子裡沾親帶故非親非故的人都要連吃三天。由於天氣熱，吃不掉的東西就往大石缸裡倒，瞧著怪心痛的。婆婆說，鄉下辦事都這樣，只要辦得大家開心，倒掉點也沒關係。想起那個饑餓的年代，我忍不住避開眾人，伸手摸了摸自己的乳房。我知道他家其實並不富裕，只是打腫了臉充胖子。有幸的是，他的父母都務農，唯獨他不知怎麼戶口跟了爺爺，冷不丁落個城裡人。

我的乳房依然很小，不過湯圓點大。長在我身高一米六三，體重七十八斤的身體上顯得可憐兮兮，我曾懷疑，自己不願意結婚的原因是否也與之有關？它雖讓我偶發萌動，但明顯力不從心，猶如一棵豆芽菜，儘管看似很長，怕是經不起折騰。

新婚那夜，丈夫隨我從鄉下坐船趕回陵廣，母親說，一直在身邊，少了我，待在家裡不安心。自然少不了鬧房的節目，一番熱鬧後，友朋散去，萬物寂靜。洞房裡，燈光悠悠，成了我丈夫的大師兄漱洗完後，正忙著放被子。床上的被子有十幾條，折疊得差不多碰到帳頂，我知道，這是母親省吃儉用為我買的。母親說，這樣做可以讓婆家瞧得起你，大人的說法總讓我暈，我以為，人是靠自己做好來的，假若多幾條被子就被人瞧得起，這個世界倒也讓人活起來很容易。

和大師兄結婚的好處馬上顯現出來。當時分房，很困難，因此單位有很多規定，其中一條，青年人必須是雙職工。我和他同在一個單位，自然分得了新房。這是我始料不及的。比如哥哥，他和嫂子就分不到房子，只好很長時間都分居，見了面，要不回到嫂子的宿舍，要不就去離單位幾里遠的老家。後來，終於在西廣胡家弄借居了一間平房，十平方米大，除了放張床，幾乎就擱不下其他的東西。嫂子說，窮，倒也省事，兩個人，一捲鋪蓋，走到哪兒都方便。與他們相比，我覺得自己是一腳踩在雲裡霧裡，總有一種飄飄然的感覺。

新居在二樓，四十平方米的一個通間，由一個露天長廊分隔成廚房和臥室。從露天扶梯上去，走過廚房，穿過一條露天長廊，先到母親的房間，而後進我們的臥房。新房的牆壁按照我的意思，漆成了奶黃色，粉色的沙發，雪白的天花板，滿床色彩斑斕的被面，牆頭鏡框裡放著一幅結婚照，我和他各自身穿一襲白色的連衣裙和黑色西服並肩佇立在一起，四目直視前方，我的神情有點嚴肅，而大師兄卻像孩子似的展露著微笑。拍攝時，我和他都很緊張，兩人站在一起，誰也不敢碰到誰，僵持的身體將那位年老的攝影師搞得滿頭大汗。說：「相互碰到，又不犯法，怎麼緊張成這樣，弄得我也像抓犯人似的滿頭大汗。」他這麼一說，才逗得我們不好意思的一笑，輕鬆的過了關。照片拍攝時呈黑白色，為了增加效果，特地花錢請人著了色，這讓我看起來從未有過的白淨，比真實的人，好看了許多。整個房間在一盞有機玻璃裝飾燈散發出的柔和的燈光映襯下，一切透著無比的溫馨和浪漫。我望著眼前的一切，想起那間借居了十五年之久的老屋。

搬離那幢棲塘街老屋時，還真有點依依不捨。儘管一到黃梅天，地上潮濕得可以淌出水來，整間屋子都散發著掩鼻的霉氣味。搬離的前一年，房東婆婆因腦溢血突然去世，死時，僅我和母親陪伴在她的病榻前。她的二個兒子，七個孫子孫女一個都沒派上用場，倒是人還沒入土，他們相互之間就展開了財產爭奪戰。爭得誰也不認識誰。那天，婆婆出殯，奇怪的是，四個身強體壯的男子，竟然抬她七十斤重的身子還累得氣喘吁吁，按這裡的風俗習慣，抬靈柩是不可以中途息腳的，可不知怎麼，那四條漢子走不到一百米都嚷嚷著抬不動了，於是只好在半路上停棺休息。他們說，這老太太也真是，七十斤重的身子，怎麼會將我們這幫壯小夥弄得這樣狼狽不堪，一定是有什麼心事放不開，所以才這樣賴著不肯走。更離奇的是，到了墓地，當他們將棺材剛置至洞穴上面時，那兩根抬棺木的粗大的繩子竟齊唰唰地斷裂，「撲通」一聲，棺材翻了個底朝天。把在場的人都嚇得面如土色。母親當即對我說，一定是婆婆聽見了子女為爭家產吵架的緣故，所以她要顯靈給他們看。我自然不信，認為是繩子不牢的緣故。婆婆死前有過交代，讓我按照她的遺囑給他們分配。結果是，小媳婦死活不肯要那張放在婆婆床前的舊書桌，後來，還是我與她大媳婦商量後，將擱在客廳，原本分配給大兒媳的紅木長桌調換給她，才算甘休。俗話說：生死各按天命。小媳婦的黑心，並沒帶給自己好運，因為那張破舊的書桌裡面有一塊木板隔層，隔層的抽屜裡，有許多的金銀手飾。因為隱藏的好，在「破四舊」時也沒遭劫難。婆婆曾對我說過此事，我也親眼見過。她這麼一換，殊不知，無意中讓大兒媳發了財，這件事，讓我萬分感慨，所謂「貪心不著蝕把米」，就是這個道理。世上其實很多東西，該是誰的就是誰的，不是你的，就是你拿到手的，也會走的。

婆婆還交代，讓我和母親住到我出嫁為止。可是她小媳婦就是不肯，剛一下葬，就吵著攆我們走，一時半會到哪裡去找房子？還好大兒媳說了句話，說房子有她一半，空著也是空著，遵照婆婆的遺訓辦，這才免去讓我差一點住到大街上的窘境。事後，我也想，我最終答應結婚的原因恐怕與這事有關。

母親先已在自己的房間睡下。

丈夫看我呆坐在沙發上，就過來和言悅色地說：「洗腳水已經給你弄好了，快去廚房洗，一整天了，沒好吃沒休息，洗完後就過來睡覺。」

一番洗涮後，我進了房間，看著他已坐在床上，心，竟然惶恐起來。

「來，快脫衣服，坐進來。」他滿腔熱情地招呼我。

這種親熱，讓我覺得很陌生，但不乏溫暖。我很恐慌，但也似乎需要這種溫暖。我脫衣上床。一坐進被窩，他就迫不及待地摟住我，我不好意思推開，也不敢靠的太近。心跳得像一隻被獵人逮住的正準備剎殺的兔子。從來沒有這樣與一個男人靠得這麼近，幾乎肉體靠著肉體。

溫和的燈光柔柔地傾泄下來，他的手，慢慢地伸向我內衣的扣子，我緊張得心像跳要出胸膛，呼吸也困難，幾乎要窒息。他手急促而又敏捷。所有的鈕扣解開了，我的身體赤露在他的面前。

「別人都說，結婚時不可以穿白色的衣裳，就你穿，不過，穿上還真漂亮。」我想，他這也是沒話找話說，來掩飾和我一樣的緊張心理。

我明顯地感到，他的臉由於激動而變得緋紅，呼吸變得急促起來，突然，他的手一把抓住我的乳房，將它輕輕地一捏，我感到一陣輕微的疼痛，隨著他不斷地捏，不斷地捏，漸漸地，疼痛在加劇，我開始想喊，但又覺得不妥，就忍著，一會，他將頭附在我胸前，沒等我明白，他的嘴已經咬住了我的左乳。另一隻手卻仍在捏我的右乳。他的動作越來越激烈，我的感覺也越來越深刻。漸漸地，我感到整個沉睡的身體在甦醒，體內有一種暗流在迅速湧動，我興奮起來，本來被動地一直閑著的手，開始毫無目標的亂抓，像要抓住一根救命稻草似的。許是我無目標地亂抓，對他形成了某種危險，他竟脫出捏我右乳的手，攥住我胡亂揮舞的手，一個翻身把它死死按住。他的舉動，讓我害怕，我在他的身下，彷彿就像一隻被大蟒捲在口中的兔子，無奈地仰望著他，驚恐地等待他的吞食。

忽然，我感到下身被什麼東西碰了一下，硬硬的，很燙。

就在這時，他一把掀開被子，露出了他全身赤裸的身體。他的全身很白，泛著一種光亮，結實而富有彈性。此時，他身下那根東西，完全暴露在我的眼前。我沒料到男人的這個東西會變成這樣，我一直以為就像我曾經看見過的一樣，軟不拉塌，垂頭喪氣。它比我想像得大得多，也遠遠可怕的多，上面的血管在跳動，就像放出的巨蟒，不斷地伸著舌頭。我的手開始發抖，他卻突然將我的手拉過去，讓我緊攥他的陰莖，這是我從來沒想到過的。他一下把我抱緊，將我的身體挾在他的兩腿中間。燈光透過蚊帳灑在我赤裸的身體上，光點斑斑駁駁，就像一頭被撲倒的小母鹿。他氣喘吁吁並又快活地說：「我要進去了。」還沒等我弄明白怎麼回事，就用雙手扳開我夾緊的雙腿，不知為什麼，我眼前突然出現了父親那張喝醉酒的臉，也許正是這樣，他才征服了我的母親。我不想被人征服，也不想被人擺佈。還有一張什麼人的臉隱藏在父親的背後，似近似遠，若有若無，神情異常痛苦，憂傷地看著我，我想看清楚他，但始終無法看清。一陣恐懼襲來，我以一種連自己都意想不到的速度，迅速將他一把推開。我的這種舉動，對他來說，無疑就像是一個端著槍正集中精力向敵人發出第一發子彈的勇士，冷不防被突如其來的對手撩倒一般，只見他倒下去的時候臉色蒼白而又茫然。

「你怎麼啦？」他的身體一翻而下，滿是困惑，但似乎沒有因為我剛才的舉動而惱火。

原本我正為自己的舉動發慌，一聽他這麼問，我突然像受了天大委屈似地大哭起來。

「怎麼，是哪兒不舒服嗎？」他坐起來，然後與我面對面，說：「快對我說，出什麼事了。」

「我」，我邊哭邊擦著眼淚，吞吞吐吐地說：「我害怕。」

「害怕？」他面露狐疑，隨即，像悟到點什麼，撫摸著我的頭說：「不要怕，每個女孩子都要經歷這樣的事。」說完，安頓我睡下，自己卻爬起來，坐在沙發裡，一根接一根地抽著煙，直至天明。

2

婚假有三天，辦酒用了一天，還剩兩天。

次日吃早餐時，丈夫對我母親說：：「我們今天去上海玩。」

母親說：「怎麼昨天也不聽你們說起？」臨完，問我，「是嘛？」

我莫名其妙地瞧瞧他，轉而又瞅瞅她，一臉茫然。

「小小，你不是說過想坐飛機嗎？」他笑容可掬地說：「咱們今天就去坐。」說罷，也不問我同不同意，拉起我的手就走。

到了杭州，借宿在他家一個遠房叔叔家，那家房子小，當晚我與他叔叔的女兒擠鋪。

遊了西湖，逛了商店，次日，我們就從杭州坐飛機到了上海。從小我就有飛翔的願望，但那個年代，肚子雖說稍稍能填飽，可坐飛機旅遊簡直是天方夜譚。一張杭州到上海的機票價格是十元整，但它足以使我的生命在這世上延長一個月。雖然只有這麼短的航行路線，但從某種意義上來說，他讓我感覺到他對我的一片綿長的真誠和體貼。結婚坐飛機，這在小鎮上還沒聽說過。飛翔的結果，讓我對他的感情也有了質的飛躍，到家的當晚，我終於接受了他對我的愛撫。

那晚，他將我的手輕輕攥住，並把它放自己的胸口說：「我永遠不會傷害你，你的心是那麼的脆弱，容不得人碰一碰。」說時，他將自己的舌頭捲裹住我舌頭，用手指絞著我的手指，然後，慢慢地用他的身體將我仰天壓倒，眼睛對著我的眼睛，將自己的陰莖塞進了我的下身。

突然，我感到一陣疼痛，顫抖了幾下。他問：「痛不痛。」

我很想說，痛。但一想，沒吭聲。我的下面被塞得滿滿的，一種實實在在的感覺油然而生。他的身體猛然往上一衝，一陣嶄新的疼痛抓住了我的心，以至於他只要稍微一動，我就會克制不住地叫出聲來。但我不好意思，只是恐懼而被動地等待著。我很想側身去偷眼看他的器官，怎麼會把我弄成這種狀態，但是他的身體擋住了與我交合的角度，讓我只能感受而無法看到。他的陰莖在裡面不斷地膨脹，膨脹，好像唯有這樣，才能使他快樂也讓我快樂。他的膨脹，引發了我的熱情，情緒不斷地被他牽引、鼓勵，我的子宮開始緊咬著他的器官，一陣又一陣。體內有一股火焰在燃燒，沸騰著向上向上。

天花板上泛著柔光的玻璃燈罩倒轉過來，燈倒轉著在地上眩轉，眩著他的舌頭、他的手指、他的目光、他激動的有點被扭曲的陌生的臉。房間裡所有的一切都在我的頭頂如潮水般跌盪起伏，無邊無際，絲毫不顧及我的吞沒。

突然，我的淚水湧了出來，止不住地流，渾身顫慄。我的皮膚像鍍上一層醒目的光澤，潤滑得如絲綢一般。我彷彿聞到自己身上散發出來的一種莫名的香味，似淡淡的梅花，又像是水仙。最奇異的是我的乳房伴隨著乳頭的堅硬竟頑強地鼓脹起來，真的，我的乳房從這一天起變得成熟，變得飽滿而富有彈性。

他的喘息聲漸漸平息，而我仍沉浸在方才那場雲雨之中。他擁著我，兩人汗津津的，久久不說一句話。他親吻我一下，問，不知道有沒有血？。

我說，不知道。關於處女膜的事，我在小說裡讀到過，但輪到自己還真不知道。

他「呼」坐起，察看體下的床單，忽然大驚失色地說：「一塌糊塗，床單上全是血。」

他這一說，我嚇了一跳，坐起一看，果然血已經將床單上的印花染得分不清哪是花，哪是血。我嚇呆了，一動不動。

突然他一把摟住我，將我的臉緊貼他的臉，聲音顫抖地說：「我不知道會是這樣，會是這樣。」

他的這種說法，令我不知道他究竟想要表達些什麼？是不知道我還真是個處女？還是不知道我處女膜的破裂，血會出那麼多？只是不斷地說，不斷地說，他說他真得很愛我，愛到可以為我死，還說，他以後一定會對我好的，要我絕對相信他。聽了他這番話，我的心像一隻倒翻的五味瓶，什麼味都有，想想自己被人蓄意踐踏的比妓女還不如的身分，今天終於被驗明證身了，這種蒙冤數年終於昭雪的心情，真是百感交織，哭聲一下猶如火山似的爆發出來，他將我乾脆摟在懷裡，替我擦著眼淚說：「我以為你老是頑皮，爬樹、游泳、幹重活什麼的不當心會弄破了，不想，出血那麼多，嚇死我了。」

我不知道自己的處女膜，竟會破裂成這樣，興奮時，一點也沒覺得，被他一說開始隱隱作痛。我掀開被單，發現墊絮也被浸得血淋淋的。

丈夫起身拿了床被單墊在我身下：「不去管它，你躺著好好休息吧。」

接下去，自然誰也不敢睡，我的子宮裡仍在不斷地流血，流血是不痛的，只是讓人覺得昏昏沉沉，天朦朦亮時，他發現我不去醫院是不行了，大量的出血，使我的臉異常地蒼白，顯得迷迷糊糊。

於是，他背上我去看醫生。豈知，醫生見此情景說，要輸血，住院。要不，這樣下去會出人命。可惜，一時半會還找不到與我相配的血型。丈夫說，用他的。於是，驗血。發現他的血型與我的剛好相配。就這樣，他的血流進了我血管。一共輸了四百西西。這事本來也就瞞著，但住院就難免驚動單位。同事們來醫院探望我，多嘴的醫生忍不住當笑話告訴了她們，弄得我挺難為情。可丈夫說，這有什麼好笑的，也許這是天意。我不知道自己究竟是什麼命，有事沒事都會弄得差不多讓全鎮的人都知道，但這件事無意之中卻證明了多年來有人惡意中傷我的種種不實之詞。

辦酒席時，我瞞著母親偷偷讓丈夫給父親送兩瓶「竹葉青」酒，丈夫說：「你都不願認他？怎麼讓我又送酒，又送菜的？」

我說：「我和他的事，是我們之間的事，你和他的事，是你跟他的事。你不必問那麼多，他是你的岳父，你只要知道這一點就行了。」

他說：「你母親知道怎麼辦？」

我說：「有什麼好說的。我想，朋友都請來喝酒，他喝我的酒也是應該的，再說，你不說她怎麼知道？」我這樣做，自有我的道理。丈夫進了我家，總不能省略我父親吧。我又不是從石頭縫裡蹦出來的。這話我沒說出口，出口的是：「你要叫他爸爸，明白嗎？」

知道。不過你這人還挺費解的。他說，他的一位男朋友，因為女朋友的父親是「反革命」，他結婚後就沒喊過爸爸。我說，換了我，我是不會跟他結婚的。他說，為什麼？我說，瞧不起我的父親，就等於瞧不起我。丈夫聽了，眨巴眨巴眼睛盯著我，顯出一副迷茫的樣子。他一定在想：你自己不認父親，卻讓我叫父親，你瞧不起自己的父親，卻讓我非得瞧得起你父親。這人腦子一定有毛病。好在他是個溫和的人，有什麼也不會說出來，自討沒趣。

那日，他從我父親那兒回來，用手摸了一下我的頭，說：「你父親見送去了酒，很高興，說還是我女兒想得周到，女兒就是女兒，誰也替代不了。」聽罷，我苦笑笑。臨了，他還說，父親託他帶口信給我，戴在他頭上的那幾頂不堪重負的「帽子」前些天已被摘掉，只是說，他原先的工作的單位已撤銷，該補發的工資沒地方拿。我說：「工資拿不到，也沒辦法，帽子能拿掉已是萬幸了。」想著他從此可以「光」著頭清清白白的做人。不知怎麼，我的心裡也有了點安慰。小弟掙錢雖然不多，但他倆的生活緊著用也可以苦過了，好在勞動服務站有活幹，他仍去，沒有，就拉倒，天冷就守在家裡捂被窩，天熱就在樹蔭底下乘涼，打發日子。

讓我想不到的是，他單位的造反派頭頭，也就是曾經在我面前扔繩索要我交出父親的女人，她唯一的兒子竟然在打倒「四人幫」後不久的一天夜裡突然發瘋，光著腳從家裡跑出來，從聖安橋上跳入河中，溺水身亡。次日清晨，她叫了好多人，搖著船在河中打撈，直到第二天才在橋洞下一堆水草底下撈了上來。好多人都去看了。當時因為我忙著操辦喜事，沒去。當我得知這一切時，分外感歎，歷史在嘲弄別人的時候，誰又保證哪天不會來嘲弄你自己?!

本來我也想請班主任來，但不知怎麼，就沒請。一來是怕人說，二來覺得見了他心裡不好受。他都快四十歲的人了，到現在還沒結婚，倒是我先結了婚。想到這兒，我的心特別沉重，就寄了兩大袋糖果過去。本想坐下來好好寫點什麼，但真下筆時，竟不知寫什麼好。也就一個字也沒寫，覺得還是這樣好。我結婚了，他還沒結婚，我不知道他所說的女朋友是誰，但我覺得自己的結婚與他之間的關係有了根本性的轉變，很多時候我覺得自己更加孤獨，更多的時候覺得自己好像失去了什麼。但是生活還在繼續。

3

哥哥的運氣總是不太好，從一九七七年起，知青中的一部分人才有機會參加高考。成千上萬的知青在歷經了艱苦、單調的體力勞動後，終於明白，他們的青春不能再在窮鄉僻壤白白耗費掉，這場史無前例的「上山下鄉運動」並沒有讓人民滿意，讓家長滿意，讓國家滿意。為了爭取儘快從農村上來，全國的知青還派代表多次到京城上訪，有的人變著法兒往城裡調。這其間不少知青的性命丟在了他們滿懷理想的邊疆，當他們的同伴一股腦兒全返城後，這些孤魂也就成了野鬼，遊蕩在異鄉的土地上。

哥哥也這樣，他三番五次朝家裡跑，不是到我家跟母親吵，就是去陵廣鎮革命委員會找人，想要抽調上來。他不知道，不是每個知青自己說要上來，就可以上來的。表面上說，可以抽調上來，實際上，誰上誰不上背地裡有很多的套套，最關鍵的是，你有沒有門路，也就是實力。實力，就意味著很多的東西。你家有沒有當官的，有沒有更硬的後臺，其次就是財力。如果沒有權，又沒錢，根本想都不用想。為此，哥哥每次懷揣著希望來，又無奈地抱著失望而歸。

哥哥他的心情一直不好，也難怪，我家沒門路，所以他到了十九世紀八十年代初仍留在農村接受再教育。更讓他悲憤的是，他的第一個孩子在此前生下來，不到一個月就夭折了。醫生說，是大人營養不良，導致先兆早產。嫂子家兄弟姐妹多，生活條件一個比一個差，她算有份工作，其他人就像蚤子一樣不停地往她頭上搔，你搔我搔他也搔，加上哥哥在農村也要靠她接濟，而她從事的又是三班倒的紡織工，這麼多人搔和這麼累的活，她怎能經得住這般折騰？孩子早產了。是個女的，生下來時，才七個月。

那日，在醫院，我也去了。

嫂子躺在婦產科病房的一張床上，見我進去，她對我哭喪著臉。有氣無力地說：「小小，就這麼點小人，不知怎麼活？」

我聽了，也不回話，見擺放著的一張床頭櫃上，放著一副碗筷，碗裡有點冷飯。哥哥說：「這是剛她吃剩下的。」這年頭，能有碗米飯吃就已經不容易了，誰能有條件吃補品之類的東西。

哥哥說：「你看你這小侄女，不足月就出來了，這可怎麼辦？」他指著嫂子身旁一個淡綠色蠟燭包，我伸手撩開一看：她，瓜子臉，雙鳳眼，烏黑的眼珠，白皮膚，粉潤臉，長得可好看了。我喜歡上了她。馬上抱在懷裡，把她晃來晃去，哼哼呀呀地逗她玩。一個星期後，嫂子出院了，哥哥與她去北廣的老家住，不到滿月的一天，哥哥哭著上我家來，告訴母親和我，說：「女兒去世了。」聽了他的話，我和母親目瞪口呆，悲不打一處來。侄女就這麼夭折了。死的那天，夫妻倆都在，倆人哭成淚人似的，但怎麼哭，也喚不回他們自己女兒的生命。

他的女兒，我的侄女，就這樣來到世上不到四十天就走了，匆匆地來，匆匆去，留給我的是她一種難以抹去的美麗和無法明說的痛楚，我的心痛到承受不住，無力地倒在床上，淚水不停的流。當我寫到這裡時，她姣好的容貌依舊清淅地浮現在我的面前，喔，綻放在我心底的一朵美麗而永不凋謝的百合，我要用我灑落的淚水，化作露珠，給你因饑餓而死去的靈魂以慰藉，訴說我失去你以後我靈魂的不安、痛惜和恐懼。你一定在地底下怪我，怪我們這些看似有用而實際面對現實卻無能為力的人?!我的美麗而怨死的侄女，願你的靈魂能得到安息。

經歷過這樣生與死的人，你說誰的情緒好的了？那一陣子，哥哥總是火氣沖天，就像一隻憋足了氣的老貓，逮到誰誰就倒楣。嫂子說，連她多不敢與他都說話，怕一不留神惹火了他，弄得她自己也難堪。多年後，嫂子的眼睛被診斷為視網膜萎縮症，年紀輕輕就病退回了家，我想，那一定是她心愛的女兒的離世時因無休止的痛哭留給她的患疾，任何一種涉及子女死亡的噩耗，隨著時間的流逝，別人都會慢慢地淡忘，唯有他的父母親不能，不管時空如何的轉換，她將活在他們的心裡。哥哥更是如此。對他，我不知怎麼勸解才好，我覺得唯有不勸才是勸，因為談起，就會傷及他的心，同時也傷及自己的心，因為我和他一樣的痛楚和無奈。

第二十章

1

我發現自己懷孕了。懷孕讓我感到欣喜，卻讓丈夫憂心忡忡。我的先天性心臟病，時發時好，二十歲發病時曾赴上海一家著名的專科醫院診治，診斷書上清清楚楚寫著知名專家的診斷結論：「不宜生育。」有位醫生說：「你能活過三十九歲，就是奇蹟了。」結婚前，我把這事告訴了丈夫，他聽後說：「世界上什麼都可以預測，唯有死亡不能，我不相信這事，誰說我也不信。」說時情緒非常激動，好像是醫生在跟他過不去似的。並語無倫次地說，你一定會活得比我還久，我要你活得比任何人還久。他的話，我不信，但他的誠意讓我相信，人是可以按照自己的方式去生活的，也許我不能活出生命的長度，但是可以試著活出生命的寬度，就這樣我和他結了婚。對於生孩子，他是主張不要的，他說，不能拿我的生命開玩笑，而我卻說，值得開得玩笑還是要開的，因為他涉及到我對生命價值的理解，我以為，縱然我為生孩子死了，也是值得的，因為我終究是要死的，不如讓孩子活著，也算是對自己生命到過地球的一個最完美的交代。

他說，你是瘋了。

我說，是瘋了。不瘋，是不敢要孩子的。

懷孕、生孩子的過程，讓我忘記許多不愉快的事情。當孩子生下來後，我除了上班，就是帶孩子，竟然沒給班主任去信。而他也不知怎麼沒給我來信。偶爾，在我與母親兩個人時，我也會談起，母親總是回說，沒有信。也就再不說什麼。我想，他也許很忙，可不對呀，這小店，白天忙，晚上可是空的呀。

一天，我端著盆水，給客廳放在茶几上的一盆月季花澆水。突然想起班主任，於是，就對坐在一邊做針線活的母親說：「媽媽，你說班主任究竟出什麼事了，怎麼一年多時間都不給我來信？」

屋子裡靜悄悄地，掉一根針都能聽得見。可母親像沒聽見我說話似，繼續做著她手中的活兒。

「媽媽，問你呢。」我端著臉盆，微笑著望著她。

她抬起頭，瞅著我，看得出來，她想笑，但面部肌肉僵硬，很勉強地扯一下，硬是沒笑出來。

我彷彿覺得哪兒不對勁，就繼續追問：「你好像有事瞞著我？」

她猶豫了一下，欲言又止。

「有什麼不好說的，你說呀！」我急切地催促，一種不祥的預感猶如烏雲般籠罩在我的心頭。

母親凝視著我，看得出來，她的內心彷彿正在激烈交戰：說，還是不說。終於，她說：「他已經不在了！」說完，眼睛躲閃到一邊去了。

不在了？什麼叫不在了？是不在那個小鎮工作了？還是調去外地了？我不斷地在心裡重複這句話。我不太明白，但似乎又隱約感覺到點什麼，追問：「你說什麼，什麼叫不在了？」

母親一定感到了壓力，她的神情很複雜地朝我望了一眼。沒回話。

我感到一種莫名的恐慌，衝到她面前，用一種近乎瘋狂的舉動喊道：「你給我說，什麼叫不在了?! 不在是什麼意思?!」我想要知道，但又害怕她說出令我不敢相信和不願知道的話。

「他死了！」母親冷靜地說，聲音像從地球另一端飄來。她目光冷峻地望著我。

「咣當」，我手中的臉盆掉在地上。隨即發出「咣啷啷」一陣響，而後迅速撲向牆角，晃蕩了幾下，一動不動的撲在那裡。我的腦袋彷彿被錘子重擊了一下，木然地站在那裡，兩眼茫然地直視前方，眼前彷彿飄過他期盼而憂傷的眼神。

一陣劇烈的疼痛襲擊了我的心，我一下蹲在地上，捂住胸口，發出悲愴而撕心裂肺地哭聲：「班主任，啊，我的班主任，我的……」聲音猶如火山爆發，將壓抑在心頭多年的感情噴發出來。我躺倒在地上，雙膝緊縮，用手抱住雙膝，頭碰至膝蓋，捂住胸口，從這邊滾到那邊，又從那頭滾到這頭，猛然間，失去他後的那種裂心的痛，那種真切的愛，那種無法言表的情感，一瞬間都在此刻迸發。我用頭猛烈地撞擊著水泥地，試圖想用自己肉體的疼痛來減輕我鑽心般地劇痛。額頭在地上撞的「咚咚」響，額頭上流下的血，像水簾一樣垂掛下來，與淚水揉合在一起，模糊了我的雙眼，我血淚滿面，痛不欲生。很多時候，當我們被現實的桎梏鎖住自己心靈的眼睛時，根本看不清你自己所喜歡和所愛的東西究竟是什麼，人是很容易被世俗矇騙的，然而當血淋淋的事實終於有一天將現實的偽裝剝去，露出你真實的內心時，你才發現一個真實的自己和你真正所愛的人已經離你而去。這種離去，來得是那麼地突然，突然到一下撩開蒙在你心中的面紗；來得是那麼的無情，無情到你再也找不到他；來得那麼的冷酷，讓你在感到失去他的時候同樣也永遠失去了你自己。

遲了。他死了。

我不想活，我想死。

接下來的日子，自然全家人都不好過。我整天神志恍惚，沒辦法靜下心來做任何事情。整夜整夜地失眠，對誰也不說一句話。只要一閉上眼睛，眼前就會浮現出他那張與實際年齡蒼老許多的臉龐，他和我相處時的點點滴滴，他和藹可親的音容笑貌。有時他對我笑，有時他很憂傷，更多的是淚流滿面。他似乎想對我說什麼，但始終也沒說出口。我怎麼就沒感覺出來自己對他的感情是那麼的濃烈？怎麼就不知道自己是多麼愛他？怎麼就不明白他才是自己真正喜歡的人？為什麼我只是感到他的目光，總是投在我母親的身上？難道是我自己多疑，而讓強烈的嫉妒心蒙住了我的眼睛，讓我只看到他而沒看到自己的心？我一次次地夢見他臨終時的情景，床前空無一人，咽氣時，手裡抓著我給他的一大把書信，吩咐醫院的護士給他一個火盆，然後把信化為了灰燼。焚燒時，就像《紅樓夢》中黛玉焚燒寶玉的詩稿一樣，只是她叫著寶玉的名字，而他卻恨得我咬牙切齒。我夜夜做著惡夢，白天卻精神恍惚。由於不吃不喝，本來充盈的奶水也漸漸稀少，豐滿的乳房也變得乾癟，兒子吸不出他所需要的奶量就「哇啦哇啦」大哭。起初，丈夫也不覺得怎麼，只知道我的班主任死了，我很難過，以為過幾天我的悲傷也會過去。他還對母親說，她就那樣，認為世界上所有的事，都不重要，人的情感最重要，說這個沒了，人活著也就沒啥意思了。凡事認真，用情專一，自己也就多吃苦頭。想必過幾天，就會好的。

母親見我這樣，也很著急，說原本不打算告訴你，一來你在坐月子，知道後對你身體不好，二來人死了也不能復生，說了，對你這個人來說，沒啥好。但那天不知怎麼，你偏偏就問得緊，想想，早晚要知道，也就對你說了。想不到你對他的死，感受竟然激烈到這般程度。早知這樣也就不說了。說時，她流露出相當後悔的神情。其實我也不知道，我會變成這個樣子，人有時往往會忽略在你身邊的一份感情，但當它一旦從你身邊離去時，你才發現，他才是你心中任何一種情感所不能替代的真愛。也許通常人們所說的單一性愛是彌補不了一個孤寂的靈魂的，唯有靈魂與靈魂、心與心的交合才是愛情的最高境界。

我一直執迷不悟的狀態，終於讓大度的丈夫也感到了些什麼，奇怪的是，他並沒有責怪我，經常默默地做這做那，幾乎將所有的家務活他全包攬了。餘下的時間，就陪著我和兒子出去散步。那天傍晚走到河邊，他停住了腳步，微笑著對我說：「我不懂世上很多的東西，但我想說，生活還是要繼續下去，我覺得懷念一個人最好的方式，那就是作他希望讓你做的事。」然後，又拉著我的手，指著那條河說：

「生活就像這條河，不是一成不變的，但不管發生什麼，也不管人們在它懷裡投下什麼，它仍會按照自己的方式向前流去，兒子希望你帶著他流，我也希望，而你的班主任他一定比我們更期望你流向一個更加廣闊的世界。」

他的言語不多，但讓我感到情真意切，也許我這樣激烈地發自內心的表達對班主任的一份情感有傷他的感情和自尊，我真希望他不再愛我。我是個坦率的人，我對他說了。但他卻說我想錯了，他說通過這件事，他更加瞭解我，並且愛我，他說我是個非常真誠和純粹的人，他喜歡我，並且愛我，不管我發生什麼，他都會理解。他說：「你對班主任的感情是很純潔的，純潔到不容我去猜想，如果猜想了，我會覺得自己很骯髒，不配做個人似的。」他還說，他將與我一起懷念他，並說懷念是人類最美好的感情，去懷念一個人的人一定有著非常美麗的心靈。他說這番話時，讓我感到很吃驚，我一直以為他只是一個純粹的商人，就像他自己說的，不懂很多的東西，沒想到說的話那麼富有哲理和見地，似乎比我更懂得如何去對待人與人之間的一份愛和尊重及感情。我像重新認識他似的，默默地拉起他的手，心想，不管怎樣，為了他，為了孩子，我必須默默地沿著那條不停流動的河朝前走去。

2

我很想問母親，班主任是怎麼死的。但話到嘴邊又咽了下去。我不知道母親會不會對我再說真話，而我自己卻不知怎麼，也害怕去觸摸事情的真相。世界上有許多的事，其實不去窺見其本質似乎更好，這樣你就會簡單地活下去。然而，事情往往並不你想像的那樣，要發生的事情照樣要發生，根本不以你的意志為轉移。

一個夏日的下午，我正在自家房間中拖地板，忽然聽見窗外有人在大聲喊我的名字，聲音急得像後面有追兵殺來似的：「小小，快！快！」

我迅速從房間衝到陽臺，探出頭去一瞧，見是北廣老家的一位鄰居，就問：「喔，是你，大媽，有什麼事？」

「你快跟我走！」她的口氣命令式的。

「究竟出什麼事了？」我又問。

「你父親去世了！」她大聲喊著。

「什麼，你說什麼？」我連著問了幾個什麼，不敢相信自己的耳朵。

「你的父親死了！」她一板一眼地喊著，生怕溜走一個字。

什麼，父親死了？我的父親死了！我的頭，一下大了。我一直對他恨之入骨的父親死了。他終於死了。我以為自己會笑，然而，我發現自己根本笑不出來，想哭，又發現自己也不能哭。

死了，他死了。我的父親死了。我死了。不，是父親真死了。我這才發現，我的腦子裡一片空白，都不知道自己究竟想幹什麼。

「快點呀，你老家一個人都沒有。」鄰居又在催促，我懵懵懂懂地說：「這就來！」

我奔進房間，覺得渾身發冷，恍惚著打開衣櫥，找出一件毛衣，穿在身上，還是冷，又取出一個棉襖穿上，還是冷。我開始打抖，樓下的她，又在大聲喊：「快點！快點！」

我上牙打著下牙地下了樓，她不停地上下打量著我說：「你是不是病了，這麼熱得天，怎麼穿棉襖。」

「沒有，沒有病，我只是覺得冷，很冷。」我邊說邊快步跑起來，跑，快跑。眼前的河流，樹木、人群、房屋似乎都在我眼前一閃而過，只是父親那張被酒薰得發紫的扭曲的臉定格在我的眼前。此刻，他的臉涵蓋了一切，也涵蓋了我。我忘記了自己有嚴重的心臟病，這樣快速地奔跑會要了我的命。我飛也似地跑著，跑著，心跳快到不能再快，口乾到不能再乾。心裡只有一個念頭，我要立即見到他，我要見他，我的父親。立即。我把她遠遠地拋在了後面。

當我跑到家門口時，只見門口零星圍著幾個人，他們是鄰居，都是來看熱鬧的。見我，就自動讓出一條道，有人悄聲說：「這就是他女兒，沒見她來過，人死了倒來了。」

也有人說：「死了能來，說明她心裡還是有她這個父親。」

我踩著眾人的閒言碎語，走進家門。

客廳黑乎乎的，我徑直走到樓梯間。我以為，他仍睡在樓上，想不到他睡在樓梯間。這個主意是我出的，那次他對我說身體不太好，我就對他說，你可不可以將床挪到樓下，這樣不用跑上跑下，有病也便於你去醫院。想不到他竟然聽從了我的勸。

此時，他就躺在這個不足四平方米的樓梯間裡，床邊緊挨著一張梳妝臺。床頭上方的牆壁上，懸掛著那支一頭繫著紅絲綢的笛子。

我走上前去，佇立在他的床前。只見他的臉色異常蒼白，側著頭，左臉緊貼枕頭，嘴角流出的一絲唾涎落在枕上。一條打滿補丁的薄被覆蓋在身上，脖子下端棉被的一角自然掀開，裡面露出一件洗得發黃的白襯衣。這種姿態恰恰暴露出他一副隨心所欲的本質，彷彿知道這種去世的姿態是最令人滿意的。

父親，父親，我一頭撲倒在他的身上，想喊，喊不出，想哭，哭不出來，嗓子突然變得沙啞，來時心中呼喊著的無數次「爸爸」，此刻卻一句都沒能喊出來。

不知過了多時，有人將我扶起說：「你對他說兩句，他會聽見的。」說什麼呢？我覺得好像沒什麼好說，但似乎又有很多很多話要說。

我起身，坐在床沿，凝視著他的臉。此刻，他一動也不動，完全沒有以往那種恐怖。我伸出手，將他臉的扶了扶正，這樣他的整張臉平視著天花板，讓我一目了然。

他，就是我的父親，我許久沒有這樣與他如此近距離的接觸，也沒有這樣平等的對視過，自從成為他的女兒起，他就沒有正眼瞧我一眼，我在他的眼裡根本就不如一棵草，而我，卻因為他對我的漠視而變得怕他或者說不想看見他，我們互相好像總是在仇視對方，彷彿不仇視就不是父女似的，唯有在仇視中才感到彼此活在對方的腦子裡。除此之外，根本談不上。

這是一張白中泛黃的臉，此刻變得異常的寧靜與安祥，和藹可親，透著一種懦弱和文靜，完全沒有了他生前的那種強悍和蠻橫。

忽然，我覺得這張臉曾經不止一次地在我面前出現過，那是在我五歲之前，也就在外邊的那間客廳，父親在自己開的小書店裡忙著，我跑過去，纏著他要買糖吃，父親隨手拿起一本小人書，往我手中一塞，自己忙著招呼顧客去了。然而，正是他這一塞，讓我接觸到了書。從此，我越發不可收，差不多每天都會安安靜靜地坐在門板上和前來借書的小朋友們一起看書。他儘管瞧不起我，但他對我的領悟力卻很吃驚，說我做別的事，讓他不入眼，唯有對書的理解力，他很欣賞。為此，他常常喜歡對我講故事，講時，總是咪一口老酒，說著說著，就再「咪」一口。講到得意之處，就伸手將酒杯遞到我的嘴邊說：「你也來一口。」而我竟也不顧酒辣，「咪」上一口，然後也像他一樣，用食指和大拇指夾起一粒蠶豆扔進嘴裡，繼續聽他講。他講得最多的是《三國演義》，他認為不給我講《紅樓夢》，是為了避免我像林黛玉一樣的悲劇人生。唯有讓我早一點悟透人生才能讓我帶著一張醜陋的面孔在人世間混。他說這些話時，我根本聽不懂，但我知道是為了我好。因此，聽時我總是聚精會神。有些我記得，有些我聽過就像被風吹過似的。記得最牢的是那句：「合久必分，分久必合。」父親說，做什麼事都要想到有一天，你會獨自面對一個世界。我發現，他的這些話只跟我講，從不對哥哥和弟弟講。我曾經問他，他說，他們不是我。他這樣說，我並不懂，我一直覺得可能是我太幼稚，所以他才特別關注我。說這些時，他的眼睛裡透著一種少有的溫情，這讓我切切實實地感到溫暖。沒多時，就不是了，他變得有一點事情就對我發脾氣。說我丟了他的臉，讓他無地自容，說早知道這樣還不如一生下來就把我丟在馬桶裡扼死，等等。每當這時，我就像老鼠見了貓似地躲一邊去，咬著指頭戰戰兢兢地望著他。後來，我才知道，他請人算命，說我臉上的那塊胎記跟他的命犯沖，待在一起不是我活就是他死。因為這，他暗地裡與母親吵翻了天，說生了這個光吃飯，以後恐怕連嫁也嫁不出去還要犯沖他的醜八怪女兒全怨她。母親說，這不是她一個人的事，是他祖上沒有積德才這樣的。聽了這話，可把他氣壞了，抄起門栓就往母親頭上打，這一打，從此就開了頭，直打得兩人徹底分開。我自然跟了母親走。這以後，我便開始喜歡上了《紅樓夢》。寫這部書的人，先是享盡榮華富貴，而後淪落到吃了上頓沒下頓，這種強烈的反差讓他對生活有了充分的體驗，才有了寫成這部不朽作品的資本。讓我印象最深的，是寶玉身披斗篷出走時，那個茫茫大地真乾淨的最後一個場景。長大後，我忘了《三國演義》，記住了《紅樓夢》，為的完全是與他鬥。

今天當我與他面對面時，他卻早已無法與我講故事，更不要說吵架了。

「小小，快給他擦洗身子了，要不，時間長了，會穿不進去。」

不知誰替我叫來了專門替死人穿衣服的幫工，把我從往事的回憶中拉回到現實之中。

「喔，好。」我邊說邊機械地站起身。

只見她左手提著水桶，右手捏著一塊毛巾，站在床邊彎下腰，掀開被子，開始動手解衣寬帶。

我木然地站在旁邊。

當她抓住他手臂時，驀然發出一聲驚叫，接著一下摔掉他的手。並且將毛巾扔進水桶，說：「我不幹了，冷得嚇人。」轉頭對我說：「我幹了多年，從來沒碰到過，一定是死多時了，要不，怎麼比冰還冷。」說完，像風一樣逃了出去。

兩樓兩底的老宅，快被黑暗吞沒，黑咕隆咚的，我打開電燈，支光不大的燈光，將整個屋子照得似明似暗，猶如鬼一般的眼睛。

整幢屋就剩下我和他了。

他被死亡吞沒，我在被他吞沒。

我不知道父親是什麼時間死的。但我知道只能由我自己來做這件事了。我彎腰將桶裡的毛巾撈起，絞乾，俯下身，先從他的臉部擦起，當我碰到他冰冷的臉時，下意識地縮回了手，我覺得，他似乎死了還是用冰冷的態度來對待我。但我又覺得，不管他怎麼冷冰冰地對待我，我都必須為他做點什麼。於是，我用手將他的身軀使勁搬動朝向我這邊，這樣可以擦到他的背部。我想，應該是這麼擦的，先擦上半身，再擦下半身。擦著，擦著，擦著，我發現他是多麼的瘦弱，其實他病得早已不輕，因為他的肋骨根根像算盤珠似的，摸上去清淅好動。

我的手克制不住地顫抖著，接下去，要擦下身了。這本不應該由女兒幹的事，但這種時候我不做，誰來做，也顧不上什麼犯不犯忌。也不知道如果在另一個世界裡的父親知道是我，他曾經最恨的女兒在為自己擦洗身子，會不會暴跳如雷？然而，在我看來，在死者面前好像一切都顯得無關緊要，就算是他現在爬起來打我也無所謂。

我戰戰兢兢地試圖扒下他褲子，無奈他的兩條腿實在僵硬，居然彎不過來，因此，怎麼扒都扒不下來。我急了，放下毛巾，從床頭桌子的抽屜裡找出一把剪刀，順著褲腳剪了下去。

褲子終於脫下來了，露出父親的器官。醫院裡那位全身赤裸的青年連同他的生殖器再次浮現在我的面前，他與眼前父親的器官交疊在一起，交織成一種無法言說的懦弱。與此同時，丈夫與我作愛時那種生機勃勃的野性迅速浮現在我的眼前，與之形成了一種鮮明而強烈的對比。對我形成了一種喘不過氣來的強烈的衝擊。快樂與悲傷、懦弱與強悍、生命與死亡、痛苦與歡樂，一時間蜂擁而來。我想，父親在造就我時，也一定非常的快樂，他以自己生命的精髓試圖打造成一個完美的我，至少他當時一定這麼想，儘管後來我是那麼的不如人意。然而，我就是這樣的讓他不如人意地活在這世界上，不如人意地與他對著幹，此刻又不如人意地給他擦著身。我想，一個有悖於三綱五常、帶有強烈叛逆性格的女兒給他擦身，他會是下地獄呢？還是上天堂？我用被子蓋住他赤裸的下身，久久地凝視著他的臉，他沒有任何表情，連痛苦的神情都沒有。我不知道他離世時怎麼想，雖說有三個子女，不管與他親近的還是不親近的，死時竟沒有一個人在他跟前。死亡之路一定充滿黑暗。想到這裡，我異常痛苦地凝視著他，我的胸口開始絞痛。我伸手撫摸了一下他的眼睛，但不管我怎麼撫摸都沒能將他微睜的眼睛合上。

屋裡一下湧進許多人，他們都是些老鄰居。我不知道剛才怎樣一個人都沒有，現在卻突然來了這麼多人，世界上的事就是那麼費解。

接下來就是穿衣服。那位幫工不知怎麼這回自告奮勇，似乎全然沒有了方才的恐懼。然而，不管她怎麼使勁，他硬梆梆的手就是不讓她穿進去。

「我來。」我說著，抓住他的手，但他的手僵直得厲害，無法彎曲，嘗試了幾次也沒成功。有人說：「你叫他一聲，叫他幾聲可能就行。」

讓我叫他，我萬分艱難。自從十歲時離開這個家，離開他，我就再也沒叫過他。在我眼裡，他比陌生人都不如，陌生人認識後還喚個名字，可他，我連名字也不好叫。而他好像也沒叫過我，我倆雖說是親人，有著世界上最親近的稱謂：女兒和爸爸。但誰也不叫。

又有人在催促：「快叫呀！」

我急了，但仍叫不出口，只說：「你是不知道穿的人是誰才不肯穿？那麼我就告訴你，我是小小，小小，你知道嗎？如果你知道，或者喜歡我給你穿，你就讓我把你的手穿進去好嗎？」

全場的人都目不轉睛地盯著。忽然他的手臂竟然被我輕而易舉地塞進了衣袖。眾人都驚得汗毛管子直豎，而我彷彿覺得父親活過來了。接下去似乎沒有一絲困難，所有的衣褲都像著了魔似地套在他的身上。

「你們看見了沒有，我就說，他知道是自己女兒為他穿，所以才讓她穿進去。這說明他心裡是喜歡她的。」那個人又像在證明什麼似地嚷開了。

喜歡我，真是胡扯。我這麼想。但我望著他被我擦洗得乾乾淨淨的臉，我忽然發現，其實父親並沒有像我之前看到的那樣恐怖，此時，他的那張白中帶黃的臉，變得異常的純淨，散發著一種純潔的神聖般的光澤，清瘦中，露出一種少有的書卷氣，顯得儒雅而又斯文。在我的記憶裡父親從沒這樣好看過，我忍不住用手去摸他，淚水無聲地順著臉頰流下來。

「爸爸！」我一回頭，是弟弟，他臉色刹白，氣喘吁吁地站在我面前，看看床上躺著的父親，「卟嗵」跪下，不哭，也不說話，全場的氣氛驟然變得肅然緊張。半個小時過去，弟弟還是一動不動。站在他身邊的人，低著頭，在他耳邊輕輕地說：「你想哭，你就哭呀，悶在心裡不好的。」可他像沒見似地，仍一動不動。過了一會，站起身，一聲不吭，誰也不答理地上樓去了。

我想他是悲痛過了頭，不想答理大家，也就隨他去。

眾人說，得找個油燈放在父親腳跟，於是，我趕忙在屋裡找起來。底下沒有，我就上了樓。

一進父親的房間，發現弟弟躺在父親床上，見我進去，他也不言語，只是對我傻傻一笑。我一心想找油燈，也沒理會他，只是覺得他的神情有些古怪，大家都在忙乎，他倒好，竟然獨自躺在這兒笑。然而，這念頭一閃就過去了。終於，我在一個床腳邊找到一盞油燈，就顧自下了樓。

油燈擺放在父親的腳跟，我劃了一根火柴點亮，火苗一閃一閃。我坐在他的腳邊，守著他，守著那盞忽暗忽明的燈。幾個陪夜的親戚在方桌上聊天。透過似暗似明的火光，父親直挺的身軀完全進入我眼簾。昔日的我與他在這幢老宅裡生活的情景，猶如電影一幕幕地浮現出來：我彷彿看見他就在這兒，坐在馬桶上邊喝老酒，邊嚷嚷：「小小，快，快給我把桌上的酒瓶拿過來。」於是，我忙不迭地拿著酒瓶奔跑過去，剛想將酒瓶遞給他，不慎一腳踢上了他放在一旁的馬桶蓋，「啪」，連人帶酒瓶摔出老遠，人倒瓶碎，酒灑了一地。

他一下子從馬桶上站起，顯然意識到光著腚不雅觀，又趕緊坐下，罵道：「啥事都不會幹，連拿個酒瓶都不會，我生你養你都不知道做啥？真氣死我了。」

我自知闖了大禍，嚇得哆哆嗦嗦地爬起來，擦了擦摔痛的膝蓋，悶聲不響地撿著瓶子的碎片。

父親見我這般，更是火冒三丈，他提起褲子，走過來，用指頭觸著我的額頭說：「你去死算了。把我的酒全給灑了，我看著你就來氣。」說著，扯起我的耳朵往上提，我順勢踮起腳跟，兩眼盯著他，不吱聲。

他見我一副不認錯的樣子，氣不打一處來。「還不認錯，跟我擰著勁，就像天生跟我作對似的。」我的耳朵被拎得又痛又燙，使勁將頭擰了擰，試圖掙脫，要知越掙扎，他就捏得更緊，根本無法掙脫。就這樣，他拎著我的耳朵像沒頭蒼蠅似的滿屋子亂轉，直至找到一把蘆花掃帚將我沒頭沒腦痛打一頓才甘休。

我的視線又被牆邊一個泥土磚塊壘起的棚吸引。那是我們家的兔子棚，每天放學後，我和哥哥就一起去割草，餵養家中的兔子。那些兔子很漂亮，白色的毛，紅紅的眼睛，兩耳朵直豎，看上去很聰明，有些草牠一碰就不愛吃，掉頭就跑。父親說，家裡的兔子都比我強，懂得什麼草好吃，什麼草不能吃，不像我，不管什麼東西，餓極了，眼也紅，逮到啥就啃啥，一點都不懂分個清紅皂白，簡直就像餓死鬼投的胎。有一回，他看見我，竟與兔子在搶玉米桿吃，被他逮到，一把從我手裡奪去，用玉米桿在我頭狠抽了幾下，嘴裡還不停地罵道：「看你還嘴饞，竟跟兔子搶食吃，老子生了你，你就不像老子，竟跟動物一般，丟老子的臉。」許是他發現，我為了肚子而絕不會顧及面子的性格，也怪，從那以後，他竟然會隔三差五的給我兩分錢，給時，就像我是乞丐，他把硬幣丟在我腳下說：「一分錢都來得不易，你得自己彎腰撿。」他說得對，不勞動怎麼可以得食？我將他扔在地上的錢撿得飛快，眼睛裡卻對他射出仇恨的光芒。

哥哥和弟弟就沒我那麼走運，儘管他倆恐怕比我還餓，但是他們被父親嚴厲的管教弄得毫無思想可言，他們的腦袋裡從小到大接受就是父親的權威，至高無上。他的行為言論就是法律，任何一個人都無權置疑。就是那一次，哥哥餓得實在受不了，他向父親討要二分錢，竟被父親在冰天雪地裡追了三里地，把媽媽急得像兔子似的跟在我父親屁股後面亂竄，說：「要是我兒子踩上結溶化了的冰河窖隆，掉下去，我就與你同歸於盡。」然而，父親就像根本沒聽見，他不斷地追啊追，直到追上，把他痛打一頓才甘休。為此，哥哥和弟弟結成一派，有段時間，他倆就聯合起來對付我。只要知道父親給了我錢，他們就變著法將我買來充饑的食物弄過去。開始時，我還不知情，任憑他倆捉弄，後來父親發現不對，怎麼他給了我錢，我還在偷吃自家地裡長得半不拉楂的玉米。當他知道是他倆騙走我的錢或吃的食物時，就在書屋的兩條長板凳上各按一個，手裡拿著把掃帚，左邊抽十下，右邊打五下，直打得兄弟倆像耗子似的亂叫。讓他倆向我道了歉才了事。至此，兄弟兩人再也不敢捉弄我，而我以後只要有錢，買了食物就分給他倆一半。所謂「不打不成交」，恐怕就是這個道理。

我的目光又落到裡屋的那張方桌上。那裡是父親常常給我講他自身經歷的地方，他講的事，通常是他在上海學戲時的趣聞軼事。他講他在京劇院學翻跟斗的事，也講在他父親商店裡當學徒的事，講著講著，他就會說：「你要是個兒子該多好啊。」

每當這時，我就會困惑地問：「你不是有兩個兒子嗎？怎麼要我也是兒子呢？」你知道他怎麼講，他說：「他們哪像我的兒子，要說像我兒子，如果你是男的，那倒還說得過去。」聽了這話，我會眨巴著眼睛，望望他，心想，大人的話怎麼就這麼難懂。是他的兒子，他偏說哥哥和弟弟不像他的兒子，不是兒子的我，倒說像個兒子。唉，我不懂。反正我不是他的兒子，想那麼深幹嘛。不過很多時候，靜下心來想，難道父親真的喜歡我比他的兒子多一點？

嘿嘿！身旁好像有人在笑，我一回頭，原來是弟弟。我瞅了瞅他。只見他一個勁兒地衝我笑。他的笑，很詭異，讓我覺得他極像一個人，是誰呢？一時竟想不起來。好像就在眼前，忽然又飄走了。

他就這樣坐在父親的床沿，好像死的不是他深愛的父親，倒像是別人似的。他盯著父親的眼神，就像瞧一個他根本不認識的人。臉上沒有悲傷，也沒有痛苦，有的只是一種憂傷、迷惘和困惑。隨後，他翹起二郎腿晃動著，把躺著父親的那張床弄得「吱嘎吱嘎」響。還興高采烈的對我說：「妹妹，你終於來了，我很高興。我以為你不會來，想不到你真的來了。」說完，又「嘿嘿」笑了兩聲。

「你昨天上哪兒去了？留他一人在家裡。」我說，儘管對他稱呼我管我叫妹妹覺得奇怪，這是以往父親得意時才叫我的小名。但我還是問了最想問的問題。

「我在值班，有什麼問題嗎？」他樂呵呵地說。

「值班，那就沒問題。」我說。

「我在想，怎麼會在我值班的時候，我就死了呢？」他說。

「是父親死了，不是你死了。」我更正他。

「是嗎，我怎麼覺得是我呢？」他一臉的茫然，轉頭俯下身，又仔細瞧了瞧躺在他身邊的父親，不相信地擰了擰自己的手臂。

我覺得弟弟似乎那兒不對勁，他從進來到現在，見到父親後，他不但沒有表現出一絲悲痛，相反還一直在笑，而且獨自在樓上父親的床上顧自躺到現在，說得話又讓人摸不著頭腦。難道弟弟一下子接受不了死去父親這個嚴酷的事實，神經出了問題？想到這兒，我的心倏然緊張，一位親戚似乎也感到了弟弟古怪的行為，走過來悄悄對我說：「你弟弟好像有點不對勁。」

對呀，在我們兄妹三人中，應當說，他與父親的感情是最深厚的，自從母親離家出走後，不管怎麼說，父親擔當起了既當爹又當媽的角色。他們彼此唇齒相依，咬著唇連嘴痛。二十多年的風風雨雨，生生死死，今天弟弟見到他去世，怎麼連哭都不哭，反而笑呢？我感到事情的嚴重性，忍不住對弟弟說：「他死了，你要哭就哭吧。」

誰知他聽後，朝我瞥一眼說：「我死了，有什麼好哭的，笑才對，爸爸不需要為我有沒有飯吃發愁了。我死了，又不是爸爸死了。」說完，仰天大笑說：「小妹，今天你能來，我真的很高興，高興。」

聽後，我心如刀絞。弟弟平日很少說話，自從母親離家出走後，他就變得沉默寡言，似乎懂得這個世界輪不上他說話，就算說了也是白搭。在他的意識裡，長期的貧困而引發的饑餓和被母親拋棄的事實，讓他覺得自己多多少少是個累贅。而且，他也同樣經歷了由於家庭的變革而帶給他的種種苦難和打擊，在他幼小的心靈裡，種下的是一種生不如死的心態。而今天當他直面與自己相依為命，相親相愛，一起歷經生生死死的父親的死亡這個殘酷的事實時，他受到了前所未有的強烈的打擊和刺激，他不相信這是真的，他一定希望死的是自己，而不是他親愛的父親。他寧願父親活，他死。他恍恍惚惚地上樓，當他躺在父親生前一直睡覺的床上時，現實與夢想的碰撞。讓他不相信父親已經死去，現實的殘酷與之人幻想在他的內心深處形成交戰，他的神經開始出現混亂，父親的靈魂彷彿穿越時空進入到他的靈魂，他覺得死的是自己，活著的是父親。

「活著」的父親下了樓，坐在床沿凝神且憂傷地凝視著床上死去的「兒子」。

「一定是你父親的魂伏在你弟弟身上了，所以他的言談舉止全像你父親。」幫工說。

我的可憐的弟弟。我起身，站到他的身後，用雙手扶住他的雙肩，將自己的下巴擱在他的頭頂。誰知他轉過身，一把握住我傷殘的手，用他的另一隻手不停地在上面撫摸，並且喃喃說：「你一定很痛，讓爸爸給你摸摸。」說著，還用嘴對著我的殘手吹了又吹。

「弟弟，我可憐的弟弟，不，我的，我的……」我再也控制不了自己悲憤的心情，望望父親，又看看弟弟，想起父親也曾這樣撫摸過我手的情景，我忍不住哽咽著輕聲喚弟弟，卻仍然無法把父親的稱謂叫出來。

就這樣，弟弟猶父親般，主持了整場葬禮。他，一會兒給前來弔唁的親朋好友端水，一會兒又給他們分發著香煙，跑前顧後，忙得不亦樂乎，熱情地招待著所有的人。稍有空閒，他就坐我對面，笑咪咪地看著我。他快樂的神情，讓我覺得他彷彿不是在參加一場葬禮，倒是像在參加一場親人失散多年後重逢的喜慶禮宴。有時，我覺得他興奮的情緒似乎表現過了頭，就拉他坐下來，當我稍不留意，他又樂顛顛忙乎去了。

慢慢地，好多人都覺察了出來，當得知是我父親的魂伏在他身上時，都搖著頭，歎口氣說：「也難怪，他是高興啊，他女兒來參加自己的葬禮，他是向大家傳達這麼個資訊。來了就好，就好啊！」

我不聰明，但還不至於傻到聽不出人們對我的責難中帶著的寬容，同時也聽出他們也為我父親高興，不管怎樣，我還是來參加了他的葬禮，來了，就是認他，來了，我就是他當然的女兒。我這才恍然大悟，弟弟所表現出來的那種興高采烈，原來是父親內心所表達東西，這是一種真情的自然流露，一種對女兒認同自己的一種興奮，一種表露自己喜歡女兒的告白。想到這兒，我的心猶如潮水般洶湧，我發現自己竟然是那麼的醜陋，那麼的渺小，那麼不值得一提。你以為自己是誰，是最正確的嗎？可以不顧一切地不要父親，可以不顧一切地不認他為父親，可以不顧一切地割斷與他的任何聯繫，甚至認為他根本不值得一提，你是誰？你是他的女兒，你要不要他都不是你自己能說了算，要不要他都是他生的你，要不要他你永遠只是長在他根上的一枝藤蔓，不管你伸展多遠，只要他的根一死，你的蔓也就枯萎。你以為你是誰？你是誰都不重要，重要的是，他就是你的父親，不管你承不承認都是，那怕你死或他死，別人都會說，他的女兒或她的父親死了。而現在，擺在你面前的是，他死了，但他還是想通過弟弟的舉動來傳達給你一種資訊：他愛你，並且至死不渝。

想到這兒，我的情緒陷入了一種崩潰狀態。我發現自己的靈魂是多麼的醜陋，我從來沒有像現在這樣清楚地看到我自己：自私、狂妄、狹窄、目空一切等等。在我弟弟的臉上，我完完全全讀到了自己所有不應有但一直存在並且自以為是的狂妄和叛逆。你可以背叛你所認為一切約定束成的東西。但是，你能真正背叛你的親生父親？相比之下，我對他做了些什麼？不理不睬，充滿仇恨。毫無一絲女兒對父親應有的父女情分，更談不上對他有任何的關心和體諒。而父親的愛，涵蓋了人世間最純樸的感情，不管生和死，不管他怎樣罵你恨你，但他都愛你。也許是他處理問題的方式讓你無法接受，但從他內心來說，愛你的心，是永遠不會改變的，哪怕時光倒流，哪怕山崩地裂，哪怕已經死亡，都阻擋不了他穿越時空對你表達發自內心的那份真摯的情感。我意識到，並已深深感受到他對我的這份真摯的愛，只要我的血管裡流淌著他的血，我永遠無法迴避這個事實。我也不願再迴避這個事實。我熱淚盈眶，懺悔不已，肝膽俱裂，痛不欲生。我跪在他的面前請求他的原諒，然而，我的嗓子始終沙啞，喊不出來，我的眼睛被自責的火焰燒得乾涸，淌不出一滴淚珠，我就像一隻迷途的小狼跪在已死的老狼面前，除了仰頭乾嚎，再也無能為力。

「妹妹，人死不能復生，你能來，爸爸知道了他一定很高興。」是哥哥的聲音，不知道什麼時候他已經到來，一臉的悲痛，一臉的茫然，一臉的悲愴，唯有弟弟仍興高采烈的忙乎著，讓人看了越加心酸。

哥哥伸手遞給我一封信，說：「這是我剛才在整理抽屜時發現的，我只是想看看父親有沒有寫下欠條，我怕他欠了別人的錢。」我想，難為他想的周到，這是作為子女唯一能做的了。

「有沒有？」我問：「有多少？」我想，父親窮途潦倒，欠錢是免不了的。

哥哥搖搖頭說：「沒有。」顯得很落寞，好像父親不欠債，反倒是他欠了他債似的。

我覺得也是如此。心中的內疚如果找不到一種方法來彌補，活著的人永遠不會安心。

我的眼睛落在父親微微張開的手心，發現掌心裡竟有幾顆糖。我覺得很奇怪，是誰放得呢？我瞧見一位約莫六七歲的女孩站在他床邊。我彎下身問：「這糖是你放得嗎？」

她點點頭。

「為什麼要放呢？」我又問：「你自己不好吃嗎？」

「公公常給我糖吃，他對我可好咧。」她一臉認真地對我說，還轉過臉對他說：「公公，你吃糖，你吃呀，你吃。」孩子是單純的，她的世界裡沒有死亡，沒有恐懼，有的只是誰對她好，她就對誰好，在她的意識裡死亡和活著沒有太大區別。我看到了父親生前的另一面，儘管這是在他死後，其實一個人活著時並不能真正清楚自己在別人眼裡究竟是怎樣的，唯有死後，才能從別人對待他的態度中知曉。他以他的善良贏得了街坊鄰居孩子的心。在舉行葬禮的過程中，他的兩隻手掌心裡放滿了孩子們給他的糖，面對這些我不止一次地發問，我究竟給過他什麼？我羞愧不已，我從沒給過他什麼，我給他的只是無盡的仇恨和抱怨。

哥哥在張羅，我起身穿過廚房間，走進院子。院裡開著紅色的月季，旁邊栽有一棵柿子樹，牆角有一叢鳳仙花。我抽出信封裡的信看了起來，發現是父親寫給我的。

小小：

我的女兒，當你看到這封信時，我已經離開人世了。我知道，你一直恨我，對這個問題我到死也無能為力。但是有一點，我想對你說明的是，其實，從我內心來說，你們三個兄妹中，我最愛的卻是你。我一生讀書無數，喜歡藝術，喜好交際。我的夢想就是當一名京劇演員，那怕是跑龍套也好。當年你爺爺送我去了上海，他的目的是讓我經商，然而，我對經商從來不感興趣，經常偷跑去京劇院學戲。我從家裡帶出去的錢，全花費在了學戲的上頭，但上蒼不公，一次學翻跟斗時，竟然摔斷了腿，你爺爺從此把我趕回了家，並不允許我再出去。此後我的心情越來越差，後來就借酒消愁，以後我又被打成「右派」，我沒了工作，也就沒有了我所追求的夢想，我開始沉淪，看什麼都不順眼，嗜酒越來越凶，陷入泥潭不能自拔。對你的出生，其實我是很欣喜的，我喜歡女兒，但你臉上的那塊胎記讓我感到很沒面子，尤其當知道你的那塊記與我的命相剋時，我就再也不敢去面對你，更不敢去想像你未來的生活，因為我發現，你不同於別的女孩子，雖然容貌醜陋卻長著一顆比天還高的心，而你的叛逆性格更讓我吃驚。然而我又不得不承認你清高和孤傲的品性。那目中無人的個性讓我既恨又愛，因為我從你的性格中看到我自己。喜愛文學、音樂、藝術，熱愛朋友，認為只要通過自己的努力就會爭取到一切，這種狂熱會創造一個人，同樣也會毀掉一個人，你和我一樣，比我還慘，甚至還落下個終身殘疾。從此既不能跳舞，也不能寫字，與你喜歡和奮鬥的理想絕緣。你就是我，我就是你，我們兩個彼此仇視，又十分相像，就像是一面鏡子，看到對方的同時，也看到自己。

由於你的母親，我們最終成為了「敵人」，儘管這樣，當我看到你始終如一袒護著你母親時，我從心裡說：這才是我的女兒，她永遠不會向邪惡低頭，寧願站著死，決不跪著生。你讓我相信，縱然世人拿走了你身上的所有東西，命運讓你一無所有，但永遠拿不走你一身的傲骨和志氣。在你的人生道路上，不管發生什麼，你都會挺著脊樑一直向前，決不會像我一樣墮落、沉淪。

我和你母親是我們兩個人之間的事，這是時代的產物，也是個人的悲劇，產生這一切的有社會的根源，也有我自身的因素，當我得知我的初戀情人因我與你母親結婚而自殺後，我再也無法面對你母親。我認為，是因為她與我的結合才導致了我心上人的死。她的死，讓我不斷地自責自己，並把對社會的不滿，對自己的不滿，對所有這一切產生的不滿都轉化成仇恨一股腦兒地還怒於你母親的頭上。我恨這個社會，也恨你，更恨你母親，我所有的憤怒無處發洩，於是只好傾泄在你母親和你的身上，以為這樣才能解救自己。可是，我錯了，我不應該這樣對待你和你的母親，更不該將自己應該承受的痛苦和責任推卸給你母親和你，我不是一個好丈夫，更不是一個好父親，假若時光倒流，我會好好待你和你母親的，可惜一切都已經遲了，我和她與你都將懷著對對方的仇恨死去。我只想讓你替我轉告你母親，請她願諒我對她所做的不該做的事情。

我感到自己的身體越來越不行了，酒摧毀了我的健康，而我摧毀了我自己。在我的心裡，你是我的驕傲，如果蒼天有眼，家門有幸，有所建樹的就是你。我家祖上世代是書香門第，到你太爺爺的太爺爺才棄文從商。我這個人一生懶散，既從不了商，也從不了文，弄得四不像，一樣也不成。可我的心不死，我們祖上的書香不能說斷就斷，你行，你一定能行。唯有你能把別人家的獨子招了女婿進來，這鎮上我見到的也只有你。你使我相信，你就是你，你是我的女兒。你哥哥太懦弱，弟弟太老實，他們能混口飯吃就已經不易。我死後，你們兄妹要團結。你要多關心他們。我在另一個世界裡保佑你！為你祈禱！我最親愛的女兒，永別了！

我一無所有，留給你的只是掛在床頭的那支笛子。順便說一下，你離家走後，我再也沒有吹過！

深愛你的父親　絕筆

一九八二年八月二十二日

信紙從我的手中飄落，我呆如木雞，一切晃如夢中，父親，我的父親，我似乎穿過千山萬水，撥開重重迷霧才看見你那張真實的臉，看見你對我的熱愛之心。我不知道如何才能讓你知道，我此時此刻一份複雜又懺悔的心情。之後，我愈加處在一種恍恍惚惚，似我非我之中，我機械地做著一切葬禮上的事，要出殯了，父親被挪到客廳，靈堂就設在這兒。按照這兒的習俗，前來弔唁的親屬都要給他的心口疊絲棉，意為貼心貼肉，以示對死者的尊敬。我和丈夫站在擺放父親軀體門板的兩側，各自手中拿著一張絲棉，撕開後將它輕輕放在父親的胸口。我的雙手顫抖的根本無法放置，丈夫一定感覺到我的狀況，隨即將我手中的絲棉拿了過去，由他完成了這個儀式。

殯葬車來了，父親將被送去火化，棺木抬起，我手舉著那盞油燈跟在人群後面，心，隨著油燈飄忽。鄰居說：「一抬出屋，你就將油燈摔在地上。」

我問，這是啥意思。他說，代表一個人的死亡。我想，很對，人如油燈，燈滅就是人亡。旁邊的人說，你趕緊摔。我舉著油燈，神情恍惚地走在後面，摔呀！不！我不想摔！但不知怎麼，油燈摔了，我的心，也碎了。

火化很簡單，前後一個多小時，就將身長幾尺的人，燒成了灰，放入盒子才一把。

從殯儀館到墓地路有點遠，一行人沉默無語，哥哥是老大，骨灰盒自然由他捧，弟弟歡蹦亂跳，一會兒跑到隊伍前邊，摸摸骨灰盒，一會兒又跑在隊伍後面，高聲叫著我的名字。我覺得父親根本就沒有死，死的倒是我，有好幾次我都摸摸自己的手，問丈夫，我活著沒有。得到他的肯定後，我才恍惚著繼續向前走。

墓地到了，四周一片寂靜。父親墓穴的一側有一座墳墓，墓旁種著四棵柏樹。哥哥告訴說；「這是父親生前做過事的一家商店的老闆，當時他給這老闆作會計，想不到死後，倆人仍在一起。」不知這回是父親給他當會計，還是他給父親當會計，陰間的事，陽間人是不曉得的。

幫工將四個熟雞蛋扔在墓穴的四角，又伸手抓了些石灰撒在裡邊，而後，吩咐哥哥將骨灰盒放進墓穴。

哥哥跪在墓穴前，將骨灰盒端端正正放入洞穴，骨灰盒裝在一水泥盒中，為的是避免雨水的侵入。

看著這一切，跪著的我神志很恍惚，「啪嗒啪嗒」隨著泥土打在骨灰盒上的聲響，我的心在抽搐，劇烈的疼痛使我直不起腰來。漸漸地，泥土覆蓋住了父親的骨灰盒，上面壘起一個小小的土堆。幫工在墳頭植上一棵萬年青，寬大的葉子讓墳墓看起來更小。沒有立碑，哥哥說，來不及了，過清明時給補上。

參加葬禮的人三三兩兩走了。父親死時虛歲五十七，活得不長，他的人生路走到這兒算是到了盡頭。天已經灰暗，像要下暴雨，悶得人喘不過氣來。哥哥說：「走罷，大家都等著吃豆腐飯了。」

弟弟不言語，依然笑咪咪地看著我。

我環顧一下四周，朝前走了幾步，回首，遠處的田野連著天空，烏雲正排山倒海似地壓過來，宇宙是那麼的大，父親的墳墓像一粒綠豆，種在廣漠的田野裡，在天與地之間顯得渺小且孤伶，想到躺在地下的他——我的父親，生前竟沒能聽到我叫他一聲父親，死了也是如此。

「小小，走吧。」哥哥又在催促了。

弟弟卻目不轉睛地盯著我，突然仰天大笑。望著他瘋也似地狂笑，我再也控制不住壓抑在心頭的悲愴，急速返回父親的墳頭，「吓通」跪下，聲嘶力竭地爆發出隱藏在內心多年的那聲：「爸爸……」然後瘋也似地跪在墳頭，不顧一切地用手飛快地扒著泥土，彷彿要將他從泥底下挖出來，摟在懷裡似的。是的，我就想摟著他，並且親親他，其實我不恨他，根本就不恨，不僅不恨，還深深地愛著他，我感謝他給於我的生命，讓我有資格活在這世界上，感謝他讓我接觸到書本，使我能明理是非，甚至感謝他給我的一次次耳光，讓我懂得人的生命需要這樣的錘練才能百煉成鋼，有一天能在社會上混出個人樣來。

哥哥先是愣在那兒，當他聽到我歇斯底里的狂叫後，竟一把拖住正在大笑的弟弟，一起「吓通」跪在了父親的墳頭，大聲哭喊道：「爸爸，你聽到沒有，聽到沒有，小小叫你了。你一直喜歡她，愛她，如果你九泉之下真能聽到的話，那你就顯個靈給我們看看。」哥哥說完，泣不成聲。

瞬間，狂風大作，呼嘯著從遠處席捲而來，將田野裡的莊稼吹得猶如海浪般翻滾，接著便是大雨傾盆，此時，一直在狂笑的弟弟突然放聲大哭，而我卻淚雨滂沱，仰天大笑，他倆的哭聲伴著我瘋狂的笑聲在父親的墓地久久迴蕩。

第二十一章

1

從父親墓地回來，我就像脫胎換骨變了個人，整天恍恍惚惚的沉溺在對父親的內疚和懷念之中，像個隱身人似地在家裡晃來晃去。母親感到了這種異常，對我的舉動表示不解。我並不想對她作出解釋，她和父親的事，隨著父親的去世也算有了個結束。我以為，父親的死，令她一定很高興。心裡這麼猜想不知怎麼對她就產生了一種忿恨，我問她：「這下你高興了吧？他死了。」

誰知她木然地看了我半晌，竟然哭出聲來：「你以為是我害死他的？他的死是我的錯？」她用手背邊抹著眼淚邊抽泣說：「我就知道你的心裡向著他，這下好，死人是沒有錯的，錯得全是我。因為我活著，活著的人，才是有錯的，應該責任承擔全部錯誤，是不是？你這麼說，我還不如死了的好。」

我冷漠地望望她。

她見我如此，又說：「你以為我這幾天好受，這死鬼，你倒是少抽幾根煙，少喝杯酒，就不至於死的那麼快。我跟他是合不來，但也不至於想他死，做人是不可以這樣的。你這幾天在忙，可你知道嗎，那死鬼身上穿得衣服全是我幫他買來做的，他倒好，穿著我給他做得衣服體面的上了路。而我呢，我嫁給他到現在，他給我做了什麼呢？我死的時候，誰給我做？」

原來父親出殯時穿著走的幾件外套都是她給做的，我這才恍然大悟。

她越說越來勁，越哭越覺得自已委屈，臨了還說：「你就不瞧瞧我的臉，我這幾天是怎麼熬過來的。」

我這才瞅了她一眼，發現她好像一下蒼老了許多，人明顯的消瘦，臉也很憔悴，額頭上多了幾條皺紋。我大驚失色：「你，你這是為什麼？」說時，有點結巴。

誰知她說：「人總是有感情的，這死鬼，儘管我恨他，但他必竟是我的丈夫，再說，我除了他，也就是他了，我實在是和他過不下去，他不打我，不逼我，我們也不會走到這一步。」

這我清楚，母親說得一點沒錯，連我都無法忍受。看來，人不是動物，感情這個東西說不清也道不明，我想，父親已經去世了，不管他倆誰對誰錯誰也無法說得清。所謂「剪不斷，理還亂」藕斷絲連，大體都形容這一類。再說，人死了，就算判了誰對誰錯又能怎麼樣，只要他倆活著就依然如此。我說：「父親說，讓你原諒他。」說罷，我走過去，坐在沙發裡。

她聽罷我話，愣了一下，說：「說聲原諒有什麼用，人都死了。」她一邊說，一邊繼續抹著眼淚。

突然，我想起什麼，問：「媽媽，你和班主任是怎麼回事？」

「我和你班主任？」她吃驚地望著我。

「對啊，」我說：「反正你一個人了，問這個問題算不得什麼。」

「你這個人有沒有毛病，怎麼懷疑到我頭上來了。」她一臉的嚴肅說：「是你的班主任，跟我有啥關係，扯哪兒都不上號，你怎麼扯到我頭上來了？」

我覺得她裝假的厲害，不免有點生氣，說：「對我你都這樣，對誰你才肯說真話？」

「你是說我講假話，那好，我講真話，我講。」她很生氣，一屁股坐到凳上就說：「你是真不知道，還是假裝不知道，班主任一直喜歡你。」

「我？你撒謊！」我一下從沙發裡彈起，神情像遭雷擊一樣：「他喜歡我？」

說到這裡，她站起身，快步從我面前走過，去了隔壁自己的房間。一會，她拿著一個布包過來，遞給我，說：「這是他留給你的東西。」

「給我的？」我詫異地指了指自己的鼻子。

這是個藍白相間的格子包裹，在常人眼裡實在是普通的不能再普通，可如今在我眼裡，它太不尋常，也太令我心顫。我不敢想像，這個包裹曾經過他的手轉給我的那個過程。這是一個生與死的過程，是生存與死亡之間的一個重要環節。這個環節中揭示了一個人對另一個人的一份真誠，這份真誠與愛是那樣的專一，至死不渝。

我屏氣靜息，慢慢地打開一個角，再打開另一個角，裡面露出幾頁紙。當我將最後一個布角打開時，「啪」一聲，有東西掉在地上，「咕嚕」滾去一邊。我走過去，低頭一看，原來是一枚戒指。我撿起它，拿在手裡，仔細端詳，發現它很陳舊，許是年代久遠的緣故，泛著一層金黃。什麼意思？我低下頭，認真讀起信來：

小小：

你看到這封信時，我已經走了。去往那個我嚮往的世界。為什麼這麼說呢？因為像我這樣的人活著已經很痛苦，唯有死亡才可以解脫。我短暫的生命只有三十九年。在這過程中，認識了你。認識你，我真的很高興。你不知道，當我第一眼看見你時，就喜歡上了你。儘管我們年齡相距那麼大，儘管我是你的老師，而你是我的學生，這種感受只有經歷過的人才能體會。真正的愛情是沒有年齡界限的，什麼年齡、地位、財產，在它面前都顯得無濟於事。然而我不敢說，因為我是你的老師，是一師之長。奇怪的是，我卻偏偏喜歡上了你。你的任性，你的不拘小節，空下來就坐在那兒使勁咬著手指頭的習僻，還有遇事總顯得漫不經心的樣子，就算是大人物說你，你仍會像將軍一樣的蔑視一切。你的憤世嫉俗、疾惡如仇、愛恨分明、主持公正的秉性，深深地刻在我的腦子裡，溶化在我的血液中，終於讓我作出了一個決定：回絕了原來的女朋友。這個決定是我作的，儘管我知道，等待你成長的過程是多麼的漫長，但我寧願選擇等待。然而，你家庭的變故，讓我對你的感情莫名其妙地被牽涉進一種說不清道不明的關係中，在旁人看來，我成了使你們家混亂不堪的人，天知道，我對你的感情是多麼的純潔，以至於我從不允許自己對別人有什麼想法，因為你佔據了我整個生活的空間和靈魂。你的生活就是我的生活，只要看到你高高興興地來上學，我就說不出有多高興。當看到你和你母親被你父親打得遍體鱗傷時，我內心就痛苦得要命。後來，得知你隨母親終於逃離父親的毒打，去往新的地方求生時，我即擔憂又高興。擔憂的是，你父親如果找到你，你就再也經不起肉體的痛苦和心靈的摧殘，你病弱的身體又如何再經受人世間的狂風暴雨。高興的是，你病歪歪的活過來了，竟堅強地挺身活到現在。我為你高興，也為你驕傲。正因為如此，儘管期間發生了許多玷污我個人感情的事，但這仍不足以使我放棄對你的那份愛。為了你，我寧願用我畢生的精力來守候，默默地愛你，遠遠地看你。你知道嗎？當我實在想你時候，我就偷偷坐車跑到鎮上來，站在你上班的地方，遠遠地看你，有幾次，我都想走過來與你說話，但考慮到你，我仍然忍住了。我沒有你的照片，但直至今天我依然清淅地記得你的容貌，連同那顆曾經長在你臉上的胎記。在我眼裡，你的容貌美麗無比，尤其是那塊胎記，總讓我心動不已。當我現在寫這信時，它仍出現在我的眼前，可愛地在我眼前晃來晃去。

小小，我知道我自己不是個真正意義上男子漢。因為我好幾次都想通過信件告訴你，我對你的愛，但真到寫時，卻總是寫了又撕，撕了又寫。這其中的感情很複雜，最主要的，就是怕別人說閒話。這世界上最毒的是眾人的嘴，原本沒有的事，會說成有，原本很美麗的事，一經傳播，就扭曲成了醜陋的事。在我心裡，你是那麼純潔無暇，我寧願選擇孤獨的死去，也不願眾人的嘴傷害到你。

我知道，你一定記恨你的父親，但你為他想想，他也是一生不得志，空有夢想，而抱憾終身。你和你母親的出走，更加劇了他對社會、對你和你母親、甚至對他自己的不滿，他更加忘乎所以，自暴自棄。其實，他也很悲慘，造成他這樣的，不僅僅是他自己的原因，挖其根源，也有社會的因素，是時代的悲劇。時代的悲劇，自然影響到家庭，而家庭的悲劇又怎麼能不涉及到個人呢？於是，就產生了像你父親這樣的人。他難道不是這個悲劇時代產生的悲劇性的人物呢？這也就影響到家庭中的所有成員，自然涉及到你母親、哥哥、弟弟，還有你。說這些，只是讓你知道，也希望你能儘量去理解你的父親，有一天去認他和叫他。他做了很多對不起你和你母親的事，但他自身也是一個悲劇的縮影。你知道嗎，我的父母親也是因為說了真話而被打成「右派」，父親被關在農場裡批鬥折磨而死，母親因此得了憂鬱症自殺身亡。從這一點上看，我同情你的父親，我希望你能寬恕他，原諒他，因為他是你的父親。在某種程度上，我和你是一條藤上的兩隻苦瓜，不同的是，你有母親、父親，而我卻沒有，一個人在世上孤零零地生活。因此，當我一見到你時，命運就註定將你我連接在一起。註定會有今天的結局，為你而選擇默默地死去。

我要走了，就在這幾天了。我常常看見許多小鬼在我眼前跳來跳去。那些鬼長得很可怕，說了你也許不信，但我的確看見了。我是個無神論者，我只能說是我的幻覺。但事實告訴我，我就要離開你，離開這個世界去往地獄。有人說，只有結婚生子的人才有資格去天堂，如果這樣，我只能走向通往地獄之門。聽說，你就要結婚了，這是你的人生大事，也是我的大事，我沒有什麼可以送給你，託人捎去兩隻繡花被面交給你母親，再由她轉交給你，禮不重，我多年來一直住院治療頻繁，儘管省吃儉用，卻沒餘款留給你，也請你原諒了。你我師生一場，唯有真情留在心裡。對你我沒有任何要求，只要你活得開心，活出你自己就行。在我的心裡，你永遠是你，你不會讓我失望。

另外，你也不用去尋找我的墳墓，你找不到的。人死了，是不用立碑的，我只希望你做我期望你做的事，繼續喜歡你喜歡的文學，有一天寫出你想寫的小說，寫出你的痛苦和歡樂，寫出你對生活種種的苦澀和感悟，寫出幾代人在一個時代背景下生生死死的悲劇人生。我相信，一個承擔了眾多親人生命鮮血的人，一定會用心去寫，用淚去寫的，用筆蘸著血寫的，她寫時，這些人會給她以力量，給她以靈感，給她以別的寫作者所不擁有的東西，這是一部用血淚澆灌成的書，寄託著很多人的希望，因此，你一定不負重望。

我要走了，當你成功的那一天，捧著你的書到我曾經遇見你，生活過的那個叫北廣的小鎮去見我。那時，我一定會在那兒等你，為你吟誦一首《還魂詩》，你會看到我的，一定！我不信上帝，但為了你，我要說，願上帝保佑你！

走你自己的路，讓別人去說吧！

你的班主任　涵偉

一九八一年九月二十九日

信看完了，我整個人像被風吹過的樹葉，顫抖起來。我的班丰任，不，我親愛的老師，我心中一直愛著卻不知道愛著，一直以為是他與母親而根本不是，並深愛著我，為我付出和承擔了一切的男人，你不知道你愛的是一個什麼樣的人。我自私、我多疑、我庸俗、我卑鄙、我愚蠢、我不知道所以，我現在才知道我是一個多麼讓別人討厭也令自己討厭的人。我的母親，她面對我時只能忍受，而不能說出實情，也許她知道，倘若她之前就告訴我這一切，那麼，受社會唾沫的是我，而不是她。我成了什麼樣的人，我還怎麼做人?!她默默地忍受著，不管父親將她一次次地打得頭破血流，不管眾人的言語將她置於死地，走在大街上被人觸著脊樑骨，也不管一次次地被人當成「破鞋」站在臺上被批鬥。而你竟為了我，默默地將這份情感珍藏在了心底，帶著它默默地走向地獄，只為成全我的幸福。

如今，他們各自完成了自己的使命，去地獄的去地獄，還清白的還清白，而我卻背負著這份沉重的愛，被釘在了十字架上，帶著一份深深的懺悔來奠基自己不可饒恕的靈魂，蒼天啊！這難道是我的錯?!難道上帝要讓我背負著這個沉重的十字架躊躇於感情的泥濘中不能自拔？我的心在顫抖，我的靈魂在哭泣，我的頭顱沉重的像一輪被冰雹打後的向日葵搭拉著，任憑時間悄然離去。我什麼都不敢想，又什麼都想了，空氣沉悶的像要爆炸一般。

「你知道他是怎麼死的嗎？」母親打破了可怕的沉寂。

「怎麼死的？」我欲哭無淚地問。

「他是來看你時，被你哥哥打得遍體鱗傷後，舊病復發而死的。」她說。

聽了她的話，我不敢相信地愣了半晌，爆發出嚇人的吼叫：「你撒慌，你胡說。」我的神經一下受到重創，變得歇斯底里起來，倒退了幾步後，便用殘缺的手指著母親，像是要拒絕這份突如其來的可怕到足以置我於死地的嚴酷的事實。

「我也希望這不是真的，但事實的確如此。」她的臉冷酷到足以殺死自己，也殺死我。

是真的，難道是真的，是哥哥「殺」死了他，「殺」死了我的班主任，不，他不是我的班主任，他是我心中一直魂縈夢牽的人。我不去深想為什麼母親要殘忍地告訴我這一切，便不顧一切地衝出家門，跑出好遠，仍聽見母親在後面喊，我理都不理。我一路狂奔去了輪船碼頭，跳上了去往連浦的客輪。一路上，我覺得輪船好像故意在與我作對，開得特別慢，我想要立即見到哥哥，我要與之拼個魚死網破。

下了船，我徑直朝哥哥的住處奔去，憤怒的心像坐在火山上的老虎，狂熱的騷動著。我的心中只有一個念頭，我要找到那根槍，我要用它來打死我的哥哥，我要打死他，他讓我的班主任死，我也不會讓他活，我要他死，死得比我的班主任更加悲慘。

進得屋，發現哥哥不在，我跑出屋，就像瘋狗一樣四處奔跑著尋找他，我想，只要一嗅到他的氣味，我就會毫不猶豫地竄上去，我要咬斷他的咽喉，讓他在沒有還手之時就死去。我設想著無數種讓哥哥死去的方法，用槍打、用嘴咬、用棍棒揍，我滿村莊亂竄。終於，我在村頭一棵大槐樹底下找到了他，他正在與一幫社員商量著什麼事，見到我，就笑兮兮地走上來：「小小，你來了。」

「我是找你算帳來的。」我一把抓住他的衣領，氣勢凶凶地說：「我要你還我班主任，還我班主任！」

一時間，他愣在那裡，等回過神來，明白我說的是什麼後，就說：「你班主任關我什麼屁事？」

「關你什麼事，我今天就是來告訴你，是你把他打死的，我也要打死你。」我說著，不知那兒來的力氣，一把將他拉到跟前，兩眼像箭一般射向他。然後掄起手，對準他臉，「啪」，就是一巴掌。

哥哥呆了，只見他捂住被打得臉，說：「你瘋了！」

「是的，我瘋了，你知道你打死的人是誰嗎？是我的最親愛老師，你明白嗎？」我怒不可厄。

「不對，他是我的仇人。」他大喊起來。

我怒火萬丈，再也不想聽他的辯解，說：「你的那根槍呢？」

他說：「你要它幹什麼？」

我說：「我要打死你！」

「就算是我打的，但也不是我打死他的，是他自己死的。」

「不對，就是你打死他的，我要替他報仇！」我轉身就走，一路跑步去了哥哥的住處。一進屋，我就在床底下，桌子底下，廚房間，就連柴堆裡也找了，但始終不見那支槍：「那槍呢？」我情緒激動地衝他喊。

哥哥見我這般，嚇得臉如土色：「你冷靜一點好不好？」

「冷靜，如果是你，你會冷靜嗎？」我對著他大吼：「你知道他是誰，他是我最愛的人，我心愛的人！」

哥哥被鎮住了，眼睛裡流露出迷茫和困惑，他像明白了什麼似乎的，結結巴巴地說：「他是你的戀人?!」

「對！」我毫不猶豫地說。

人有時是不能窺視到事情的真相的，當掩蓋真相的外表撕去，露出血淋淋的事實時，這種清醒會將人逼到絕境。

顯然，他被突如其來的真相驚呆了，兩眼直視著我，疑惑、恐懼、痛苦、自責、內疚，瞬息像電影蒙太奇鏡頭似地迅速反應在他的臉上。片刻，他蹲在地上，雙手捧著腦袋一聲不吭。

一時，我竟不知如何是好，望著他，我喘著粗氣，也蹲在地上，抱著頭痛哭起來。

兩人就這樣對視著，痛苦著自己的痛苦。

過了好長時間，他站起身，走到我跟前，用手撫摸著我的頭，說：「對不起，我不知道事情是這樣，現在說什麼也不能彌補你的痛苦。」

「你只知道你的愛情，就不知道我失去他是多麼的痛苦。你為什麼認為我會原諒你。我告訴你，我永遠也不會原諒你。」我對他吼道。

「你都為人妻為人母了，你總不能老記著一個死去的人吧？」

「你以為我是你嗎？」我的嗓子又拉了上來：「我告訴你，從現在起你不再是我哥哥，明白嗎？只要他活在我心裡，我就永遠不會原諒你。」

「好吧，你不原諒我，那我就去死！」他氣呼呼說：「我死了，你就原諒我了，對嗎？」

「對！」一命抵一命，我心裡這麼說。

「好了，說過就算，再說，人都死了，你哥哥又不知道你的情況。」跟著過來的村支書一直站在旁邊聽，見我們鬧成這樣，在旁勸解著：「走吧，我們還要去上海裝農藥呢。」

原來，剛才他們在槐樹底下談得是這件事。我想。

哥哥拿起那件破軍大衣，走過來說：「過四天，回來後我們再談，你可以在這兒住。」

說罷，他們就走了。

我覺得待那兒也沒啥意思。當晚就坐輪船回了家。

四天的時間很長，我每天心裡盤算著如何向哥哥報仇。丈夫不知道此事，我也沒跟他說，我覺得這事是與哥哥有關，也只能跟他算帳。母親說，她那天講了很覺後悔，如果不是我誤認為是她與我班主任有那種事，她決不會對我講這事。弄得我與哥哥為敵，她說她也有責任。對母親，我很歉疚，自己的多疑心差一點玷污了她。我說：「我只想為班主任報仇。」

母親勸說：「人死了不能復生，報不報仇都已沒意思了。」

我說：「班主任不能白白去死，要不，他的陰魂一定不散。」

母親說：「你總不能打死你哥哥。」

我看了看她，再沒吱聲。

四天後，我坐船去了連浦。那一天正值寒冬臘月，天上下著鵝毛大雪。我深一腳淺一腳地從碼頭到了他住處，發現屋裡的所有東西一切如舊，還是幾天前的樣子。我感到有點意外，於是就跑去支書家，誰知他的妻子也正在犯愁，說原來說好是昨天傍晚就到，可過了一天了怎麼人和船都沒到，遇上這麼大的風雪，真是急死人了。

一種不祥的預兆掠過我的心頭。我急匆匆趕去河邊，站在碼頭河邊一排光禿禿的柳樹下，朝遠方眺望。寬闊的河面一片白雪茫茫，根本不見有船隻來往。雪漫天飛舞著，散落到田野、蘆葦、光禿禿的樹上，遠遠望去，一派肅殺景象。風呼呼地吹著，大朵大朵的雪花飄舞在我身上，粘住我的眼皮，眼睛變得模糊不清。

我焦急地等待著。不知過了多久，天完全暗下來了。我又餓又冷又是疲倦，人變得恍恍惚惚，彷彿聽見哥哥的哭聲，這哭聲淒冽而又悲慘，我似乎看見他們的小船在風濤浪湧中上下顛簸，浪濤翻捲著一排排水草，他們的船被纏住，無法前進，一個大浪打來，差一點掀翻小船，哥哥絕望地撐著舵。又一個大浪打來，他們被翻捲的浪濤連船帶人打入黃浦江，就在哥哥被打入江底的一瞬那，他掙扎著雙手舉過頭頂仰天連哭帶喊：「妹妹，哥哥對不起你，請你原諒我！我不是故意的！」凄冽的哭聲穿越時空，猶如滾滾響雷在蒼茫的蒼穹迴盪。我全身發抖，再也抑制不住自己內心的恐懼，對著茫茫蒼穹仰頭喊道：「哥哥，你回來呀，你回來呀！我不要你死，我再也不要你死，你死了，我也會死，我寧願自己死。」

風瀟瀟，雪紛紛，淚眼矇矓，肝腸欲斷。哥哥，失去他，我會那麼的痛，但如果失去你，我竟然也會那麼的痛，唯有失去我自己，才不會覺得痛！不覺得痛！一陣劇烈的心絞痛向我襲來，我像一支被雪壓倒的蘆葦癱軟在雪地上。

三天後，哥哥和隊長的屍體被隊裡的水泥船運了回來。船停靠在連浦碼頭。風雪將河灘邊那棵楊柳樹攔腰截斷，整棵樹歪倒在雪地裡，顯得雜亂而淒涼。兩副擔架一前一後分別由八個農民抬著，隊長在前，哥哥隨後，那件破舊的軍大衣覆蓋了哥哥僵硬的身軀。

我一見，不顧一切地撲了上去，抓住他垂落在擔架下的手痛苦地搖了搖，隨後縱身一躍，跳進了冰冷的河水中。

2

哥哥死了。他一直想抽調上來，想回家，但他終究留在了他不想待的地方。

我活著。但已經「死去」。

開始時，我總是責怪人們為什麼要救我，時間一長，我似乎覺得命運捉弄人，大概認為我所受的苦難還不夠，所以要讓我背負著沉重的十字架繼續贖罪。丈夫、母親、朋友，他們看著我沉默寡言又從容淡定地生活，都以為我忘記了所發生過的一切。然而，他們錯了。當我面對自己的內心時，常常會抑止不住對父親、哥哥、班主任和侄女的思念。這種思念隨著時光的流逝不是被淡忘，而是越來越濃烈。他們使我相信，一條條鮮活的生命不是被所有人可以抹去或者淡忘，至少在我的心裡他們的價值越來越被歲月磨礪的閃閃發光。我知道，真正有價值的生命不是因為隨著他生命消亡而消失，相反，會隨著他生命的消亡讓人們越加認識和發現他之前所有的價值。

我的生活平淡無奇，每天機械地重複著上班下班，在家庭單位兩點成一線中進行。很多時候，我的耳際響起父親說的話：「你那手還怎麼寫作，做做吃吃都困難。」

我卻在心裡抵觸地說：「你怎麼知道我連做做吃吃都困難，有一天，我要寫給你看看。」

無數次我在夢中見到班主任，他總是似笑非笑地拿起一支筆塞在我手上，說：「試著寫寫，寫寫。」

我卻在心底裡推委地說：「寫小說，談何容易。」

許多年過去了，我對自己不抱幻想，對未來不抱任何希望的活著。活得不耐煩時，我就會自言自語地說：「人活著到底是為什麼？」

母親聽後，說：「這有什麼好想的，活著就是活著，問這有啥意思。」若干年後，有個青年作家寫了一本名叫《活著》的書，把世界上喜歡讀他書的人，都唬得一愣一愣的。說他揭示了一個人類生存最基本的道理，我這才明白其實母親領悟得比他還早，只是她不識字，要不獲得義大利格林札納・卡佛文學獎的肯定是我母親而不是這位才華橫溢的作家了。

八十年代中期的一個夏天，我和全家人同去海天佛國普陀山遊玩。

清晨，我獨自跨進法雨寺的門檻，只見佛像前供奉著敬果，桌上香火繚繞，佛殿內卻空無一人，只有幾尊佛像靜默地站在各自位置上，露著各自不同的表情。整座佛殿寂靜得令人不可思議。一抬頭，我忽然瞅見殿頂上火光沖天，似乎要把殿頂燒穿。我心急如焚，大聲急呼：「快，快來人啊，大殿著火了，快救火啊！」

這時，從殿外閃進一位身披袈裟的老方丈。他快步走到我面前，對著正在大呼小叫的我，一隻手打揖，另一隻手掌心向下，擱至我的頭頂，嘴裡不停地念道：「阿彌陀佛，阿彌陀佛！」

我像被施了定身法似的一動不能動。

母親與丈夫領著孩子進來了，見此情景，她嚇得面如土色，哭喪著臉，用央求的口氣對方丈說：「我只有這麼個女兒，請不要讓她出家，我來世做牛做馬會報答大慈大悲的觀世音菩薩。」轉身卻埋怨我說：「瞎說八道點啥，這佛殿不是好好的嗎？哪來什麼火光沖天的事，你是不是神經出了毛病?!」

我不聽，仍固執地用手指著殿頂說：「你瞧，那裡不正在熊熊燃燒嗎?!」

在旁一聲不吭的丈夫，此刻，也詫異地說：「哪有什麼沖天大火，一切都很正常。」

聽他倆這麼說，我很覺納悶，明明殿頂火光沖天，怎麼他倆都說沒這回事？

此刻方丈開了腔，說：「此火不是一般人所能見，她能見，那是佛祖神明在給她指一條路。就像唐聖去西天取經一樣，唯與佛有緣者，才能見到此火光，日後她需要經過八百九十九個難，才能到達一種超脫自我的境界，去完成她所要做的事情。」

我聽後，很覺好笑，一臉滿不在乎的樣子，用手指指懸掛在自己胸前一串淨白的海螺，又指了指掛在方丈胸前那一串色澤深沉的佛珠說：「我喜歡自由，不喜歡受約束，你身入佛界就如孫悟空戴上如來佛的緊箍咒，只得在佛門中修行，而無法出界，我寧為自由而死，絕對不遁入空門。」

豈料，他淡然一笑，說：「不是你說不入就不入，有人想入卻不得入，入與不入全在於命，不入與入也在於運，有人看似未入空門，卻如入空門，有人已入空門，卻未入空門。落紅塵的人，看似自由，但未見得真自由，而遁入空門的人，看似不自由，卻未見的真不自由，自不自由全源於心。生命中有緣而運中無緣，運中有緣而命中無緣，都不能使其成就大事，唯命中有運，運中也有命，才能促其成就一番事業。今天我捧佛祖之意，替你啟悟開智，賦予你佛心，至於能否成就你此生想做之事，要全看你自己有沒有造化了。」

母親一聽，急忙說：「只要不出家，讓她幹啥都行。」

方丈又說：「一切都緣於命運。」

我一聽，瘋瘋顛顛地說：「什麼命，什麼運，我這命早就定，運也早就印，無所謂命，無所謂運，運來了，你想推也推不開，命不好，你想避也避不了，只要你助我幹成我想幹的事，我就會像《紅樓夢》中的賈寶玉一樣，臨了，說走就走，人生本來就是空。」

母親說：「什麼『紅樓夢』的賈寶玉，這混世魔王到頭來，還不是出家。你不能隨口在佛祖面前胡言亂語。」

說話間，方丈繞著我身軀走了一圈，口中念念有詞，嘴裡盡念叨著我聽也聽不懂的話。而我卻被他像施了魔法似的，站在那兒動彈不得，對著他著了魔一般，似笑非笑，似哭非哭，不停地點著頭。

不知是那高僧對我施了什麼魔法，還是我的腦袋被點撥後開了竅。回家後，我竟發了瘋似地想寫作，並且不顧家人和朋友的反對，自作主張請求調入當地的文化部門。當時正值十一屆三中全會以後，人們的思想好像受到這股溫暖春風的吹拂，顯得活躍起來。一種想要擺脫長期制度僵化的生存模式，活出自我個性的意識，把我整日裡搞得想入非非。且不說原單位薪水報酬比文化部門高出多少倍，僅從企業跳到文化部門就不知有多難。說來也怪，當我找當地政府的一位領導要求調往文化部門工作時，那位素不相識的共產黨幹部像見了外星人一般望著我：「你真的願意放棄高薪，去往清湯寡水的文化部門？」當得到我的肯定後，他竟然笑著說：「一個人愚蠢到連錢也不要，利也不想要而去做一件事，那你就是個人才了。」就這樣，我以我的愚蠢，讓他幫助我實現了第一個夢想調往文化館，在那裡負責編一份當地的叫《海疆文藝》的雜誌，與此同時，我利用業餘時間不斷地寫文章，不知是應了高僧之言，還是佛祖神明在保佑我，反正我寫的文章都能在海內外報刊上發表，弄得我自己也覺有點玄。四年以後，我被上級部門作為人才流動，陰錯陽差地調入葛雲縣政府機關工作。

我說的陰錯陽差，並不是說我不能幹好這工作，而是父親不讓我參加任何政治組織的「英明」決策，在我身上得到了意想不到的結果。這一次，不是我要與父親對著幹而是不想幹也得幹。在人人差不多都是馬列主義「信徒」的機關裡，我成了一位身分比較特殊的人物，因為我不是「先鋒隊員」，但限於我對本地文化的認識，有幸被邀作為一名無黨派人士的政協委員，在那裡「參政議政」。時間久了，我發現，機關裡確有真正為老百姓謀事，並讓人欽佩得五體投地的好幹部，但同時也有只吃飯不幹活只想著自己得好處讓民眾吐唾沫的壞幹部。遇上好的領導，他們對我的關懷比對政黨自己的幹部都關心，鼓勵我要與他們長期合作，肝膽相照，為執政黨的事業而努力工作。遇上那些唯利是圖的領導，你就像一隻地必鱉蟲，算你幹得再賣力再好，他瞧也不瞧。有時還把你弄得啼笑皆非。有一次，機關開展轟轟烈烈的「三講」運動，照我看來，這本是黨內的事，我說了，但得到的回答是：「你是機關幹部，一樣要『整風』。」

逃脫不了。那就開會吧。輪到批評與自我批評時，有人說：「你身上其實挑不出毛病。」

這可把我嚇了一跳，因為在我看來，他們所說的沒毛病，就是我最大的毛病。

誰知，有人又說：「你別高興的太早，其實你自己沒意識到，你最大的毛病就是政治上不要求進步。」

我，政治上不要求進步？這可是個原則性的問題，弄不好要死人的。我這麼想。我嚇壞了，愣了半晌才問：「什麼叫政治上不要求進步？」

回答說：「你不參加黨組織。」

我一聽，氣憤不顧，據理力爭，說：「你們可不能這麼講，那是組織上三番五次地找我談，要我留在組織外面做統一戰線工作，如今你們怎麼可以出爾反爾！」弄得我丈二和尚摸不著頭腦，不知該怎麼辦才好，每逢遇到這種事，我就仍會責怪我的父親，好像全是他的錯。

就這樣，我在裡面心驚膽戰地工作著。

但是，不管怎麼說，我這個「無名人士」，在黨的雨露滋潤下，草不像草，樹不像樹地成長起來。自知是一介草民，我就永遠夾著尾巴做人，在任何利益和好處的面前決不向組織伸手，因為工作努力，還常常被上級部門授予這個那個的榮譽稱號叫叫。然而，這一切，並不讓我感到有什麼好高興的，有時我會覺得自己像臺機器一樣地活著，我究竟想要做什麼？怎麼樣活才能活出自己，才能不枉為人來這世界走一趟呢？奇怪的是，在這十幾年的業餘寫作中，雖說自己陸陸續續在海內外的報刊上發表了幾百篇文章，出版了幾部書，但始終沒有涉足小說的創作，是我沒有寫小說的天賦？還是因為其他什麼原因？我不得而知。

歲月在無情地流逝，心中那份如形似影的激情卻無法隨著時光的流逝而消失，父親對我的「嘲諷」，班主任對我的叮嚀，侄女那張餓得嗷嗷待哺的小臉，讓我無時無刻不感受到他們充滿期待的目光。終於有一天，我的一位友人下崗後為掙幾個養活全家人的活命錢而突然被車撞死了，幾分鐘前她還在我面前活蹦亂跳地說著話，傾刻間卻與我從此陰陽兩隔。她的死，讓我再一次感受到生命的脆弱和無奈。那份時時壓抑在心頭的激憤終於猶如火山一樣噴發出來，在已知天命那年，我辭去了曾經考得暈頭轉向被人視為金飯碗的令人羨慕的公務員職位，回家當了自由撰稿人。

「輕輕地，我走了，就如我輕輕地來，揮一揮手，不帶走一片雲彩。」離開時，好多領導，甚至家人和朋友都勸我，認為我不是有毛病，就是發了瘋，因為那年全國報考公務員的人數超過五十萬，不是他們瘋，就是我瘋，瘋了的我開始過我自己想過的生活，離開家鄉去往自己想去的地方，做點自己想做的事情。

我既不信佛，也不相信任何形式的教，但我的心中始終有一個永遠不變的信仰，它是什麼，我並不清楚，可是我不會放棄在這冥冥之中引導我的力量，直到有一天我離開塵世，返歸永恆的地方。

離開家鄉時，我特地去了北廣父親的墓地。

父親的墓就像他活著時一樣，也不安生，已經搬動過好幾次。開始是埋葬在我家的祖墳，後來因為生產隊要平整土地，將他移了地方，過了幾年，那地方被一家工廠徵用，說是要擴建廠房，於是又遷至現在這個地方。墓地四周全是毛豆地，碑早已立在那裡，可惜碑上的字刻得實在不漂亮，歪歪斜斜，幼稚的不能再幼稚，像三歲孩子寫得字，可弟弟說，是出錢請人刻的，這種字也能賺錢？弄得我有點啼笑皆非。父親活著時，刻得一手好字，不知他在地下得知，生不生氣？好在子女的名字全刻在上面，這下父親一定會滿意吧，我想。記得有人說，好不好都不能在地底下的人面前說，聽見了他會不高興。我不想再讓父親不高興，也就沒說出口。墳上種得那棵萬年青已經發得很大，幾乎遮蓋了半個墳頭。墳上堆放著幾塊磚頭，那是每年清明節我和弟弟上墳時用來壓紙錢的。墳經過風吹雨打，向下沉陷了許多，我想借一把鐵鍬來將它堆堆高，不想，那個在毛豆地裡勞作的婦人說，平時是不好隨便動墳的，只有在除夕夜或者清明前後三天才可以添土，要不，對活著的家人不好。我只好作罷，人總嚮往好的東西，就連口彩都是相信的。看來，父親還是沒福讓我為他再添一把土，這事也只好請弟弟來辦了。這事其實後來一直沒辦，直到後來全縣統一搞土地平整，才把父親這個骨灰盒移到生產隊的安息堂。據說，當時為這事隊裡的人還有過爭執，因為他不是生產隊裡的人，還不夠資格進隊裡建造的安息堂，但隊長說，他死後就一直埋葬在他們隊的泥土裡，也算是照顧他。父親生前一定以為自己死後埋在自家的祖墳上是可以一勞永逸，殊不知，死後也被不斷地折騰來折騰去，最終還是要人「照顧」才有了個安生之處。弟弟對我說：「爸爸是託改革開放的福，住進了樓房。」父親的骨灰盒後來被安置在三樓，三〇八室。聽這數字，讓我覺得有點像監獄的味道。父親是個活潑的人，葬在田野裡由清風白雲伴著似乎更合他的意，我不知道他現在究竟滿不滿意，但我想，對一生被折騰的不能安生的他這恐怕就算是最好的歸宿。

離家那天，我把母親叫到客廳，請她朝南坐下，「撲通」我跪在母親的面前，朝她叩了三個響頭，說：「媽媽，我要走了，感謝你含辛茹苦地生我養我，教育我成長。你對我的養育之恩，我今生今世也無法還清。但我從此要遠離家鄉，去完成自己想要做的事情，去追尋我的夢想，本來你年老多病我理該在家伺奉你老人家才對，但是媽媽，你是知道的，隱藏在我內心深處有一個永遠的痛，它由許多鮮血和生命凝聚而成，多少年來，它牢牢地扎根於我的心中，讓我生不如死，讓我夜不成眠，讓我焦慮成疾，讓我不停地思考：為什麼他們死了，而我還活著。」

母親聽後，那張佈滿滄桑的臉，每條皺紋都在顫動，嘴巴抽搐著，淚像斷了線的珍珠無聲地往外流：「你走吧，走吧，我知道你總有一天會離開這裡，去往遠方做你想做的事，去完成你想完成的事，不管你成功還是失敗，你仍要回家，我會在這兒等你，你的家人都在這兒等著你。」

她扶起我，然後，蹣跚著走進自己的房間，出來時，手中拿著那支長笛。神情嚴肅地遞給我說：「這是你父親心愛的笛子，你要走了，你就把它帶在身邊吧。」我鄭重地雙手接過笛子，眼前彷彿出現父親穿著長衫，佇立在花叢中吹著長笛的身影，在他身邊是含淚微笑著的母親。

我走了，告別了母親，告別了家人，告別了朋友，提著不多的衣物，登上火車去往全國政治文化中心的城市在文學院進修，那日，我獨自一人登上了舉世聞名的萬里長城，蜿蜒的長城，廷伸至山的那邊，深冬的京城天是那麼蒼涼，天空中飄浮著幾朵白雲，這是我從小就嚮往的地方，寬闊的臺階上，人們爭相往上攀登，「萬里長城，萬里長，萬里長城是故鄉。」——這是紅太陽升起的地方，猶如聖地一般，數以百萬計的人在這裡熱情地奉獻自己，試圖改變自己的命運，完成上輩人交賦給他們的使命，我開始加入他們的隊伍，向上攀登，我憂鬱地向遠處眺望：

我彷彿看見一個小女孩，紮著兩條羊角辮，在江南的一個小鎮上，穿過那間「文化屋」，沿著那條蜿蜒的運河在奔跑，天上下著鵝毛大雪，河裡結滿了冰。那是九歲的我，我邊跑邊想，趕快找到母親，讓她去阻止父親，因為父親正追打著向他要錢交學費的哥哥，去遲了，怕是哥哥要被喝醉酒的父親追得掉進河的冰窟窿裡了。我要她去救他。雪沒完沒了的下，一片片地飛舞在我的臉上、粘住我的雙眼，我跌倒了，泥水濺起，我趕緊爬起來，顧不上疼痛，搬動一雙泥腿，繼續向前跑。

一陣笛聲傳來，好像很陌生，又彷彿很熟悉，這時凍結的冰開始溶化，河水慢慢地從冰窟漫上來，傳到我的耳際，就像在母親的子宮裡一樣清晰。我的心狂跳不已，淚水掛滿的臉上，終於展露出了笑容。

釀時代02　PG1110

我與父親的戰爭
──反右、文革時期心靈成長小說

作　　者　王　英
責任編輯　蔡曉雯
圖文排版　楊家齊
封面設計　秦禎翊

出版策劃　釀出版
製作發行　秀威資訊科技股份有限公司
114 台北市內湖區瑞光路76巷65號1樓
電話：+886-2-2796-3638　傳真：+886-2-2796-1377
服務信箱：service@showwe.com.tw
http://www.showwe.com.tw
郵政劃撥　19563868　戶名：秀威資訊科技股份有限公司
展售門市　國家書店【松江門市】
104 台北市中山區松江路209號1樓
電話：+886-2-2518-0207　傳真：+886-2-2518-0778
網路訂購　秀威網路書店：http://www.bodbooks.com.tw
國家網路書店：http://www.govbooks.com.tw
法律顧問　毛國樑　律師
總 經 銷　聯合發行股份有限公司
231新北市新店區寶橋路235巷6弄6號4F
電話：+886-2-2917-8022　傳真：+886-2-2915-6275

出版日期　2014年3月　BOD一版
定　　價　500元

國家圖書館出版品預行編目

我與父親的戰爭：反右、文革時期心靈成長小説 / 王英著. -- 一版. -- 臺北市：釀出版, 2014.03
面；　公分. -- (釀時代；PG1110)
BOD版
ISBN 978-986-5871-89-5(平裝)

857.7　　103000002

讀者回函卡

感謝您購買本書，為提升服務品質，請填妥以下資料，將讀者回函卡直接寄回或傳真本公司，收到您的寶貴意見後，我們會收藏記錄及檢討，謝謝！

如您需要了解本公司最新出版書目、購書優惠或企劃活動，歡迎您上網查詢或下載相關資料：http:// www.showwe.com.tw

您購買的書名：________________________________

出生日期：________年________月________日

學歷：□高中（含）以下　□大專　□研究所（含）以上

職業：□製造業　□金融業　□資訊業　□軍警　□傳播業　□自由業

□服務業　□公務員　□教職　□學生　□家管　□其它______

購書地點：□網路書店　□實體書店　□書展　□郵購　□贈閱　□其他

您從何得知本書的消息？

□網路書店　□實體書店　□網路搜尋　□電子報　□書訊　□雜誌

□傳播媒體　□親友推薦　□網站推薦　□部落格　□其他__________

您對本書的評價：（請填代號　1.非常滿意　2.滿意　3.尚可　4.再改進）

封面設計____　版面編排____　內容____　文／譯筆____　價格____

讀完書後您覺得：

□很有收穫　□有收穫　□收穫不多　□沒收穫

對我們的建議：________________________________

____

____

____

請貼
郵票

11466
台北市內湖區瑞光路 76 巷 65 號 1 樓

秀威資訊科技股份有限公司 收

BOD 數位出版事業部

....

（請沿線對折寄回，謝謝！）

姓　　名：________________　年齡：______　性別：□女　□男

郵遞區號：□□□□□

地　　址：______________________________________

聯絡電話：(日) ____________________ (夜) ____________________

E-mail：______________________________________